Heibonsha Library

レ・ミゼラブル

5

ジャン・ヴァルジャン

Les Misérables
Cinquième partie: Jean Valjean

平凡社ライブラリー

Heibonsha Library

レ・ミゼラブル 5

ジャン・ヴァルジャン

Les Misérables
Cinquième partie: Jean Valjean

ヴィクトール・ユゴー著
西永良成訳

平凡社

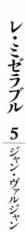

本著作は平凡社ライブラリー・オリジナル版です。

目次

第五部　ジャン・ヴァルジャン

第一篇　四方を壁に囲まれた戦争……15

（　）の割註は原註、〔　〕の割註は訳註を示す。

第五部　ジャン・ヴァルジャン

第一篇　四方を壁に囲まれた戦争

第一章　サン・タントワーヌ地区のカリュブディスとタンプル地区のスキュラ[1]

社会の疾患の観察者がまず指を折る二大バリケードは、本書の筋が展開する時代のものではない。様相を異にするとはいえ、そのふたつのバリケードはひとつの恐るべき状況の象徴であり、一八四八年六月のあの避けがたい蜂起[2]という、史上最大の市街戦の折に、まるで地から湧きあがるように姿をあらわしたものだった。

時にはこんなことが起こる。原則にさからい、自由、平等、友愛にさからい、普通選挙にさからい、万人による万人の統治にもさからって、さまざまな不安、落胆、貧窮、熱狂、悲嘆、瘴気、無知、暗闇の底から、大いなる絶望者ともいうべき賤民が抗議し、下層民が人民に戦いを挑むのである。

乞食が普通法を攻撃し、愚民が民衆にたいして蜂起する。

これは悲痛な戦いだ。というのも、そうした錯乱にもつねにある程度の正当性があり、そうした決闘のなかにもいくらか自殺の色合が認められるからである。そして、乞食、賤民、愚民、下層民といった侮蔑を意味する言葉は、悲しいことに、統治に苦しむ者たちの過失よりも統治する者たちの過失を、不遇な者たちの過失よりも恵まれた者たちの過失を証明するものなのだ。

筆者としては、そうした言葉を口にするとき、かならず心痛と敬意を覚える。というのも、哲学がこうした言葉に対応する事実を探索するなら、そこに貧困とならんで、しばしば多くの偉大さが見つかるからだ。アテナイは衆愚政治だったし、オランダは乞食たちがつくった[3]。下層民は一度ならずローマを救ったし、賤民はいつでもイエス・キリストに付きしたがっていた。

時に底辺の光輝に見入らなかった思想家はいない。

聖ヒエロニムスが「都市ノ澱ハ世界ノ則」というあの謎めいた言葉を口にしたとき[4]、彼が考えていたのはおそらくこの賤民、そしてあらゆる使徒たちや殉教者たちを輩出した貧民、放浪者、悲惨な人びと《レ・ミゼラブル》の群だったのだろう。

苦しみ、血を流している群衆の憤怒、みずからの生命である原則にたいする見当違いの暴虐、権利にたいする冒瀆などは民衆のクーデターであるから、これは鎮圧しなければならない。誠実な人間なら群衆に身を捧げるが、またこの群衆を愛すればこそ、群衆と闘いもする。だが、群衆に刃向かいながらも、相手の側に立ってみれば無理もない話だと、どれだけ感じていることだろうか！　群衆に抵抗しながらも、どれほど群衆に畏怖の念をいだいていることだろうか！　これは、やるべきことをやりながらも、どこかで面くらい、これより先にまで進んではならないのだと感じられるまれな場合のひとつである。それでも誠実な人間は、必要ならあくまでやり通す。

だが、良心がみたされても、悲しみは残る。義務の遂行は、胸の痛みをともなうのである。

急いで言っておけば、一八四八年六月は特別な事例であって、これを歴史哲学のなかに位置づけることはほとんどできない。みずからの権利を求める労働者の殺気だった不安が感じられた、この異常な暴動を問題にするときには、筆者がさきに述べた言葉をすべて退けねばならない。この暴動とは戦わねばならなかったのだ。それが義務だった。なぜなら、この暴動は共和国を攻撃していたのだから。だが、とどのつまり、一八四八年六月とはなんだったのだろうか？　人民の人民にたいする反乱だった。

主題を見失わないかぎり、話に脱線というものはない。だから、いましばらく、さきに述べたまったく特異なバリケード、あの蜂起を特徴づけたふたつのバリケードに、読者の注意を引きとどめることを許していただきたい。

ひとつはフォブール・サン・タントワーヌの入口をふさいでいた。もうひとつはフォブール・デュ・タンプルへの攻略を妨げていた。内戦の生んだこの不気味な傑作は、六月の輝くばかりの青空のもとに屹立していたが、これを眼前に見た者たちにとっては、生涯忘れられないものとなっただろう。

サン・タントワーヌのバリケードはとてつもなく大きなもので、高さは四階建てくらい、幅は二百二十メートルをこえていた。これが市外区《フォブール》のだだっ広い入口、すなわち三つの通りを端から端までふさいでいた。このバリケードには窪み、凸凹、歯形、切目があり、ひとつの大きな裂け目に銃眼がほどこされていた。また、それ自体が稜堡になっているいくつもの防塁に支えられ、あちこちに岬が張りだし、半島にも見立てられるこのフォブールの家並を強力な後盾とし、七月十四日を目撃した恐るべき〔バスチーユ〕広場の先に、巨大な堤防のように出現していた。このメーン・バリケードの裏通り奥には、十九のバリケードが並んでいた。その巨大なバリケードを見ただけで、このフォブールでは、途方もない数の瀕死者たちが苦しみ、悲嘆に暮れ、破局を願うほかないほどの極限にまで追いつめられていることが感じられた。

　このバリケードはなにでできていたのだろうか？　ある者は、七階建ての家三軒をわざわざ取り壊して造ったのだと言う。別の者は、ありとあらゆる怒りが生んだ奇跡のようなものだと言う。ともかくこのバリケードは、憎悪がつくりあげたどんな建造物にも見られる陰惨な外観、すなわち廃墟の外観を呈していた。「だれがこんなものを建てたのか？」とも言えたし、「だれがこれを壊したのか？」とも言えた。それは激情が瞬時につくりあげたものだった。おい！　そのドアだ！　その鉄格子だ！　その庇だ！　その枠だ！　その壊れたコンロだ！　そのひびのはいった大鍋だ！　なんでもかんでもこっちに寄こせ！　なんでもかんでも投げこめ！　なんでもかんでも詰めこめ！　転がせ！　掘れ！　ぶっ壊せ！　ひっくり返せ！　突き崩せ！　それは敷石やら、切石やら、大梁やら、鉄棒やら、ぼろ布やら、突き破られた窓ガラスやら、藁のぬけた椅子やら、キャベツの芯やら、ぼろ服やら、古雑巾やら、呪いの言葉やらの合作だった。雄大でありながらも卑小だった。大混乱がその場ででっちあげた奈落のパロディー。巨大な物が微少な物の脇にあり、引き離された壁面が割れた鉢と隣りあい、あらゆる残骸が威嚇するように同居している。シーシュポス[5]が彼の岩を、ヨブ[6]が彼の陶器の破片をそこに投げこんだのだ。要するに、なんともおどろおどろしいものだった。言うなれば浮浪者のアクロポリス。ひっくり返された何台もの荷馬車が斜面に凹凸をつけていた。大きな二輪荷馬車が車軸を空に向けて横倒しになり、それが雑然とした正面に切りつけられた傷のように見えた。この野蛮な構築物の作り手たちが恐怖に茶目っ気を添えたいとでも望んだのか、面白半分に一台の乗合馬車をこの瓦礫の山のてっぺんにまで自力で持ちあげ、馬を外された梶棒を空中の馬らしきものに差しだしていた。この巨大な瓦礫の山は、見る者にはいわば暴動の沖積層であって、オッサ山のうえにペリオン山といったふうに革命[7]を幾重にも積みかさねた様を思い描かせた。すなわち、八九年[8]のうえに九三年が、八月十日のうえに熱月九日が、一月二十一日のうえに霧月十八日が、草月のうえに葡萄月が、一八三〇年のうえに一八四八年が重ねられているのである。この広場はこれだけの努力に値する場所だったし、このバリケードがバスチーユの監獄が消えたのと同じところに出現したのも当を得ていた。もし大海が堤防をつくるなら、このように築くことだろう。怒濤の憤怒がこの不格好な障害物に痕を残していた。どんな怒濤か？　群衆である。このまえに立つと、石と化した大騒動を見る思いがしたものだった。このバリケードのうえでは、荒々しい進歩という真っ黒で巨大な蜂の群が、まるでおのれの巣箱のうえを飛び交い、ぶんぶん唸っているのが聞こえるような気がしたものだった。

それは茨の茂みだったのか？　乱舞だったのか？　城砦だったのか？　まるで目眩が羽ばたいて、このバリケードをつくったようだった。この角面堡にはどこか掃溜めいたところがあり、この雑然とした山はどこかオリュンポスの山を思わせた。この絶望にみちた混乱のなかにあるのは、屋根の垂木、壁紙がくっついた屋根裏部屋の一部、ガラスがそっくりはまったまま残骸のなかに立てられ、砲弾を待ちうけている窓枠、取りはずされた暖炉、タンス、テーブル、ベンチ、上を下への大混乱、乞食さえも捨ててかえりみないような、激情と虚無をないまぜにしてさらしている無数の瓦礫。それは人民のぼろ着、木と鉄と青銅とでできたぼろ着とも言えただろうし、フォブール・サン・タントワーヌが巨大な箒でおのれの貧困を戸口に掃きだし、それをバリケードに仕上げたとも言えただろう。首切台そっくりの塊、引きちぎれた鎖、絞首台の形をした腕木付きの骨組、瓦礫のなかから水平に突きでている車輪などが集まって、この無秩序な構築物に、人民を苦しめてきた古来の刑罰の陰惨な相貌をあたえていた。

サン・タントワーヌのバリケードは、あらゆるものを武器にした。およそ市街戦が社会の顔に投げつけることができるものは、すべてここから出てきた。こうなると、もはや戦闘ではなくなり、激烈な発作になる。この角面堡を守っていた騎兵銃には、旧式ラッパ銃もいくらか混じっていたが、その口から陶器のかけら、骨片、服のボタン、また銅製であるため危険な弾にもなるナイト・テーブルについた小車輪まで飛びだしてきた。このバリケードは常軌を逸し、なんとも言えない叫喚を雲間に投げつけていた。時には軍隊を挑発し、たちまち群衆と嵐のような罵声におおわれた。そんなとき、燃えたぎる無数の顔がバリケードの頂上にあらわれ、内部では無数の人間がひしめき、頂上には銃、サーベル、棒、斧、槍、銃剣などが刺々しく突起していた。大きな赤旗が風に煽られ、パタパタと音を立ててはためいていた。そこからは号令を叫ぶ声、進撃の歌、太鼓の連打、女たちのすすり泣き、飢えた人間たちの陰惨な笑い声などが聞こえてきた。このバリケードは桁外れで、活気があり、まるで帯電した獣の背中からでも出てきたように、パチパチと雷電を放っていた。革命の精神が、神の声にも似た民衆の声がとどろくバリケードの頂をその雲でおおっていた。巨人の負い籠一杯ぶんのこの残骸から、不思議な威厳が立ちのぼっていた。これは瓦礫の山でありながら、シナイ山[9]でもあった。

先述したように、このバリケードは革命の名において攻撃していた。なにを？

革命を、である。このバリケード、すなわち偶然であり、無秩序であり、動揺であり、誤解であり、未知であるこのバリケードは、憲法制定議会、人民主権、普通選挙、国民、共和国に刃向かっていた。いわば国歌マルセイエーズに挑戦する「カルマニョル」[10]だった。

これは無分別な、しかし英雄的な挑戦だった。なぜなら、この古い市外区《フォブール》はひとりの英雄と言ってもいいのだから。

フォブールと角面堡とは互いに助けあっていた。フォブールは角面堡に肩を入れ、角面堡はフォブールに背中を寄せていた。広大なバリケードが断崖のように横たわり、さしものアフリカ[11]帰りの将軍たちの戦略もことごとく粉砕された。その洞穴、瘤、疣、突起物は、いわば顔をしかめ、硝煙のしたで冷笑しているようだった。散弾はこの不格好な砦のなかに消え入り、砲弾は沈みこみ、呑みこまれ、吸いこまれ、熱弾はそこに穴を開けるのがやっとだった。混沌を砲撃してなんになろうか？　だから、世にも残忍な戦争の光景を見慣れている連隊も、この野獣のような角面堡、猪のように毛を逆立て、山のように巨大な角面堡を、不安な眼差しでながめていたのだった。

そこから一キロほど離れたシャトー・ドー近くで、タンプル通りが大通りに通じる角に立ち、ダルマーニュ商店の出っ張った店頭から思いきって頭を外に出してみると、はるか遠く運河の向こう側、ベルヴィルの坂道をのぼる通りの、ちょうど坂をのぼりつめたあたりに、家々の正面の三階まで達する異様な壁が見えた。まるで、街路をいきなり閉ざすためにいちばん高い壁を横に折り曲げ、左右両側の家並を連結しているようだった。この壁は敷石で築かれていた。定規で測り、墨縄を引き、測鉛を垂らしてつくったように、真っ直ぐで、整然として、冷ややかで、垂直だった。おそらくセメントは使われていなかったのだろうが、ローマ時代の一部の城壁と同様、がっしりとした構築は損なわれていなかった。高さから奥行の察しもついた。上部は土台と数学的な平行をたもち、灰色の表面のところどころに、黒糸ほどの、ほとんど目にもはいらないくらいの銃眼がかろうじて見分けられた。銃眼は等間隔に配されていた。通りにはまったく人影がなく、窓や戸口はことごとく閉ざされていた。奥に防壁がそびえ、道は行き止まりになっていた。不動の物言わぬ壁。人っ子ひとり見えず、なんの音も聞こえない。叫び声ひとつ、物音ひとつ、溜息ひとつも聞こえない。まるで墓場だった。

六月のまぶしい太陽が、この空恐ろしい光景に、さんさんと光を浴びせかけていた。

それがフォブール・デュ・タンプルのバリケードだった。

この土地に足を踏み入れ、そのバリケードに気づけば、どんな大胆な人間でも、この謎めいたものの出現を目の当たりにして、はたと考えこまざるをえなかった。それは整然とし、巧みにはめこまれ、瓦のように並べられ、直線で、均斉がとれ、陰気だった。そこには科学と暗黒があった。このバリケードの指導者は幾何学者か、はたまた幽霊かと思われた。これを見た人びとは、ひそひそと囁きあっていた。

ときおり、だれかが、兵士か、将校か、あるいは人民の代表が危険をおかしてひと気のない車道を横切ろうとすると、ヒューと、かすかだが鋭く風を切る音を耳にし、その通行人は負傷するか死ぬかして倒れた。たとえ難を逃れたとしても、どこかの閉まった鎧戸か、ふたつの切石の隙間か、壁の漆喰に、一発の弾丸がめりこむのを見ることになる。時には、それがビスカイ銃になることもあった。というのも、バリケードの連中は鋳鉄製のガス管二本の端を麻屑や粘土でふさいで、二門のちいさな大砲にしていたからである。火薬を無駄遣いできなかったのだ。それはほとんど百発百中だった。あちこちに、死体がいくつも転がっていて、敷石にはいくつもの血溜りができていた。筆者は、一羽の白い蝶が路上をひらひら舞っていたのを思いだす。[12] 夏はどこにでも遠慮なくやってくる。

あたりの家々の正面玄関の床は負傷者であふれかえっていた。

そこでは、目には見えないだれかに狙われているのが感じられ、通り全体に銃口が向けられているのが分かった。

フォブール・デュ・タンプルの入口では、運河のアーチ型の橋がロバの背中みたいな格好になっていて、その陰に集結した攻撃縦隊の兵士たちは、背筋が寒くなるような角面堡、その動かぬもの、死が這いだしてくるその非情なものを、重苦しい感慨にひたりつつ、じっと観察していた。幾人かは軍帽がはみ出ないように注意しながら、橋の曲線のところまで腹這いのまま進んでみた。

勇敢なモンテナール大佐は、身を震わせながらバリケードに見とれていた。「うまく建てたものよ！」と、彼はある人民代表に言った。「敷石ひとつ突きでていない。陶器のようにすべすべしている」ちょうどそのとき、一発の銃弾が胸の十字勲章を打ちくだき、大佐は倒れた。

「卑怯者め！」と兵士たちが言った。「出てこい！　姿を見せろ！　度胸がないのか！　こそこそやるな！」八十人の男に守られたフォブール・デュ・タンプルのバリケードは、一万人の攻撃をうけたが三日間もちこたえた。四日目になって、ザーチャやコンスタンチーヌ[13]のときと同じように、家々に穴を開けられたり、屋根から侵入されたりして、バリケードは陥落した。八十人の「卑怯者」たちのうち、逃げだそうと考えた者はひとりもおらず、全員がそこで殺された。ただ、指導者のバルテルミーだけは別だった。この人物については、ほどなく語ることになろう。

　サン・タントワーヌのバリケードは雷鳴のような喧噪につつまれていたが、デュ・タンプルのバリケードは静寂そのものだった。このふたつの角面堡のあいだには、凄まじさと不気味さの違いがあった。前者は動物の口、後者は仮面のようだった。

　この大規模で闇につつまれた六月蜂起が怒りと謎で形成されていたとすれば、前者の陰には竜が、後者の陰にはスフィンクスが潜んでいるように感じられた。

　このふたつの砦は、クールネ[14]とバルテルミーというふたりの男によって建てられた。クールネがサン・タントワーヌのバリケードを、バルテルミーがタンプルのバリケードをつくったのだが、いずれもつくった人間にそっくりだった。

　クールネは背の高い男。広い肩幅、赤ら顔、がっしりした拳、剛胆な心、誠実な魂をもち、真剣で怖いような目つきをしていた。勇猛で、精力的で、怒りっぽく、気性が激しかった。このうえなく親切な人物だったが、またこのうえなく手強い闘士でもあった。戦争、闘争、乱闘があれば、たちまち水を得た魚のように上機嫌になった。元海軍士官で、その挙動や声から、大海で暮らし、嵐にもまれてきたことが容易に察せられた。戦闘など、彼には暴風雨の続きのようなものだった。天分をのぞけば、クールネにはダントンのようなところがあった、神性を除けば、ダントンにはヘラクレスのようなところがあったのと同じように。

バルテルミーは痩せて、弱々しく、蒼白く、無口で、いわば悲劇的な感じのする浮浪児だった。ある巡査に平手打ちをくらうと、その巡査をつけ狙い、待伏して殺害し、十七歳で徒刑場に送られた。徒刑場を出ると、このバリケードをつくった。

後日、なんという因果か、ふたりとも追放され、〔15〕ロンドンにいたとき、バルテルミーはクールネを殺した。陰惨な決闘の結果だった。それからしばらくして、バルテルミーはある謎めいた恋愛沙汰に巻きこまれ、絞首刑にされた。こんな災難の場合、フランスの裁判なら情状酌量を認めるところだが、イギリスの裁判では死刑にされるしかなかった。この不幸な男は、たしかにしっかりとした、おそらくはすぐれた知性に恵まれながら、物質的な窮乏と精神的な蒙昧のせいで、フランスの徒刑場で人生をはじめ、イギリスの処刑場で人生をおえたのだった。陰惨な社会機構のしからしむところである。いかなる折にも、バルテルミーはただひとつの旗しか掲げなかった。黒旗である。

第二章　深淵では話をする以外になにができようか[1]

暴動の地下演習では、十六年間は無視できない歳月である。一八四八年六月の暴動者たちは、一八三二年六月の暴動者たちよりもずっと詳しい知識をもっていた。だから、さきに筆者が粗描したふたつの巨大なバリケードにくらべ、シャンヴルリー通りのバリケードなどほんの下書か、胎児程度のものにすぎなかったのだが、それでも当時としては手強いものだった。

アンジョルラスが監督していた蜂起者たち──というのも、マリユスはもうなにひとつ目にはいらない状態だったから──は、夜をうまく活用した。バリケードは修繕されたばかりか、補強された。高さも六、七メートル近くになった。敷石に突き立てられた鉄棒は構えた槍のようだった。いたるところから運ばれ、加えられたあらゆる種類の瓦礫のために、錯綜した外観はさらに複雑になっていた。角面堡は内側が壁のように、外側が藪のように巧みに造りかえられていた。

城壁に見られるように、バリケードのうえまでのぼっていける敷石の階段も造りかえられていた。

一同はバリケードの掃除をし、一階の広間の余計なものを取りはらい、調理場を野戦病院にし、負傷者に包帯をし、床やテーブルに散らばった火薬を拾い、銃弾を鋳造し、弾薬筒をつくり、包帯を選りわけ、死者の武器を配り、角面堡の内部を片づけ、破片を集め、死体を運びだした。

死体は依然として彼らが押さえていたモンデトゥール小路に山積みにされた。ここの敷石は長いあいだ赤いままだった。死者のなかには四名の郊外の国民兵がいた。アンジョルラスはその国民兵たちの制服を脱がせて、わきに置くよう指示し、一同に二時間睡眠をとるよう勧告した。彼の勧告は命令だった。だが、その勧告にしたがい、眠ったのはわずか三、四人ほどにすぎなかった。フイイはその二時間をつかって、居酒屋の向かいの壁にこんな文句を刻みつけた。

人民万歳！

石の壁に釘で刻まれたこの文句は、一八四八年にもなおこの壁のうえに読みとれた。

三人の女たちは夜の停戦に乗じて、すっかり姿を消してしまった。おかげで、蜂起者たちのほうも気が楽になった。三人は近所の家のどこかに逃げこむ手立てを見つけたのだった。

負傷者の大半はまだ戦うことができたし、そう望んでもいた。野戦病院にされた調理場の、マットレスと藁を敷いた仮ベッドのうえには、五名の重傷者がいたが、そのうちのふたりは市の警察隊員だった。この警察隊員が最初に手当をうけた。

一階の広間にはもはや、黒い覆いをかけられたマブーフ老人と柱に縛られたジャヴェールしかいなかった。

「ここは死者の間だ」と、アンジョルラスは言った。

かろうじて一本のろうそくで照らされている広間の奥には、柱のうしろに死者をのせたテーブルが水平の棒のように見えた。そして、立っているジャヴェールと横たわっているマブーフとが交じわって、ぼんやりと大きな十字架を形づくっていた。

乗合馬車の轅《ながえ》は、銃撃で一部が欠けていたものの、旗を掛けるには充分なくらいにしっかりと立っていた。

アンジョルラスは有言実行という指導者の資質をそなえていたので、その旗竿に、殺された老人の、穴だらけになった血まみれの上着を結びつけた。

もうまともな食事をとることはできなかった。パンも肉もなかった。バリケードの五十人の男たちは十六時に着いてから、またたく間に居酒屋の乏しい蓄えを食べつくしていたのである。時がくれば、いまもちこたえているバリケードも間違いなくメデューズ号の筏のようになってしまう。空腹は甘受しなければならなかった。六月六日というあの厳しい一日がはじまったところだった。サン・メリーのバリケードでは、パンを求める蜂起者に囲まれたジャンヌが、戦闘員全員に向かって「食べ物だと!」と言い放った。「なんでだ! いま三時だ。おれたちは四時には死んでいるんだぞ」

食べることができなくなったので、アンジョルラスは飲むことも禁じた。葡萄酒を禁止して、ブランディーを配給した。

地下倉のなかに、厳重に封をした、中身がいっぱい詰まった瓶が十五本ほど見つかった。アンジョルラスとコンブフェールは中身をしらべた。コンブフェールは地下倉からの階段を昇る途中で言った。「こいつは食料品屋から叩きあげたユシュルーおやじの秘蔵品だぜ」「きっと、とんでもない銘酒だぞ」とボシュエが口をはさんだ。「グランテールが寝ていてくれてよかったよ。起きていたら、この瓶を救うのにひと苦労するところだったぜ」アンジョルラスはみんなが文句を言うのをいっさい無視して、その十五本の瓶について拒否権を行使し、だれにも手をふれさせず、神聖なものとして取っておくため、マブーフ老人が横たわっているテーブルのしたにそれを置かせた。

午前二時ごろ、点呼がおこなわれた。まだ、三十七名が残っていた。

夜が明けそめた。敷石の窪みに立てなおされていた松明が消されたところだった。通りを区切ってつくられた、ちいさな中庭みたいなバリケードの内部は闇に沈み、払暁のぼんやりして禍々しい気配のなかで、まるで航行不能になった船の甲板のようだった。行ったり来たりしている戦闘員たちは、黒い物影のように動きまわっていた。この薄気味の悪い闇の巣の上方には、静まりかえった家々の階層が青白く浮きだし、さらに上方には煙突がほの白くのぞいていた。空は白とも青ともつかない、あのおぼろげな麗しい色合を帯び、小鳥たちが嬉しそうに鳴きかわしながら飛んでいた。バリケードのうしろを支えている高い建物が東向きだったため、屋根はバラ色に輝いていた。四階の天窓では、死んだあの男の白髪が朝風に揺れていた。

「松明が消されたのはありがたい」とクールフェラックがフイイに言った。「風にびくつくあの松明には、うんざりしてたんだ。なんだか怖がっているみたいでさ。松明の光は臆病者の知恵に似ている。なにしろ、ぶるぶる震えてばかりいるもんだから、ろくすっぽ照らすこともできやしないのさ」

曙は小鳥だけでなく、人間の心も目覚めさせる。みんながおしゃべりをしていた。

ジョリーは一匹の猫が樋をうろついているのを見てこんな哲学を引きだし、「猫とはなにか?」と声をあげた。「それはひとつの訂正だ。神様は鼠を創ったあとでこう言った。「ありゃまあ、わしとしたことがなんたるヘマをやらかしたもんじゃ」そこで猫を創った。猫は鼠の誤植訂正というわけだ。鼠プラス猫は、天地創造の校正済みのゲラ刷なんだよ」

学生や労働者に囲まれていたコンブフェールは、死者たちのことを話していた。ジャン・プルヴェール、バオレル、マブーフのこと、またル・カビュックのこと、さらにアンジョルラスの厳粛な悲しみのことさえも。彼はこう言った。

「ハルモディオスとアリストゲイトン〔2〕も、ブルトゥス、ケレアも、ステファヌスも、クロムウエルも、シャルロット・コルデーも、ザントも、大願成就のあかつきには、同じように苦悶のひとときを過ごした。われわれの心はおののきやすいし、また人の命はきわめつきの神秘だから、国のための殺人だろうと、解放のための殺人だろうと――もしそんなものがあるとしての話だが――、人間ひとりを殺したという良心の咎めは、人類に奉仕したという喜びにまさるものなのだ」

それからあれこれ話が交わされたが、まもなくコンブフェールは、ジャン・プルヴェールの詩のことから話題を転じて、『農耕詩』の翻訳者たちの比較をおこない、ローをクールナンに、クールナンをドリールにくらべ、マルフィラートルが訳した数節、とりわけカエサルの死を謳った驚嘆すべき箇所を指摘した。このカエサルという言葉から、話題はブルトゥスにもどった。

「カエサルが」とコンブフェールが言った。「倒れたのは当然だった。キケロはカエサルに手厳しかったが、あれは正しかった。あのような手厳しさは断じて誹謗などではない。ゾイロス[3]がホメロスを、マエウィウスがウェルギリウスを、ヴィゼがモリエールを、ポープがシェイクスピアを、フレロンがヴォルテールを罵ったのは、羨望と憎悪という昔からの法則がはたらいた結果だ。天才は呪詛をまねき、偉人は多少なりとも吠え立てられる。だが、ゾイロスとキケロは別物だ。ブルトゥスが剣による裁定者だったのと同じく、キケロは思想による裁定者だった。おれとしてはブルトゥスのような、つまり刃による裁定を非難するものだが、古代社会はそのような裁定を認めていた。禁をおかしてルビコン河をわたったカエサルは、人民があたえるべき高位顕職をわが物顔に授け、元老院議員が入場しても起立せず、エウトロピウス[4]が述べているように、「王トシテ、マタ、アタカモ暴君ノゴトク」振る舞った。彼は偉人だった。残念ながらというべきか、それとも幸いなことにというべきか。いずれにしろ、偉人であるからこそ、いっそうの懲らしめをうけねばならない。彼が負った二十三の傷は、イエス・キリストが額に浴びた唾ほどにもおれの心を打たない。カエサルは元老院議員たちに刺し殺され、キリストは下僕どもに頰を打たれた。侮辱がひどければひどいほど、神が感じられるものなのだ」

ボシュエは敷石の山の高みから話しあっている連中を見下ろし、騎銃を片手に声をあげた。

「ああ、キュダテナイオンよ、ああ、ミュルリノスよ、ああ、プロバリントスよ、ああアイアンティスの美の女神たちよ！　ああ、だれがこのおれに、ラウリオンか、エダプテオンのギリシャ人のように、ホメロスばりの詩を謳う力を授けてくれるのか！」

第三章　晴れ間と暗雲

アンジョルラスは偵察に出かけ、家並をつたってモンデトゥール小路をあとにしていた。ここで言っておけば、蜂起者たちは希望にみちあふれていた。あんなふうに夜襲を撃退できたので、明け方の攻撃もなにほどのものかと高をくくっていたのである。攻撃を待ちうけながら、その鼻先でせせら笑っていた。じぶんたちの大義ばかりでなく、上首尾をも疑っていなかった。そのうえ、援軍が間違いなくやってくることになっていたから、それを当てこんでもいた。戦うフランス人の力の一部である、勝利にたいするなんとも気楽な予測から、これからはじまる一日をたしかな三つの局面に分けて考えていた。すなわち朝六時に「こちらが工作しておいた」一連隊が寝返りをうつ。正午に蜂起がパリじゅうに広がる。夕方に革命が起きる、という段取りだった。

昨夜から一瞬の休みもなく鳴りっぱなしだったサン・メリーの警鐘はもうひとつの大きなバリケード、つまりジャンヌのバリケードがなおもちこたえているという証拠だった。

このような希望がグループからグループへと、さながら蜜蜂の巣に生じた戦いの唸り声のように、陽気に力強く囁き交わされていた。

アンジョルラスがふたたび姿を見せた。外の暗闇を鷲のような鋭い観察眼をもって、暗い思いで駆けまわってきたところだった。彼はしばらく腕を組み、口に片手を当てて、そんな歓喜のざわめきに耳を傾けていたが、やがて、しだいに白んでいく朝の光のバラ色に清々しく染まりながらこう言った。

「パリの全軍が攻撃してくる。軍隊の三分の一がきみたちのいるこのバリケードに押しよせる。しかも国民兵だ。おれには第五戦列隊の軍帽と第六憲兵部隊の軍旗がはっきり見えた。きみたちは一時間後に攻撃されるだろう。民衆のほうは昨日は沸きたっていたが、今朝は動かない。待つべきものはなにもなく、期待できるものもなにもない。きみたちは見捨てられたのだ」

このような言葉が各グループのざわめきのうえに降りかかり、蜜蜂の群に嵐の前触れの雨粒が落ちてきたような効果をあたえた。一同はずっと押し黙っていた。一瞬、死があたりを舞うのが聞こえるような、なんとも名状しがたい沈黙が流れた。

それはほんの一瞬だった。いちばん目立たないグループの奥からアンジョルラスにこう声をあげる者がいた。

「そうかもしれない。だとしたら、バリケードを七メートルくらいまで高くして、全員ここに残ろう。市民諸君、屍の抗議をしよう。たとえ民衆が共和主義者を見捨てるとしても、共和主義者は民衆を見捨てはしないことを示そうではないか」

この言葉は、各々の重苦しい不安の暗雲から全員の思いを解きはなってくれた。熱狂的な歓声がこれを迎えた。

こんなふうに話した男の名前は、結局分からずじまいだった。それはどこのだれとも知れない労働者、しがない男、忘れられた人間、通りがかりの英雄、人類の危機や社会の創世期にはかならず姿をあらわす匿名の偉人だった。このような偉人は、あるとき、最高のかたちで決定的なひと言を発し、稲妻の光のなかで一瞬、民と神の代弁をしたあと、暗闇に消えてしまうものである。

そのような峻厳な決意が一八三二年六月六日の空気のなかにみなぎっていたから、ほぼ同じ時刻、サン・メリーのバリケードでは、蜂起者たちは歴史に残り、裁判記録にも記されているこんな叫び声をあげた。「援軍が来ようが来まいが、どっちだっていい！　最後のひとりまでここで殺されようではないか」

これでも分かるとおり、ふたつのバリケードはじっさいにはそれぞれ孤立していたものの、心が通じあっていたのである。

第四章　五名減って、一名ふえる

「屍の抗議」を布告した名もない男が話しおえ、みんなの心情を言いあらわす文言を告げると、一同の口から不思議なほど満足しきった恐るべき叫び声があがった。それは意味合いこそ痛ましいけれども、語調は凱歌をあげるようなものだった。

「戦死万歳！　全員でここに残ろう」

「なぜ、全員なのか？」とアンジョルラスが言った。

「全員だ！　全員だ！」

アンジョルラスはつづけた。

「地の利はいい。バリケードは申し分ない。三十人で充分だ。なぜ四十人も犠牲にするのか？」

彼らは言いかえした。

「だれひとり出ていきたくねえからだ」

「同志諸君」とアンジョルラスは叫んだ。苛立っているのか、その声は震えていた。「共和国は無駄遣いできるほど人員が豊かではない。つまらない見栄を張るなど浪費というものだ。もし、ある者にとって、ここから出ていくことが義務なら、その義務はほかの義務と同じように果たされねばならない」

原則を重んずるアンジョルラスは、絶対の高みから発するあの全権を同志たちに行使していた。しかし、彼の全能がどのようなものであったにせよ、やはり不満の声があがった。

骨の髄まで指導者だったアンジョルラスは、文句が出てもなお自説に固執し、高飛車にこうつづけた。

「三十人だけになるのが怖い者は、そう申し出てくれ」

不満の声がいっそう高くなった。

「けどよ」とあるグループのなかで声があがった。「出てくなんて、口で言うのは簡単だが、バリケードは包囲されてんだぜ」

「中央市場の側は安全だ。モンデトゥール通りは自由にとおれる。だから、レ・プレシュール通りからイノサント市場に抜けられる」

「そして、そこで」と同じグループから別の声があがった。「捕まっちまう。戦列部隊か郊外部隊の手に落ちるだけの話よ。作業着をきて、縁なし帽をかぶった男がいりゃ、いやでも目につくってもんだ。きさま、どこから来た？　ひょっとしてバリケードからか？　そこで、奴らはこっちの手をしげしげ見る。火薬の臭いがするぞ。直ちに銃殺！ってことになるのがオチだぜ」

アンジョルラスはそれには答えず、コンブフェールの肩をそっと突つき、ふたりで一階の広間にはいっていった。

間もなく、ふたりはふたたび姿をあらわした。アンジョルラスは広げた両手に、さきほど取っておいた四着の軍服を捧げもち、そのあとからコンブフェールが革装具と軍帽を持ってついてきた。

「この軍服を着ていれば」とアンジョルラスが言った。「敵の隊列にまぎれこんで逃げられる。とにかくここに四人分ある」

そして、敷石のなくなった地面に四着の軍服を放りだした。

このストイックな一団にはいかなる動揺も起きなかった。コンブフェールが発言し、「さあ」と言った。「すこしは哀れみの気持ちをもつべきだ。いまなにが問題なのか分かっているのか？　問題は女たちなのだ。どうだ。妻のある者はいるのか、いないのか？　子供のある者はいるのか、いないのか？　足で揺籠を押し、大勢の子供たちに囲まれている母親のある者はいるのか、いないのか？　きみらのなかで、子供に乳を飲ませている母親を見たことがない者は手をあげてくれ。ああ、きみらは命を捨てることを望んでいる。おれも、きみらに話しているこのおれも、そう望んでいる。だがおれはな、死んだおれのまわりで腕をよじって嘆き悲しむ女たちの亡霊など見たくはない。じぶんが死ぬのもよかろう。だが、人を死なせてはならない。ここでおこなわれようとしている自殺は崇高だ。だが、自殺は元来狭く限られた行為であって、他に広がることを望まないものだ。自殺がきみらの近親者を巻きこむなら、それは殺人と呼ばれるものになる。ブロンドの可愛らしい顔をした子供のことを思ってもみろ。白髪の老人のことを思ってもみろ。いいか、これはアンジョルラスがさっき教えてくれたことだが、彼はシーニュ通りの角で明かりのついた窓を見てきたそうだ。六階の粗末な窓にろうそくが一本灯っていて、窓ガラスには、夜通しだれかを待っているらしい老母の頭がゆらめいていたという。きっときみらのだれかの母親だろう。さあ、その男にはさっさとここから出ていって、「お母さん、ただいま！」と言ってもらいたい。安心しろ。ここの仕事なら心配いらない、こっちでやっておく。じぶんの腕ひとつで親族を養っている者には、おのれの身を犠牲にする権利などないのだ。そんなことをすれば、家族を見捨てることになる。また、娘のある者、姉妹のある者はいるか？　彼女たちのことを考えないのか？　きみらは殺され、死者になる。それも結構だ。ところが明日はどうなる？　パンもない娘たち、こいつは思っても恐ろしいことだぞ。男は物乞いをするが、女は身を売るのだ。ああ！　じつに淑やかで、じつに優しい、あのなんとも愛らしい娘たち、花のボンネットをかぶり、歌をうたい、家を純潔と生き生きとした芳香でみたし、地上における処女の清純によって、天上における天使の存在を証明してくれる娘たち、あのジャンヌ、あのリーズ、あのミミたち、きみらの祝福であり、きみらの誇りでもある愛すべき、敬うべき娘たちが、ああ、いったいなんということか、ひもじい思いをするのだぞ！　きみらはいったい、おれになにを言ってもらいたいのか？　生身の人間を売り買いする市場ってものがあるのだぞ。きみらのごとき亡霊の手がいくらまわりで震えていても、彼女たちがそこにいくのをとめられはしないのだぞ！　街頭のことを思ってもみろ。通行人がみちあふれている鋪道のことを思ってもみろ。女たちが胸をはだけ、泥にまみれながら、そのまえを行ったり来たりしている店のことを思ってもみろ。そんな女たちも、かつては清らかな身だったのだ。貧乏、売春、巡査、サン・ラザールの牢獄。これが、落ちぶれた気の優しい美しい娘たちの行き先、五月のリラよりも清々しく、恥じらいと気高さと美しさのもろい宝の行き先なのだぞ。ああ、きみらは殺される！　そしていなくなる！　それも結構だろう。だが、きみらは王権から人民を守ろうと望みながら、きみらの娘たちを警察に引きわたすことになるのだぞ。諸君、気をつけよう。惻隠の情というものをもとうではないか。世間では女たち、不幸な女たちのことを親身になって考えてやる習慣はない。男のような教育をうけていないのをいいことに、女が読書したり、じぶんで考えたり、政治に口だしすることを妨げている。じゃあ、きみらは今晩死んでも、女たちが死体公示所に行き、きみらの死体を確認することができないようにしたいというわけかね？　さあ、家族のある者には、そこのことをよーく聞き分けてもらい、われわれと握手をしてから出ていってもらわねばならない。ここの仕事はわれわれにすべてまかせてもらう。おれだって、出ていくには勇気が必要だってことくらい分かっているつもりだ。こいつはたしかに難しいことだよ。だが、難しければ難しいほど称賛に値するのだ。きみらはこう言うんだろう。「おれには銃がある。おれはバリケードにいる。仕方ない。ここに残ろう」と。仕方ない、と言うのは易しい。だが諸君、明日というものがある。きみらはその明日にはもういないとしよう。が、きみらの家族は生きているのだ。そして彼らにどれほどの苦しみがふりかかることか！　たとえば、リンゴのようなほっぺたをして、ぺちゃくちゃしゃべったり、ぎゃあぎゃあ騒いだり、ピーピー泣いたり、笑ったり、キスしてやるとさわやかな気分になる、可愛らしくて元気のいい男の子がいるとしよう。この子が捨てられると、どうなるか知っているか？　おれはそういう子供をひとり見たことがある。これっくらいの背丈の、ちっちゃな子だった。父親が死んだので、貧しい人びとが哀れに思って引きとってやった。ところが、そもそもその連中はパンもない身の上だった。その子はいつも腹を空かしていた。冬だった。その子は泣かなかった。暖炉のほうに行く姿がよく見られたが、そこに火があったためしはなく、煙突は、ほら、だれでも知っている、例の黄色い土でふさいであった。その子はちいさな指でその土をちょっとずつ剝がしては食べていた。そのうち息がかすれ、顔が鉛色になり、足がむくみ、腹がふくらんできたが、なにも言わなかった。話しかけても、答えなくなった。その子は死んでいた。ネッケル施療院で死んだことにしようと連れてこられたのだが、おれはそこでその子を見たのだ。その施療院でインターンをやっていたんでね。そこでだ、もしきみらのなかに父親がいたら、日曜日にはがっしりした手でじぶんの子供のちっちゃな手を取って散歩に行くのを楽しみにしている父親がいたら、一人ひとり、どうかその子がじぶんの子供だと想像してもらいたい。おれはあのかわいそうなガキのことを思いだす。いまでもありありと目に浮かんでくる。その子が裸で解剖台のうえに置かれたとき、墓地にはびこる草のしたの墓みたいに、皮膚のしたからあばら骨が突きでていた。胃袋のなかから泥のようなものが見つかった。歯には灰がついていた。さあ、みんな、じぶんの良心を探ってみよう。心の声に耳を傾けよう。ちなみに、みなしごの死亡率が五十五パーセントだということは、統計によって確認されている。くりかえし言うが、問題は女たちなのだ。母親たちなのだ。娘たちなのだ。チビッ子たちなのだ。きみら自身のことに話を移そうか？　きみらがどういう人間であるかはよく分かっている。きみらは全員、勇敢だということもよく分かっている。わざわざ言うまでもないことだよ！　きみらが全員、崇高な大義のために命を投げだすことを喜びとも、名誉とも思っているのはよく分かっている。きみらが全員、有意義かつ勇壮に死ぬべく選ばれた人間だと感じているのはよく分かっている。それもいいだろう。だが、きみらはこの世でひとりきりではないのだ。考えてやらねばならない他の者たちがいるのだ。じぶん勝手な振舞いは許されないのだ」

一同は暗い顔つきで頭をたれた。

このうえなく崇高な瞬間にいながら、人間の心とはなんという矛盾をかかえているものだろう！　そのように話しているコンブフェール自身もみなしごではなかった。彼は他人の母親たちのことに思いをはせていたが、じぶんの母親のことは忘れていた。彼は命を捨てようとしていた。「じぶん勝手」な振舞いをしようとしていたのである。

マリユスは空きっ腹で、熱っぽく、あらゆる希望をつぎからつぎへと失い、もっとも悲惨な難破とも言える苦悩に出くわし、荒々しい興奮をいやというほど味わい、最期の時がきたことを感じて、みずからの意志で受け入れる運命の刻限に先立つ、あの幻覚をともなう無感覚状態の深みにずるずるとおちこんでいった。

彼を見て、生理学者なら、科学によって知られ、分類されているあの熱性吸収の徴候の増大を研究できたかもしれない。この状態と苦しみとの関係は、快楽と喜びとの関係にひとしい。だから、絶望にもまた、それなりの忘我の状態があるのだ。マリユスはそのような状態にあった。彼はなにごとも外から見ているだけだった。すでに述べたように、眼前で生じていることがはるか遠くの出来事のように思えた。全体がなんとなく分かっても、細部はまったく見えなかった。行き来する者たちの姿も、炎を透かして見るようだった。まわりの声も、深淵の底から聞こえてくるような気がした。

それでも、このことには心を動かされていた。この場面には彼を芯まで突きさし、目覚めさせる切っ先のようなものがあった。彼にはただひとつ、死ぬという考えしかなく、その考えから気持ちを逸らしたくなかった。しかし、暗く沈んだ夢遊状態のなかで思った。たとえじぶんが滅びる身であっても、だれかを救うことを禁じられているわけではないのだ、と。

彼は声をあげて、

「アンジョルラスとコンブフェールの言うことは正しい」と言った。「無駄な犠牲はいけない。ぼくはふたりに賛同する。ともかく、急がなくちゃならない。コンブフェールは決定的なことを言ってくれた。きみたちのなかに家族、母親、姉妹、妻、子供のいる者がいるだろう。その者たちは列の外に出てくれ」

だれひとり動かなかった。

「妻帯者と一家の扶養者は列の外に出るんだ!」とマリユスはくりかえした。

彼の権威は絶大だった。アンジョルラスはたしかにバリケードの指導者だったが、マリユスはバリケードの救い主だったのだ。

「おれの命令だ」とアンジョルラスが叫んだ。

「ぼくのお願いだ」とマリユスは言った。

すると、コンブフェールの言葉に感動し、アンジョルラスの命令に動揺し、マリユスの願いに感銘をうけた英雄的な男たちは、互いに名指しはじめた。

「そうだ」と若い男が年配の男に言った。「あんたは一家の主だ。出ていけよ」

「なに、それならおまえだろ」と年配の男が答えた。「おまえは姉妹ふたりを養ってるんだぞ」

こうして前代未聞の争いがはじまった。だれもかれもが墓から放りだされたくない一心だった。

「急ごう」とクールフェラックが言った。「十五分後ではもう間に合わない」

「同志諸君」とアンジョルラスがあとをついだ。「ここは共和国だから、すべては普通選挙で決められる。だれが出ていくべきか、きみたち自身に決めてもらおう」

一同はしたがった。五分ほどして、五名が全員一致で指名され、列の外に出た。

「五人か!」とマリユスは声をあげた。

軍服は四着しかなかった。

「だったら」と五人が言った。「ひとり残らなくちゃ」

今度は、だれもかれもが残ろうとして、ほかの者が残ってはならない理由をあれこれ言い立てた。高邁な言い争いがまたはじまった。

「おい、おまえには、おまえにぞっこんの女房がいるじゃないか」

「なんだと、おまえには年とった母親がいるじゃないか」

「なあ、おまえには父親も母親もいないが、三人の弟たちはどうなる?」

「なに言うんだ、あんただって五人の子供の父親だろ」

「よう、おまえには生きる権利がある。まだ十七歳だろ。早すぎるぜ」

革命のこの大バリケードは英雄的な行為の集会所と化した。そこでは、ありそうもないことが当たり前のことになった。この男たちはどんなことにも驚かなかった。

「早くしてくれ」とクールフェラックはくりかえした。

一団のなかのだれかがマリユスに向かって叫んだ。

「あんたが残る者を指名してやれ」

「そうだ」と五人が言った。「選んでください。われわれは言われるとおりにしますから」

マリユスは二度と心を動かされることはあるまいと思っていた。ところが、これから死んでいく人間をひとり選ぶのだと思うと、血が心臓に逆流し、これ以上蒼ざめるはずのなかった顔がさらに蒼ざめた。

彼は微笑みかけてくる五人のほうに進みでると、めいめいがテルモピュライ[1]の史話に見られるような焔を目にみなぎらせて叫んだ。

「おれだ! おれだ! おれだ!」

そこでマリユスは愚かにも、彼らの人数を数えてみた。やはり五人だった! やがて、彼の目は四着の軍服のうえに落ちた。と、そのとき、まるで天から降ってわいたように、五着目の軍服がその四着の軍服のうえに落ちてきた。五番目の男が救われたのだ。

マリユスは目をあげ、フォーシュルヴァン氏の姿に気づいた。ジャン・ヴァルジャンがバリケードにはいってきたところだったのだ。

人に聞いたのか、本能に導かれたのか、あるいは偶然か、彼はモンデトゥール小路からやってきた。国民軍の軍服を着ていたおかげで、難なく通れたのである。

蜂起者たちがモンデトゥール通りに立てておいた見張り役は、たったひとりの国民軍兵士だけのために警報を出すまでもないと判断し、「おそらく援軍だろう、最悪の場合でも捕虜だろう」と思いながら、そのまま通したのだった。歩哨がじぶんの任務から気を逸らしたり、持ち場を離れたりするには、これはあまりにも重大な状況だったのだ。

ジャン・ヴァルジャンが三角堡のなかにはいったとき、彼に注目する者はひとりもおらず、みんなの目は選ばれた五人と四着の軍服に釘づけになっていた。ジャン・ヴァルジャンのほうは、その場の様子を見聞きしてから、黙ってじぶんの服を脱ぎ、それを四着の軍服のうえに投げだしたのだった。

このときの感動は筆舌に尽くしがたいものであった。

「あれはどういう人なんだ?」とボシュエが尋ねた。

「あれはな」とコンブフェールが答えた。「みんなの救い主だ」

マリユスは重々しい口調で言いそえた。

「ぼくの知っている人だ」

この保証だけで充分だった。アンジョルラスは彼のほうに向かって、

「ようこそ、同志、よくぞ来てくださった」と言い、こう付けくわえた。

「お分かりのように、われわれはこれから死のうとしているのです」

ジャン・ヴァルジャンはそれには答えず、救われた蜂起者が軍服を着るのを手伝ってやった。

第五章　バリケードのうえから見える地平

この避けられない時間、この逃れられない場所にあって、みんなはアンジョルラスの最後の憂愁を、結果とも頂点ともせざるをえない状況にあった。

アンジョルラスは胸中に最大限の革命精神をたぎらせていた。だが、絶対にも不完全がありうるように、彼も完全ではなかった。サン・ジュスト的な側面が強すぎて、アナカルシス・クローツ的な側面が足りなかったのだ。〔1〕しかし、〈ABCの友の会〉の活動のなかで、彼の精神はいくらかコンブフェールの思想の感化をうけるようになった。しばらくまえから、教義の狭い枠から抜けだし、進歩の思想の拡大に向かい、大フランス共和国が広大な人類共和国に変わることを、最終的で壮麗な進展として受け入れるようになっていた。だが、さしあたって採るべき手段としては、状況が暴力的である以上、手段も暴力的なものでなければならないと思っていた。この点では、なんら変わっていなかった。彼は結局、「九三年」という言葉に要約される修羅場の、恐るべき流派にとどまっていたのである。

いまアンジョルラスは騎銃の銃身に片肘をついて、敷石を積んだ階段のうえに立っている。物思いにふけり、ときどき、風に吹かれるように、からだを震わせている。死が宿っている場所というのは、神託のくだる三脚床几に似た作用をおよぼすものだ。心中がありありとうかがえるその瞳から、封じこめられた火のような光が発していた。突然、彼は頭をあげた。ブロンドの髪が、星でできた黒い並列四頭立て二輪戦車上の天使の髪さながら、うしろにたなびいた。それはまた、燃えたつ後光に似た、ライオンの乱れたたてがみのようでもあった。アンジョルラスは声をあげた。

「同志諸君、きみたちは未来のことを考えられるか？　都市の通りは光にみちあふれ、家々の戸口には緑の枝が繁り、諸国民は姉妹になり、人びとは正しく、老人は子供を祝福し、過去が現在を愛し、思想家は完全な自由を手に入れ、信者は完全に平等になり、みんなが天を崇めて信仰し、神が直接司祭になり、人間の良心が祭壇になり、もはや憎しみはなくなり、仕事場と学校は友情で結ばれ、刑罰と褒賞はあまねく知られ、万人に仕事があり、万事に権利があり、万人に平和が訪れ、もはや流血も戦争もなくなり、母親は幸福になる！　物質を手なずけるのが第一歩なら、理想を実現するのが第二歩だ。これまで進歩がなしとげたことをよく考えてみよう。かつて最初の人類は、水面に息を吹きつけるヒュドラが、火を吐くドラゴンが、鷲の翼と虎の爪をもって空中を飛行する空の怪物グリュプスが、目のまえを通るのをひたすら怯えながら見ていた。それらは人間をこえる、身の毛もよだつ動物だった。だが人間は罠を、知性という聖なる罠を仕掛けて、ついにそれらの怪獣を捕まえてしまった。

われわれはヒュドラを手なずけた。それは汽船と呼ばれる。われわれはドラゴンを手なずけた。それは機関車と呼ばれる。いまやわれわれはグリュプスを手なずけつつある。いやすでに捕まえている。それは気球と呼ばれる。このプロメテウス的事業が完成し、人間が古代の怪物、すなわちヒュドラ、ドラゴン、グリュプスを最終的にみずからの意志にしたがわせたあかつきには、水、火、空気の支配者となり、人間以外のあらゆる生物にとって古代の神々にもひとしい存在になるだろう。勇気を出そう、前進あるのみだ！　市民諸君、われわれはどこへ向かうのか？　政府となった科学、唯一の公権力になった事物自体の力、おのれのうちに制裁と刑罰をもち、自明の理によって公布される自然法、夜明けに相当する真実の曙へ、だ。われわれは諸民族の団結、人類の統一に向かって進む。もはや虚構も、寄生もなくなるだろう。真実によって統治される現実、それこそが目的なのだ。文明はヨーロッパの頂で、のちには諸大陸の中心、知性の大議会場で集会を開くだろう。すでにして同じようなものが見られた。古代ギリシャの隣保同盟《アンフィクチオニア》は年に二度会議を開いた。一度は神々の地デルポイで、もう一度は英雄たちの地テルモピュライで。ヨーロッパはその隣保同盟をもつだろうし、地球もその隣保同盟をもつだろう。フランスはそのような崇高な未来をはらんでいる。これこそ十九世紀の懐胎と言うべきだ。ギリシャがやりかけたことを、フランスが仕上げるのは至当というべきだろう。いいか、フイイ、きみは勇敢な労働者、人民の代表、諸民族の友だ。おれはきみを敬愛している。そう、きみははっきり未来を見ている。そう、きみは正しいのだ。フイイ、きみには父親も母親もいなかったが、人類を母とし、権利を父とした。きみはここで死のうとしている。ということは、勝利を得ようとしているのだ。

同志諸君、今日なにが起ころうとも、われわれが勝とうと負けようと、われわれがなそうとしているのは革命なのだ。火事が街じゅうを照らすのと同じように、革命は全人類を照らす。では、われわれはどんな革命をやるのか？　さっきも言ったように、〈真実〉の革命だ。政治的な観点からすれば、ただひとつの原則しかない。人間がおのれにたいして主権をもつという原則だ。じぶんにたいするじぶんの主権は〈自由〉と呼ばれる。このようにふたつ、もしくは複数の主権が結合するところに、〈国家〉がはじまる。ただし、この結合にはいかなる放棄もない。どの主権も万人に共同の権利をつくるために、一定量の自己を譲りわたす。この量は万人に同一のものだ。各人が万人にたいしておこなうこの譲渡の同一性は〈平等〉と呼ばれる。共同の権利とは、各人の権利のうえに広がる万人の保護にほかならない。各人にたいするこの万人の保護は〈友愛〉と呼ばれる。こうしてあらゆる主権が凝集する交差点は〈社会〉と呼ばれる。この交差は集結であるから、その交差点が結び目になる。社会的紐帯はそこに由来する。ある者たちはこれを社会契約と言う。だが、それは同じものだ。契約という言葉は語源的に「つながり」という観念からきているからだ。平等ということについて、お互い理解しあおう。なぜなら、自由が頂点なら、平等は基底だからだ。市民諸君、平等とはすべての植物が同じ高さになるということではない。背の高い草と背の低い樫の木がつくる社会ではない。互いに去勢しあう嫉妬の隣人関係ではない。市民生活においては、あらゆる才能にひとしく機会があたえられること、政治においてはすべての投票が同じ重みをもつこと、宗教においてはあらゆる良心が同じ権利をもつことなのだ。平等は無料の義務教育という、ひとつの機関をもつ。アルファベットを知る権利、まずそこからはじめねばならない。初等教育は万人の義務になり、中等教育は万人に開かれる、これが掟だ。同一の教育から、平等な社会が生まれる。そうだ、教育だ！　啓蒙だ！　知性の光だ！　すべては知性の光から出て、知性の光にもどる。

同志諸君、十九世紀は偉大だ。だが、二十世紀は幸福になるだろう。二十世紀には、古い歴史にあったようなことはなにひとつ起こらないだろう。もはや、現在のように征服、侵略、王位の簒奪、武装した諸国民の抗争、王族の結婚に左右される文明の中断、世襲専制政治における王子の誕生、国際会議による諸国民の分割、王朝崩壊による国家の解体、暗闇の山羊のように無限という橋で角突きあう、ふたつの宗教の戦いなどなくなるだろう。もはや飢餓、搾取、悲嘆による売春、失業による貧困、死刑台、剣、戦闘、絡みあった事件のなかで偶然起こる掠奪などを恐れることもなくなるだろう。もはや事件など起こらない、とも言えよう。みんなが幸福になる。地球がその定めを成就するように、人類はその定めを成就するだろう。魂と星の調和が回復されるだろう。星が光のまわりを巡るように、魂は真理のまわりを巡るだろう。

諸君、われわれが生きている現在、おれが話している現在は暗い時代だ。だが、これこそ未来を贖うつらい代償なのだ。革命は通行税みたいなものだ。ああ！　人類は解放され、高められ、慰められるだろう！　われわれはそのことを人類に向かって断言する。犠牲の高みからでなくして、いったいどこから愛の叫び声をあげられようか？　ああ、兄弟たちよ、ここは考える者たちと苦しむ者たちが結合した場所だ。このバリケードをつくっているのは敷石でも、大梁でも、古鉄でもない。このバリケードはふたつの堆積、すなわち思想の堆積と苦悩の堆積からできているのだ。ここでは貧困が理想に出会う。ここでは昼が夜を抱いて、「わたしはおまえといっしょに死ぬ。そうすれば、おまえはわたしといっしょに生きかえるだろう」と言う。ありとあらゆる悲嘆を抱きしめることから、信念がほとばしる。苦しみはここにその末期をもたらし、思想はその不死をもたらす。この末期とこの不死がやがて混ざりあい、われわれの死を形づくる。兄弟たちよ、ここで死ぬ者は未来の光輝のなかで死ぬのだ。われわれは曙の光がさんさんと射しこむ墓のなかにはいるのだ」

アンジョルラスはここで口をつぐむ、というよりも絶句した。その唇は、あたかもじぶんに言い聞かせるかのように動いていた。そこで、全員が注意深く、なおも耳を傾けようと彼を見つめた。喝采は起こらなかったが、みんなは長いあいだ囁きあっていた。言葉は息吹だから、それを聞く知性のざわめきは、木の葉のざわめきに似ているのである。

第六章　狼狽したマリユス、素っ気ないジャヴェール

ここでマリユスの胸中を述べておこう。

彼の精神状態を思いだしていただきたい。さきほど言ったばかりだが、彼にとってはもはや、すべてが幻でしかなかった。彼の判断は混乱していた。くどいようだが、マリユスは死に瀕した人間に開かれる、暗く大きな翼の影につつまれていた。じぶんは墓のなかにはいり、すでに人生の壁の反対側にいるように感じて、生きている者たちの顔を死者の目で見ているにすぎなかった。

どうしてフォーシュルヴァン氏がここにいるのか？　なぜはいってきたのか？　なにをしに来たのか？　マリユスにはそんな疑問はまったく生じなかった。もっとも、人間の絶望というものは、本人ばかりではなく、他人をも巻きこむという特質があるから、だれしも死ぬためにやってくるのは至極当然のような気がしていた。

ただコゼットのことを思うと、胸が締めつけられた。

それにフォーシュルヴァン氏はマリユスに話しかけることも、目を向けることもなく、マリユスが大声で「ぼくの知っている人だ」と言ったのも、まるで耳にはいらないようだった。

マリユスからすれば、フォーシュルヴァン氏のそんな態度にかえって気持ちが楽になった。このような印象を言いあらわすのにこんな言葉をつかうことが許されるなら、その態度は彼の気に入った。これまでもずっと、なんとも胡散くさいが威圧感のあるこの謎めいた男に言葉をかけるなど、とうていできはしないと感じていた。そのうえ、ずいぶん長いあいだ姿を見かけなかったので、マリユスのような内気で控え目な性質の人間には、なおさら言葉をかけにくかったのだ。

選ばれた五人の男たちがモンデトゥール小路から出ていった。彼らはどこから見ても国民兵だった。なかのひとりは泣きながら去っていった。彼らは出発のまえに、バリケードに残る者たちを抱き、キスをした。

心ならずも生に送りかえされた格好の五人の男が立ち去ると、アンジョルラスは死を宣告された男のいる一階の広間にはいっていった。柱に縛りつけられたジャヴェールは物思いにふけっていた。

「なにか必要なものはないか?」と、アンジョルラスが尋ねた。

ジャヴェールは答えた。

「いつ殺《や》ってくれるんだ?」

「待っていろ。いまのところ、こっちには無駄にできる弾薬はひとつもないんだ」

「じゃあ、なにか飲ませてくれ」とジャヴェールは言った。

アンジョルラスはみずからコップ一杯の水を差しだし、縛られたジャヴェールが飲むのを助けてやった。

「これだけでいいのか?」とアンジョルラスはつづけた。

「この柱が痛いんだ」とジャヴェールが答えた。「こんな格好で夜明かしさせるとは、おまえたちも、ずいぶんと気が利く連中だな。好きなように縛ってくれてもかまわんが、せめてあいつみたいに、テーブルのうえに寝かしてくれても罰は当たるまい」

そう言ってから、頭でマブーフ氏の死体を示した。

ご記憶のことと思うが、広間の奥には長く大きなテーブルがあって、そこで銃弾を鋳造したり、弾薬をつくったりしていた。銃弾は全部できあがっていたし、火薬も底をついていたので、テーブルは空いていた。

アンジョルラスの命令で、四人の蜂起者がジャヴェールを柱からほどいてやった。そのあいだ、五人目の蜂起者が胸に銃剣を突きつけていた。ジャヴェールはうしろ手で縛られたうえ、両足を細くて丈夫な鞭の縄で結わえつけられていたので、これから死刑台にのぼる人間みたいに、四十センチほどの歩幅で歩くしかなかった。彼はそのまま、広間の奥まで歩かされ、テーブルのうえに寝かされて、からだの真ん中をしっかりと縛りつけられた。

彼はぜったいに脱走できない縛り方をされたうえ、念には念を入れて、首に一本縄をかけられ、監獄ではマルタンガルと呼ばれる結び方をされた。それは縄を襟首から引っぱってきて胃のあたりで二股に分け、両足のあいだをくぐらせてから、両手にもどって縛るというものだった。

ジャヴェールが縛られているあいだ、入口の敷居近くで、ひとりの男がいやにしつこく彼を見つめていた。ジャヴェールは男の落とす影に気づいて、そのほうに顔を向けた。目をあげて見ると、それはジャン・ヴァルジャンだった。彼は身じろぎひとつせず、傲然と瞬きしてこう言っただけだった。「なんだ。そういうことか」

第七章　状況が悪化する

またたく間に夜が明けたが、窓ひとつ開くわけでもなく、戸のひとつも細めに開くことがなかった。人びとは夜明けになっても目を覚ます気になれなかったのだ。すでに述べたように、バリケードの向かいにあったシャンヴルリー通りの外れから軍隊が引きあげていた。いまは往来も自由になったらしく、陰気な静けさが通行人を待ちうけていた。サン・ドニ通りはひっそりとし、まるでテーバイのスフィンクス通りみたいだった。陽光に白く照らされた四つ辻には、生きているものの姿はなかった。人影のない街路の、こうした明るさほど不気味なものはない。

なにも見えなかったが、音は聞こえた。すこし離れたところで、不可解な動きが起こっていた。危機が迫っているのは明らかだった。昨晩のように、歩哨がもどっていた。ただし、今回は全員が。

バリケードは最初の攻撃のときより強化されていた。五人が出発したあと、さらに高くされたのだ。

中央市場《レ・アル》地区を監視していた見張りの意見で、アンジョルラスは背後からの奇襲をおそれ、重大な決心をした。これまで自由に通りぬけができたモンデトゥール小路の狭いつづら折りの道を、バリケードでふさがせたのだ。そのため、さらに先まで数軒の家に沿って敷石が剝がされた。こうなるとバリケードは三つの通り、すなわち前方はシャンヴルリー通り、左手はシーニュ通りとプチット・トリュアンドリー通り、右手はモンデトゥール小路がふさがれて、ほぼ難攻不落と言ってもよかった。そしていよいよ、完全に閉じこめられた彼らにはもはや死しか残っていなかった。バリケードには三つの正面があったが、出口はひとつしかなくなったのである。

「こいつは要塞というより、まるでネズミ取りだな」と、クールフェラックが笑いながら言った。

アンジョルラスは居酒屋の戸口のそばに敷石を三十ばかり積ませた。ボシュエは「剝ぎとりすぎだよ」と言った。

アンジョルラスは、攻撃が予想される方角が静まりかえっているのを見て、めいめいを戦闘位置につかせた。

みんなにブランディーが配られた。

攻撃の用意をしているバリケードほど興味深いものはない。各々はまるで芝居小屋にでも行ったみたいに、じぶんの場所を選ぶ。互いにもたれかかったり、肘をくっつけあったり、肩を寄せあったりする。なかには敷石で指定席をつくる者までいる。壁の角が気になれば、離れる。出っ張りが身を守ってくれると思えば、そこに隠れる。左利きは貴重だ。他の者たちにとっては具合が悪い場所についてくれるからだ。だいたいの者は、なんとか腰をおろしたまま戦おうとする。簡単に殺して、安楽に死にたいからだ。一八四八年の陰惨な戦いでは、おそろしく射撃の達者なひとりの蜂起者が屋上のテラスから攻撃していたが、わざわざそこにヴォルテール椅子[1]を持ちこんでいたものだった。散弾がそんな男に命中した。

指揮者が戦闘準備を命ずると、すぐさまいっさいの無秩序な動きがとまる。互いの対立も、徒党も、ひそひそ話も、分派もなくなる。それぞれの心にあるものすべてが一点に集中し、攻撃を待ちうける態勢に変わる。危険のまえのバリケードはただの混乱だが、危険のなかでは規律そのものになる。危機が秩序をつくりだすのだ。

アンジョルラスが二連発の騎銃を持って、じぶんの場所と定めていた銃眼につくと、みんなはただちに沈黙した。ちいさく乾いた音がカチカチと敷石の壁に沿ってひびいた。銃の引金を起こす音だった。

くわえて、彼らの態度はかつてなく堂々とし自信にみちていた。過度の犠牲は、逆に信念を固くする。彼らにはもはや希望はなく、あるのは絶望だけだった。絶望が最後の武器になると、時に勝利をもたらすことがある。ウェルギリウスもそう言っている。[2] つまり、身を捨ててこそ、浮かぶ瀬もあるのだ。死の船に乗りこむことが、ときとして難破を逃れる唯一の方策になり、柩の蓋が救命板になるのである。

前夜のように全員の注意が、いまは照らされ、はっきりと見とおせる通りの端に向けられた、というより、ほとんど吸いよせられた。

待機は長くなかった。サン・ルーの方角で敵が動く気配がはっきり感じられたが、今回の攻撃は最初のものとは違っていた。鎖がジャラジャラ鳴る音、なにやら得体の知れないものがガタゴト揺れる不気味な音、鋪道のうえを青銅がカタカタ跳びはねる音など、一種厳かな喧噪が忌まわしい金属性の物体の接近を告げていた。この静かな古い街のはらわたに戦慄が走った。なにしろこの街は、さまざまな利益や思想を潤沢に流通するために開き、築かれたのであって、そんな怪物じみた戦争用の車輪を転がすためにつくられたのではなかったのだから。

通りの端に張りついていた戦闘員全員の目つきが獰猛になった。一門の大砲が姿をあらわした。砲兵たちに押された砲車は発射台にはめこまれ、前輪が外してある。二名が砲架を支え、四名が車輪につき、その他の兵が弾薬車を引いて、あとにつづいている。点火された火縄が見える。

「撃て!」と、アンジョルラスが叫んだ。

バリケードのなかの者が一斉に発射し、凄まじい銃声がとどろいた。煙が雪崩のように砲車と兵士たちをおおい隠した。しばらくすると、その雲も晴れて、ふたたび大砲と兵士たちの姿があらわれた。砲兵たちがあわてることもなく、ゆっくりと正確に、バリケードの正面に大砲を据えつけたところだった。一兵も撃たれていなかった。やがて、砲兵長が弾道を高くするために砲尾を押しさげ、望遠鏡を向ける天文学者さながらの荘重さで照準を合わせはじめた。

「でかしたぞ、砲手諸君！」とボシュエが叫んだ。

すると、バリケードじゅうの者が拍手した。だが、大砲はたちまちのうちにどぶを跨いで、通りの真ん中にでんと据えつけられ、発射準備を整えていた。恐るべき砲口がバリケードに向かって開いていた。

「やれやれ、こりゃ参ったな」とクールフェラックが言った。「大砲とおいでなすったか。指で弾いてやったら、拳骨のお返しとはな。軍隊はおれたちに向かってどでかい脚を伸ばしやがった。バリケードはこっぴどくやられるぜ。射撃なら掠めるくらいのもんだが、大砲はもろにくるからな」

「あれは八ポンド砲だ。青銅製の新型のやつさ」とコンブフェールが言いそえた。「ああいう大砲は、銅百にたいして錫の割合が十をすこしでも上回ると破裂しやすくなる。錫が多すぎると、柔らかくなりすぎる。そうすると砲口のなかに窪みや隙間ができる。そのような危険をふせいで、次々に装塡しようとすれば、おそらく十四世紀のやり方にもどって、砲身に輪をはめる必要があるはずだ。つまり、継目のない鋼鉄の輪を砲尾から砲耳まではめて、砲身を外側から補強するやり方だ。さしあたっていまは、必死で欠陥の防止策が講じられているはずだ。探索器をつかって、砲身の孔や窪みがどこにあるか見つけようとしているだろう。じつは、もっといいやり方があって、それはグリボーヴァルの動く星[3]というやつさ」

「十六世紀には」とボシュエが口をはさんだ。「砲身に腔線をつけていたもんさ」

「そうなんだ」とコンブフェールが応じた。「そうすると弾道力は増すが、射撃の精度は落ちる。おまけに短距離の射撃だと、弾道は思うように直進せず、放物線が大きくなりすぎて、中間にあるすべての目標を撃ちおとせるほど真っ直ぐには飛ばなくなる。ところが、中間の目標物を撃つことは戦闘上どうしても必要で、これは敵が接近し、射撃が急を要するときにはますます重要になってくる。十六世紀の腔線をつけた大砲の弾道に張りがなかったのは、装塡の弱さが原因だった。ところがこの種の兵器は、たとえば砲架の保護といった発射技術上の必要からも、装塡を弱くするのは仕方のないことだったんだ。要するに、大砲という名の暴君にしたって、なんでも好き勝手にやれるわけじゃないってことさ。力は大きな弱点にもなる。大砲の弾は一時間二千四百キロメートルしか飛ばないが、光は一秒間に三十万キロメートルも進む。イエス・キリストがナポレオンに優るのはこの点だよ」

「弾をこめろ」とアンジョルラスは言った。

砲弾をうけたら、バリケードの外装はどうなってしまうのか？　砲撃は破口をつくるのだろうか？　これが問題だった。蜂起者たちが銃に弾をこめなおしているあいだに、砲兵隊は大砲を装塡していた。

角面堡のなかでは、いよいよ不安が深刻になってきていた。

砲弾が発射され、砲声がとどろいた。

「ただいま参上！」と叫ぶ陽気な声がした。

砲弾がバリケードに当たるのと同時に、ガヴローシュがなかに飛びこんできた。彼はシーニュ通りのほうから、プチット・トリュアンドリー通りの迷路に面している補助バリケードをひょいとひと跨ぎしてきたのである。

ガヴローシュは砲弾以上の効果をバリケードにもたらした。

砲弾は瓦礫の山にのめりこみ、乗合馬車の車輪をひとつ壊し、アンソーのおんぼろ荷馬車を台なしにするのがせいぜいだった。それを見て、バリケードじゅうが笑いだした。

「つづけてみろ!」と、ボシュエが砲兵隊に向かって叫んだ。

第八章　砲兵隊が本気になる

みんながガヴローシュを取りまいた。だが彼には話をする暇もなかった。マリユスが身を震わせながら、脇に呼んだのだ。

「ここへなにしに来た?」

「あらら!」と少年は答えた。「じゃあ、そちらさんは?」

そして彼はあっぱれなまでの厚かましさでマリユスを見つめた。その目は内面の誇らしさに輝き、大きく見開いていた。マリユスは厳しい口調でつづけた。

「だれがもどってこいと言った?　ともかくぼくの手紙は宛先に届けたんだろうな?」

ガヴローシュはその手紙のことで、いささか後ろめたいところがないわけではなかった。バリケードにもどろうと急ぐあまり、届けるというよりも、捨ててきたといったほうがよかったからだ。顔さえよく分からなかった、あの見知らぬ男に手紙を託してきたじぶんの軽率さを認めざるをえなかった。あの男はたしかに無帽だったが、それだけでは言い訳にならない。結局、これについては内心みずからを咎めるところがあったので、マリユスに叱られるのを恐れていた。彼は急場をしのぐために、もっとも簡単な方便をつかった。とんでもない大嘘をついたのである。

「同志、おいらは手紙を門番にわたしてきた。ご婦人は寝てたんだ。目が覚めりゃ受けとるだろうよ」

あの手紙を出すとき、マリユスにはふたつの目的があった。コゼットに別れを告げることと、ガヴローシュを救うことだった。彼は望んでいたことの半分で満足するしかなかった。

彼はふと、手紙を届けたことと、フォーシュルヴァン氏がここにいることとはどういう関係があるのだろうと考えた。そこでガヴローシュにフォーシュルヴァン氏を指さして、

「あの人を知っているか?」ときいた。

「いや、ぜんぜん」とガヴローシュは言った。

先述したように、じっさいガヴローシュは、ジャン・ヴァルジャンには暗闇のなかで会っただけだったのだ。

マリユスの心に芽生えかけた、もやもやした邪推は消え去った。——ぼくはフォーシュルヴァン氏の政治的な意見を知っているだろうか? もしかするとフォーシュルヴァン氏は共和派かもしれない。それなら、この戦いに姿を見せるのはいたって当然のことではないか。

そうこうするうち、早くもガヴローシュはバリケードの反対側に行って、「おいらの銃をくれ！」と叫んでいた。クールフェラックが彼に銃を返すように取りはからってやった。

ガヴローシュは、彼の言い方では「同志たち」に、バリケードが封鎖されていることを知らせた。――ここまで辿りつくのにたいへん苦労したんだぜ。戦列大隊がプチット・トリュアンドリー通りに叉銃し、シーニュ通りの方面を監視している。反対側のレ・プレシュール通りは市の警察隊に占領されているんだぜ。

そういう情報を伝えてから、ガヴローシュはこう言いそえた。

「このおれさまが許可する。やつらをこてんぱんにやっつけてやれ」

一方アンジョルラスは、銃眼のところで耳をそばだてて、様子をうかがっていた。

攻撃側はさきほどの砲撃に不満だったと見え、同じことはくりかえさなかった。

戦列歩兵の一個中隊が通りの外れ、大砲のうしろにやってきて陣取っていた。兵士たちは鋪道の敷石を引っぺがし、その敷石で低い壁を築いた。高さが五十センチにもみたない一種の胸壁で、こちらのバリケードに向かってつくられている。この胸壁の左隅には、サン・ドニ通りに集まった郊外大隊の縦隊の先頭が見える。

見張りをしていたアンジョルラスは、弾薬車から散弾の箱を引っぱり出すときに特有の音を聞いたような気がした。また、砲車長が照準を変え、砲口をすこし左に傾けたのも見えた。砲車長みずから導火桿をとって、火口孔に近づけた。

「頭を伏せて、壁にくっつけろ」とアンジョルラスは叫んだ。「全員バリケードに沿ってかがめ！」

ガヴローシュが着いたときに戦闘位置を離れ、居酒屋のまえに散らばっていた蜂起者たちは、めいめいバリケードに殺到した。だが、アンジョルラスの命令が実行されないうちに、大砲が発射され、散弾としか思えない唸り声を立てた。やはり、そうだったのだ。

弾丸は角面堡の隙間を狙って放たれ、壁にあたって跳ねかえった。その猛烈な跳ね弾で二人が死に、三人が負傷した。もしこれがつづけば、バリケードはもちこたえられない。散弾がはいってくるからだ。茫然自失のざわめきが起こった。

「とにかく二発目にやられないようにしよう」とアンジョルラスは言った。

そしてじぶんの騎銃を下に向けて、砲車長に狙いを定めた。砲車長はそのとき砲尾のうえに身をかがめ、照準を正し、最後の調整をしているところだった。

砲車長は美男の砲兵軍曹で、年は若く、ブロンドの髪の、きわめて穏和な顔つきをした男だった。くわえて、特別な任務を担うこの厄介な武器をあやつるのにふさわしく、頭もよさそうだった。大砲というのは、極めつけの威力を完成させた暁には、戦争をなくしてしまうはずの武器なのだ。

コンブフェールはアンジョルラスのそばに立って、その若者をじっと見つめ、

「残念だな！」と言った。「こんな殺し合いはひどすぎる！　なあ、王さまがいなくなりゃ、戦争だってなくなるんだぜ。アンジョルラス、きみはあの軍曹を狙っているが、あの顔をろくろく見てもいないだろう。じつにいい男じゃないか。大胆不敵だ。考え深そうだ。砲兵隊のあの青年

たちは立派な教育をうけている。父親も、母親も、家族もいる。たぶん恋人もいるだろう。せいぜい二十五歳だ。きみの兄弟にだってなれる年だぜ」

「そのとおりだ」とアンジョルラスは言った。

「だよな」とコンブフェールがつづけた。「おれの兄弟にも、な。じゃあ、殺すのはやめておこうぜ」

「おれにまかせてくれ。やるべきことをやらなくてはな」

アンジョルラスの大理石のような頬をひと筋の涙がゆっくりと流れた。

それでも騎銃の引金をひいた。閃光が走った。砲兵はまえに腕を突きだし、空気を吸いこむように頭をうえに向けて、二度身悶えしたあと、大砲のうえに横倒しになり、そのまま動かなくなった。背中の真ん中から大量の血が真っ直ぐに噴きだしているのが見えた。銃弾が胸を貫通し、砲兵は死んだ。

砲車長を運んで、代わりを立てねばならなかった。じっさいこれで、数分時間がかせげたのだった。

第九章　昔の密猟者の腕前と、一七九六年の有罪判決に影響した確実な射撃がものを言う[1]

バリケードのなかでは、さまざまな意見が交わされていた。砲撃がまたはじまろうとしていた。

あのような散弾でやられては十五分ももつまい。なんとかしてその散弾の衝撃をやわらげねばならなかった。アンジョルラスはこんな命令をくだした。

「あそこにマットレスを置くんだ」

「それがもうないのさ」とコンブフェールが言った。「負傷者を寝かせているんだよ」

ジャン・ヴァルジャンはひとり離れて、銃を両足のあいだにはさみ、居酒屋の角にあった車除けの石にすわったまま、周囲で起きていることにまったく無関心だった。戦闘員たちが彼のまわりで、「なんの役にも立たない銃があるぞ」と噂している声も耳にはいらないようだった。

その彼が、アンジョルラスの命令を聞いて立ちあがった。

集団がシャンヴルリー通りに到着したとき、爆弾が飛んでくるのを予測したひとりの老女が、じぶんのマットレスを窓のまえに出したことを、読者は覚えておられるだろうか。それは屋根裏部屋の窓で、バリケードからやや外れた場所にある七階建て家屋の屋根にあった。マットレスは横向きに置かれ、下のほうが二本の物干竿で支えられ、上は二本の綱で吊るしてあった。遠くからだと、二本の糸のように見える綱は、屋根裏部屋の窓枠に打たれた釘に結んであった。それは空を背景に、髪の毛ほどの細さだったが、はっきりと見えた。

「だれか二連発銃を貸してくれないか?」とジャン・ヴァルジャンは言った。

じぶんの銃に弾をこめなおしたアンジョルラスが、それを差しだした。ジャン・ヴァルジャンは屋根裏部屋に照準を合わせて、引金をひいた。マットレスの綱の一本が切れた。マットレスはいまや、一本の綱でぶら下がっているだけになった。彼は二発目を撃った。二本目の綱が屋根裏部屋のガラス窓に跳ねかえった。マットレスは二本の物干竿のあいだを滑って、通りに落ちた。バリケードにいた者たち全員が拍手喝采した。一同は声をそろえて叫んだ。

「さあ、マットレスだぞ！」

「それはそうだが」とコンブフェールが言った。「いったい、だれが取りにいくんだ？」

じっさい、マットレスはバリケードの外側の、包囲している側と包囲されている側のあいだに落ちたのだった。ところが、砲兵軍曹が死んだことで部隊はいきりたち、しばらくまえから、さきほど築いた敷石の背後に伏せた兵士たちがバリケードに向かって銃火を開いた。砲撃の準備が整うまで沈黙を強いられていた大砲の代わりをするためだった。蜂起の側は弾薬を節約するために、その一斉射撃には応戦しなかった。弾はバリケードにあたって砕けたが、通りは弾幕におおわれて、空恐ろしい有様になった。

ジャン・ヴァルジャンは隙間から出て通りにはいり、弾の嵐をついてマットレスのところまで行って、それを拾い、背中に担いでバリケードにもどってきた。彼はみずからそのマットレスを隙間にあてがった。それから、砲兵たちに見えないように、壁にぴったりとくっつけた。

それがおわったところで、一同は散弾の攻撃を待ちうけた。さっそく砲撃がやってきた。

大砲は唸り声をあげながら弾丸を吐きだしたが、跳ねかえることはなかった。散弾はマットレスに吸いこまれて威力をなくしてしまったのだ。期待どおりの成果が得られて、バリケードは守られた。

「同志」とアンジョルラスはジャン・ヴァルジャンに言った。「共和国はあなたに感謝する」

ボシュエは感心して笑いだし、こんな声をあげた。

「マットレスがこれほどの力を発揮するなんて、まったく呆れた話だよ。のれんに腕押し、とはよく言ったものだ。いや、とにかく大砲の威力を骨抜きにするマットレスに栄光あれ！」

第十章　曙

そのころ、コゼットは目を覚まそうとしていた。

彼女の寝室は狭く、清潔で、地味なもので、東側の裏庭に面した長い窓ガラスがあった。コゼットはパリの市内で起こっていることについてなにも知らなかった。前日はずっとじぶんの部屋にいたし、トゥーサンが「だんさん、えらいことだちゃ」と言っていたときには、もうじぶんの寝室にもどっていた。

彼女は、短い時間だがよく眠った。楽しい夢を見た。もしかしたら、それは彼女のちいさなベッドが真っ白だったことと関係があるのかもしれない。マリユスらしい人物が光につつまれてあらわれた。彼女は目に陽光を感じて眠りから覚めたのだが、初めのうちはまだ夢のなかにいるような心地がした。

夢から覚めてまず考えたのは、心がぱっと浮き立つようなことだった。コゼットは気分がすっかり落ち着いているのを感じ、数時間まえのジャン・ヴァルジャンと同じように、ぜったいに不幸だけは真っ平という、あの魂の反発を覚えていた。なぜだか分からないまま、将来をひたすら明るく考えようとした。そのうち、心がぎゅっと締めつけられた。——あたしは、もう三日もマリユスに会っていないんだわ。でも、マリユスはあたしの手紙を受けとっているはずだし、あたしの居どころも分かっている。機転がきく人だから、なんとしてでも来てくれるにちがいないと思った。——それはきっと今日だわ。もしかしたら、今朝かもしれない。——すっかり明るくなっていたが、日射しはまったく水平だから、朝の早い時刻なのだと思った。——でも、起きていなくちゃ。マリユスを迎えるために。

彼女はこう感じていた。——あたしはマリユスなしでは生きていけない。そのことだけでも、あの人は来てくれていいはずよ。だれにも文句は言わせない。これはすっかり決まったことなんだもの。あたしがこの三日間苦しんだだけでも、とんでもない話だわ。三日もマリユスがいないなんて、神様もあんまりだわ。でもいまとなっては、そんな天のひどい仕打ちも過去の試練。きっとマリユスはやってくる、しかもいい報せを持って。——若さというものは、そんな具合にできている。若さはたちどころに涙を拭いてしまう。苦しみを無益なものとみなして、受け入れない。若さにとっては、幸福であることが当たり前なのだ。若さの息吹は希望からできているもののようだ。

それにコゼットは、マリユスが一日だけ留守にするから、その日は会いにこられないだろうと言ったとき、どんな説明をしたのか、どうしても思いだすことができなかった。うっかり地面に落としてしまった硬貨が、どんなに器用に転がって姿を消してしまうか、けっして見つからないようにどんなに上手に身を隠すものか、だれでも見たことがあるだろう。考えもこれと同じような悪戯をする。わたしたちの頭の片隅にうずくまって、それっきりになってしまうことがある。どうやっても見つからず、どうやっても思いだせなくなるのだ。コゼットはなんとか思いだそうと努力してみたが無駄だと分かり、いくらか口惜しい思いをした。マリユスが言った言葉を忘れてしまうなんて、あたしもずいぶん悪い女ね、とっても許せないと思った。

彼女はベッドから出て、お祈りとお化粧をすませ、魂と身体のみそぎをした。

作家はやむをえない場合には、読者を婚礼の寝室に案内することもできるだろうが、処女の寝室は無理である。そんなことは詩でもはばかられるし、散文ではもってのほかである。

処女の寝室はいまだ開かぬ花の内部、闇のなかの白い光、太陽に見られるまえに男に見せてはならない閉じた百合の内房なのだ。蕾のうちの女性は神聖だ。掛け布団を払いのけてあらわになった、あの汚れのないベッド。みずからを恐れている、あの可愛らしい半裸のからだ。スリッパに逃げこむ、あの白い足。鏡のまえで、まるでそれがだれかの瞳だとでもいうように、おおいかくされるあの乳房。家具のきしむ音。通りがかりの馬車の音にもあわてて引きあげられ、肩を隠すあの肌着。結ばれるあの紐。はめられるあのホック。締められるあの編紐。びくっとするあのおののき。寒さと恥じらいによる、あのちいさな震え。あらゆる動作に見られる、あの愛らしい怯え。なにひとつ怖がることがないのに、いまにも翼を広げて飛びだしてしまいそうなあの不安。曙の雲のようにつぎからつぎへと服を脱いだり着たりしてみる、あの蠱惑的な姿。このようなことを物語るのは場違いだし、ただ並べたてるだけでも行き過ぎというものだ。

男性の目は昇る星にも増して、ベッドから起きた乙女を敬わなくてはならない。彼女たちには手をふれることができるのだから、いっそう敬意を払わなくてはならないのである。桃の和毛も、李に吹いた粉も、雪の放射状結晶も、鱗粉でおおわれた蝶の羽も、じぶんがそうであることさえ知らない乙女の純潔にくらべれば、およそ粗野なものである。乙女は夢のほのかな光にすぎず、まだ彫像にもなっていない。その寝所は理想の陰に隠れている。慎みのない眼差しを注ぐと、ほのかな暗がりを損なってしまう。ここでは、ながめることは冒瀆にひとしいのだ。

だから筆者としては、コゼットの目覚めのちょっとした混乱、馥郁たる細部は明らかにしないことにしよう。

東方のあるおとぎ話によると、バラの花はもともと神によって白くつくられたのだが、咲きそめようというときにアダムに見られたのが恥ずかしく、バラ色になったのだという。筆者は乙女や花を敬愛すべきだと考える男のひとりだから、それらをまえにすると、ついどぎまぎしてしまうのである。

コゼットは素早く着替えをし、髪を梳《と》かして結いあげた。当時の女性はちいさなクッションやロールで巻毛や編毛をふくらますとか、髪のなかに張形を入れたりはしなかったので、髪型を整えるのはいたって楽だった。それから窓を開けて、あたりを見まわし、通りの一部、家の角、鋪道の片隅、とにかくマリユスが待っていそうなところをさがした。しかし、外にはなにひとつ見えなかった。裏庭はかなり高い壁に囲まれ、数軒の家の庭がのぞいているだけだった。コゼットはそれらの庭を見苦しいと決めつけ、生まれて初めて花を醜いと思った。四つ辻にどぶ川がわずかばかり見えるほうが、いまの彼女にはよほどましだったろう。彼女は空をながめることにした、まるでマリユスがそこからやってくるとでもいうように。

彼女は突然、わっと泣きくずれた。むら気のせいではない。希望が落胆によって断ちきられたからだ。それが今の彼女の気持ちだった。なんとはなしに、胸騒ぎがしてきた。じっさい、虫の知らせというものはあるのだ。じぶんにはなにひとつ確信がもてるものがないうえ、こんふうに会わないでいると、ふたりとも身の破滅になってしまうように思えてきた。そうなると、マリユスが空からやってくるかもしれないという考えも、心がときめくものではなく、なにか不吉なことのような気がしてきた。

やがて、これが気落ちというものの特徴だが、落着きがもどり、それから希望が、そして無意識のうちに、神を信頼する微笑みがもどってきた。

みんながまだ寝ていて、家のなかには田舎のような静寂がひろがっていた。どの鎧戸も開いていないし、門番の小屋も閉まっていた。トゥーサンが起きてこないので、コゼットは父親も眠っているものとごく自然に考えた。きっと彼女はずいぶん苦しんだのだろうし、まだ苦しんでいたにちがいない。というのも、お父さまってずいぶん意地悪な人だわ、と思っていたのだから。それでも、彼女は祈った。マリユスは来ると信じていた。あのような光が消えてしまうなど、ありえないことだった。ときどき、かなり遠くのほうから、鈍い振動音が聞こえてくるので、「こんなに朝早く、正門を開けたり閉めたりするなんておかしいわ」などとつぶやいた。それはバリケードを攻撃している大砲の砲声だった。

コゼットの窓から一、二メートルほどしたの、古壁の真っ黒な軒蛇腹のなかに雨燕の巣があった。巣のふくらんだ部分が軒蛇腹からすこしだけ張りだしていたので、うえからそのちいさな天国のなかを覗くことができた。そこには母燕がいて、ひな鳥たちのうえに扇のように翼をひろげていた。父燕のほうは空高く飛んでゆき、やがて嘴に餌をくわえてもどってくるのだが、そのたびにひな鳥にキスをしてやっていた。昇る太陽がこの幸福な場景を金色にそめ、そこには「産めよ、増やせよ」という偉大な法則が明るく厳存していた。甘美な神秘が朝の栄光につつまれて開花していた。コゼットは髪に陽光を浴び、魂を空想に遊ばせ、こころは愛に、からだは曙に照らされながら、ふと身をかがめ、そのときは、マリユスのことを考えているのだとは気づかずに、その鳥たち、鳥の一家、鳥の雄と雌、鳥の母親とその子供たちをながめながら、巣というものが処女にあたえる深い困惑を覚えていた。

第十一章　的を外さず、しかも人を殺さない射撃

攻撃側の銃火はつづいていた。一斉射撃と散弾が交互になされたが、じっさいにはバリケードに大した損傷をあたえなかった。コラントの正面の上部だけが被害をうけて、二階のガラス窓と屋根裏部屋の小窓が大粒の散弾やビスカイ銃の弾丸で穴だらけになり、すこしだけ形が崩れた程度だった。そこに配置されていた戦闘員は避難せざるをえなかった。もっとも、これはバリケード攻撃の戦術のひとつだ。つまり、もし蜂起の側が釣られて撃ちかえすという間違いをおかし、長々と乱射してくれさえすれば、相手に弾薬をつかいはたさせることになる。そして攻撃側は、

敵の射撃がゆるやかになって、銃弾も火薬も残っていないと判断したときに突撃を仕掛けるのである。アンジョルラスはそんな罠にははまらず、バリケード側はいっさい応戦しなかった。一斉射撃をうけるたびに、ガヴローシュは舌で頬をふくらませた。これは相手を見下しているときの仕草だった。

「よっしゃ」と彼は言った。「じゃかすか布を引き裂いてくれ。こちとら包帯が必要なもんでね」

クールフェラックはさしたる成果もあげない散弾をからかい、大砲に向かって叫んだ。

「とろいね、おっさん」

舞踏会と同じように、戦闘においても好奇心が刺激されることがある。三角堡のこのような沈黙が包囲陣の不安をつのらせ、なにか予期せぬ事が生じるのではないかと怯えさせて、瓦礫の山の向こうをはっきり見とどけ、度重なる銃撃にも一向に動じる気配のない壁のうしろで、いったいなにが起こっているのか知りたいという思いに駆られたのかもしれない。蜂起者たちは、隣の屋根のうえに鉄兜が陽光に輝いていることにふと気づいた。ひとりの消防兵が高い煙突を背に立って、偵察しているようだった。その視線は真上からバリケードに注がれていた。

「あそこに厄介な見張りがいるな」とアンジョルラスは言った。

ジャン・ヴァルジャンはアンジョルラスの騎銃を返してしまっていたが、じぶんの銃を持っていた。

彼はひと言も発することなく、消防兵に狙いを定めた。その一秒後、弾に直撃された鉄兜が、けたたましい音を立てて通りに落ちた。恐れをなした兵士はあたふたと退散した。

二人目の見張りが位置についた。今度は将校だった。ジャン・ヴァルジャンはふたたび銃に弾をこめて、その新顔を狙い、鉄兜を兵士の鉄兜が落ちている通りに撃ちおとした。将校は尻尾を巻いて、そそくさと引っこんでしまった。今度こそ、警告が相手に通じたようだ。さすがに屋根のうえにあらわれる者はいなくなった。バリケードの偵察をあきらめたのだ。

「なんで、あの男を殺さなかったんだ?」とボシュエはジャン・ヴァルジャンに尋ねた。

ジャン・ヴァルジャンは答えなかった。

第十二章　無秩序が秩序に味方する

ボシュエはコンブフェールの耳元に囁いた。

「あいつはおれの質問に答えなかったぜ」

「射撃で優しさをあらわす人なんだろ」とコンブフェールが言った。

すでに遠い昔になってしまったこの時代をいささかなりとも記憶にとどめている者たちは、郊外の国民軍が蜂起者にたいして勇敢だったことを知っている。一八三二年六月の動乱の日々、彼らはことのほか冷酷無比、大胆不敵に戦った。暴動の煽りで「店」が開店休業に追いこまれたパンタン、ヴェルチュ、キュネットなどの居酒屋のおやじさん連中は、じぶんたちのダンスホールが火の消えたようになるのを見てライオンのように猛り狂い、じぶんたちの酒場に代表される秩序を救うために命を投げうったのである。ブルジョワ的であると同時に英雄的でもあったこの時代には、思想がみずからの騎士を有していたのにたいして、利害もまた相応の義侠の徒をしたがえていた。動機が下世話だからといって、行動の勇敢さがいささかも損なわれるわけではない。貨幣の山が減ってくると、ブルジョワたちも「マルセイエーズ」を歌った。勘定場のために情熱的に血が流され、祖国のささやかな縮図であるこの商家が、スパルタ風の厳格な熱情をもって守られたのである。

断っておくが、こうしたことのなかにはきわめて真面目な気持ち以外のなにものもなかった。いずれ新たな均衡がもたらされることになるにせよ、それまでのあいだは、さまざまな社会的要因が介入していたのである。

この時代のもうひとつの特徴は、政府中心主義（正統派の野蛮な俗称）のなかに無政府主義が入り混じっていたことである。

人びとは規律なしに秩序に味方していた。国民軍の某大佐の命令で、気紛れな集合ラッパが不意に鳴らされたり、某大尉が霊感によって戦闘に赴いたり、某国民兵が「思いつき」で、しかもじぶん一個の利害のために戦ったりしていた。いったん緩急ある時は、たとえば「動乱の日々」などには、兵士たちは指揮官よりもみずからの本能の声にしたがった。正規軍のなかには、正真正銘のゲリラがいて、ある者はファニコのような剣のゲリラ、別の者はアンリ・フォンフレード[1]のようにペンのゲリラになった。

この当時の文明は、不幸にして主義にもとづくグループというより、利害の寄合いによって代表されていたので、危機に瀕していた。あるいは危機に瀕していると思いこんでいた。文明は警告の叫びを発していた。各自みずから中心になり、先頭に立って文明を擁護し、救助し、保護していた。だれもかれもが、ひとりよがりに社会の救済を引きうけていた。

熱意は時に、皆殺しに行きつくことがある。国民軍の某小隊は私権によって軍法会議を開き、蜂起した囚人を五分で裁判して処刑した。ジャン・プルヴェールが殺されたのも、この種の即決裁判によってだった。残忍なリンチというべきだが、どんな党派も他の党派にたいしてこれを咎める権利はない。なぜなら、リンチはヨーロッパの君主国によっても、アメリカ共和国によっても適用されているからだ。リンチ法は勘違いによってこじれることもあった。暴動のある日、ジャン＝エメ・ガルニエという名の若い詩人が、ロワイヤル広場で銃剣を腰にした兵士に追いつかれ、六番地の正門に逃げこんで、ようやく難をのがれた。兵士は「こやつもまたサン・シモン主義者だぞ！」と叫んで殺そうとした。そういえば彼は、サン・シモン公爵の回想録の一巻を腕にかかえていた。国民兵はその本の背表紙に「サン・シモン」と書いてあるのを読んで、「死刑だ！」と叫んだのであった〔2〕。

一八三二年六月六日、さきに名を出したファニコ大尉に率いられた郊外国民軍の一個中隊は、気紛れと気晴らしが裏目に出て、シャンヴルリー通りで全滅した。いくら奇妙に思われようとも、この事実は一八三二年の蜂起のあとで開かれた予審で確認されている。ファニコ大尉は短気で向こう見ずなブルジョワ、秩序の傭兵隊長のような男、つまりはさきに筆者がその特徴を述べた連中のひとりで、熱狂的で反抗的な政府中心主義者だった。彼は機が熟すまえに発砲したいという誘惑と、じぶんひとりの力で、すなわちじぶんの中隊だけでバリケードを奪取するという野心に抗しきれなかった。赤旗や、彼が黒旗と取りちがえた例の古着が次々と揚がるのにかっとなり、軍団の将軍や指揮官たちを大声で罵っていた。会議を開いていた将軍や指揮官たちは、決定的な突撃の瞬間にはいたっていないと判断し、なかのひとりの有名な表現にしたがえば、「蜂起をぐつぐつ煮こんで」いたのである。ところが、彼のほうはバリケード攻撃の機が熟したと思いこみ、熟したからには落ちるはずだと見こんで、突撃をかけたのだった。

彼はじぶんと同じように敢然とした部下たち、ある証人によれば「頭にきた連中」を指揮していた。この中隊こそ詩人のジャン・プルヴェールを銃殺した中隊で、通りの角に配置された大隊の先頭部隊だった。だれも予期していないとき、大尉は部下たちにバリケードを攻撃させた。戦略というより血気にはやっておこなわれたこの行動は、ファニコ中隊に高い代償を払わせた。通りの三分の一にも達していないのに、バリケードからの一斉射撃に見舞われたのだ。先頭を駆けていた、もっとも大胆な四人は角面堡の真下で至近距離から銃火を浴びた。この勇気ある国民兵士の一団は、きわめて果敢ではあったが軍隊式の粘り腰がないために、しばし逡巡したあと、十五ほどの死体を鋪道に残したまま退却せざるをえなかった。彼らが逡巡しているあいだに、蜂起者たちには弾をこめなおす余裕ができた。国民兵士の一団が自軍の避難所である通りの角に着くまえに、二度目の射撃におそわれ、かなり多数の死者を出した。この中隊はしばらくのあいだ、両軍からの射撃に見舞われた。というのも、命令がないために射撃をつづけていた味方の大砲からの散弾もくらったからである。猪突猛進したファニコは、その散弾による死者のひとりだった。

彼は大砲によって、すなわち秩序によって殺されたのだ。

こんなふうに真剣味を欠き、ただ怒りを爆発させただけの攻撃に、アンジョルラスは怒って、「馬鹿者どもめが！」と言った。「やつらは味方を犠牲にしたうえ、こっちの弾薬まで無駄につかわせやがった」

アンジョルラスは真の反乱指揮者にふさわしい口の利き方をした。蜂起側と鎮圧側は対等の武器で戦うわけではない。蜂起側はすぐに消耗するもので、撃てる弾薬の数にもかぎりがあれば、費やせる戦闘員の数にもかぎりがある。弾薬入れひとつ空になっても、人ひとり殺されても、補充はきかない。軍隊がついている鎮圧側は人員を惜しまず、ヴァンセンヌ兵器庫があるので弾を惜しむ必要はない。鎮圧側はバリケードの人員にあたるほどの連隊をもち、バリケードの弾薬入れにあたるほどの兵器庫をもっている。だからこれは一対百の戦いであり、結局はつねにバリケードの粉砕におわる。ただし、にわかに革命が起こって、大天使の炎の剣を戦運の秤に投げ入れるとなれば、話は別である。そうなれば、なにもかもが立ちあがる。石畳が沸きかえる。民衆の三角堡が続出する。パリが無上の戦慄を覚える。「ナニカ神聖ナルモノ」が姿をあらわす。八月十日、七月二十九日が宙に漂う。ただならぬ光があらわれ、ぽかんと開いた権力の口が怯み、軍隊というライオンが、おのれの眼前に、フランスという預言者が泰然と佇んでいるのを見るのである。

第十三章　消え去った微光

バリケードを守る感情と情熱の混沌のなかには、すべてがすこしずつ混じりあっている。勇気、青春、矜持、熱狂、理想、信念、博打うちの熱意、とりわけ希望の断続がある。その断続のひとつ、期待のかすかなおののきのひとつが、思いもかけないときに、シャンヴルリー通りのバリケードを横切った。

「聞いてくれ！」ひきつづき見張りについていたアンジョルラスがいきなり叫んだ。「どうやらパリは目覚めたらしい」

六月六日午前、蜂起は一、二時間のあいだ、いくぶん盛りかえした。サン・メリーの執拗な警鐘が、いくらかやる気のあった連中を活気づけた。ポワリエ通りとグラヴィリエ通りにもバリケードができつつあった。サン・マルタン門のまえでは、騎銃で武装した青年が独力で騎兵中隊を攻撃した。青年は大通りのど真ん中に身をさらし、片膝を地面につけ、銃を肩に構えて撃ち、騎兵中隊長を殺してから、振りかえってこう言った。「これでおれたちを苦しめる奴がひとりいなくなったぞ！」この青年はサーベルで斬殺された。サン・ドニ通りでは、ひとりの女が窓のブラインドをおろし、その陰から市警察隊を狙い撃ちしていた。一発撃つたびに、ブラインドの鎧板が震えるのが見えた。コソヌリー通りでは、ポケットを弾薬でいっぱいにした十四歳の少年が逮捕された。いくつもの哨所がおそわれた。ベルタン・ポワレ通りの入口では、きわめて激しい、まったく予想外の一斉射撃が胸甲騎兵の連隊を迎え撃った。連隊の行進の先頭にはカヴェニャック・ド・バラーニュ将軍〔1〕がいた。プランシュ・ミブレー通りでは、屋根のうえから古い皿のかけらや世帯道具が軍隊めがけて投げつけられた。これは凶兆だった。その出来事がスールト元帥に報告されると、このナポレオンの元副官は考えこみ、シュシェ〔2〕がサラゴサで言った言葉を思いだした。「わしらもおしまいだな、ばあさんどもにしびんの中身を頭からひっかけられるようでは」

　暴動が局地化されたと思われた矢先にあらわれた、この広範囲におよぶ反乱の兆し、勢いを盛りかえした怒りの熱、パリの市外区《フォブール》と呼ばれるうずたかい燃料の山をあちこち飛びまわる火の粉、これらがあいまって軍の指導部を不安にした。彼らは起きたばかりのそんな火事を、すぐさま大慌てで消しにかかった。ぼやがすっかり消えるまで、モービュエ、シャンヴルリー、サン・メリーなどのバリケードを攻撃するのは先延ばしにされた。いずれじっくりそれらのバリケードの攻撃に専心し、一気呵成に片づける算段だった。不満の高まっている通りに派遣された縦隊は、大きな通りを掃討しながら、右左の小さな通りを探り、時には用心深くゆっくりと、時には突撃歩で進んでいった。軍隊は攻撃してきた家の戸口を打ち破った。その間、騎兵隊が機動して、大通りの群衆を蹴散らした。このような弾圧が不満の声や、軍と民衆の衝突には避けがたい騒然たる喧噪を招かないはずはない。アンジョルラスが砲声や銃声の合間に聞きつけた音はそれだった。くわえて彼は、負傷者が担架にのせられて運ばれていくのを通りの外れに見て、クールフェラックに言った。

「あれは、バリケードから出た負傷者じゃなかったぜ」

希望は長つづきせず、微光はたちまち消え去った。半時間たらずのうちに、あたりに漂っていた不穏な気配は、まるで雷鳴のない稲妻のようにかき消えた。蜂起者たちは、民衆の無関心が見捨てられた不屈の者たちに投げつける、鉛のマントのようなものが、じぶんたちのうえに垂れさがってくるのを感じた。

出現しそうに見えていた民衆の広範囲な運動も頓挫した。いまや陸軍大臣の関心と将軍たちの戦略は、まだもちこたえていた三、四のバリケードとの決戦に集中できるようになった。

太陽が地平線上に昇った。

ひとりの蜂起者がアンジョルラスに問いかけた。

「みんな腹ぺこですよ。本当にこんなふうになにも食べずに死んでいくんですか?」

アンジョルラスはあいかわらず銃眼のある防壁に肘をつき、通りの外れから目を離さないまま、首を縦に振った。

第十四章　どこでアンジョルラスの恋人の名が分かるか

クールフェラックはアンジョルラスと並んで敷石のうえにすわり、大砲を罵りつづけていた。散弾と呼ばれる弾丸の暗雲が凄まじい音を立ててかすめるたびに、精いっぱい皮肉をこめて非難していた。

「おまえさん、息切れしてるな、あわれな荒くれじいさんよ。かわいそうになってくるぜ。騒ぐだけ無駄だってことよ。それじゃあ雷にゃならねえ。ただの咳だ」

そこで、まわりの者たちが笑った。

クールフェラックとボシュエは危険が増すにつれ、ますます上機嫌な勇敢さを発揮して、スカロン夫人〔1〕のように、冗談を食糧の代わりにし、葡萄酒の代わりに陽気さを一同に注いでいた。

「アンジョルラスは偉いな」とボシュエが言った。「彼の非情なまでの無鉄砲さにはほとほと感心するよ。彼は独身だから、それでちょっぴり悲しそうなんだろうな。アンジョルラスは、どうしても独身生活をしなければならないわが身の偉大さをもてあましているんだ。そこへいくと、このおれたちにゃ、男を狂気に走らせる、つまり勇敢にする恋人がひとりやふたりはいる。男が虎のように恋をすれば、少なくともライオンのようになって戦える。それが尻軽なお針子さんたちがおれたちに仕掛けてきた手練手管へのお返しってもんよ。オルランド〔2〕はつれないアンジェリカを口惜しがらせてやろうと命を捨てた。おれたちの英雄的な行為のすべては女からきている。女のいない男、そいつは撃鉄のないピストルみたいなものよ。なんたって、男を奮い立たせるのは女なんだから。ところが、アンジョルラスには女がいない。彼は恋をしていないのに、勇猛果敢になれる。氷みたいに冷たいのに、火みたいに壮烈になれるなんて、これこそ天下の奇観というもんだぜ」

アンジョルラスは聴いているようには見えなかったが、もしだれかがそばにいたら、彼が小声で「祖国《パトリア》だよ」とつぶやくのが聞こえたかもしれない。

ボシュエがまだ笑っていると、クールフェラックが声をあげた。

「またお出ましだ！」

それから、来客を告げる取次係の声色をつかってこう言いそえた。

「八ポンドさまでございます」

じっさい、新しい人物が登場してきたところだった。第二の火器だった。砲兵たちは素早く操作をおこない、その第二の砲車を第一の砲車のそばの、砲射できる位置に据えつけたのだ。これが終局の始まりとなった。

しばらくすると、二門の砲車は手際よく操縦され、正面から三角堡を攻撃し、戦列部隊と郊外部隊が砲兵を援護した。

やや離れたところから、別の砲声が聞こえてきた。二門の大砲がシャンヴルリー通りの三角堡におそいかかると同時に、別の二門が、ひとつはサン・ドニ通り、もうひとつはオブリー・ル・ブシェ通りに砲口を向けて、サン・メリーのバリケードを穴だらけにした。この四門の大砲は不気味に共鳴しあった。

戦争の陰惨な犬どもの吠え声が互いに応えあっていた。

シャンヴルリー通りを砲撃していた二門の大砲のうち、一門は散弾を、もう一門は砲弾を発射していた。

砲弾を発射していた大砲は、照準がやや高めに合わされ、弾丸がバリケード上部の先端に当たるように計算されていたため、頂上を破壊し、敷石を粉々にして、それらが散弾の破片のように蜂起者たちの頭上に降りかかってきた。

このような射撃法は戦闘員を三角堡の頂上に近づけず、内部に集結させることを目的としたもので、つまりは突撃の予告だった。

いったん戦闘員を砲弾でバリケードの頂上から、散弾で闘士たちを居酒屋の窓から追いはらってしまえば、攻撃縦隊としては狙われることも、おそらく気づかれることもなく通りに突入でき、前夜やったようにいきなり三角堡によじ登って、うまくいけば奇襲できるかもしれなかった。

「あのじゃまくさい砲車の力を、なんとしても削がなくてはならない」とアンジョルラスは言い、「砲兵を撃て！」と叫んだ。

全員がその用意を調えていた。じつに長いあいだ鳴りをひそめていたバリケードは狂ったように発砲し、激情と歓喜もあらわに一斉射撃を七、八回とつづけた。通りには目も見えなくなるほどの煙が立ちこめた。そして数分後、炎の縞模様がいく筋もできた濃霧をとおして、砲兵の三分の二が大砲の車輪のしたに倒れているのがぼんやりと見えた。倒れなかった兵士たちは、なおも厳しい表情で黙々と大砲の操作をつづけていたが、砲火はゆるやかになった。

「うまくいったぞ」とボシュエはアンジョルラスに言った。「成功だ」

アンジョルラスは頭を横に振って答えた。

「この成功はあと十五分ほどつづくだろうが、そのときにはバリケードには十個の弾薬しか残っていないだろう」

どうやらガヴローシュにはこの言葉が聞こえたらしい。

第十五章　外に出たガヴローシュ

クールフェラックはふと、だれかが銃弾が飛び交うバリケードのしたの通りにいるのに気づいた。

ガヴローシュが酒瓶をいれる籠を居酒屋から持ちだして隙間から外に出て、三角堡の斜面で殺された国民兵の弾薬入れに詰まっている弾薬を、なにくわぬ顔でその籠のなかに入れていた。

「そこでなにをしているんだ?」とクールフェラックが言った。

ガヴローシュは顔をあげて、

「同志、おいらは籠をいっぱいにしているところさ」

「散弾が見えないのか?」

「そういや、降ってるな。それがどうした?」

クールフェラックが叫んだ。

「もどるんだ!」

「すぐもどるさ」とガヴローシュは言った。

そしてひと跳びして通りにはいりこんだ。

読者はファニコ中隊が退却するとき、死体をいくつも残していったことを覚えておられるだろう。二十近い死体が通りの端から端まで、鋪道のあちこちに転がっていた。これはガヴローシュにとっては二十個の弾薬入れ、バリケードにとっては弾薬の備蓄を意味していた。

通りの硝煙は霧のように漂っていた。切り立った絶壁にはさまれた山峡にたれこめる雲を見たことがある者なら、両側の暗くて高い家並によって狭められ、細く濃くたなびく煙を思いうかべることができるだろう。硝煙はゆっくりと立ちのぼり、たえず入れかわっていた。そのため、あたりはだんだん薄暗くなり、真昼の光さえも青白く見えた。通りの両端にいる戦士たちは――通りはきわめて短かったのに――互いに相手の姿が見えないほどだった。

その薄暗さはバリケード突撃の指揮をしていた司令部にはたぶん好ましいもので、もちろん彼らの計算にはいっていたのだろうが、ガヴローシュにもまた役立った。

煙幕の襞にまぎれ、からだの小ささも幸いして、彼は見咎められずに通りのかなり先まで行くことができ、さしたる危険にもさらされずに七つか、八つの弾薬入れを奪いとった。

彼は腹這いになって進み、四つんばいの早駆けをやり、籠を口にくわえて、身をよじり、滑り、うねり、ひとりの死者から別の死者へと蛇行し、まるで猿が胡桃の殻をむくように、弾薬入れや弾薬盒をつぎからつぎへと空にしていった。

バリケードからそう遠くないところにいたのだが、みんなは彼に注意が集まるのを恐れ、あえてもどってこいと叫ぶ勇気はなかった。

彼はある死体――伍長の死体だった――のうえに、火薬入れ《ポワール》をひとつ見つけた。

「こいつはまさかのときの備えだぜ」[1]と言って、ポケットに入れた。

彼はひたすら前進していったので、射撃の煙が透けて見える地点にまで行ってしまった。そのため、敷石を重ねた防壁のうしろに並んで伏せていた戦列狙撃兵や、通りの角に集合していた郊外部隊の狙撃兵が突然、煙のなかで動いているものに気づいて、指さしあった。

ガヴローシュが車除けの石のそばに横たわっている軍曹の死体から弾薬を取りあげているとき、一発の銃弾がその死体にあたった。

「うわっ！」ガヴローシュは言った。「死んだ奴まで殺すのかい」

二発目が近くの敷石にあたって火花を散らした。三発目が籠をひっくり返した。ガヴローシュにはようやく、それが郊外部隊の放った弾だと分かった。

彼はすっくと身を起こして、真っ直ぐに立ち、髪を風になびかせ、両手を腰にあて、撃ってくる国民兵をぐいと睨みつけて歌いだした。

面がまずいよ、ナンテールのやつら、
そいつは、ヴォルテールのせい。
頭が悪いよ、パレゾーのやつら、
そいつは、ルソーのせい。[2]

それから彼は籠を拾い、散らばった弾丸をひとつ残らず元にもどして、銃火に向かって進みながら、弾薬入れをまたひとつ奪いにかかった。四発目の弾が外れた。ガヴローシュは歌った。

おいらは公証人じゃねえ、
そいつは、ヴォルテールのせい。
おいらはちっちゃな渡鳥、
そいつは、ルソーのせい。

五発目が飛んできたが、彼から三節目の歌を引きだしただけのことだった。

陽気なもんだよ、おいらの気性、
そいつは、ヴォルテールのせい。
惨めなもんだよ、おいらの身なり、
そいつは、ルソーのせい。

こんなことがしばらくつづいた。
ぞっとするこの光景は、興趣のないものではなかった。銃撃されるガヴローシュが、その銃撃をからかっているのだ。彼は大いに面白がっているようだった。さながら雀が猟師をついばんでいるようだ。彼は一斉射撃のたびに、歌の一節でそれに応えていた。たえず狙われたが、ことごとく的外れだった。国民兵も正規軍も照準を合わせながら笑っていた。彼は伏せたり、起きあがったり、戸口の隅に隠れたり、飛びだしたり、姿を消したり、またあらわれたり、逃げたり、もどってきたり、鼻をつまんで散弾にやり返したりして、そのあいだにも弾薬入れを奪い、籠をいっぱいにしていた。蜂起者たちは不安のあまり息をつめ、彼の姿を目で追っていた。バリケードじゅうが震えているというのに、彼のほうは歌っていた。それは子供でもなく、大人でもない、浮浪児の姿をした不思議な妖精だった。乱戦から生まれた不死身の小人とでも言えようか。弾丸が追いかけてきたが、彼のほうがずっと敏捷だった。死を相手になんともおぞましい隠れん坊をやっているようだった。浮浪児は、死の妖怪の鼻ぺちゃな顔が近づくたびに爪弾きをくらわせていた。

だが、一発の弾が、ほかの弾よりも狙いが正しかったのか、それとも陰険だったのか、この鬼火のような少年に命中した。ガヴローシュがよろめくのが見え、やがてばったり倒れた。バリケードじゅうの者たちが叫び声をあげた。しかし、この小人のなかにはアンタイオス〔3〕がいた。浮浪児が敷石にふれるのは、巨人が大地にふれるのと同じようなものだった。ガヴローシュが倒れたのは、もう一度立ちあがるためだった。彼は上体を起こしてすわっていた。その顔を長くて細いひと筋の血がつたっていた。やがて両腕を宙に差しだし、弾がやってきた方向を見すえて歌いだした。

おいらばったり倒れたよ、地べたに、
そいつは、ヴォルテールのせい。
どぶに突っこんだよ、鼻が、

そいつは、ル……。

彼は歌いきれなかった。同じ狙撃兵が撃った二発目が歌の息の根をとめてしまったのだ。今度こそ、彼は顔を地面につけ、それっきり動かなくなった。このちいさい偉大な魂は飛びさったのだった。

第十六章　いかにして兄が父になるか

ちょうどそのころ、リュクサンブール公園に——というのも、劇を描くにあたってはあらゆるところに目配りしなければならないから——、手に手を取りあったふたりの子供がいた。ひとりは七歳、もうひとりは五歳くらいだろうか。ふたりは雨に濡れてしまったので、小径の日当りのいい場所を歩いていた。年上の子が年下の子の手を引いていた。ふたりともぼろ着をまとい、顔色が悪く、野生の小鳥のようだった。年下の子が言った。「ぼく、お腹がぺこぺこだよ！」

すでに保護者のようなところのある年上の子は、左手で弟を引っぱり、右手に細い棒を持っていた。

公園にいるのはこのふたりだけだった。あたりには人影がなく、蜂起のため、警察の措置で鉄格子の門は閉まっていた。野営していた軍隊は、戦闘の要請に応じて出ていった。

どうしてこの子たちは公園にいたのか？　もしかすると、どこかの警察派出所の警備の隙をついて逃げだしてきたのか？　この近辺にあるアンフェール市門か、天文台広場か、それとも正面に「布ニクルマレタル幼子ヲ見イダシタリ」〔1〕と書かれた切妻壁が見下ろす四つ辻に曲芸団の小屋があって、そこから抜けだしてきたのか？　前夜、閉園の時刻に公園の監視人の目をまんまとくらまし、よく新聞などに出てくる休息所でひと晩すごしたのか？　事実はそうではなく、ただたんにさ迷いあるいているだけだった。しかも勝手気ままな様子だ。さ迷いあるき、勝手気ままとは、すなわち捨てられたということだ。じっさい、このかわいそうなふたりの子供は、親から捨てられたのであった。

このふたりは、ガヴローシュが面倒をみてやった、おそらく読者も覚えておられるはずの、あの子供たちだった。元はと言えばテナルディエ夫婦の子で、マニョンのところに貸しだされ、ジルノルマン氏が生ませた子ということにされたのだが、いまではそうした根のない枝からも振り落とされ、風に吹かれて地をさすらう木の葉のような身の上になってしまっていた。

ふたりの衣類は、かつてマニョンのところにいたころには小ぎれいなもので、ジルノルマン氏向けの宣伝材料として役立っていたのだったが、いまはぼろぼろになっている。

あのとき以来、この子供たちは、警察がパリの路上で確認し、収容し、見失い、また見いだす「捨子」の統計に記載されていた。

こんな混乱のさなかでもなければ、この惨めな子供たちが公園のなかにいることはできなかっただろう。監視人たちの目にふれたら、このように見苦しい服装をした者は追いはらわれただろう。貧しい子供たちは公園にもいれてもらえないのだ。どんな子供にも花を見る権利ぐらいはあると思ってやるべきだろうに。

　この子供たちは、鉄格子の門が閉まっていたおかげでそこにいた。ふたりは規則違反をおかしていた。こっそり公園にはいりこみ、そのままずっといつづけた。通常、鉄格子の門が閉まったあとも係の監督官が不在になることはなく、監視はつづけられることになっている。だが、門が閉まると、監視もおのずからゆるみ、ひと段落する。くわえてこの日は、係員たちも社会の不穏な空気に動揺していたから、内のことより外のことが気がかりで、公園には目がいかず、このふたりの軽犯罪者のことはまるで見ていなかったのだった。

　昨夜は雨が降り、今朝もぱらぱらときた。だが、六月の通り雨など雨のうちにはいらない。どんな雷雨でも、一時間もすれば、金髪の美女とも言うべき昼が涙を流したことなどだれも気づかない。夏の大地は子供の頬と同じで、すぐに乾いてしまうからである。

　夏至のころともなると、真昼の太陽は痛烈そのものになる。日光はすべてにおそいかかる。吸いつくように大地に張りつき、積みかさなる。太陽は喉が渇いているようだ。にわか雨などコップ一杯分の水も同然で、ひと雨きてもたちまち飲みほされる。朝はどこもかしこもずぶ濡れだったのに、昼過ぎにはいたるところに埃が舞う。

　雨に洗われ、陽光に拭われた緑ほど素晴らしいものはない。それは熱い清々しさだ。庭や牧場の草木は根に水分を吸い、花々は太陽を抱きこんで香炉となり、あらゆる芳香を一斉に放つ。すべてが笑い、歌い、身を差しだす。ひとはほろ酔い気分になる。春はかりそめの楽園であり、太陽は人間の忍耐を応援するのである。

これ以上のことを望まない者たちがいる。蒼天をいただいて、「これで充分だ！」と言う呑気な人びと。奇跡に心を奪われ、自然崇拝のなかに善悪をこえる佳境を見いだす夢想家たち。人間のことなどあっさり忘れてしまう宇宙の観照家たち。彼らはじぶんが木立の陰でのんびり夢を見ていられるというのに、なぜある者たちの飢え、別の者たちの渇き、貧者たちの冬の素裸、子供たちの背中のリンパ性湾曲、汚いベッド、屋根裏部屋、地下牢、寒さに震えている少女のぼろ着のことなどをいちいち気にする輩がいるのか理解できない。彼らは穏やかで恐ろしく、冷酷なまでに自足した精神の持ち主だ。不思議なことに、無限ということだけで充分なのである。人間に欠かせない欲求であり、包容力を許容する有限ということを知らないのだ。進歩という崇高な仕事を認める有限のことは思ってもみない。有限と無限の人間的および神的な結合から生ずる無限定ということは彼らの関心外にある。広大無辺に向きあってさえいれば、上機嫌に笑っていられる。歓喜はまるでないが、いつも恍惚としている。ひたすら沈潜することこそ彼らの人生なのだ。彼らにとって、人間の歴史はただの区分地図にすぎない。〈全体〉はそこにはなく、真の〈全体〉は外にあるのだ。人間などといった細部にかまけて、いったいなんになろうか？　人間は苦しんでいる、なるほどそうかもしれない。だがそれなら、昇りゆくアルデバラン星〔牡牛座の星〕でもながめるがいい！　母親に乳がなくなり、新生児が死にかけていようと、わたしの知ったことではない。それより、樅の木をスライスして顕微鏡で覗くと見える、あの素晴らしいバラ模様をながめるがいい！　ベルギーのメヘレン産レースのいちばん美しいものと、それをくらべてみるがいい！

このような思想家たちは、愛することを忘れている。天の黄道帯が心を占めるあまり、泣く子供など眼中にない。神は彼らの魂を曇らせているのだ。これは卑小であると同時に偉大でもある精神の一族だ。ホラティウスがこの一族なら、ゲーテもこの一族である。ラ・フォンテーヌもそうかもしれない。彼らは無限を追いもとめる高邁な利己主義者、人間の苦しみの心穏やかな傍観者であり、天気さえよければ暴君ネロさえ歯牙にもかけない。太陽に目を奪われるあまり火刑台が見えず、ギロチンにかけられる者を見物しても、そこに光の効果を探ろうとするだけで、叫び声も、嗚咽も、喘ぎ声も、警鐘もいっさい耳にはいらない。五月という月がくれば順風満帆だと思い、頭上に緋色や金色の雲があるだけで天下泰平だと言い、星の光と小鳥のさえずりがなくならないかぎり、じぶんだけは間違いなく幸福でいられると考えている。

彼らは輝ける闇だ。じぶんが哀れむべき人間だとはかけらも思っていない。彼らはみずからが同情されてしかるべきだと信じて疑っていないが、たしかにそうである。涙を流さない人間にはものが見えない。かりに眉のしたに目がなく、額の真ん中に天体があるといった、昼とも夜ともつかない人間がいたとしたら、ひとに気の毒と思われ、感心もされようが、それと同じ程度に彼らを気の毒に思い、感心してやらねばならない。

一部の者たちによれば、これらの思想家の無関心こそが高尚な哲学なのだという。そうかもしれない。だが、その高尚さのなかには欠落がある。ウルカヌス〔2〕を見るがいい。足が不自由なのに不死身ということもあるのだ。ひとは人間以上にも、人間以下にもなれる。自然のなかの無限は不完全である。太陽が盲目でないと、だれが知ろう？

なんということだ！　じゃあ、いったい、だれを信じればいいのか？　「ダレガ太陽ヲ嘘ツキダト責メラレヨウカ？[3]」。だとすれば、天才さえも、神のような人間さえも、星のように輝かしい人間でさえも誤ることがあるのか？　天上に、絶頂に、頂上に、天頂にある太陽、地上にこれほどまでの烈火を送りこんでくる太陽が、ほとんど見なかったり、見あやまったり、まったく見なかったりするとでもいうのか？　そうだとしたら、絶望的ではないか？　違う。だとすれば、それでは太陽のうえに、いったい、なにがあるというのか？　神である。

　一八三二年六月六日、午前十一時ごろのリュクサンブール公園は、ひっそりとして人影がなく、なかなか風情があった。五の目形〔正方形の四点とその中心に一点の目をもつ〕の植込みと花壇は、光のなかで香りと眩しさを送りあっていた。木々の枝たちは、真昼の光明に狂喜し、抱擁しあっているようだった。楓で鶯が大騒ぎし、燕雀が勝ち誇ったようにさえずり、キツツキが嘴でコンコンと樹皮の穴をつつきながら、マロニエの木をよじ登っている。花壇では百合の花が堂々と王座につき、白百合がひときわ高貴な芳香を放ち、カーネーションの鼻をつく匂いが漂っている。マリー・ド・メディシス[4]の愛した鴉が、往時と同じように大木にまぎれて愛しあっている。太陽はチューリップを金色にしてみたり、緋色にしてみたり、燃えあがらせてみたりしている。もっともチューリップの花そのものは、花の姿になった炎の化身の変形にほかならないのだが。チューリップの花群のまわりを、炎の花の閃光とも見える蜜蜂が旋回している。すべてが優雅で快活だ、近づいてくる雨でさえも。たとえ雨が降ってきたところで、スズランやスイカズラにはかえって好都合なはずだから、なにも心配することはないのだ。燕たちは愛らしく、いまにもこちらに向かって飛んできそうだ。ここではいっさいが幸福そのもので、生命が匂いたっている。自然全体が純真、天佑、保護、父性、愛撫、曙光を発散している。天から舞い降りてくるこうした思いは、接吻される子供のちいさな手のように心地よい。

木陰に立つ白い裸の彫像は、光がつくる影をまとっている。四方八方から振りそそぐ日の光のため、この女神たちは太陽のぼろを身につけているように見える。泉水盤のまわりの土地は、まるで焼けたように乾いている。あちこちで埃がちいさく舞いあがるくらいには風が吹いている。昨秋の置き土産か、黄色いままの落ち葉が楽しそうに追いかけっこし、ふざけあっているようだ。

豊かな光は、なんともひとをほっとさせる。生命、精気、熱気、香気がみちあふれ、創世の泉のとてつもない大きさが感じられる。愛にみたされた息吹、行き交う反射と反映、驚嘆すべき光の濫費、流れるような黄金の惜しみない消費に、無尽蔵の潤沢さが感じられる。そして、炎のカーテンにも似た壮麗さのうしろに、無数の星の所有者である神の姿がかいま見える。

砂が敷いてあるので、ぬかるみひとつなく、雨が降ったので、これっぽっちの埃もない。茂みは洗い清められたばかりだ。花の姿になって大地から姿をあらわしたビロード、サテン、ニス、金はいずれも非の打ちどころがない。この壮麗な自然は清潔だ。幸福な自然の大いなる静寂が庭園をみたしている。天上の静寂は、巣にいる鳩の鳴き声、蜜蜂の羽音、風の揺らぎなど無数の音楽に乱されることはけっしてない。季節の調和が雅趣あふれる全体に見られ、春の往来も望ましい秩序をたもってなされる。リラの季節がおわって、ジャスミンの時期がはじまっている。咲き遅れた花もあり、早めに出てきた昆虫もいる。六月の赤い蝶の前衛が、五月の白い蝶の後衛と仲むつまじく馴染みあっている。プラタナスが新しい樹皮をつくっている。そよ風が堂々たるマロニエの木立を波打たせている。素晴らしい光景だ。隣の兵舎の古参兵が鉄格子越しにながめながら、「春が武装しておる。正装じゃわい」と言った。

自然全体が昼食をとっている。天地万物が食卓についている。折しも食事どきだったのだ。天上には大きな青のテーブルクロスが広げられ、地上には大きな緑のテーブルクロスが敷かれ、太陽はさんさんと輝いている。神が万物の食事の給仕を引き受けている。ありとあらゆる生き物には、それぞれの食べ物や練餌がある。山鳩は麻の実を、アトリは粟を、五色ヒワはハコベを、ロビンは虫を、蜜蜂は花を、蠅は滴虫類を、カワラヒワは蠅を見つける。たまにはお互いを食いあうこともあるが、これは善にまぎれこむ悪の神秘というべきである。だが、胃が空っぽの動物はいない。

見捨てられたふたりの子供は、大きな泉水盤のそばまできていたが、目映いばかりの光にすこしばかり面くらい、隠れ場所をさがした。たとえ人格をもたない者でも、壮麗なものを目の当たりにすると、そんな本能が貧しい者や弱い者にもはたらくのである。ふたりは白鳥小屋のうしろでじっとしていた。

ときどき、あちこちから叫び声、どよめき、喘ぎ声のように騒がしい銃声、耳を打つような鈍い砲声が、風に乗ってざわざわ聞こえてくる。中央市場方面にある家々の屋根の上方に煙があがっている。遠くで、人びとに警戒を呼びかける鐘が鳴っている。

この子供たちの耳にはそんな物音は聞きとれないようで、年下の子がときどき小声で、「ぼく、お腹が空いたよー」とくりかえしていた。

ふたりの子供と前後して、もうひと組のふたり連れが泉水盤に近づいてきた。五十がらみの男が六歳ほどの男の子の手を引いている。おそらく父と子なのだろう。六歳の坊やは大きなブリオッシュ〔5〕を持っている。

当時、マダム通りやアンフェール通りといった公園沿いの家に住む人びとのなかには、リュクサンブール公園の鍵を持っている者がいて、公園が閉まっているときにはその鍵をつかうことが特別に許されていた。もちろんいまは、そのような特権は廃止されているが。この親子はおそらくそんな人たちなのだろう。ふたりの哀れな子供はいわゆる「だんなさま」がやってくるのを見て、さらに奥のほうに身を隠した。

それは町人《ブルジョワ》だった。もしかすると、恋の熱に浮かされていたマリユスがある日、この泉水盤のそばにいたとき、「行き過ぎたことはやめるんだよ」と息子に言い聞かせていたのと同じ男だったかもしれない。〔6〕男は愛想はいいが尊大そのものといった風体で、いつもにこにこしていて、口が閉じることがなかった。その無意識の微笑は顎が大きすぎるわりに、皮膚が足りないことからくるもので、喜怒哀楽をあらわすというより、たんに歯をむき出していると言ったほうがよかった。食べかけのブリオッシュを嚙んでいる子供は、むりやり食べさせられているようだった。暴動のために、子供は国民軍の服装をしていたが、父親のほうは用心深くブルジョワ風の出立ちだった。

父子は二羽の白鳥が跳ねまわっている泉水盤のそばで立ちどまった。その町人は、ことのほか感心した様子で白鳥に見とれていた。同じ歩き方をするという意味で、この男は白鳥に似ていた。このとき白鳥は泳いでいた。それがこの鳥の主たる才能というだけあって、なかなかどうして立派なものだった。

もしふたりの哀れな子供がものの分かる年齢だったら、この深刻ぶった男の言葉を聞きとれたかもしれない。父親は息子に言っていた。

「賢者は足ることを知って暮らすものだ。坊や、お父さんを見てごらん。お父さんは贅沢が嫌いでね。お父さんが金ぴかの服装をしているのを見た者はひとりとしていないはずだよ。虚飾など出来の悪い者にまかせておくさ」

このとき、中央市場のあたりで激しい叫び声があがり、それとともに鐘とざわめきがひときわ大きくなった。

「あれはなんですか?」と子供が尋ねた。

父親は答えた。

「あれは馬鹿騒ぎだよ」

と、そのとき、ぼろ着をきたふたりの子供が緑の白鳥小屋のうしろでじっとしているのに気づいて、

「ああいうのがそもそもの始まりになる」と父親は言った。

それから、しばし間を置き、

「アナーキストがこの公園にもはいっているな」

そうこうしているうちに、子供がブリオッシュをかじり、それを吐きだし、いきなり泣きだした。

「なんで泣くんだ？」と父親が尋ねた。

「もう、お腹が空いていないんだもの」と子供が言った。

父親の微笑はいちだんと際だってきた。

「お腹が空いていなくたって、お菓子のひとつくらい食べられるだろう」

「このお菓子はいやだ。固いんだもの」

「もういらないのかい？」

「いらない」

父親は白鳥を指さした。

「じゃあ、あの水鳥に投げておやり」

子供はためらった。菓子パンがいらなくなったからといって、なにもくれてやることはないのだ。

父親はつづけた。

「人間らしくしなさい。動物を憐れんでやるのだ」

そして息子からブリオッシュを取りあげると、泉水のなかに投げこんだ。菓子パンは泉水の縁のすぐ近くに落ちた。白鳥はずっと遠くの、泉水盤の中央あたりでせっせと餌をついばんでいて、町人もブリオッシュも目にはいらなかった。

町人は菓子を無駄にしたくなかったので、そんな無益な難破にやきもきし、騒々しい信号を送った甲斐あって、とうとう白鳥の注意を惹きつけた。

白鳥はなにかが浮かんでいることに気づき、船のように——といっても、白鳥はもともと船のようなものなのだが——方向転換し、白い動物にふさわしい屈託のない威厳をうしなわずに、ゆっくりとブリオッシュのほうに向かった。

「白鳥《シーニュ》には信号《シーニュ》が分かるんだよ」と言った町人は、みずからの才気にご満悦の様子だった。

突然、市中の遠いどよめきがいよいよ激しくなった。今度のどよめきには不吉な感じがあった。他の風とは明らかに違う吹き方をする風がある。この風は太鼓のとどろき、喧噪、一斉射撃、警鐘と大砲の不気味な応酬などを如実に伝えてきた。これに合わせるかのように、暗雲がにわかに陽をおおった。

白鳥はまだ、ブリオッシュの場所にいたっていなかった。

「帰ろう」と父親は言った。「チュイルリー宮殿が攻撃される」

父親は息子の手をふたたび握りなおしてつづけた。

「チュイルリー宮からリュクサンブール宮までは、王と廷臣くらいの距離しかない。つい目と鼻の先だ。いまに銃火の雨が降ってくるぞ」

彼は雲を見上げた。

「それに、ひょっとすると本物の雨も降ってくる。空まで口を出してくるとは。分家[7]もそろそろおしまいだろう。早く帰ろうね」

「ぼくは白鳥がブリオッシュを食べるのを見たいよ」と子供が言った。

父親は答えた。

「それはあんまり粗忽だ」

そう言って子供の手を引いた。息子は白鳥のことが心残りで、五の目形の植込みの角で見えなくなるまで、泉水盤のほうに頭を向けていた。

そのあいだにも、ふたりのちいさな放浪者は白鳥と競いあうようにブリオッシュに近づいていた。ブリオッシュは水面に漂っている。年下の子はその菓子パンを、兄のほうは立ち去っていくブルジョワを睨んでいた。

父子は、マダム通り側の鬱蒼とした木立に囲まれた階段に通じる、迷路のような小径にはいっていった。

ふたりの姿が見えなくなると、兄は泉水盤の丸みのある縁のうえにさっと腹這いになり、危うくなかに落っこちそうになりながら、右手でつかんでいた細い棒をブリオッシュのほうに伸ばした。白鳥は敵を見て焦り、焦るあまり、ちいさな漁師にとってはまことに好都合なことに、胸を突きだしてくれた。つまり、白鳥のまえの水が逆流し、ゆるやかな波紋がそろりそろりと、子供の棒のほうにブリオッシュを押しやってくれたのである。白鳥が着いたとき、棒がブリオッシュにふれた。子供はぴしゃりと水を叩いてブリオッシュを引き寄せ、白鳥を一喝し、ブリオッシュをつかんで立ちあがった。ブリオッシュはびしょ濡れだったが、ふたりは腹も空いていたし、喉も渇いていた。兄はブリオッシュを大小ふたつに分け、じぶんは小さいほうを取り、大きいほうを弟にやってから言った。
「こいつを腹に詰めこんでやりな」[8]

第十七章　死ンダ父親ガヤガテ死ヌ息子ヲ待ツ

マリユスはバリケードの外に飛びだした。コンブフェールがあとにつづいた。だが、遅かった。ガヴローシュは死んでいた。コンブフェールは弾薬の籠を持ってかえった。マリユスは少年の死体を運んでもどった。

ああ！　と彼は思った。この子の父親がぼくの父にしてくれたことを、いまぼくがその息子にしてやっているのだ。ちがっているのは、テナルディエは生きている父を運んだが、ぼくは死んだ子供を運んでいることだ。

ガヴローシュを腕にかかえて三角堡のなかにもどったとき、マリユスは少年と同じように顔じゅう血だらけだった。まさにガヴローシュを抱きあげようとしていたところを、一発の弾が彼の頭蓋をかすめたのだが、そのことに気づきもしなかった。

クールフェラックはネクタイをほどいて、マリユスの額に包帯してやった。

ガヴローシュはマブーフ氏と同じテーブルのうえに安置され、ふたつの遺体のうえに黒いショールがかけられた。ショールは老人と少年をおおうのに充分な大きさだった。

コンブフェールは持ちかえった籠の弾薬を配った。これで、ひとり当たり十五発ずつ撃てることになった。

ジャン・ヴァルジャンはあいかわらず同じ場所、車除けの石のうえにじっとすわっていた。コンブフェールが十五発の弾薬をわたそうとすると、彼は首を振って断った。

「めったにない変人だな」と、コンブフェールは小声でアンジョルラスに言った。「バリケードにいながら、なんとか戦いを避けようとしているなんてさ」

「それでもバリケードを守ってくれている」とアンジョルラスは答えた。

「ヒロイズムにもそれなりに変わり種があるってわけか」と、コンブフェールがつづけた。

するとと、このやりとりを小耳にはさんだクールフェラックがこう言いそえた。

「マブーフ老人とは別口の変わりもんさ」

ここで記しておくべきは、バリケードをおそった銃火が内部にほとんど混乱をもたらさなかったということである。このたぐいの戦いの旋風を一度も経験したことがない者には、激動と平静が混在するという、あの奇妙な瞬間を思いうかべることはできない。人びとは行ったり来たり、しゃべったり、ふざけたり、ぶらついたりするのだ。筆者の知人のある者などは、一斉射撃されているただなかで、ひとりの戦闘員がこう言うのを耳にした。「われわれはここで、男だけの朝食会をやっているみたいなもんだな」

くりかえすが、シャンヴルリー通りのバリケードの内部は平穏そのものだった。あらゆる波瀾と局面が出つくしたか、あるいはそろそろ出つくそうというところだった。危機的な情勢は険悪になり、険悪な情勢は絶望的な情勢になろうとしていた。事態が暗くなるにつれ、バリケードは徐々に雄々しい閃光に赤く染まっていった。アンジョルラスは、抜身の剣を幽界の守護神エピドタスに捧げるスパルタの青年のような厳かな態度で、バリケードに君臨していた。

コンブフェールは腹にエプロンをかけて、負傷者に包帯をしていた。ボシュエとフイイは死んだ伍長の死体からガヴローシュが奪ってきた火薬入れの火薬で薬莢をつくっていた。ボシュエはフイイに言った、「おれたちはもうじき、別の惑星行きの乗合馬車に乗るんだなあ」クールフェラックは、アンジョルラスのそばに取っておいた数枚の敷石のうえに、まるで少女が飾り棚を片づけるような入念さで、仕込み杖、小銃、二丁の鞍ピストル、拳銃など手持ちの武器を一切合切取りだして並べていた。ジャン・ヴァルジャンは無言のまま、正面の壁を見つめていた。ひとりの労働者はユシュルーおばさんの幅広の麦藁帽子を紐で頭にくくりつけ、「日射病が怖いもんでね」などと言っていた。エクスのかぼちゃ党《ググールド》の青年たちは、大急ぎでお国言葉の遣いおさめをしてしまおうと、陽気に談笑していた。ジョリーはユシュルー未亡人の鏡を外して、じぶんの舌をしらべていた。何人かの戦闘員は、引出しのなかから見つけだした黴の生えかけたパンの残りを貪り食べていた。マリユスは、あの世で父になんと言われるだろうかと心配していた。

第十八章　餌食になった禿鷹

ここでバリケードに特有の心理的事実を強調しておこう。この驚くべき市街戦を特徴づけるものは、なにひとつ見過ごされてはならないからだ。

先述したあの奇妙な内部の平静さがいかなるものであれ、なかにいる者たちにとってバリケードが幻であることに変わりはない。

内戦には黙示録的なところがあり、正体の知れない靄が凄まじい炎上に入り混じる。革命はスフィンクスであり、一度バリケードを経験した者はだれでも、夢のなかを通りぬけてきたような心地がする。

そのような場所でひとがなにを感ずるものか、筆者はマリユスにかんして述べておいたが、いずれその帰結を見ることになるだろう。それは生命以上のものであり、生命以下のものでもある。バリケードから出てしまうと、そこで見たことを忘れてしまう。たしかに怖い思いをしたのだが、それがなんだったのかもう分からない。人間の顔をした戦いの想念に取り囲まれていたし、未来の光明のなかに頭を突っこんでもいた。横たわっている死体もあれば、立っている幽霊もいた。時間はとてつもなく長く、永遠につづくように思われた。死のなかで生きていた。いくつもの亡霊が通りすぎた。あれはなんだったのか？　血のついたいくつもの手を見た。耳を聾する凄まじい喧噪もあったし、恐ろしいほどの静寂もあった。ある者たちは口を開けて叫んでいたし、別の者たちの口は開いているのに沈黙したままだった。硝煙のなかにいたのだが、ひょっとしたら夜のなかにいたのかもしれない。得体の知れぬ深淵から滲みでた不気味なものにふれた気もするし、爪についた赤いものを見つめていた気もする。だが、もうなにひとつ思いだせないのである。

シャンヴルリー通りにもどろう。二度の一斉射撃の合間に、突然、遠くのほうから時を告げる鐘の音が聞こえてきた。

「正午だ」とコンブフェールが言った。

十二の音が鳴りおわらないうちに、アンジョルラスはすっくと立ち、バリケードのうえから、とどろくような叫び声をあげた。

「敷石を家のなかにあげろ。それで二階の窓と屋根窓のまわりを固めろ。半数の者は銃を取り、残りの半数は敷石にかかれ。一分たりとも無駄にするな」

折しも消防兵の一隊が肩に斧を担ぎ、戦闘隊形をとって通りの外れにあらわれたところだった。それは縦隊の先頭としか考えられなかったが、果たしてなんの縦隊なのか？　もちろん、攻撃縦隊だった。バリケードを破壊する役割をになう消防兵はつねに、バリケードをよじ登る兵士たちより先に進むことになっているのだ。

一八二二年にクレルモン＝トネール殿[1]が「最後のひと踏んばり」と呼んだ瞬間が近づいているのは明らかだった。

アンジョルラスの命令は、戦艦とバリケードという、いずれも逃げ場がない戦いの場に共通する手際のよさで、てきぱきと正確に実行された。ものの一分もしないうちに、最初アンジョルラスがコラントの戸口に積みかさねるよう指示した敷石の三分の二が、二階と屋根裏部屋に運びあげられた。それから一分もしないうちに、巧みに積みあげられた敷石が、二階の窓と屋根窓を半分の高さまでふさいでしまった。建築責任者のフイイが入念に配置したおかげで、いくつかの隙間から銃身を出せるようになっていた。軍隊の一斉射撃がやんでいたため、窓の防備は苦もなくなされた。二門の大砲はいまや、防壁の中央に砲弾を撃ちこみ、そこに攻撃のための穴を、もし可能なら割れ目をつくろうとしていた。

最後の防衛を目的とした敷石が並べられると、アンジョルラスはマブーフが横たわっているテーブルのしたに置いてあった酒瓶を二階に運ばせた。

「いったい、だれがこいつを飲むんだ?」

「彼らだよ」とアンジョルラスは答えた。

それから一同は、一階の窓を固く閉ざし、夜間に居酒屋の戸を内側から閉めるのにつから横棒を、すぐにも差しこめるようにした。砦は完成した。バリケードは城壁に、居酒屋は天守閣になった。

残っていた敷石で、バリケードの隙間が埋められた。

バリケードを守る側はつねに弾薬を節約せざるをえない。包囲側にもそのことは分かっているから、わざと敵方をじらすよう準備に手間暇をかける。早めに敵方の銃火に身をさらすこともあるが、それは本気というより見せかけで、じっさいには痛くも痒くもないのだ。攻撃準備は整然かつ悠然となされる。そのあとに直ちに電撃という作戦だ。

相手がゆっくりやってくれたおかげで、アンジョルラスは万事を見直し、完璧にすることができた。ここにいる男たちが死んでいくからには、その死は見事なものでなければならないと肝に銘じていたからである。

彼はマリユスにこう言った。

「指導者はおれたちふたりだ。おれは中で最後の命令をくだす。きみは外に残って、見張りをしてくれ」

マリユスはバリケードのてっぺんで見張りについた。アンジョルラスは調理場のドアを釘づけにさせた。読者は覚えておられるだろうが、調理場は救護室になっていたのである。

「負傷者がとばっちりを受けてはならない」と彼は言った。

彼は一階の広間で、言葉こそ少ないが、じつに落ちついた声で最後の指示をあたえた。一同を代表してフイイが聴き、それに答えた。

「二階には、階段を切りおとすための斧を用意しておけ。斧はあるか?」

「ある」とフイイが答えた。

「いくつだ?」

「ふつうの斧がふたつと、薪割り用の斧がひとつ」

「よし。現在戦える戦闘員は二十六人いる。小銃は何丁ある?」

「三十四丁」

「八丁よけいだな。それにもほかのと同じように弾をこめ、手元に置いておけ。ベルトにはサーベルとピストルをつけろ。二十人はバリケードに行け。六人は屋根裏部屋と二階の窓に隠れ、敷石の銃眼から攻撃軍を撃て。動ける者は動け、ひとりたりとも遊んでいる者があってはならない。すぐにも突撃の太鼓が鳴るから、下の二十人はバリケードに駆けつけろ。着いた順にいい場所を取れ」

それらの手配をしおえると、彼はジャヴェールのほうを向いて声をかけた。

「おまえのことも忘れていないぞ」

それからテーブルのうえにピストルを置き、こう付けくわえた。

「最後にここから出る者が、この密偵の頭をぶち抜くことにしよう」

「ここでかい？」とだれかが尋ねた。

「いやちがう。こんなやつの死体とわれわれの死体をいっしょにしてはならない。モンデトゥール小路に面した小バリケードならひと跨ぎで行ける。あそこまでは一メートルちょっとしかない。この男はしっかり縛ってある。あそこに連れていって処刑することにしよう」

このとき、アンジョルラスよりも動じていない男がいた。ジャヴェールだった。そこにジャン・ヴァルジャンがあらわれた。蜂起者たちの群のなかにまぎれていた彼が出てきて、アンジョルラスに言った。

「あなたが指揮者だね？」

「そうだ」

「あなたはさきほど、わたしに礼を言ってくれた」

「共和国の名において。このバリケードにはふたりの救い主がいる。マリユス・ポンメルシーとあなただ」

「わたしがなにがしかの報酬を受けとってもいいと思われないか？」

「もちろん」

「じゃあ、ひとつお願いしたいことがある」

「どんな願いだ？」

「あの男の頭をわたしの手で撃たせてもらいたい」

ジャヴェールは顔をあげてジャン・ヴァルジャンを見て、かすかに身じろぎしたあとで言った。

「もっともだ」

アンジョルラスはといえば、もうすでにじぶんの騎銃の装塡をはじめていた。彼はあたりを見まわした。

「みんな、異議はないか？」

それからジャン・ヴァルジャンのほうを向いて、

「このいぬはあなたのものだ」

ジャン・ヴァルジャンはテーブルの端に腰をおろし、じっさいジャヴェールを掌中におさめた。彼はピストルをつかんだ。カチッという弱い音で、ピストルの撃鉄が起こされたのが分かった。ちょうどそのとき、ラッパの音が聞こえてきた。

「敵襲！」と、マリユスがバリケードのうえから叫んだ。

ジャヴェールは声を立てない独特の笑いを浮かべて、蜂起者たちをじっと見つめて言った。

「おまえらが、おれよりましってわけじゃないんだぞ」

「全員外へ！」とアンジョルラスは叫んだ。

蜂起者たちはがやがやと飛びだし、出がけに、もしこういう表現が許されるなら、ジャヴェールのこんな言葉を背中にうけた。

「じゃあ、また近いうちにな！」

第十九章　ジャン・ヴァルジャンの復讐

ジャン・ヴァルジャンはジャヴェールとふたりだけになると、この捕虜のからだの真ん中を縛って、テーブルのしたに結んであった縄をほどいた。そうしておいてから、ジャヴェールに立つように合図した。ジャヴェールは、鎖にかけられた最高権力の屈辱を凝縮させたような、なんとも言いようのない微笑を浮かべながらしたがった。

ジャン・ヴァルジャンは駄馬の引縄を取るみたいに、ジャヴェールを十字に縛った縄をつかんで引き立て、居酒屋からゆっくりと出ていった。ゆっくり、というのは、ジャヴェールが足枷をはめられて、小刻みに歩くほかなかったからである。

ジャン・ヴァルジャンは手にピストルを握っていた。ふたりはそんなふうにして、バリケードの台形の内部を通りぬけた。蜂起者たちは差し迫った敵襲に気を取られ、ふたりには背を向けていた。

防壁の左端に陣取っていたマリユスだけは、通りかかるふたりを見た。死刑囚と死刑執行人というふたり連れは、マリユスの心のなかにあった、あの陰気な薄明かりに照らされているようだった。

ジャン・ヴァルジャンは、縛られたジャヴェールをモンデトゥール小路のちいさな塹壕を乗りこえさせるのにかなり苦労したが、ただの一瞬もつかんだ手をゆるめなかった。その防壁をまたぐと、彼らは裏通りでふたりきりになった。もはやだれにも見られていない。家々の角がふたりの姿を蜂起者たちの目からも隠している。数歩先には、バリケードから運びだされたおびただしい死体が山と積まれている。

たくさんの死者のなかに、鉛色の顔、振り乱した髪、穴の開いた手、半裸の女性の胸が見えた。エポニーヌだった。

ジャヴェールはその死んだ女性を横目で見つめ、きわめて物静かな、ちいさい声で言った。

「あの娘、どこかで見たような気がするな」

それから彼は、ジャン・ヴァルジャンのほうに向きなおった。

ジャン・ヴァルジャンはピストルを小脇にはさみ、「ジャヴェール、わたしだ」という言葉を発するまでもない眼差しをジャヴェールに注いだ。

ジャヴェールは答えた。

「さあ、復讐するがいい」

ジャン・ヴァルジャンは、内ポケットからナイフを出して開いた。

「匕首か!」とジャヴェールは声をあげた。「もっともだ。そのほうがきさまには似合っている」

ジャン・ヴァルジャンはジャヴェールの首を十字に縛っている縄を切り、手首を縛っていた縄を切ってから、身をかがめて、脚をくくっていた細紐を切った。それから身を起こして言った。

「あなたは自由だ」

ジャヴェールはめったに驚くような男ではなかった。だが、自制してはいたものの、やはり動揺しないわけにはいかなかった。彼はぽかんと口を開けたまま、じっと動かなかった。

ジャン・ヴァルジャンはつづけた。

「わたしはここから出られるとは思っていない。しかし、もしなにかの偶然で出られるとしたら、フォーシュルヴァンという名でロム・アルメ通り七番地に住んでいる」

ジャヴェールは口の片隅をすこしだけ開き、虎のように顔をしかめてつぶやいた。

「用心しろ」

「行きなさい」とジャン・ヴァルジャンが言った。

ジャヴェールはつづけた。

「きさまは言ったな、フォーシュルヴァン、ロム・アルメ通りだと?」

「七番地」

ジャヴェールは小声でくりかえした。「七番地」

彼はフロックコートのボタンをかけ直し、両肩を軍隊式にいからせて、回れ右をすると、両腕を組み、片手を顎に当てて、中央市場の方角に歩きだした。ジャン・ヴァルジャンはその後姿を目で追っていた。ジャヴェールは数歩ばかりあるくと、くるりと振りかえり、ジャン・ヴァルジャンに向かって叫んだ。

「あなたも困った人だ。ひと思いに殺せばいいものを」

ジャヴェールは、ジャン・ヴァルジャンをきさま呼ばわりしなくなっていることに、じぶんでも気づいていなかった。

「さあ、行きなさい」とジャン・ヴァルジャンは言った。

ジャヴェールはゆっくりとした足取りで遠ざかり、やがてレ・プレシュール通りの角を曲がった。

ジャヴェールの姿が消えると、ジャン・ヴァルジャンは空に向けてピストルを発射した。そしてバリケードにもどるとこう言った。

「片がついた」

そのあいだに、こんなことが起こっていた。

それまでバリケードの中より外のほうに気を配っていたマリユスは、一階奥の薄暗い場所に縛られていた密偵を注意して見たことがなかった。

バリケードをまたいで死に赴こうとしている姿が真昼の光のなかに見えたとき、マリユスはそれがだれだか分かった。ある記憶が心に浮かんできた。彼はポントワーズ通りの警部のこと、その警部がわたしてくれ、じぶんがじっさいバリケードで使った二丁のピストルのことを思いだした。彼は警部の姿形だけではなく、その名前も思いだした。

とはいっても、その思い出は他のあらゆるものと同じように、ぼやけ、混乱していた。彼は断定をくだしたのではなく、疑問をいだいたのである。——あれはジャヴェールと名乗った、あの警部ではないだろうか？　もしかすると、ぼくがあの男のために取りなしをする時間が、まだ残っているかもしれないじゃないか？　でも、そのまえにまず、あれが果たしてあのジャヴェール本人なのかどうか、確かめておかなくてはならない。

マリユスは、バリケードの反対側の端に陣取ったばかりのアンジョルラスに尋ねた。

「アンジョルラス！」

「なんだ？」

「あの男はなんて名前だ？」

「だれが？」

「警官だよ。あいつの名前を知ってるか？」

「もちろんだ。じぶんから名乗ったんだから」

「なんという名前だ？」

「ジャヴェール」

マリユスは立ちあがった。

このとき、銃声が聞こえた。ジャン・ヴァルジャンがふたたび姿を見せて、「片がついた」と叫んだ。

マリユスの心を暗い悪寒がよぎった。

第二十章　死者は正しく、生者も間違ってはいない

バリケードの断末魔がはじまろうとしていた。

すべてが最後のその瞬間の荘厳な悲劇に向かっていた。空にみなぎる無数の不思議な衝突音、目には見えないがあちこちの通りに出動しはじめた武装集団の息吹、騎兵隊の断続的な早足の音、行進する砲兵隊の重々しい震動、パリの迷路で飛びかう銃火や砲火、金色に染まって家々の屋根のうえに立ちのぼる戦いの硝煙、なにやら得体の知れない遠くの叫び声、いたるところにあらわれる威嚇的な閃光、いまや嗚咽の音調を帯びるようになったサン・メリーの警鐘、穏やかな季節、太陽と雲でいっぱいの空の輝き、昼の美しさ、家々の不気味なまでの静けさ。

というのも、シャンヴルリー通りをはさむ家並は、前日から障壁、物凄まじい障壁に変わっていたからである。戸も、窓も、鎧戸も閉まっていた。

当時は現代と違って、人民が欽定憲章とか制限選挙権所有者階級などに支配される状況に決着をつけたいと望む時期がきたとき、国民の怒りが全体の空気に広がるとき、町の人びとが石畳を剝ぐことに同意するとき、蜂起者たちが町人《ブルジョワ》たちに合言葉を囁いてにんまりさせるとき、そんなときがくれば、住民たちはいわば暴動の喜びにみちあふれて、闘士たちの補助員となり、闘士たちが拠点にする家々は、さながら兄弟のようにこの即席の城砦と親密になったものだった。しかし情勢が熟しきらず、蜂起が決然とした賛同を得られず、大衆がその運動を認めないときには、

闘士たちはなすすべもなくなり、反乱の周囲の町は沙漠と化し、人びとの心は冷えきり、避難所は閉ざされ、通りは遮断されて、軍隊がバリケードを占拠するのを助けることになったのである。

ある人民をその人民が望むよりも性急な不意打ちによって前進させることなど、そもそもできるものではない。人民を強制しようとする者に災いあれ！　人民はされるがままになりはしない。そうなれば人民は、反乱を放置し、蜂起者たちは疫病患者のようになってしまう。家屋は断崖に、扉は拒絶に、正門は壁になるのだ。この壁は見るし、聞きもするが、他人を欲することはない。ひょっとしたら半開きになり、救ってくれるかもしれないと期待しても無駄だ。この壁が裁判官になる。蜂起者をながめ、有罪判決をくだす。これらの閉ざされた家々の、なんたる陰険さ！　死んだように見えるが、生きているのだ。生命が中断した感があっても、存続している。二十四時間まえからだれひとり外に出てこないが、だれひとり消えたわけではない。この岩のなかで、人びとが行き来し、横たわり、起きあがっている。家族として暮らし、飲み食いしている。だが、怯えている。恐ろしいことだ！　なにしろ怖いのだから、蜂起者にたいしてにべもない態度をとったところで、彼らを責められまい。狼狽が混じっている以上、そのことも酌量すべきなのだ。これはしばしば見られたことだが、時に恐怖が情熱になり、慎重さが激情に変ずるように、驚愕が激怒に変わることがある。ここから、「穏健派の過激分子」というあの意味深い言葉が派生する。このうえない恐怖が炎を噴きあげ、そこから不気味な煙のように、憤怒が飛びだしてくる。「あの連中はなにが望みなんだ？　あいつらは満足ということを知らないのか。平穏に暮らしている人間を巻添えにする気か。あれだけのことをやっておいて、まだ革命が足りないとでも言うのか！　こんなところまで、いったいなにをしにやってきたんだ？　まあ、じぶんたちでなんとか決着をつけてくれ。連中には気の毒だがな。あいつらが悪いんだよ。自業自得というもんさ。わたしらには、なんの関わりもないことだ。ほら見ろ、わたしらの哀れな通りは弾の穴だらけじゃないか。あんなのはろくでなしの一味だよ。なにがあっても、表の戸口を開けるんじゃないぞ」そこで、その家は墓のようになって、戸口に立つ蜂起者は死の苦しみを味わうことになる。散弾や抜身のサーベルが背後に迫ってくるのが見える。かりに叫んだところで、その声を聞いて、だれかがやってくることはないと分かっている。そこに、じぶんを守ってくれるかもしれない壁があり、救ってくれるかもしれない人間がいる。しかし、その壁は生身の人間の耳をもってはいても、そこの人間たちの心はただの石でしかないのだ。

だれを責めたらいいのか？

だれひとり責めてはならず、だれをも責めるべきなのだ。

現代というこの不完全な時代を責めるべきなのだ。

ユートピアが蜂起に変じ、哲学的抗議が武装抗議と化し、ミネルヴァからパラスが生まれるのは、つねに自己の責任においてである。しびれを切らして暴動となるユートピアは、なにがじぶんを待ちうけているかを知っている。そこであきらめ、勝利の代わりに破局を受け入れる。なんら不平を唱えることもなく、ユートピアを否認する者たちの濡れ衣を晴らし、その寛仁さによって、じぶんが見捨てられることにも同意する。ユートピアは、障害にたいして強情な態度を持し、忘恩にたいして穏和な態度を示す。

だが、それは果たして忘恩だろうか？

たしかに、人類という観点から見れば忘恩である。

だが、個人の観点からすれば、そうではない。

進歩は人間の様態である。人類の全体的な生命は〈進歩〉と呼ばれ、人類の集団的な歩みも〈進歩〉と呼ばれる。進歩は歩を進める。進歩は天上的および神的なものに向かって人間的な、地上の大旅行をおこなう。だが進歩はときに休止し、足の遅い者たちを再結集する。進歩なりの休息所をもち、突然地平を開くカナンのような壮麗な土地を眼前にしながらも、瞑想にふける。進歩にはそれなりの夜があり、この夜には眠る。それゆえ、人間の魂をつつむ影を見て、暗闇で模索しながら、眠りこんだ進歩を呼びさますことができないのは、思想家にとって悲痛な不安のひとつになる。

「もしかして神は死んだのかもしれない」と、ある日ジェラール・ド・ネルヴァル[1]は本書の著者に言ったことがあるが、彼は進歩と神を混同し、運動の中断を〈永遠の存在〉と取り違えていた。

絶望する者は間違っている。進歩は間違いなく覚醒するのであり、とどのつまり、たとえ眠りこんでいても、歩を進めたのだと言いうるだろう。なぜなら、進歩はそれだけ大きくなっているのだから。ひとは、進歩がふたたびすっくと立つのを目にするときには、背丈が高くなっているのを見る。つねに平静であること、それは大河の属性でも、進歩の属性でもない。したがってそこに堰を築いても、岩を投げこんでもならない。障害物は水の流れを泡立て、人類を沸き立たせる。さまざまな混乱もそこから生ずる。だが、そうした混乱が鎮まったあとには、いくらか進歩が認められるだろう。世界の平和にほかならない秩序が確立され、調和と統一が支配するまで、進歩はなん段階もの革命を経ることだろう。

では、〈進歩〉とはなにか？　筆者がいま述べたばかりのことである。諸国民の永遠の生命のことだ。

ところが、個人の一時的な生活が人類の永遠の生命に相反することがままある。あっさり言ってしまえば、個人にはじぶんなりのはっきりした利害があり、その利害のために契約を定めたり守ったりしても、べつだん不実な行為になるわけではない。現在はある程度まで利己主義が許される。かりそめの人生にはそれなりの権利があり、たえず未来のためにおのれを犠牲にする義務はないのだ。現在地上を通過する順番になっている世代は、あとで順番がまわってくる諸世代、つまりは対等の者たちのために、じぶんたちの通過期間を短縮する必要はないのである。「みんな」と名乗るだれかがつぶやく。「わたしというものがいる。わたしは若く、恋をしている。わたしは年寄りで、休みたい。わたしは一家の家長だ。わたしは働き、富み栄え、商売をして、家作もある。国に金を預けている。わたしは幸せだ。わたしには妻子があり、そうしたものをすべて愛している。わたしはとにかく勝手にしたいのだ。ほっておいてくれ」ここから、ある時には、人類の高邁な前衛たちにたいする根深い冷淡さが生じてくるのである。

そもそもユートピアは、争いを仕掛けることによって、輝かしい領域の圏外に飛びだすものだということを認めておこう。明日の真実であるユートピアは、昨日の虚偽である戦闘というやり方を借りる。未来であるのに、過去のように振る舞う。純粋な理念であるのに、暴挙になる。みずからの壮挙を暴力によってこじらせ、当然その報いをうける。それはその場限りの、方便としての暴力であっても、原理・原則にそむくのだから、罰は避けようもない。蜂起したユートピアは、古い軍規を頼りに戦い、スパイを銃殺し、裏切者を処刑し、生きている人びとを抹殺し、未知の闇に投げこむ。由々しいことに、死を手段とする。ユートピアはもはや、おのれの光輝に、すなわち無敵で不壊の力に信をおいていないように見える。剣を振るう。ところが、剣というものはつねに片刃ではなく、両刃だ。一方の刃で他人を傷つけ、他方の刃で当人を傷つけるのである。

こうした留保を、しかもきわめて厳密につけたうえでの話だが、成功しようがしまいが、未来のためにたたかう輝かしい闘士たち、ユートピアの殉教者たちには感嘆せずにはいられない。たとえ挫折しようと、彼らは尊敬に値するのであり、そしておそらく、その失敗のうちにこそ、ますます彼らの尊厳が見られるのである。進歩に沿ってのことであるなら、勝利は諸国民の称賛に値する。だが、壮烈な敗北もまた感動にふさわしい。勝利は壮麗であり、敗北は崇高である。成功よりも苦難を好む筆者にしてみれば、ジョン・ブラウン[2]はワシントンよりも偉大であり、ピサカーネはガリバルディーよりも偉大に見える。

だれかが敗者の味方になってやらねばならない。

ひとは元来、そんな未来の試行錯誤者たちの挫折にたいして不公平である。

革命家は恐怖をまき散らすといって批判される。どんな暴動も襲撃だととられるのだ。理論が悪いとされ、目的が疑われ、底意が恐れられ、誠意が糾弾される。時代の社会的現実に反対して、多数の悲惨、苦悩、頽廃、不満、絶望の山を築き、積みあげ、重ねるなどといって非難される。また、どん底から多量の暗闇を引きだし、そこに閉じこもって闘うなどといって、またぞろ非難される。人びとから「おまえたちは地獄の敷石を剥がすのか！」と罵られる。だが彼らは、「それだからこそ、われわれのバリケードには善意という敷石が置かれているのだ[3]」と答えることができるかもしれない。

最善は、たしかに平和的な解決だろう。とどのつまりは、こう認めておこう。ひとは敷石を見ると熊のことを思う[4]のであり、社会が心配するものこそが、まさに善意なのである。だが、社会がみずからを救うかどうかは、その社会しだいなのだから、筆者はその社会に訴えているのだ。暴力的な打開策などいささかも必要ではなく、協議によって害悪をしらべ、確かめ、いやすこと。筆者はそのような方向に社会をうながしたい。

ともあれ、倒れても、そしてとりわけ倒れるからこそ、彼らは尊敬に値する。世界のあらゆる地点で、フランスにじっと目を注ぎ、理想という大業のために闘っている男たち。彼らは進歩のために汚れのない贈与としてみずからの命を捧げ、神意を成就し、ひとつの宗教的な行為をなしているのだ。

彼らは決まった時刻になると、さながらじぶんの台詞のところに達した俳優と同じようにおのれを捨てて、神の筋書にしたがい、墓のなかにはいる。そして、そうした希望のない闘い、ストイックな消滅を受け入れ、一七八九年にはじまった抗しがたい人類の壮大な運動を、その華麗にして崇高な世界的帰結へと導こうとする。これらの兵士たちは司祭も同然であり、フランス大革命とはまさしく、神の御業《みわざ》なのである。

ちなみに、許容される蜂起もあり、それは革命と呼ばれるものだが、すでに別の章〔5〕で指摘した区別に、こんな区別を付けくわえておくべきだろう。つまり、拒絶される革命があるが、それは暴動と呼ばれる。勃発するひとつの蜂起とは、民衆のまえで試験をうけるひとつの思想である。もし民衆が黒の玉を投ずれば、思想は干からびた果物になり、蜂起は無謀な暴挙となる。

どんな要請にもそのつど応え、ユートピアがそう望むたびに、戦闘にはいることは、民衆のなしえないことである。諸国民はいつ、いかなるときでも英雄たちや殉教者たちのような気質をもちあわせているわけではないのだから。

諸国民は実際的である。彼らが先験的に蜂起を嫌悪するのはまず、蜂起が結果としてしばしば破局に至るからである。次に、蜂起がなんらかの抽象を出発点とするからである。

というのも、これは美しいことなのだが、献身する者たちが身を捧げるのはつねに理想のため、ひたすら理想のためだからだ。ひとつの蜂起は熱狂である。熱狂は憤怒になる。そこで武器を取ることになる。けれども、ある政府もしくは体制に狙いを定める蜂起はいずれも、もっと高いところに狙いをつける。たとえば、ここは強調しておくが、一八三二年蜂起の指導者たち、とりわけシャンヴルリー通りの熱狂的な青年たちが打倒しようとしていたのは、断じてルイ・フィリップではなかった。大多数の者たちはなにも包み隠さずに話し、君主制と革命との中間にあったこの国王の長所を正当に評価し、だれひとりとして彼を憎んでいなかった。だが彼らは、シャルル十世のうちなる神権の長男の家系を攻撃したように、ルイ・フィリップのうちなる次男の家系を攻撃したのであった。また、すでに説明しておいたように、彼らがフランスの王政を打倒することで打破したかったのは、人間にたいする人間の侵害と、全世界における権利にたいする特権の侵害であった。国王のいないパリの余波として、世界には独裁者がいなくなる。彼らはそう推論した。彼らの目的はたぶんはるか彼方のもの、おそらく漠然としたもの、わざわざ努力する気など起こさせないようなものだったのかもしれないが、勇壮なものだった。

そんなわけで、彼らはそうしたじぶんたちの展望のために自己を犠牲にするのだが、犠牲者たちにとってこのような展望は、ほとんどつねに幻影である。とはいえ、とどのつまり、そこには人間的な確信が入り混じっているのだ。蜂起者たちは蜂起を美化し、金ぴかにする。これからなそうとすることに陶然としながら、その悲劇的な事柄に身を投じるのである。だれが知ろう？ひょっとして成功するかもしれないではないか。味方は少数だが、敵は一軍隊まるごとだ。だが、こっちは権利を、自然法を、譲渡することなどありえない絶対的な自己決定権を、正義を、真理を擁護している以上、必要なら三百人のスパルタ人たち[6]のように死ぬだろう。彼らはドン・キホーテのことを考えない。レオニダスのことを考えるのだ。そして前方に直進し、いったん開始したからには、もはや後退はしない。前代未聞の勝利を、完璧にされる革命を、自由を回復した進歩を、人類の成長を、世界の解放を希望とし、頭をさげて突進する。最悪の場合はテルモピュライの戦い[7]になるのも辞さないのだ。

進歩のためのこうした応酬はしばしば失敗に帰するのだが、その理由はすでに述べてある。群衆は正義の士たちの勢いに逆らう。あの鈍重な集団、みずからの重さそのものによって脆弱になる群衆は、冒険を恐れるが、理想というもののなかにはいくぶんかの冒険があるものなのだ。もっとも、これは忘れてはならないことだが、利害がからむとなれば、理想や感傷などとはあまり縁がなくなる。時には胃袋が心情を無力にするのである。

フランスの偉大さと美しさは、フランスが他の国民よりも腹のことを気にかけないことである。フランスは他の国民よりも容易くみずからの腰に紐を縛りつける。最初に目覚め、最後に眠る。フランスは前進し、先見的である。

これはフランスが芸術家的だからである。

理想とは論理の頂点以外のものではないのと同様、美とは真理の絶頂以外のものではない。芸術家的国民はまた、首尾一貫する国民でもある。美を愛するとは、光を欲することである。であるがゆえに、ヨーロッパ、すなわち文明の松明はまず、ギリシャによって掲げられ、それがイタリアにわたされ、フランスにわたされた。ああ、先駆的な国民たちよ！「彼ラハ生命ノ松明ヲツタエル[8]」のだ。

これは感嘆すべきことだが、一国民のポエジーはその進歩の要素である。文明の量は想像力の量によってはかられる。ただし、文明化を促進しようというのであれば、その国民は男性的な国民でなければならない。コリントスはそうだったが、シュバリス[9]はそうでなかった。ひとは軟弱になれば衰退するのであり、愛好家《ディレッタント》であっても名人《ヴィルティユーズ》であってもならない。芸術家でなければならないのだ。こと文明にかんしては、洗練ではなく、純化すべきなのである。このような条件でこそ、人類に文明の雛型をあたえられるのだ。

現代の理想は、芸術のうちにその典型をもち、科学のうちにその手段をもつ。美しい社会という、詩人たちのあの高貴なヴィジョンは、科学によってこそ実現されることだろう。エデンの園はA＋Bによって再建されるだろう。こんにち文明が到達した地点において、正確さは壮麗さに必要な要素になったので、芸術的感情は科学的道具によって奉仕されるばかりか、補完されもするのであり、夢とても物事を計算しなければならないのだ。征服者たる芸術は、健脚家たる科学を足場にすべきであり、堅固な枠組こそ重要なのである。現代精神はインドの神髄《ジェニー》を乗り物とするギリシャの天才、いわば象に乗るアレクサンドロスというべきである。

教義のなかでがんじがらめになっているか、金儲けのせいで堕落しきっているたぐいの人種は、文明の引率者としては不適格である。やすやすと偶像だの金貨だののまえに跪く輩は、歩く筋肉も、進む意志も萎えてしまう。礼拝や商売などに心を吸いとられていると、国民の輝きが薄れ、レヴェルが低くなり、視野が狭まり、なんらかの使命をになう国家をなす、世界的な目標についての、人間的かつ神的な把握力を取りあげられてしまうのだ。バビロンもカルタゴも理想というものをもっていなかった。アテナイとローマは、数世紀にわたる厚い闇夜を経てなお、文明の光輪をもち、たもっていたのである。

フランスはギリシャやイタリアと同質の国民性を有している。美しさによってアテナイ的、偉大さによってローマ的であり、そのうえ善意にみちている。フランスはじぶんを捧げる。他の諸国民よりも献身と犠牲の気質に富んでもいる。ただし、この気質はフランスをつかんだり、フランスを捨てたりする。そして、そこにこそ、フランスがただ歩きたいだけなのに走っていたり、立ち止まりたいときに歩いていたりする者たちにとっての危険がある。フランスには独特の物質主義のぶり返しがあり、ある時期にはあの崇高な頭脳に詰まっている思想が、フランス的な偉大さを思わせるものをなんらもたなくなり、アメリカのミズーリ州かサウス・カロライナ州程度の大きさのものでしかなくなってしまう。こうなれば、もうお手上げである。巨人が小人の真似をし、無限のフランスが気紛れなわが身の矮小さにとらえられる。つまりは、それだけの話なのだ。

このことについて、言うべきことはなにもない。諸国民には、天体と同じように蝕を起こす権利があるのだ。そして、光がもどってきて、蝕が夜に転落しさえしなければ、万事言うことなしなのである。光がふたたび出現することは、自我が存続することにひとしいのだから。

このような事実を冷静に確認しておこう。バリケードのうえで死ぬこと、流謫の地の墓のなかにはいることなどは、献身的な人間にとって心の備えのあることなのであり、献身の真の名は無私という。見捨てられた者たちが見捨てられたままで、追放された者が追放されたままでいるのも、それはそれでよいのかもしれない。偉大な諸国民にはただ、後退するときにはあまり遠くに後退しないよう願っておくだけにしておこう。いくら分別に立ちかえるといった口実をもうけても、落下が行き過ぎてもならないだろう。

物質は存在し、瞬間は存在し、利害は存在する。腹は存在する。だが、腹だけが唯一の知恵であってはならない。刹那的な生にもそれなりの権利があることを、筆者とて認めないわけではない。だが、不変の生にもそれなりの権利があるのだ。ああ、うえに昇ったからといって、落ちないというわけではないのである。歴史のなかには、ひとが望むよりもずっとたくさんのそのような実例が見られる。ある国民が華々しかったとしよう。その国民は理想の味を知っているわけだが、やがては汚泥にかぶりつくことになるだろう。そして汚泥を美味しいと思うようになる。なぜソクラテスを捨ててフォルスタフ〔10〕を採るのかと、だれかに尋ねられたら、その国民は「われわれは政治家が好きなのだ」と答えることだろう。

あの乱戦に話をもどすまえに、ひと言だけ述べておこう。

いま筆者が物語っているような戦闘は、理想に向かう痙攣にほかならない。桎梏《しっこく》をはめられた進歩は病的なものであり、そうした悲劇的なてんかん発作が生じることがある。筆者はこの物語の途中、そのような進歩の病気、つまり内戦というものに出会わねばならなかった。これは社会の劫罰をうけるひとりの男を軸とし、真の表題を〈進歩〉とすべきこのドラマの避けがたい局面、一幕であると同時に幕間でもある局面のひとつであった。

進歩！

筆者がしばしばあげるその叫びこそ、筆者の全思想なのであり、このドラマが差しかかった現時点においては、そこにふくまれる理念はまだまだ試練をうけねばならないが、それをおおっているヴェールを持ちあげないでも、その微光がすこしばかりほの見える程度にすることなら、おそらく許されるだろう。

いまこのとき読者が眼前にされているこの書物は、その全体においても細部においても、たとえいかなる中断、例外、過失があろうと徹頭徹尾、悪の善への、不正の正義への、虚偽の真実への、夜の昼への、腐敗物の生命への、獣性の義務への、地獄の天国への、無の神への前進である。出発点が物質でも到達点が魂に、最初は水蛇《ヒュドラ》でも最後が天使になる前進なのである。

第二十一章　英雄たち

突然、太鼓隊が突撃の合図を打ち鳴らした。

攻撃は嵐のようだった。昨夜、バリケードは暗闇のなかで、蛇のように音もなく接近されたのだったが、真昼ともなると、入口が花瓶のように広がったこの通りでは、不意打ちなどまるで不可能になり、外部から押しよせる威力は仮面を捨て去って、大砲が咆哮し、軍隊がバリケードに襲いかかった。いまや激怒は巧妙さに変じ、強力な戦列歩兵部隊が国民軍と警察歩兵部隊とを等間隔に区切り、姿こそ見えないものの、動きだけは聞きとれる大部隊に援護されて、太鼓を叩き、ラッパを鳴らし、銃剣を斜めに突きだし、工兵を前面に押したて、駆け足で通りに出張ってきた。彼らは飛んでくる弾丸にも怯まず、壁に突きあたる青銅の大梁さながらの重さで直進し、バリケードに体当たりしたりした。

バリケードの壁はよくぞもちこたえた。

蜂起者たちは血気にはやって発砲した。敵によじ登られたバリケードのうえには、たてがみのような閃光が走った。なんとも凄まじい襲撃だったから、一瞬、バリケードは攻囲軍でいっぱいになった。それでもさながらライオンが犬の群を追いはらうように、兵士たちを振りはらったため、しばし断崖が泡立つ海におそわれる、といった感じで包囲軍におおわれるほどになったが、やがてふたたび険しく、黒々した、おどろおどろしい姿にもどってしまった。

後退を強いられた攻撃縦隊は、通りに密集し、銃撃にさらされながらも凄まじく、身の毛もよだつような一斉射撃で角面堡に応酬してきた。花火を見たことがある者ならだれでも、雷電の交差から生まれ、花束と呼ばれている束状のものを覚えていることだろう。その花束が垂直ではなく水平に走り、火矢の一つひとつが銃弾、鹿弾、散弾を運び、雷鳴をとどろかせながら死をまき散らしている様を想像されたい。バリケードはそのしたにあるのだった。

双方とも、覚悟の程は互角だった。ここでは武勇はほとんど野蛮にひとしく、まずは自己犠牲をはじめとする一種英雄的な無慈悲が入り混じるために複雑なものとなった。当時の国民軍の兵士たちは、まるでアルジェリア兵みたいな命知らずの戦い方をしていた。軍隊は決着をつけたがっていたが、蜂起側は戦いたがっていた。青春のまっただなか、血気盛んな年齢がそのまま死期に重なることを受け入れるかと思うと、大胆不敵さも熱狂に変じるのだ。この乱戦にあっては、各人が最期のときに臨む雄大さを帯びていた。

バリケードの一方の端にはアンジョルラスが、もう一方の端にはマリユスがいた。バリケード全体の頭脳だったアンジョルラスは自重し、身を潜めていた。三人の兵士が、彼がそこにいることにも気づかずに、次々と銃丸のしたに倒れていった。マリユスは銃火に身をさらして戦い、敵の標的になっていた。角面堡のうえに半分以上も身体を突きだしていたのだ。突如なにかの情念に取りつかれた吝嗇家ほど過激な浪費家はいないが、夢想家ほど恐るべき行動に突進する者もまたいない。マリユスは空恐ろしく、それでいて空想的でもあった。さながら幽霊が鉄砲を撃っているように、どこか夢のなかにいるみたいに戦闘のただなかにいた。

包囲された者たちの弾薬はそろそろ尽きかけていたが、皮肉や嘲弄の言葉は違った。墓場の渦みたいなところにいるというのに、彼らは笑っているのだった。

クールフェラックは無帽だった。

「おまえ、いったい、帽子をどうしちまったんだよ?」とボシュエが尋ねた。

クールフェラックがこう答えた。

「やつらの大砲にもっていかれたのさ」

他方で彼らは、高慢ちきなこともほざいていた。

「分かるかい。あの連中は」と、フイイが苦々しげに声をあげた（そして、いくつかの名前、よく通った名前、有名でさえある名前を口にしたが、そこには旧軍隊の将軍たちもふくまれていた）。「あの連中はおれたちに合流すると約束し、加勢すると誓い、じぶんの名誉をかけるとまで言って、おれたちの将軍面をしておきながら、そのおれたちを見捨てやがるんだぜ！」

するとコンブフェールは深刻な微笑を見せて、こう答えただけだった。

「星を観察するみたいに、名誉の規則を守る人間だっているものだよ、遠い、遠いところからな」

バリケードの内側は裂けた薬莢がバラバラと散り、まるで雪が降ったようになっていた。

包囲軍は兵力の数でまさっていたが、蜂起の側は有利な陣地を占めていた。蜂起者たちは防壁のうえに位置し、兵士連中を至近距離から撃ち殺していた。兵士たちは死者や負傷者たちのあいだでよろめいたり、バリケードの急斜面で足をとられたりしていた。このバリケードは造りも見事なら、支えもがっしりしていたから、文字どおりひと握りの人間が一軍団を頓挫させるという状況を現出させていたのだった。とはいえ、攻撃縦隊のほうは、散弾の雨のしたでもひっきりなしに新手の補充をうけ、兵力をふやし、容赦なく近づいてきた。そしていまや、軍隊はじわじわと、一歩また一歩と着実に、さながら圧搾機を締めるボルトのようにバリケードを締めあげていった。

突撃が次々になされて、恐怖はいや増すばかりだった。

そこでこのシャンヴルリー通りの敷石の山のうえで、トロイアの城壁にもふさわしい戦闘が勃発した。二十四時間まえからなにも食べず、眠らず、顔面蒼白で、ぼろをまとい、憔悴しきったこの男たちはもう数えるほどしか撃つ弾を持たず、空っぽのポケットに手を突っこんで弾薬をさがしてはいたが、ほとんど全員が傷を負い、頭部や腕を錆色や黒っぽい布で包帯し、衣服といえば穴が空き、そこから血が流れでていた。武器としては、せいぜい粗末な銃と刃こぼれした古いサーベルを持っているにすぎない。そんな男たちが巨人族《ティタン》になったのだ。バリケードは十回も接近され、攻撃され、よじ登られたものの、けっして占領されなかった。

この戦いの様相を思い浮かべようとすれば、多数の恐るべき蛮勇の堆積に火が放たれたと想像し、そんな火事を打ちながめねばなるまい。これはおよそ戦闘というものではなく、坩堝の内部そのものだった。そこでは、口が焔を呼吸していた。顔は異形になり、とうてい人間の姿には見えず、戦闘員たちは炎上していた。そしてこの乱闘のなかを火蜥蜴さながらの者たちが往来している様を見るのは、背筋が凍るようなことだった。筆者としては、次々に、また同時にこのような壮大な殺戮が展開される場景を描写することを断念する。ただ叙事詩だけが、ひとつの戦闘に一万二千行を費やす権利を有しているのだ。[1]

それはまるで、十七あるバラモン教の十七ある奈落のうちでも、もっとも恐るべき奈落のようだった。ヴェーダはそれを「剣の森」と呼んでいる。

全員がからだをぶつけあい、足を蹴りあい、ピストルを放ちあい、サーベルをかざしあい、拳骨をふるいあい、遠くから、近くから、上から、下から、四方八方から、家々の屋根から、居酒屋の窓から、何人かが忍びこんだ地下倉の天井の風窓からも戦っていた。一対六十の戦いだった。半壊したコラントの正面はおぞましいものだった。一斉射撃によって黒く入墨されたようになった窓は、ガラスも窓枠もなくし、もはや形のくずれた穴でしかなくなり、騒然と敷石でふさがれていた。ボシュエが殺された。フイイが殺された。クールフェラックが、ジョリーが殺された。コンブフェールはひとりの負傷した兵士を持ちあげようとしていたところを三本の銃剣に胸を貫かれ、空を見上げる暇もなく息絶えた。

マリユスはなお戦っていたが、全身、とりわけ頭部が傷だらけになり、その顔は血まみれで見えなくなり、まるで顔面が赤いハンカチでおおわれたようだった。

アンジョルラスだけが無傷だった。武器をなくした彼が左右に手を伸ばしていると、そのたびにひとりの蜂起者がなにか刃物を握らせてくれた。彼は四本の剣を使いはたし、その一本の切れ端を手にしているだけだった。マリニャーノの戦い[2]におけるフランソワ一世よりも一本だけ多く使ったのだ。

ホメロスにこうある。「ディオメデスは幸福なアリスベの住人テオトラノスの子アクシュロスを殺し、メキステウスの子エウリュアロスはドレソス、オペルティオス、および泉の精アバルバレが誉れも高いブコリオンによってみごもったアイセポスとペダソスを皆殺しにした。オデュッセウスはペルコテのピデュテスを倒し、アンティロコスはアブレロスを、ポリュポイテスはアチスアロス[3]を、ポリダマスはキュレネのオトスを、テウクロスはアレクタオンを倒した。メガンティオスは、エウリピュロスの槍で突かれて死んだ。英雄たちの王アガメムノンは、ざあざあと流れるサトニオス河に洗われてそそり立つ町に生まれたエラトスを打ちのめした[4]」。

われわれの古い武勲詩では、エスプランディアン[5]が、二又の火槍で巨人スワンチポール侯を攻め、侯はいくつもの塔を根こそぎにして、それをこの騎士に投げつけて身を守った。

わが国の古い壁画には、ブルターニュ公とブルボン公が武装し、紋章をつけ、前立てを高くして、戦場にいる姿が描かれている。双方が馬にまたがり、斧を片手に、鉄の面、鉄の長靴、鉄の手袋を身にまとい、かたや貂の毛皮の馬飾り、こなた紺碧の布の馬飾りをつけて接近しあう。ブルターニュ公は冠の二本の角のあいだにライオンを、ブルボン公は兜の庇に巨大な百合の花をつけている。だが、立派に見えるためにはなにも、イヴォンのように侯爵の兜を戴いたり、エスプランディアンのように真っ赤に燃えさかる炎を携えたり、ポリュダマスの父ピュレスのように人間たちの王エウティペスから贈られた華やかな鎧兜をエピュラ[6]から持ち帰ったりする必要などない。なにかしらの信念なり、忠誠のために命を捧げるだけで充分なのである。あの純朴な一兵卒、つまり昨日まではボースかリムーザン地方あたりの農夫だったのに、いまでは腰に短剣をぶらさげて子守女のまわりをうろついている兵隊と、あの顔色の悪い若い学生、すなわち解剖台の人体のうえか、本のうえに身をかがめて勉強したり、鋏で髭を整えたりしているブロンドの青年、このふたりを捕まえてそれぞれに義務の息吹を吹きこんでやり、ブーシュラの辻か、プランシュ・ミブレー袋小路あたりで対決させ、一方を軍旗のため、もう一方を理想のために戦うよう仕向けてみればいい。その戦いは途轍もないものになるだろう。そして、人類が戦いあう広大な叙事詩的領野に、この一兵卒と医学生の取っ組み合いのおとす影は、虎が群がるリュキアの王メガリオンが、神々にひとしい巨大なアイアス[7]と果たし合いをするときの影にも匹敵することだろう。

第二十二章　徹底抗戦

生き残りの指導者としてアンジョルラスとマリユスがバリケードの両端にいるだけになったとき、じつに長いあいだクールフェラック、ジョリー、ボシュエ、フイイ、コンブフェールらが支えていた中央部はついに屈した。大砲は通れるだけの突破口こそ開けられなかったものの、角面堡の中央をかなり広く三日月形にえぐった。そこは防壁の天辺が砲弾をうけて吹っ飛び、そのあとが瓦解してしまったのである。破片が内側や外側にも落ち、内部と外部にふたつの斜面をつくって、外側の斜面は突入しやすい傾斜をなしていた。

最後の突撃はそこを狙って試みられ、そして成功した。銃剣を林のように突き立て、大群が歩調をそろえた駆足で突進してきて到着し、攻撃縦隊の分厚い先頭が、煙のなかから壁のうえに姿をあらわした。どんな抵抗も不可能で、今度こそ万事休す。中央部を守っていた蜂起者たちの群はぱらぱらと後退した。

そのとき、何人かの者のうちに生命への暗い愛が芽生えた。錯綜するたくさんの銃に狙われた何人かは、もはや死を望まなくなったのである。それは自己保存の本能が唸りを発し、人間のなかに獣性がもどってくる瞬間だった。彼らは角面堡の背景をなす七階建ての高い家屋に追いやられていた。そこが救いの場所になるかもしれなかった。家屋は固く閉ざされ、上から下までふさがれていた。戦列部隊が角面堡のなかにはいってくるまえに、戸が開き、ふたたび閉まる程度の時間はあった。それには稲妻がきらめくほどの時間で事足りたのであり、その家屋の戸が不意に開いてすぐに閉まった瞬間こそが、この絶望した者たちには命そのものだった。その家屋の裏には何本かの通りがあり、空地もあって、逃げることができた。彼らはその戸を銃床や足で叩きはじめ、人を呼び、叫び、哀願し、両手を合わせた。だれも開けてくれなかった。四階の天窓から、例の死者の頭が彼らを見下ろしていた。

しかしアンジョルラスとマリユスのまわりにいた七、八人の者がすっ飛んできて、彼らをなんとか守っていた。アンジョルラスは兵士たちに叫んだ。「近寄るな!」だが、ひとりの将校が耳を貸さなかったので、アンジョルラスはその将校を撃ち殺してしまった。いまや彼は、角面堡内のちいさな中庭にいて、コラントの家屋を後盾に、片方の手に剣を、もう片方の手に騎兵銃を持ち、攻撃軍を堰きとめながら戸口を開け放った。彼は絶望した者たちに向かってこう叫んだ。「空いている戸口はひとつしかない。ここだ」そして彼らをじぶんの身体でかばいながら、単身一大隊に立ち向かって、味方がじぶんの背後を通りぬけられるようにした。全員そこに駆けこんできた。いまやアンジョルラスは騎銃を杖のように操れるようになっていたが、棒術家が「薔薇隠し」と呼ぶ技をつかって周囲や眼前の銃剣をなぎ倒しながら、いちばん最後になかにはいった。そのあとに、恐ろしい一瞬があった。兵士たちが侵入しようとし、蜂起者たちが戸を閉めようとした。その戸が猛烈な勢いで閉められたため、枠にはまるとき、そこにしがみついていたひとりの兵士の五本の指がちぎれ、縁枠にくっつくのが見えた。

マリユスは外にとどまっていた。一発の銃弾が彼の鎖骨を砕いたところだった。彼は気が遠くなり、じぶんが倒れようとするのを感じた。まさに目が閉じようとしたとき、だれかの逞しい手にぐいととらえられた。気をうしないながらも、最後にコゼットのことを想い、それとないまぜにこう考える時間だけはかろうじてあった。「ぼくは捕虜になった。いずれ銃殺される」

アンジョルラスは居酒屋に逃げこんだ者たちのなかにマリユスの姿が見えないので、やはり同じことを思った。しかし彼らは、めいめいがじぶんの死のことを考えるだけで精いっぱいという、あの究極の瞬間にいた。アンジョルラスは、戸に横木をしっかり固定して閂を掛け、錠前と南京錠を厳重に締めた。外では兵士たちが銃尾で、工兵たちが斧で猛烈に戸を叩き、攻撃者たちが戸のそばに集まっていた。いまや居酒屋の包囲が開始されていたのだ。

言っておくが、兵士たちは怒りのあまり燃えあがらんばかりだった。

砲兵軍曹の死が彼らをいきりたたせていたのだ。それからさらに厄介なことには、攻撃がはじまるまえの数時間、彼らのあいだで、蜂起者たちが捕虜のからだをバラバラに切りさいてしまうので、居酒屋のなかには頭のない兵士の死体さえあるといった噂が流れていた。通常市街戦にはこの種のどうしようもない流言はつきものであり、のちにトランスノナンの痛ましい事件[1]が起こったのもこうしたデマのためだった。

戸がふさがれると、アンジョルラスは他の者たちに言った。

「おれたちを高く売りつけてやろうぜ」

それから彼は、マブーフとガヴローシュが横たわっているテーブルに近づいた。黒布のしたには、ひとつは大きく、もうひとつは小さな、ふたつの硬直して真っ直ぐの人体の形が見えた。そしてふたつの顔がこの冷ややかな経帷子のしたにぼんやりした輪郭を見せていた。一本の手が屍衣のしたからはみ出して、床のほうに垂れさがっていた。老人の手だった。

アンジョルラスは身をかがめ、前日額にしたのと同じように、その尊敬すべき手に口づけした。

それは彼が生涯であたえた、たったふたつの口づけだった。

話をつづめよう。バリケードはテーバイの門のように戦い、居酒屋はサラゴサの家のように戦った。こうした抵抗は荒っぽい。兵舎も、談判もない、だれもが敵を殺しさえすれば、死んでもいいと願っていたのだ。シュシエ[2]が「降伏せよ」と言うと、パラフォクスはこう返したという。「砲撃戦のあとは、短刀戦だぜ」ユシュルー居酒屋の争奪戦にはなにひとつ欠けているものがなかった。窓や屋根から攻撃軍のうえに雨霰と降りそそぎ、その恐るべき粉砕力で兵士たちを激怒させる敷石も、地下倉や屋根裏部屋からの銃撃も、攻撃の凄まじさも、防御の激しさも、そしてついに戸が破られたあとの、物狂おしい皆殺しの酷たらしさもまた。攻撃軍は、突き破られて床に投げだされた戸の羽目板に足をとられながら、ドヤドヤと居酒屋のなかになだれこんできたが、そこにはひとりの闘士もいなかった。螺旋状の階段は斧で叩き壊され、下の広間の真ん中に転がっている。五、六人の負傷者は全員息が絶え、殺されなかった者たちはみな二階にあがっていたのだ。階段の登り口だった天井の穴から、身の毛もよだつような銃火がきらめいた。最後の弾薬だった。弾薬が使いはたされ、これらの手強い瀕死者たちは火薬も銃弾もなくなると、筆者がまえに述べたように、アンジョルラスが除けておいた瓶をめいめい二本ずつ手に持ち、そんなひどく壊れやすい棒をつかって、よじ登ってくる敵方に立ち向かった。それは硝酸の瓶だった。筆者は虐殺のこうした陰惨な事実をありのままに述べている。ああ、包囲された者たちはなんでもかんでも武器にしてしまうものなのだ！　ギリシャ火焔[3]の使用はアルキメデスの名誉を傷つけはしなかったし、煮えたぎる松脂はバイヤール[4]の名折れとはならなかった。戦争とはどれもこれも恐ろしいものなのであり、戦っているときには、なにひとつ選り好みできない。攻撃軍の一斉射撃は窮屈で、下から上に撃つという難点があったにもかかわらず、大損害をあたえた。たちまち天井の穴が死者の顔で周囲を縁取られ、そこから湯気を立てる赤い糸が垂れ落ちている。なんとも形容しがたい喧噪だった。この戦場はこもった硝煙のせいで、まるで夜のように暗かった。恐ろしさもここまでくると表現しがたいものになる。いまや地獄の戦いに変じたこの闘争にはもう人間はいなかった。もはや巨人と巨像の戦いではなくなり、ホメロスよりもむしろミルトンやダンテにこそふさわしいと言うべく、悪魔が攻撃し、幽霊が防御していた。

それは化け物じみた勇猛果敢さだった。

第二十三章　断食のオレステスと酩酊のピュラデス〔1〕

互いに梯子の代わりになって階段の骨組を利用し、壁を這いあがり、天井にしがみつき、揚戸の縁で抵抗する最後の者たちに重傷を負わせながら、ついに二十人ばかりの包囲軍がどやどやと入り乱れて二階の広間に侵入した。だいたいは兵士、国民軍兵、憲兵隊員であるその者たちは、上の広間によじ登るさいに面変わりするほど傷をうけ、血潮に目をふさがれ、怒り狂い、野蛮人と化していた。そこになお立っている者はただひとりアンジョルラスだけで、弾薬もなく、剣もなく、彼の手にはもはや騎兵銃の銃身があるのみだったが、その銃も、這入りこもうとする敵の頭をさんざん殴ったせいで砕けていた。彼はビリヤード台をはさんで攻撃者たちと相対するかたちで広間の隅にしりぞいていた。だが、傲岸な目つきで昂然と頭をあげ、その武器の切れ端を握りしめていたので、周囲には敵に不安をあたえるだけの空間がまだ充分にあった。と、ひとつの叫びが起こった。

「あいつが頭領だぞ。あいつが砲兵を殺したんだ。じぶんのほうからあそこに行ってくれたとは好都合。あのまま、じっとさせておけ。即座に銃殺だ」

「やれるなら、銃殺してみろ」とアンジョルラスは言いざま、騎兵銃の切れ端を投げすて、腕を組んで胸を差しだした。

決然と死に立ち向かおうとする大胆さは、ひとを感動させずにはおかない。アンジョルラスがおのれの最期を甘受して腕を組むと、広間の騒音もぴたりとやみ、混乱も不意にしずまって、あたりは墓のようにしんとなった。素手のままじっと立っているアンジョルラスの威嚇的な荘厳さが、喧噪を圧倒した。ただひとり無傷で、颯爽とし、血にまみれ、美しく、不死身の人間のように超然として魅力的なこの青年は、穏やかな眼差しひとつで、その陰鬱な男たちの集団に、これは敬意をもって殺すべき人物だと思わせたようだった。このとき、彼の美貌は矜持のためにひときわと冴えわたり、光り輝いていた。そして、恐ろしい二十四時間が過ぎたあとでも、なんの傷も負わないのと同じく、まるで疲れを知らないかのように、頬は紅潮し、バラ色だった。後日の軍法会議で、「アポロンと呼ばれている暴徒がおりました」と、ある証人が語ったのは、おそらく彼のことを言ったものだろう。アンジョルラスを狙っていたひとりの国民兵は、「おれはこれから花を銃殺しようとしているような気がする」と言って銃をおろした。

十二人ほどの兵士がアンジョルラスとは反対側の隅に整列し、無言のまま銃を装填した。

やがて、ひとりの軍曹が叫んだ。「狙え」

ひとりの将校が口をはさんで、「待て」と言ってから、アンジョルラスに向かって、

「目隠しをしてもらいたいか？」

「いや」

「砲兵軍曹を殺したのは、たしかにおまえか？」

「そうだ」

このしばらくまえから、グランテールが目を覚ましていた。

思いだす読者もおられようが、昨夜からグランテールは居酒屋のうえの広間の椅子でへたりこみ、テーブルに突っ伏して眠っていたのである。

彼は「酔い痴れる」という古い比喩を言葉どおりの力強さで実現していた。アプサント＝スタウト＝アルコールというおぞましい媚薬が、彼を仮死状態にしていたのだ。テーブルはちいさく、バリケードには役に立たなかったので、彼のために残しておかれたのだった。彼はテーブルのうえに胸を伏せ、頭を両腕のうえにべったり乗せ、コップ、ジョッキ、瓶などに囲まれて、ずっと同じ姿勢でいた。さながら冬眠している熊か、腹がふくれた蛭《ひる》みたいに眠りこけていたのだ。銃撃も、砲弾も、窓から広間に飛んでくる散弾も、凄まじい突撃騒ぎもどこ吹く風。ただ、ときどき大砲にいびきで応えるぐらいのものだった。まるで一発の弾丸が当たって、目を覚ます手間を省いてくれるのを待っているとでもいったふうだった。いくつもの屍体がまわりに転がっていたが、ちょっと見には、彼と死の深い眠りについている者たちとの区別はつかなかった。

騒音は酔漢を目覚めさせないが、静寂は呼び覚ます。奇妙な話だが、これは何度も観察されていることだ。まわりのありとあらゆる物の落下で、グランテールの忘我はいや増した。瓦解によって心が揺すられるのである。しかしアンジョルラスの姿を目の当たりにして、喧噪がぴたりと止んだことがひとつの衝撃となり、彼の鈍重な眠りを破った。これには疾走していた馬車が急停車するような効果がある。うとうとしていた者も目を覚ますのだ。グランテールはぴくりと身を起こすと、腕を伸ばして、目をこすり、あたりを見まわして、状況を理解した。

酔い覚めは、カーテンが引き裂かれるのに似ている。酔いに隠されていたものがすべて、ひと目でそっくり見えるのだ。突如、すべての記憶がもどってきた。二十四時間このかた起こっていたことをまるで知らなかったこの酔いどれは、瞼も開けないうちに、もう事情を察してしまった。突然さまざまな考えがはっきりよみがえってきた。頭脳を朦朧とさせていた酩酊の霞が晴れ、明瞭な現実が容赦なくはっきりと迫ってきたのだ。

グランテールは片隅に追いやられ、ビリヤード台の陰に隠されていたので、アンジョルラスに目をそそいでいた兵士たちは、グランテールの姿に気づきもしなかった。そのため、軍曹が「狙え」という命令をくりかえそうとしていたとき、かたわらで突然、こう強く叫ぶ声が聞こえた。

「共和国万歳！　おれも仲間だぜ」

グランテールは立ちあがっていた。

参加しようとして参加しそこねた戦闘の途方もない閃光が、変貌した酔漢のきらきらとした目にあらわれた。

彼は「共和国万歳！」とくりかえしながら、確固とした足取りで広間を横切り、アンジョルラスのそばに行って、兵士たちの銃口のまえにたちはだかって言った。

「一石二鳥だろ」

そしてゆっくりとアンジョルラスのほうに振りむいて、

「いいよな？」

アンジョルラスは、にっこり微笑しながら彼の手を握った。その微笑もおわらないうちに、銃声がとどろいた。八発の銃弾に撃ちぬかれたアンジョルラスは、まるで弾で釘づけにされたように、壁にもたれかかっていた。ただ頭が垂れさがっているだけだった。グランテールは即死で、アンジョルラスの足元に崩れ落ちた。

しばらくすると、兵士たちは家の上階に逃げこんでいた蜂起者たちの残党を狩りたて、木の格子のあいだから屋根裏部屋のなかに向かって猛射撃をしていた。家の天辺で戦闘がおこなわれた。屍体は窓から放りだされたが、なかにはまだ息をしている者も何人かいた。破壊された乗合馬車を起こそうとしていたふたりの選抜歩兵が、屋根裏部屋から飛んできた二発の騎兵銃の弾で殺された。作業着を着たひとりの男が銃剣で腹を突かれ、屋根裏部屋から真っ逆さまに突き落とされて、地面で喘いでいた。ひとりの兵士とひとりの蜂起者が、いっしょに屋根瓦の斜面を転がりだしたが、たがいに相手を放そうとせず、狂った野獣さながら抱きあったまま地面に落ちた。地下室でも同じような戦闘があった。叫び声、銃声、残忍な足音。やがて、しんとした静寂。バリケードは占領されたのだった。

兵士たちは周囲の家々の捜索と逃亡者の追跡に取りかかった。

第二十四章　捕虜

じっさい、マリユスは捕虜になっていた。といっても、ジャン・ヴァルジャンの捕虜に。

彼がまさに倒れようとする瞬間、気をうしないながらも、うしろから抱きとめられ、捕まえられるのを感じた手は、ジャン・ヴァルジャンのものだったのだ。

ジャン・ヴァルジャンはただたんに戦いの場にいたにすぎず、戦いに加わったわけではなかった。彼がいなかったら、断末魔の苦しみに喘ぐ負傷者たちのことを考える者など、だれひとりいなかったことだろう。殺戮の場のいたるところに、まるで救いの神のように姿をみせた彼のおかげで、倒れた者たちは抱き起こされ、下の広間に運ばれ、手当をうけた。彼はその間隙をぬって、バリケードの修理もした。しかし、殴打や攻撃めいたこと、また自衛らしいことさえも、なにひとつしなかった。黙々と人助けをしていた。せいぜいいくつかかすり傷をうけたにすぎない。弾丸のほうが彼を避けていったのである。かりに彼が、この墓場のようなところに来るにさいして考えたことのなかに、自殺ということがあったとしても、それには成功しなかった。ただ筆者は、非宗教的な自殺ということを彼が考えたかどうか、それさえ疑わしいと思う。

戦闘の厚い雲のなかで、ジャン・ヴァルジャンがマリユスを見ているような気配はなかったが、じつは彼から目を離すことはなかった。銃火がマリユスを倒すやいなや、ジャン・ヴァルジャンは虎のような敏捷さで身をひるがえし、獲物をおそうように飛びつき、彼を運び去ったのである。

ちょうどそのとき、攻撃の旋風がアンジョルラスと居酒屋の戸口に猛然と集中していたので、ジャン・ヴァルジャンが気をうしなったマリユスを腕に支え、バリケードの敷石が剝がされた空地を横切り、コラントの建物の角のうしろに姿を消すのを目にとめた者はひとりとしていなかった。

読者も思いだされるように、岬のように通りに突きだしたこの角は、数平方メートルほどの地面を銃弾や散弾、そして人目からも隠していた。このように、火事になっても焼けない部屋、恐ろしい荒海のなかの岬の取っ付き、袋小路みたいな暗闇の奥の穏やかなちいさい片隅、時にはそんな場所があるものだ。エポニーヌが死んでいったのも、バリケード内のそんな片隅だった。

ジャン・ヴァルジャンはそこまで行って立ちどまった。マリユスを地面のうえにそっとおろすと、壁に背をもたせて、あたりを見まわした。

ぞっとするような有様だった。

ここしばらく、おそらく二、三分ほどはこの壁面が避難所になってくれるかもしれない。だが、こんな大殺戮の現場から、どうやって外に出たらいいものか？　彼は八年まえにポロンソー通りで経験した苦悩のこと、そしてそこからどのように脱したのかを思いだした。[1] あのときは困難だったが、今度は不可能だった。目のまえには、死んで窓からぶら下がっている男のほか、だれひとり住んでいないように見える七階建ての、非情で、ひっそりとした館が立ちはだかっている。その右手はかなり低いバリケードで、それがプチット・トリュアンドリー通りをふさいでいる。その障害物をまたぐのはわけもないことだろうが、ただ防壁の頂のうえに銃剣の先がずらりと並んでいるのが見える。バリケードの向こう側に配置され、見張りについている戦列部隊だ。どう見ても、バリケードを越えることは一斉射撃をしてくれと頼みにいくようなものだし、敷石の防壁のうえにすこしでも頭を出そうものなら、たちまち六十もの小銃の標的にされるだろう。左には戦場が、壁の角の背後には死が控えている。

どうすればいいのか？　こんなところから逃げだせるのは、一羽の鳥くらいのものだろう。だが、ただちに腹をくくり、なんらかの手立てを見つけて、一歩を踏みだすしかなかった。戦闘は五、六歩離れたところでおこなわれていた。さいわい、全員がただ一か所、つまり居酒屋の戸の攻撃に一心不乱だった。だが、もしたったひとりでも建物のうしろに回ってみようとか、搦め手から攻めてやろうとする兵士がいたら、万事休すだ。

ジャン・ヴァルジャンは正面の館を見た。脇のバリケードを見た。それから瀬戸際に追いつめられた者の激烈さで狂ったようになり、じっと地面を凝視した。まるでそこに穴でも開けてやろうとする者のように。

じっと見つめた甲斐あって、これほどの苦悩のさなかにあっても、足元になにやらぼんやりと手につかめそうなものが浮かびあがり、輪郭がはっきりしてきた。眼力には、おのれの欲するものを現出させる力があるようだ。彼は、数歩離れた外部から非情に見張られ、つけ狙われている、ちいさな防壁の足元の、一部が崩れた敷石の山に隠された場所に、鉄格子が地面と同じ高さに平らに置かれているのを見つけた。それは頑丈な横棒でできた、ほぼ六十センチ平方ほどのものだった。格子は支えていた敷石の枠組を外されて、まるでこじ開けられたような格好になっている。横棒ごしに、暖炉のパイプか貯水槽の管のような暗い開口部が見える。ジャン・ヴァルジャンはそこに身を投じた。昔の脱走術が光のように脳裏を走った。彼は敷石を取りのけ、格子を持ちあげ、死体のようにぐったりして生気のないマリユスを肩に担ぎ、その重荷を腰で支えたまま、肘と膝をつかって、さいわいあまり深くはなかった井戸のようなその場所に降りた。それから重い鉄の揚蓋を元どおり頭上におろし、ぐらぐらしていた敷石がふたたびその揚蓋のうえに崩れ落ちるままにして、地下三メートルの、石の敷かれた底に足を伸ばした。これらの行動は、錯乱のさなかに巨人並みの力と鷲のような敏捷さでなされたかのように、わずか数分間つづいたにすぎなかった。

ジャン・ヴァルジャンは、あいかわらず気をうしなったままのマリユスとともに、地下の長い回廊のようなところにいた。そこには深い平穏、完全な沈黙、夜陰があった。

以前、通りから修道院のなかに飛びおりたときに覚えた印象がよみがえってきた。ただ、いま運んでいるのはコゼットではなく、マリユスだった。突撃された居酒屋の凄まじい喧噪も、いまや頭上でかすかに聞こえる、つぶやき声にすぎなくなった。

第二篇　水の巨獣《リバイアサン》のはらわた

第一章　海のために痩せほそる土地

パリは年に二千五百万フランもの大金を水に投げすてている。これは暗喩などではない。どんな具合に、どのような仕方で？　夜も昼も。なんの目的で？　なんの目的もなく。なにを考えて？　なにも考えずに。なんのために？　無駄に。どんな器官をつかって？　そのはらわたをつかって。そのはらわたとは？　下水道である。

二千五百万フランといっても、これは専門の学問がはじきだす概算のうちでも、いちばん控え目な数字である。

学問は長い模索を経験したあと、現在もっとも土壌を豊かにする有効な肥料は人肥であることを知っている。わたしたちとしては恥ずかしいことだが、中国人はずっとまえからそのことを知っていた。エッケベルクが言うには、中国の農夫はひとり残さず、町に行くとかならず竹竿の両端に、わたしたちが不浄と呼ぶものをいっぱいにした桶をさげて持ちかえるのだという。人肥のおかげで、中国の土地はいまなおアブラハムの時代と同じくらい若々しい。向こうの小麦は一粒で百二十粒もの稔りがある。土地を肥沃にすることにかけては、どんな鳥糞石《グアノ》も都市の汚物にかなわない。大都市は盗賊カモメ属のうちで、もっとも強力なものだと言える。平野に肥料をほどこすのに都市をつかうなら、成功間違いなしだろう。わたしたちの金が汚い《フュミエ》ものなら、糞尿《フュミエ》は逆に金なのである。

この金にもひとしい糞尿を、ひとはどうしているか？　深淵のなかに押し流しているのである。ひとは南極で海燕やペンギンの糞を採取するために莫大な費用をかけて、船団を何度も派遣しているくせに、手元にあるはかり知れない豊穣の材料を海に流しこんでいる。世界がうしなっている人間や動物から出る肥料を、水に押し流さずに大地に返してやるなら、ただそれだけで世界を養うに充分だろう。

車除けの石の隅にうずたかく積まれたごみの山、夜の街路をガタガタ通っていく泥運搬車、ごみ捨場のぞっとするような樽、敷石に隠され、地下に悪臭を放つどぶ川の流れ、あれがなんであるかご存じだろうか？　あれこそが花咲く牧場、緑なす草である。タイムやサルビアである。獲物であり家畜である。夕べに充ちたりて鳴く大きな牛、香《かぐわ》しい秣、黄金色の小麦である。あなたがたの食卓にのぼるパンであり、暖かい血潮である。健康、歓喜、生命である。地上では変形であり、天国では変容である、あの神秘の創造の力がそう望むのである。

それを大きな坩堝に返してやりたまえ。そこからあなたがたの巨万の富が生まれるだろう。平野を養うことは人間を養うことにほかならないのだ。

あなたがたがこの富を失うばかりか、筆者のことを嘲笑うべき人間だと思われようと勝手である。だがそれは究極の無知にほかならない。

統計によれば、毎年フランス一国だけで五億フランもの大金を各地の河口から大西洋に吐きだしているという。つぎのことに留意されたい。この五億フランで国家予算の四分の一がまかなえるのである。人間の能力などたかだかその程度のものなのだ。なにしろ、この五億フランをどぶに捨てるほうがいいと思っているのだから。まさしく国民の涵養そのものが、初めはポタポタとけちくさく下水から河へ、ついには凄まじい量が河から大洋へと吐きだされているのである。下水溜がしゃっくりをするたびに、千フランの損失になる。このことが以下のふたつの帰結を招来する。まず土地が痩せ、水が汚染される。そして耕地から飢えが、河から病気が発生するのである。

たとえば現在、テムズ河がロンドンを毒しているのは周知の事実である。パリはと言えば、つい最近も、下水道の大部分を最下流にある橋のしたに移さねばならなかった。

吸気弁と排水門をそなえて、吸引と排出を同時におこなう二重の土管装置は、人間の肺のように単純なものだが、すでにイギリスのいくつかの自治体で立派な働きをみせている。これをつかえば、田園のきれいな水を都市に持ってきたり、都市の滋養豊かな水を田畑に送りかえしたりするのに充分だろう。世にも単純なこの簡便な往復運動によって、海に捨てられている五億フランをわたしたちの元に引きとどめることもできるというのに、人びとは勘違いしているのである。

現行のやり方では、良いことをしているつもりで悪いことをしている。狙いは結構だが、その結果が惨めなのである。都市から不純物を排除していると思いこんで、住民の活力を削減しているのだ。排水渠など勘違いもはなはだしい。たんに取ったものを返す、そんな吸引と排出という二重の機能をはたす排水装置が、ただ都市を浄化するだけで住民を貧困にする排水渠に取って代わり、いたるところでつかわれることになれば、そのときこそ新しい経済とあいまって、土地の生産量は十倍になり、貧困の問題は驚くほど緩和されるだろう。これに寄生的な組織の廃止をくわえるなら、この問題は間違いなく解決されるにちがいない。

だが、さしあたっては、人民の富は河に流れ、流出が発生している。ここで浪費《クラージュ》というのはまことに適切な言葉[1]であって、この結果ヨーロッパは枯渇によって破産するのである。

フランスはと言えば、さきに数字をあげたとおりである。ところで、パリの人口はフランス全体の二十五分の一を占めているうえ、他のどこよりも豊かな肥料を有している。したがって、パリの損出額をフランスが毎年どぶに捨てている五億フランのうち二千五百万フランと積算すれば、過小評価になるだろう。この二千五百万フランを福祉施設や娯楽施設につかえば、パリの栄華は倍増するだろうに、この都市はそれを下水溜に打ち捨てているのである。そんなわけで、パリの莫大な浪費、すなわちその驚嘆すべきお祭騒ぎ、フォリー・ボージョン[2]、どんちゃん騒ぎ、湯水のような金遣い、奢侈、豪勢、華美などはどれも、とどのつまりは下水渠にほかならないと言っていい。

こうした盲目的な悪しき経済政策のために、万人の福祉は水に溺れ、流され、深淵のなかに消えていく。公共財産を守るために、ここにもサン・クルーの網[3]があってしかるべきだろうに。

経済学的に言うなら、そのような事実はつぎのように要約される。すなわち、パリとは穴の開いた籠のことなのだ、と。

モデル都市、どんな国民もそのコピーを手にしようと懸命になる完璧な都市の雛型、理想の首都、創意、推進、試行などの荘厳な祖国、さまざまな知性の中心地、ひとつの国も同然な都会、未来の巣箱、バビロンとコリントスとの壮麗な折衷であるパリといえども、筆者が指摘した観点からすれば、福建省の中国農民に憐れまれ、肩をすくめられるにちがいない。

こんなパリの真似をすれば、たちまち破産するのは必定である。それに、大昔からの馬鹿げた濫費にかんして、パリは相も変わらず自己模倣をしつづけているのである。

この驚くべき愚行はけっして目新しいものでも、若気の過ちといったものでもない。古代人たちも現代人と同じように振る舞っていた。「ローマの下水道は」と、リービヒ[4]は言っている。「ローマ農民の福利をすっかり飲みつくしている」と。ローマの田畑が下水によってすっかり荒廃してしまったとき、ローマはイタリアを疲弊させた。そしてイタリアを下水道に放りこんでしまうと、今度はシチリアを、やがてサルデニアを、それからアフリカを下水道に流しこんだ。ローマの下水は世界を呑みこんでしまったのだ。その下水が都市と全世界に蕩尽の光景をまざまざと見せつけた。まさしく「都市と周縁（Urbi et orbi）に」である。[5]永遠の都市とはすなわち、底知れぬ下水道のことなのだ。

ローマは他の事柄と同じく、この事柄についても模範を示している。パリは才気煥発の都市につきものの愚かしさを余すところなく発揮しつつ、この模範にしたがっているのである。

さきに筆者が説明した作業をおこなう必要上こう述べておこう。パリにはもうひとつのパリ、下水道のパリがあるということだ。この下水道のパリにもそれなりの通り、十字路、広場、袋小路、幹線道路などがあり、往来、ただし泥水の往来があるのだが、ただそこには人影が見あたらないだけの話である。

だれにたいしてでも、たとえ偉大な国民にたいしてでも、お世辞は禁物であるからこんなことを言うのだが、なんでもある場所には、崇高な一面と隣合せに汚辱の一面がある。だから、パリには光の都アテナイ、力の都テュロス[6]、勇気の都スパルタ、驚異の都ニネベのようなところがあるかと思えば、泥の都リュテシアの側面をも有しているのである。

もっともパリの力を示す刻印もそこに見られるのであり、その巨大な掃溜はあまたの記念物のうちのなかでも、マキャヴェッリ、ベーコン、ミラボーらによって現実化されたあの奇怪な理想、すなわち壮大なおぞましさを具現しているのである。

もし人間の目がパリの表面を透視できるなら、その地下はとてつもない六放珊瑚の様相を呈していることだろう。古代の大都市が身を横たえている周囲二十四キロメートルの土の塊には、水門や水路が海綿の穴にもおさおさ劣らない数があるのだ。別個の穴倉である地下墓地や網の目のように入り組んだガス管のことは語らず、また市街の水道栓に通じている大規模な上水の給水管装置のことを述べなくても、下水道だけでセーヌ両岸の地下に驚異的な暗黒の網目を織りなしているのである。そこはただ傾斜だけが心もとない道しるべになっている迷路なのだ。

そこの湿った霞のなかにあらわれる鼠は、さながらパリの腹から生まれた子供のように見える。

第二章　下水道の古い歴史

パリの町という蓋をどけて、下水道の地下網を上から見下ろしていると想像してみれば、接木した太い枝がセーヌ両岸に広がっている様が見えてくるだろう。右岸では環状下水道がその枝の幹に、支管は小枝に、ちいさな袋小路は細枝にあたるだろう。

この比喩は浅薄で、まあ半分ぐらい正確であるにすぎない。この種の地下分枝はたいてい直角になっているが、植物の場合、こんなことはめったにない。

このような奇怪な幾何学的図形にもっともよく似た形を思い浮かべるとしたら、黒い背景に赤虫みたいにうじゃうじゃとこんがらかった東洋のアルファベットが書かれている様を想像するのがいいだろう。そのアルファベットの不格好な文字は、一見雑然として出鱈目に見えはするが、あるところでは角と角で、別のところでは端と端で互いに繋がりあっているのである。

汚水溜と下水は中世、ローマ帝国末期、そしてあの古代ローマでさえも大きな役割をはたしていた。ペストはそこで生まれ、専制君主はそこで死んだ。民衆は〈死神〉の化け物じみた揺籠ともいうべき、その腐敗物の河床をどこか宗教的畏怖にも似た恐れをいだいて眺めていた。蛆虫がうようよするベレナスの穴は、ライオンがたむろするバビロンの穴と同じくらいに目が眩む。ユダヤ教の律法書によれば、ティグラート・ピレーゼル[1]は、ニネベの汚水溜にたいして誓ったという。ライデンのヤンはミュンスターの下水道から贋の月を昇らせてみせたし、その東洋の同類とも言うべき隠者モカナーはホラーサーンの汚水溜から贋の太陽を昇らせたものだった。人間の歴史は汚水溜の歴史に映し出される。「嘆きの階段《ゲモニアエ》」の溝はローマを物語っている。昔からパリの下水道は凄まじいものだった。それは墓場ともなれば、隠れ家にもなった。犯罪、共謀、社会にたいする抗議、信仰の自由、思想、窃盗など、人間の法律が訴求したか、訴求しているものはすべてその穴に身を隠した。たとえば、十四世紀のマイヨタン、[2]十五世紀の追剝ぎ、十六世紀のユグノー、十七世紀のモランの狂信者、十八世紀の足焼き山賊など。百年まえには、夜ともなれば、そこから白刃が飛びだしたり、窮地に追いこまれたスリがそこに忍びこんだりもした。森に洞窟があれば、パリには下水道があった。ガリア語で「ピカレリア」と呼ばれるゴロツキは、下水道を「奇跡小路〔＝スラム街〕」と心得て、晩には狡猾で残忍な顔つきで、まるでわが家の寝室にもどるように、モービュエのむかつくような下水口にもどったものである。

ヴィッド・グセ袋小路[3]やクープ・ゴルジュ通りなどを日々の稼ぎの場にしている連中が、シュマン・ヴェールやユールポワ橋の溜り場をねぐらにするのは、ごく当たり前のことだった。そんな次第で、そこには数知れぬ思い出話が残り、あらゆる種類の亡霊がひと気のない回廊に出没する。いたるところに腐臭や瘴気がただよい、あちこちの換気窓では、内側のヴィヨンと外側のラブレーが談笑している。

昔のパリの下水道はありとあらゆる衰頽と無謀が集まる場所だった。政治経済学はそこに廃物を見、社会哲学は残余を見る。

下水道とは都市の意識のことであり、すべてがそこに集中している。この鈍色の場所に暗闇はあっても、もはや秘密はない。物はそれぞれの本来の姿とは言えないまでも、少なくとも最後の形態はたもっている。汚物の山にも人を欺かないという利点がある。そこには愚直さが逃げこんでいるのだ。バジル[4]の顔もあるにはあるが、その仮面は厚紙も糸も、裏も表もまる見えで、おまけに馬鹿正直な泥で強調されているのだ。そばにはスカパン[5]の付け鼻もある。ひとたび役割を果たすと、文明のあらゆる猥雑さが、社会の巨大な地滑りの終点であるこの真実の穴に転げ落ち、呑みこまれ、それでもやはり己を誇示する。このような百鬼夜行はひとつの告白であり、そこにはもはや偽りの外見はなくなる。いかなる隠蔽もありえず、汚物が下着を脱ぎ捨て、素っ裸になる。幻想も幻影も姿を消し、ありとあらゆるものがただ己以外の何ものでもなくなる。消えゆくものの陰惨な顔になる。現実と消失。そこでは、瓶の底がおのれの飲酒癖を告白し、籠の取っ手が召使いの身分について物語る。かつていろいろと文学的な意見をもっていたリンゴの芯が、ふたたびたんなるリンゴの芯でしかなくなっている。二スー銅貨の肖像がすっかり緑青におおわれている。カヤパ[6]の痰がフォルスタフの反吐と鉢合わせする。賭博場からきたルイ金貨が、自殺用の縄を引っかける釘にぶつかる。血の気のない胎児が、さきの謝肉祭最終日にはオペラ座で踊っていた金ぴか衣裳にくるまれて転がっている。人間たちを裁いた法官の縁なし帽が、かつて浮かれ女のスカートだった朽ちはてた布のそばに置かれている。それは友愛というより、馴れ合いである。いくらめかしこんだところで、やがては物笑いの種になる。最後のヴェールが剝がれる。下水道は臆面もなく、すべてを吐きだす。

汚物のこんな率直さにひとは喜び、心が安らぐ。国是、宣誓、政治的叡智、人間の正義、職業的な実直さ、顕職の権威、清廉な法服などといったものが身にまとう仰々しい光景を地上でさんざん見せられたあとで下水道のなかにはいり、そこにお誂え向きの泥水を見ると、心の荷が軽くなるのである。

ここではまた、さまざまなことが教えられる。すでに述べたところであるが、歴史は下水道を通過する。聖バルテルミーのような大虐殺[7]は、徐々にそこに染みこんでいく。民衆の大規模な虐殺、政治・宗教的な謀殺は文明のこの地下道を通り、そこにその死者たちを駆り立てる。夢想家たちの目には、歴史上のありとあらゆる殺人者たちがいて、おぞましい暗黒のなかで跪き、経帷子の裾を前掛け代わりにし、沈痛な面持ちでみずからのおかした罪業の汚れを拭き取ろうとしているように映る。そこにいるのはルイ十一世とトリスタン[8]、フランソワ一世とデュプラ、シャルル九世とその母親、ルイ十三世とリシュリュー、ルーヴォワとルテリエ、エベールとマイヤールらである。彼らはそこで石を削って、みずからの悪行の痕跡を消そうとしている。そんな地下の円天井のしたでは、それらの亡霊たちの箒の音が聞こえ、社会のさまざまな破局から立ちのぼる、途方もない悪臭を嗅ぐ思いがする。あっちの隅にもこっちの隅にも、赤っぽい煌めきが見られることになる。血まみれの手を洗った恐ろしい水が流れている。

社会の観察者たらんとする者ならすべからく、そのような日陰のなかにはいらねばならない。そこは彼の実験室の一部なのだ。哲学は思想の顕微鏡である。あらゆるものが哲学から逃れようとするが、逃れられるものなどひとつとしてない。ごまかしはいっさいきかないのだ。かりにごまかそうとしたら、いったいみずからのどんな一面を曝すことになるか？　恥の一面である。哲学はその誠実な目で悪を追いかけ、悪が無のなかに逃げこむことを許さない。物事が姿をくらまそうとしても、徐々に身を縮めて視界から消え去ろうとしても、すべてを読みとってしまう。哲学は、ぼろ着から顕職にある人びとの服を、ぼろ服から女性をつくりなおす。汚水溜によって都市を、汚泥によって風俗を再現する。陶器のかけらを手がかりに、それが両耳付きだったのか、水差し型の壺だったのかの判断をくだす。羊皮紙に残った爪痕から、それがユーデンガッセ[9]にあったものか、ゲットーにあったものかを見分ける。現存するものの往時の姿を見つけだす。善も悪も、虚偽も真実も、宮殿の血の染みも、洞窟のインクの滲みも、売春宿の樹脂ろうそくの滴りも、耐えしのばれた試練も、渡りに舟の誘惑も、吐きだされる酒色も、下劣な人間だけにできる魂の売春も、ローマの荷役労働者の仕事着についたメッサリナ[10]のいちゃつきの跡も。

第三章　ブリュヌゾー[1]

中世では、パリの下水道が語り草になっていた。十六世紀にアンリ二世が測量を試みたが挫折した。ほんの百年まえでさえ、汚水溜はどうにでもなれといった感じで放置されていた、とメルシエ[2]は証言している。

往時のパリもそんなふうで、喧嘩、逡巡、模索などに明け暮れていた永いあいだ、パリはかなり愚かだったが、一七八九年の大革命が都市に才知を発揮するすべを示した。だが、古き良き時代には、都市の頭の働きは鈍かった。精神的にも物質的にも、じぶんのなすべき仕事を知らず、悪弊も汚物も一掃できなかった。すべてが障害になり、すべてが問題になった。たとえば、下水道にしても、どこから手をつけていいのか分からなかった。都市では人びとが互いに理解しあえなかったし、地下道の管理でも方向が定まらなかった。すなわち地上では無理解、地下では錯綜だった。言語の混乱のしたたに、地下の混乱があった。バベルの塔がダイダロス〔3〕の迷宮と重なりあっていたのである。

あのナイル河がないがしろにされると突然怒りにとらえられるように、パリの下水道も時には氾濫に加わることがあった。おぞましいかぎりだが、下水道の洪水というものがあったのだ。ときどき、この文明の胃袋は消化不良を起こし、下水が都市の喉元にまで逆流してきて、パリはみずからの泥水の嫌な後味を思い知ることになった。このような下水と後悔の類似にも、いい側面がある。それが警告となったのだ。だが、その警告はひどく誤解された。パリ市はみずからの泥がこんなにも図々しい振る舞いにおよぶことに憤慨し、汚物がたちもどってくることを許さなくなったのだ。もっと上手にそいつを追いだせ、ということになったのである。

一八〇二年の洪水は、現在八十歳近くになっているパリ市民にとって、いまだに生々しい記憶のひとつになっている。あのときの泥水は、ルイ十四世の像が立っているヴィクトワール広場に十字形に広がった。シャン・ゼリゼのふたつの下水道からサン・トノレ通りに、サン・フロランタンの下水道からサン・フロランタン通りに、ソヌリーの下水道からピエール・ア・ポワソン通りに、シュマン・ヴェールの下水道からポパンクール通りに、ラップ通りの下水道からロケット通りに流れこんだ。泥水はシャン・ゼリゼ通りの排水溝をおおいつくし、三十五センチの高さに達した。また、南のほうでも、セーヌ河の排水口から逆流し、マザリーヌ通り、エショデ通り、さらにはマレー通りに浸水し、この通りを百九メートル進んだところでとまった。それはまさにかつてラシーヌが住んでいた家のすこし手前であった。[4] 汚水は、十七世紀の国王よりも詩人に敬意を表したわけである。水位はサン・ピエール通りで最高になり、溝の敷石から一メートル近くに達した。浸水範囲はサン・サバン通りが最高で、周囲二百三十八メートルにまで広がった。

今世紀初頭のパリの下水道は、まだ謎めいた場所だった。泥土が名声を博すことはけっしてありえないが、ここではその悪名が恐怖を呼び起こすほどになっていた。パリは、地下に恐ろしい穴倉をかかえていることを、おぼろげながら知っていた。そのことがまるで、あのテーバイのぞっとするような泥溜り――長さ五メートル近いムカデがうようよする、ベヒモス[5]の浴場になるくらいの泥溜り――のように語られていた。下水掃除夫たちの長靴も、それまで知られていた地点の先にはけっして踏みださなかった。サント・フォワがそのうえからクレキ侯爵[6]と親交を深めたという清掃人の放下車が、無造作に中身を下水道に落としこんでいた時代から、さしてかけ離れていなかったのである。浚渫《しゅんせつ》の役目は驟雨《しゅうう》に委ねられていたが、その仕事はと言えば、清掃するよりもむしろ、場所ふさぎになることのほうが多かった。ローマはまだしも汚水溜にいくらかの詩情を残してやり、それを「嘆きの階段」と呼んでいたが、パリはじぶんのそれを罵って「臭い穴」と呼んでいた。科学も迷信も怖気をふるうという点では同じだったのである。「臭い穴」は衛生上からも、伝説的にも疎まれていたのである。モワーヌ・ブリュ[7]はムフタールの臭いアーチのしたで生まれたのだったし、マルムゼ[8]たちの死骸はバリユリーの下水道に投げすてられた。フアゴン[9]は、一六八五年の恐ろしい悪性熱病をマレー地区の下水道の大きな割れ目のせいにしたが、この割れ目は一八三三年まで、サン・ルイ通りの店「メサージエ・ギャラン」の看板があるあたりで、あんぐりと口を開けていた。モンテルリー通りの下水口はペストの発生源として有名だった。この有害な通りにあって、先が尖った鉄格子が人の歯のように並んでいる下水口は、さながら人間たちに地獄の毒気を吹きかける竜の口といった感があった。民衆の想像力はパリの陰惨な溝に、なにやらおぞましい無限のものを混ぜあわせるのだ。下水道は底なしであり、バラトロン[10]だった。警察でさえ、病毒に冒されたこんな地帯を捜索しようなどとは思ってもみなかった。そんな未知のものに気をそそられ、そんな闇に探りを入れ、そんな深淵のなかになにかを発見しようとあえて出かける。いったい、だれにそんな勇気があったろうか。それは身の毛もよだつことだった。だというのに、それを買ってでる者がいた。下水溜にもそれなりのクリストファー・コロンブスがいたのである。

一八〇五年のある日、皇帝が珍しくパリにあらわれたとき、時の内務大臣でドクレとかクレテとかいった人物[11]が、朝の引見にお目通りを願い出た。カルーゼル広場では、大共和国と大帝国に仕えるという並外れた経歴の兵士たちが引きずるサーベルの音が聞こえていた。ナポレオンの居所の戸口にはぎっしりと勇士たちが控えていた。ライン河、エスコー河、アディジェ河、ナイル河の戦士たち、ジュベール、ドゥセー、マルソー、オッシュ、クレベールといった将軍配下の軍人たち、フルリュスの気球兵、マインツの擲弾兵、ジェノヴァの架橋兵、かつてピラミッドを眺めた軽騎兵、ジュノの砲弾に泥をかけられた砲兵、ゾイデル海に投錨中の艦隊を攻略した胸甲騎兵。ロディの橋でボナパルト軍に参加した者、ミュラにしたがってマントヴァの塹壕にいた者もいれば、ランヌの尖兵としてモンテベッロの窪地に進軍した者もいた。当時の全軍がそこに、つまりチュイルリー宮殿の中庭に分隊か小隊代表を派遣し、休息中のナポレオンの護衛をしていたのである。それはマレンゴで勝利をおさめたナポレオンの大陸軍が、早くもアウステルリッツの凱旋を視野に入れているという素晴らしい時期だった。「陛下」と、内務大臣がナポレオンに言った。「わたくしは昨日、帝国中でいちばん大胆不敵な男に会いました」「どんな男か?」と、皇帝はぶっきらぼうに尋ねた。「で、その男はなにをしたというのか?」「あることをしたいと申しております、陛下」「どんなことだ?」「パリの下水道をしらべたいというのであります」

そのような男はたしかに存在した。名前をブリュヌゾーといった。

第四章　知られざる詳細

視察がおこなわれた。恐ろしい調査で、ペストと窒息にたいする夜の戦いだった。と同時にそれはさまざまな発見の旅でもあった。この探検の生き残りのひとりは聡明な労働者で、ひどく若い青年だったが、この青年はつい数年まえまで、好奇心をそそる細部をあれこれ語っていた。それはブリュヌゾーが公文書の文体には馴染まないと判断し、警視総監への報告書から削除すべきだとみなしたことである。そのころは消毒の仕方もお粗末きわまりないものだった。ブリュヌゾーが地下網の最初の結節部を越すか越さないうちにもうすでに、二十人のうち八人の労働者が先に進むことを拒否した。作業は複雑だった。視察は浚渫も兼ねていたから、清掃をしながら測量をしなければならなかった。水の入口を記録し、格子と排水口の数をしらべ、枝管を入念に精査し、分岐点での流れの方向をしるし、各所の溜り場がそれぞれどの区域から汚水をためているのか確認する。主要な下水道に接続されているちいさな下水道に探りを入れてしらべ、それぞれの水路の要石までの高さ、天井が丸みを帯びている部分と土台の部分との幅を測り、最後に、各枝管からの流れと直角をなすところで、下水道の底部や通りの表面からの水準座標を決定する。彼らは苦労を重ねつつ進んでいった。降りるための梯子が水床の泥から深さ一メートルも潜っていることなども珍しくなかった。腐敗ガスのせいで、あやうくカンテラが消えそうになった。ときどき、気絶した下水掃除人が運びだされた。ところどころ崖になっている場所があった。地盤が陥没し、敷石が崩れて、下水道が古井戸になっていた。しっかりした足場など、どこにもなかった。突然、ひとりの男の姿が消えた。その男を引っぱりあげるのが一苦労だった。フールクロワ[1]の忠告にしたがい、充分に消毒したあちこちの場所に、樹脂が染みこんだ麻屑をつめた籠を置き、それに火を灯していった。壁は四方八方から不格好なキノコ様のものにおおわれ、まるで腫物ができているようだった。息もふさがれるほどの環境で、石まで病んでいるかと思われた。

この探索では、ブリュヌゾーは上流から下流へと進んだ。彼はグラン・ユルルールの水路がふたつに分かれる地点の、出っ張った石のうえに一五五〇という年号を読みとった。その石はアンリ二世の命をうけたフィリベール・ドロルム[2]がパリのこの地下ごみ捨場を調査したときに、これ以上は進めないという限界地点を示し、下水道に残した十六世紀のしるしだった。ブリュヌゾーは、一六〇〇年から一六五〇年のあいだに円天井をつけられたポンソー通りの水路と、ヴィエイユ・デュ・タンプル通りの水路に十七世紀の職人の手仕事を発見した。さらに、一七四〇年に掘られて円天井がつけられた十八世紀の労作を、大きな下水道の西側の部分に認めた。このふたつの円天井、とりわけ新しい一七四〇年のほうは環状下水道の用石工事よりも裂け目が多く、古ぼけて見えた。環状下水道の工事は一四一二年に完成したもので、この年、メニルモンタンの清水の流れにすぎなかったものが、パリの大水道という要所に昇格したのである。言うなれば、農民が国王の給仕係になるくらいの出世だった。農民のジャンがルベルになったようなものだろう〔3〕。

あちこちの下水道のなか、とくに裁判所のしたには、昔の地下牢の独房らしいものがあると思われていた。あのおぞましい終身牢《イン・パケ》である。そんな独房のひとつには、鉄の首輪がぶらさがっていた。いずれの独房も壁でふさがれていたが、珍奇な掘出し物もいくつかあった。とりわけ、一八〇〇年に植物園から姿を消したオランウータンの骸骨が珍しいものだった。この失踪事件は十八世紀の最後の年にブルナルダン通りにオランウータンがあらわれたという、あの有名でたしかな話と関連があるようである。その悪魔は哀れにも下水道のなかで溺れ死んだのだった。

アルシュ・マリヨン通りにつうじている長いアーチ型の水路で見つかった屑屋の負い籠は、完全に原形をとどめていたため、目利きたちはうっとりとした。下水掃除人たちが大胆に処理するようになっていたドブ沼は、いつしかいたるところ金銀細工、宝石、貨幣などの貴重品の山になっていた。もしどこかの巨人がこの下水溜を濾しでもしたなら、何世紀分もの財宝を篩《ふるい》のなかに掬いとったことだろう。タンプル通りとサン・タヴォワ通りの二本の管が枝分かれしている場所で、ユグノー派の珍しい銅メダルを拾った者がいたが、その片面には枢機卿の帽子をかぶった豚が、もう片面には教皇冠をかぶった狼が刻まれていたという。

もっとも驚くべき出会いは〈大下水道〉の入口にあった。かつてこの入口は鉄格子で閉ざされていたのが、いまでは肘金が残っているだけになっていた。そんな肘金のひとつから、汚れて形が崩れたぼろ布のようなものが垂れさがっていた。おそらく流れているうちにそこに引っかかり、暗闇のなかで漂っているうちに切れ切れになったものだろう。ブリュヌゾーは手にしていたランタンを近づけ、そのぼろ布をしらべてみた。きわめて上質のバチスト麻で、もっとも損傷の少ない隅に、紋章の冠がついた刺繡がしてあり、そのしたにLAVBESPの七文字が読みとれた。この冠は侯爵の冠であり、七文字は「ロベスピーヌ」を意味していた。そこから、目のまえにあるのがマラーの経帷子の切れ端だと判明した。マラーには青春時代に何度も恋愛沙汰があった。アルトワ伯爵家に獣医として身を寄せていたころ、数あるなかで歴史的に確認されている、ある貴婦人との情事の果てに、このベッドのシーツだけが彼の手元に残った。遺留物だったのか、形見にとっておかれたものか、彼が死んだとき、家にあるいくらかましな布といっては、それくらいしか見当たらなかったので、その布で死体をつつむことにした。老女たちは性の快楽が染みこんだその布地で、この悲劇的な「人民の友」をしっかりとくるんで、墓に送りこんだのであった。

ブリュヌゾーは委細かまわず先に進んだ。ぼろ布はそのまま放っておかれて始末されなかった。それは軽蔑のためだったのか、それとも尊敬のためだったのか？　マラーはそのどちらにもふさわしい人物だった。それに、そこには宿命の痕跡がはっきり刻まれていたので、手をふれることがためらわれたのだ。いずれにせよ、墓のなかにある物は、その物が選んだ場所に置いてやらねばならない。要するに、この遺物は奇怪なものであった。かつてひとりの侯爵夫人がそこに眠っていたのだが、マラーはそこで朽ちはてた。それがパンテオンを通って下水道の鼠たちのところに辿りついたのだった。ワトーが生きていたなら、嬉々として襞の一つひとつを写しとろうとしたかもしれないその寝室のぼろ布は、とうとうダンテに見つめられるのがふさわしいものになってしまったのである。

パリの地下の下水道全体をしらべつくすのに、一八〇五年から一八一二年までの七年間もかかった。進むにつれ、ブリュヌゾーはさまざまな仕事を計画し、指揮し、完成させていった。一八〇八年にはポンソーの土台を低くした。それからあちこちに新しい水路をつくりながら、一八〇九年にはサン・ドニ通りのしたに下水道を通して、イノサンの泉まで延ばした。一八一〇年にはフロワマントー通りとサルペトリエール施療院のした、一八一一年にはヌーヴ・デ・プチ・ペール通り、マイユ通り、エシャルプ通り、ロワイヤル広場のした、一八一二年にはラ・ペ通りとショセ・ダンタンのしたといった具合に、次々に下水道を広げていった。それと同時に、下水道網をそっくり消毒させて衛生的にした。彼は二年目からすでにじぶんの婿のナルゴーを助手にしていた。

こうして十九世紀の初頭には、旧世界はその二重底の浚渫をし、下水道の面目を一新した。ともかく、それだけ清潔になったのであった。

ねじくれ、裂け目ができ、敷石が外れ、ひびがはいり、やたらに水溜ができ、あちらこちらに奇妙な曲がり角があり、理由もなしに高くなったり低くなったりして悪臭が立ちこめ、荒れ果て、手のほどこしようもなく、闇に浸されて、敷石には傷跡が、壁には切傷があり、見るもおぞましい。振りかえってみれば、それがパリの古い下水道だったのである。

四方八方に伸びた枝、交錯した溝、枝管、水路の終結点、対壕に見られるような星形、袋小路、どん詰まり、硝石の粉をふいている円天井、臭い排水溜、あちこちの壁に湿疹のように広がった染み、天井から落ちる水滴、暗闇。まるで化膿したかのようなこの排水地下室のひどさに匹敵するものはほかにない。それはバビロンの消化器であり、洞穴であり、墓穴であり、あまたの通路が穿たれた深淵であり、巨大なモグラの塚とも言うべきものだった。そこでは精神が、かつては壮麗そのものであったはずの汚物のなかを、あの盲目の巨大なモグラ、すなわち過去がさまよっている様を目の当たりにする思いがする。くりかえし言っておくが、これはあくまで「往時」の下水道の話である。

第五章　昨今の進歩

こんにちでは、下水道は清潔でひんやりとし、垂直で、そこそこ許せるものとなっている。イギリスで「立派な《リスペクタブル》」という言葉で解される理想をほぼ実現している。しゃんとし、灰色がかり、測ったように真っ直ぐで、ほとんどおめかしをしていると言ってもいい。国家参事官に出世した御用商人みたいなものだ。内部もだいたいはっきり見えるし、泥水も行儀よくしている。ちょっと目には、昔はどこにでもあった地下の廊下、「民衆が王さまを愛していた」古き良き時代には、王や王族が逃亡するさいに大いに役立った、ありきたりの地下道と取り違えられかねないだろう。現在の下水道は見事なものであり、そこは純粋な様式が君臨している。直線的なアレクサンドラン[1]が詩の世界から追放されて建築の世界に逃げこみ、薄暗くて長く白っぽい、この円天井の石の一つひとつに溶けこんでいるかのように見える。どの排水口もアーチ型で、リヴォリ通りともなると、汚水溜までが追従者を生んでいる。ちなみに、もし幾何学的な線がぴたりと収まる場所がどこかにあるとすれば、それは間違いなく大都会の糞便の堀のなかだろう。そこでは、万事が最短距離で従属させられている。現代の下水道は、どこか官僚的な様相を呈しているのだ。時に下水道は警察の報告事項にもなるが、いかなる場合でも必ず敬意がはらわれる。下水の特徴をあらわす官僚用語も格上げされ、威厳をもつ。昔は蛇道と呼ばれていたものが地下道に、穴と呼ばれていたものがマンホールになっている。ヴィヨンも、そこが昔のじぶんの仮宿だったとはよもや気づくまい。この網のような穴倉にはかならず齧歯類という太古からの住民がいて、それもかつてないくらいに繁殖している。古強者というべき一匹の鼠が、ときどき命がけで下水道の窓から顔を突きだし、パリッ子たちをながめたりする。だが、このようなゴロツキでさえもじぶんの地下宮殿にすっかり馴染んでいるから、大満足でおとなしくしている。下水道にはもはや、当初の凶暴さはなくなっている。雨水は昔の下水溜を汚していたが、現在では下水溜を清めている。とはいえ、過信は禁物である。まだまだ瘴気が住みついているのだ。それは完全無欠ではなく、猫かぶりなのである。警視庁や衛生委員会がいくら努力しようと無駄なのだ。どんな衛生措置をほどこしてみたところで、告白をしたあとのタルチュフみたいに、なにやら怪しげな臭いを漂わせているのである。

それでもつぎのことは認めておこう。とどのつまり、清掃とは下水が文明に捧げるオマージュであり、タルチュフの良心はアウゲイアスの家畜小屋[2]にくらべて、ひとつの進歩なのだから、パリの下水道が改善されたということもたしかなのである。

それは進歩以上のもの、すなわち転換である。昔の下水道と今の下水道のあいだに革命があったのだ。だれがこの革命を成しとげたのか？　だれからも忘れられていたが、筆者が名前をあげた人物、すなわちブリュヌゾーにほかならない。

第六章　未来の進歩

パリに下水道を掘るのは、生易しい仕事ではない。この仕事に取りかかってから十世紀になるというのに、下水道はまだ完成にいたっていないのだ。パリの町づくりが完成していないのと同じである。じっさい、下水道はパリが成長するにつれ、いつもそのとばっちりをうけてきた。地上の都市が大きくなるにつれ、地下の下水道もまた、触角が千本もある暗黒の腔腸動物みたいに、やはり大きくなるのである。町のなかに道路が一本通るたびに、下水道も一本手を伸ばす。旧王政は二万三千三百メートルの下水道しかつくらなかった。一八〇六年一月一日のパリの状態は、まだそのままだった。だがこのとき以来——この時代についてはまもなくふれる——、その仕事は有効かつ精力的に再開、継続された。ここに面白い数字がある。ナポレオンは四千八百四メートル、ルイ十八世は五千七百九メートル、シャルル十世は一万八百三十六メートル、ルイ・フィリップは八万九千二十メートル、一八四八年の共和政府は二万三千三百八十一メートル、現政府は七万五百メートルつくった。現在のところは、合計二十二万六千六百十メートル、下水距離にして二百四十キロメートルの長さである。これがパリの巨大なはらわたであり、この仕事は暗闇のなかで枝分かれしながら、たえず進行している。知る者とていないが、大規模な建築作業なのである。

これで分かるように、パリの地下の迷路は今世紀初頭の十倍以上になっている。あの下水道を今のように比較的完全なものにするのに、どれほどの忍耐と努力が必要だったのか想像するのは、けっして容易なことではない。旧王政時代の地方行政官政府、それに十八世紀最後の革命時代の市役所の仕事を併せても、一八〇六年以前に存在した約二十キロメートルの下水道を掘るのがやっとだった。この作業はあらゆる種類の障害、あるものは地質に由来し、あるものはパリの労働者の偏見そのものに根ざしている障害によって妨げられた。パリは鶴嘴にも、鍬にも、中刳盤にも、人間の操作にも奇妙に逆らう地層のうえに建てられている。パリという驚嘆すべき歴史的形成物が残っているこの地形ほど掘りにくく、穿ちにくいものはない。なんらかのかたちでこの沖積層に働きかけたとたんに、工事は次々と地下の抵抗に出会うことになる。それはどろどろした粘土であったり、湧き水であったり、専門用語で「芥子」と呼ばれている、あの柔らかく深い軟泥であったりする。鶴嘴は、きわめて薄い粘土層と、アダム以前のカキの殻をちりばめた葉層のある頁岩質の地層とが交互に重なりあう灰岩層のなかを、やっとのことで進んでいく。時には、水の流れが手をつけたばかりの円天井をあっと言う間に突き破り、労働者たちをびしょ濡れにする。また、泥灰土がどっと吹きだし、滝のように猛り狂っておそいかかり、どんなに太い支え桁をもガラスのように砕いてしまう。ヴィレットでは、つい最近も船の航行を妨げたり、運河を干上がらせたりせずにサン・マルタン運河のしたに排水収集管を通さねばならなくなったときに、河床に裂け目が生じて、いきなり地下の工事現場に水があふれ、吸取器ではどうしようもなくなった。潜水夫にさがさせてみると、その裂け目は大流域の入口にできていた。それをふさぐのがひと苦労だった。その他、セーヌ河の近くや河から相当離れたところ、たとえばベルヴィル、グランド・リュ、リュニエール小路などでは底なしの砂地に出会うことがあり、そんなところにはまろうものなら、みるみる姿を消してしまいそうだった。おまけに瘴気による窒息、地滑りによる生き埋め、思ってもみなかった落盤などがあるのだ。さらにチフスがあって、労働者たちはゆっくりと感染していく。こんにちでも、ウールク河の主要水道管を引く堤防工事とともに、深さ十メートルの溝のなかでなされている、クリシーの地下道を掘る作業。地滑りのあいだを縫って、しばしば腐っている掘削現場や突張木をつかい、ロピタル大通りからセーヌ河までのビエーヴル川にヴォールトを架ける作業。モンマルトルの丘に発する奔流からパリを解放し、マルティル市門のそばにあって淀み腐っている、九ヘクタールにわたる流れのような沼の水捌けをよくする作業。昼夜兼行で四か月のあいだに、ブランシュ市門からオーヴェルヴィリエ街道まで、十一メートルの深さのところに下水道を通す作業。地下六メートルのところに、まともな溝も掘らずに、バール・デュ・ベック通りに地下の下水道を敷くという前代未聞の作業。そのような作業をなしたあと、現場監督モノーは死んでいった。また、トラヴェルシエール・サン・タントワーヌ通りからルルシーヌ通りまで、町の四方八方に広がる三千メートルの下水道にヴォールトを架ける仕事。アルバレートから枝管を引き、サンシエ・ムフタールの十字路を雨水による浸水から救出する仕事。流砂のなかで石とコンクリートの基礎工事をしてサン・ジョルジュ下水道を築く仕事。ノートルダム・ド・ナザレート枝管の土台を低くするという恐るべき仕事。そうした仕事をやりおえてから、技師デュローは生涯をおえた。だが、このような勇敢な功績を述べている報告書はない。とはいえ、これは戦場での愚かな殺し合いなどより、はるかに有益な仕事なのである。

一八三二年のパリの下水道は、現在の下水道よりはるかに劣るものだった。ブリュヌゾーが弾みをつけたのだったが、それ以後になされた大改造を引きおこすには、なんといってもコレラの流行が必要だった。たとえば、驚くべきことだが、一八二一年には、ヴェネチアと同じく「グラン・カナル〔大運河〕」と呼ばれた環状下水道の一部は、グルド通りでは、まだむきだしのまま淀んでいたのである。パリがそんな恥ずべきことに覆いをかけるのに必要な二十六万六千八十フラン六サンチームの財源を見つけたのは、ようやく一八二三年になってからにすぎない。コンバ、キュネット、サン・マンデの三か所の吸込み井戸がそれぞれの排水口、装置、水溜、浄化用の枝管を備えたのも、ようやく一八三六年になってのことだった。パリのはらわたのごみ捨場は、この四分の一世紀以来改造され、前述のように、十倍以上になったのである。

三十年まえ、すなわち一八三二年六月五日と六日の蜂起があった時期は、下水道はまだ多くのところで、ほとんど昔のままだった。いまでは凸型になっている通りも、当時は中央が凹んでいた。通りや十字路の勾配がおわる低いところに、太い格子をはめた四角の広い蓋がひんぱんに見られたものだった。その鉄は群衆の足によって磨かれてピカピカに光り、馬車にとってはつるつる滑って危険になり、よく馬を転ばせたものだった。土木用語では、傾斜が低くなったそんなところと鉄の蓋にカシス〔溝、くろすぐりの意〕という表現力豊かな言葉があたえられていた。一八三二年には、エトワール通り、サン・ルイ通り、タンプル通り、ヴィエイユ・デュ・タンプル通り、ノートルダム・ド・ナザレート通り、フォリー・メリクール通り、フルール河岸、プチ・ミュスク通り、ノルマンディー通り、ポン・ト・ビッシュ通り、マレー通り、フォブール・サン・マルタン、ノートルダム・デ・ヴィクトワール通り、フォブール・モンマルトル、グランジュ・バトリエール通り、シャン・ゼリゼ大通り、ジャコブ通り、トゥルノン通りなど多くの通りでは、昔ながらのゴチック式下水が厚かましく大きな口を開けていた。それは汚物を投げこむ巨大な石の空洞であり、時には車除けの石で囲まれて、破廉恥にも堂々と居すわっていた。

一八〇六年のパリの下水道の全長は、一六六三年五月に確認された数字とほとんど同じで、延べ一万メートルあまりだった。ところが、ブリュヌゾー以後の一八三二年一月一日現在、四万三百メートルになっていた。一八〇六年から三一年までに、年平均七百五十メートルずつつくられたことになる。以後、毎年八千メートルから、時には一万メートルにもなる地下道を、コンクリートの土台のうえに水力接合器という貧弱な材料で建設した。一メートルの工事費が二百フランだとして、パリの下水道二百四十キロメートルには四千八百万フラン必要だったことになる。[1]

冒頭に指摘しておいた経済上の発展とは別に、公衆衛生上の深刻な課題が「パリの下水道」というこの大問題と結びついている。

パリは水の層と空気の層というふたつの層にはさまれている。水の層は地下のかなり深いところに横たわっているが、二度ほど掘削して探った結果、白亜とジュラ期の石灰岩のあいだの、緑色の砂岩層にあることが分かった。この砂岩層は半径百キロメートルの円盤として描くことができる。数多くの河川がそこに染みこんでいる。だから、グルネル通りでコップ一杯の水を飲めば、セーヌ河、マルヌ河、ヨンヌ河、オワーズ河、エーヌ河、シェール河、ヴィエンヌ河、それにロワール河などの水を飲んでいることになる。この水は無害である。まずは空から、つぎに地中から出てくるのだから。他方、空気の層は有害である。下水道から出てくるのだから。都市が吸いこむ空気のなかに下水の瘴気が混じっている。息が臭くなるのはそのためだ。これは科学的に確認ずみのことだが、堆肥のうえで採取された空気でも、パリ上空で採取された空気よりはきれいなのである。いずれそのうちに、進歩も手伝って、機械装置も安全なものになり、名案も浮かんで、空気の層をきれいにするのに、水の層を利用するようになるだろう。つまり、水道を洗い浄めることができるようになるだろう。だれにでも分かることだが、下水道を洗うということは、泥を大地に返してやることにほかならない。要するに、不潔なものは地に、肥料は田畑に返してやるのだ。こんな簡単なことで、人間社会に貧困の減少と健康の増進がもたらされるのだ。現在、パリの諸々の病気が広がる範囲は、ルーヴルを輪心と考えるなら、その周囲二百キロメートルにおよんでいるのである。

十世紀のあいだ、下水溜はパリの病巣だったといっても過言ではない。下水とは都市がその血のなかにもっている悪癖である。このことにかんして、民衆の本能は一度たりとも騙されたことがなかった。下水清掃人の仕事は、廃馬処理業者の仕事と同じように危険で、民衆に疎まれていた。その当時、下水掃除人の仕事は恐れられ、じつに長いあいだ、死刑執行人にまかされていたものだった。石屋は高い賃金を払われなければ、その悪臭ぷんぷんする溝のなかに姿を消さなかったし、井戸掘人の梯子もなかなかそこにはいりこもうとしなかった。「下水にはいることは、墓にはいること」というわけだった。おまけに、前述したように、この巨大な溝をめぐって、いろいろと恐ろしい伝説が語られていた。そこには人間社会の革命だけではなく、地球の大変化もまたその痕跡をとどめている。恐怖の的である掃溜。そこにはノアの洪水のときの貝殻からマラーのぼろ布にいたるまでの、ありとあらゆる大変動の名残が見られるのである。

第三篇　泥、しかし魂

第一章　下水溜とそこでの驚きの数々

ジャン・ヴァルジャンがいたのは、パリの下水道のなかであった。

パリが海と似ている点がもうひとつある。大海と同じで、そこにもぐりこんだ人間は姿を消すことができる。

場面の転換は空前のものだった。ジャン・ヴァルジャンは町の真ん中にいながら、その町の外に出てしまっていたのである。彼は蓋を開けて閉める間もなく、真っ昼間から真っ暗闇に、正午から真夜中に、喧噪から沈黙に、雷鳴の渦巻から墓場の沈滞に、さらにあのポロンソー通りでの大波瀾[1]をもしのぐ不可思議な急展開によって、これ以上はないくらい極端な危難から究極の安全へと移行したのである。

突然穴倉に落下するということ、パリの地下牢のなかに消えうせるということ、いたるところに死が見られたあの街路を離れて、生が存在する墳墓にいるということ。それは奇怪きわまる瞬間だった。彼はしばし茫然とし、耳を澄まし、呆気にとられていた。足元に救いの落し穴がぽっかりと開き、彼はまるで裏切によって、天上の慈悲にとらえられたようなものだった。神慮のありがたい待伏！

ただ、負傷した青年が身動きひとつしないので、じぶんがこの墓穴のなかで運んでいる人間が、果たして生きているのか、死んでいるのかジャン・ヴァルジャンには分からなかった。

彼がまず覚えたのは、目がくらむという感覚だった。突然なにも見えなくなったのだ。あっという間にじぶんの耳まで不自由になったように感じた。なにひとつ聞こえなくなってしまった。前述のように、頭上二メートルほどのところで荒れ狂っている熾烈な殺人の嵐も、厚い地面に隔てられているため、かすかに、いまにも消え入りそうに耳元に届くばかりで、まるで地中深くのざわめきのようだった。彼は足元がしっかりしているということだけを感じていたが、しかしそれだけで充分だった。彼は片手を伸ばし、それからもう片方の手を伸ばしてみて、両側の壁にふれたことから、通路が狭いと判断した。足が滑ったことで、敷石が濡れていると知り、窪みか汚水溜、あるいは深い穴でもあるのではないかと、恐るおそる一歩踏みだした。ずっと舗装がつづいていることが分かった。ぷんとくる悪臭で、じぶんがいる場所をさとった。

しばらくすると、ようやく目が見えるようになった。身を滑らせた換気孔からわずかに光がもれていたので、この穴倉にも目が慣れ、物を見分けられるようになった。地中に隠れたというほかに適切な言い方はできないが、そこは背後が壁でふさがれていた。それは専門用語で支管と呼ばれる袋小路のひとつだった。前方には、もうひとつの壁があって、それは闇の壁だった。換気孔の明かりはジャン・ヴァルジャンがいる場所から前方十歩か十二歩の地点までしか届かず、下水道の湿った壁を数メートルほど、ほんのり青白く照らしているだけだった。その先は手もつけられない暗がりだ。そこにはいるのは恐ろしいことに思え、はいりこんだら最後、すっぽり呑みこまれてしまうような気がした。それでも、その靄の障壁のなかを奥深くまで突きすすむことができたし、またそうしなければならなかった。しかも急がねばならなかった。ジャン・ヴァルジャンはふと、じぶんが敷石のしたにみつけたあの鉄格子が兵士たちに見つかってしまうかもしれない、すべてはそんな偶然の戯れにかかっているのだと思った。彼らもこの縦穴のなかに降りてきて、捜索するかもしれない。ただの一分も無駄にできない。彼はいったんマリユスを地面に降ろし、ふたたび拾いあげた。このところもまた、これ以外に適切な言い方はない。そして肩に担ぎなおすと、まえに歩きだし、決然と暗闇のなかにはいった。

じつのところ、ジャン・ヴァルジャンが思うほど、ふたりは完全に助かったわけではなかった。別種の、しかしながら同じように大きな危険がふたりを待ちうけているようだった。戦闘の壮烈きわまる旋風のあと、瘴気と奸計の巣窟のあと、混沌、汚水溜のあと、ジャン・ヴァルジャンはひとつの修羅場からもうひとつの修羅場に落ちたのだった。

五十歩ほど進んだところで、立ちどまらねばならなかった。ひとつ問題が生じたのだ。この地下道のどん詰まりが別の暗渠の横腹につながっていて、道がふたつに分かれていたのである。どっちに行けばいいのか？　右に回るのか、左に回るのか？　こんな暗闇の迷路で、どうやって方向を定めたらいいのか？　だが、前述のように、道しるべとなる糸が一本だけあった。迷路の傾斜である。傾斜をくだっていけば河に出る。ジャン・ヴァルジャンはすぐそのことに気がついた。

彼はこう心に思った。——どうやらおれは、中央市場《レ・アル》の下水道にいるらしい。ということは、左に道をとって傾斜をくだっていけば、十五分もしないうちに、ポン・ト・シャンジュ橋とポン・ヌフ橋のあいだのどこかで、セーヌ河に面した出口に行きつくはずだ。つまりは、パリでもっとも人通りの激しい場所に、真っ昼間、姿をあらわすことになるのだ。ひょっとしたら、どこかの四辻の、浮浪者の溜り場にでも行きつくかもしれんぞ。血まみれの男がふたり、足元から這いだしてくるのが見えたら、通行者たちはさぞかしびっくり仰天するだろう。そうなると、巡査が駆けつけ、近くの警備隊が武器を取ることになる。おれたちはしゃばに出ないうちに捕まってしまう。それなら、いっそこの迷路にもぐりこみ、この闇を信じ、出口のことは神様の思し召しにまかせたほうがいいのではないか。彼は斜面をのぼって、右手に回った。

地下道の角を曲がると、通気口からもれてくるぼんやりとした微光が消え、闇のカーテンがふたたび彼をおおって、またもやなにも見えなくなった。それでも、これまでどおり、できるかぎり早足に歩いた。マリユスの両腕はジャン・ヴァルジャンの首にからまり、足はうしろでぶらぶら揺れていた。ジャン・ヴァルジャンは片手でマリユスの両手を取り、もう片方の手で壁を探った。頬に触れたマリユスの血まみれの頬が、べったりとくっついてきた。彼は生暖かい流れがじぶんの体をつたって、服のしたに染みこんでくるのを感じた。だが、耳に触れる湿り気をおびた暖かいもので、この負傷者が息をしていること、つまり生きていることが分かった。いまジャン・ヴァルジャンが辿っている地下道はまえほど狭くなかった。それでも、歩くのはかなりつらかった。前日の雨水がまだ引いていなかったせいで、地下道の基盤のところでは小さな奔流になっていたので、足が水に突っこまないように、からだをぴたりと壁につけて歩かねばならなかった。そんなふうに、怖々といった感じで前方に進んだ。彼はさながら、見えない世界を手探りしながら闇の流路にまぎれこむ、夜の生き物に似ていた。

とはいえ徐々に、はるか遠くの通気口からくる微光が揺らめき、暗い靄のなかに送られてくるのか、あるいは彼の目が暗闇に慣れたのか、ふたたびなにかがぼんやりと見えてきた。さわっている壁や、彼がしたを通っている円天井などが、おぼろげながら、ふたたび判別できるようになってきた。夜陰のなかでは瞳が膨らみ、やがて明かりを見つけだすようになるものだ。それはちょうど、不幸のなかでは魂がふくらみ、やがて神を見つけだすのと同じことである。

どこに向かっていけばいいのか、なかなか分からなかった。下水道の図面は、そのうえにある通りの図面を反映していると言える。当時のパリには二千二百本の通りがあった。そこから、その通りのしたに下水道と呼ばれる、枝を広げた暗い森があると想像していただきたい。そのころの下水道網を端から端までつないでみたら、約四十四キロメートルの長さになっただろう。また、前述のように、この三十年の活動がことさらめざましかったから、現在のそれは約二百四十キロメートルをくだらないだろう。

ジャン・ヴァルジャンは最初から勘違いをした。サン・ドニ通りのしたにいるとばかり思っていたのに、残念なことにそうではなかったのである。サン・ドニ通りの地下にはルイ十三世時代からの石造りの下水道があり、これは〈大下水道《グラン・テグー》〉と呼ばれる共同下水渠に直結していた。それが昔のクール・デ・ミラークルのあたりで、ただ一か所だけ右に折れて、サン・マルタン下水道という四つの分流が十字形に交差する枝管につながっていた。居酒屋コラント近くに入口があるプチット・トリュアンドリーの細長い通路は、サン・ドニ通りの地下道にはまったく通じていなかったのである。これはモンマルトル下水道に通じていたので、ジャン・ヴァルジャンはそこにはいりこんだのだった。そのあたりは迷う危険が多いところだった。昔の下水道網のなかでも、モンマルトル下水道はことのほか錯綜したもののひとつだった。さいわいジャン・ヴァルジャンは、実測図でも帆船のマストが錯綜しているように見える中央市場の下水道をあとにしていた。だが、その先でも、一度ならず難所や街角——というのも、地下道もまた街路だから——に遭遇した。それがまるで疑問符のように立ちあらわれるのだった。まずはじめは左側にある、さながら「知恵の板」〔2〕を思わせるプラトリエールの大きな下水道。この下水道は、郵便局の本局と小麦市場の円い建物のしたにある、T字型とZ字型の小道がややこしく延びたり、こんがらかったりしながらセーヌ河に達し、そこでY字型になって終わっていた。つぎは右側にあったカドラン通りのカーヴがある地下道で、その三本の歯みたいな通路はいずれも袋小路になっていた。さらには、左側のマイユの分岐点。これがまた入口のすぐ近くでは熊手のように複雑だったのが、やがてジグザグにつぐジグザグ道となって延び、いくつかの部分に分けられ、四方八方に枝分かれしているルーヴルの排水地下室にいたっていた。そして最後は右側にあった、行き止まりのジュヌール通りの下水道。これでもあちこちにあった、ちいさな穴倉を数えないとしての話だ。ともかく、安全に出られる唯一の出口である環状下水道に辿りつくためには、それだけの難所があったのだ。

もしジャン・ヴァルジャンが、いま筆者が述べたことをいくらかでも知っていたなら、壁にさわってみるだけで、じぶんがいるのはサン・ドニ通りの地下道ではないことにすぐ気づいたことだろう。昔の建築用石材をつかった昔の建築、つまり花崗岩とか純度の高いモルタルなどでつくった土台や溝があるといった、下水道のなかまでも格調高い王朝様式の、二メートルで八百フランもかかる建築法の壁ではないことくらい、ふれた感じですぐに分かったはずだ。彼がふれたのは、当世風の安物の材料でやりくりした、一メートルあたり二百フランしかかからないような、コンクリートの床材のうえに水硬性セメントを固めた珪質石灰岩工事、いわゆる「けちな材料をつかった」ブルジョワ式石工事のものだった。だが彼は、そんなことをなんら知る由もなかった。

彼は不安ではあったが、落ち着いて前に進んでいった。なにも見えず、なにも知らないまま、偶然を頼りに、つまりすべてを神のご意志におまかせして。

じつは、彼もすこしずつ、どこか恐怖にとらえられていった。身をつつむ闇が心のなかにもはいりこんできたのだ。彼は謎のなかを歩いていた。下水道とは恐るべきもので、目がくらむほど入り組んでいる。こんな闇のパリに取りこまれるというのは、なにはともあれ気味の悪いことなのだ。ジャン・ヴァルジャンは見えない道をさがしだす、というより見つけださざるをえなかった。このような未知の世界では、一歩踏みだすごとに、それが最後の一歩になりかねなかった。いったい、どうしたらここから出られるのか？　果たして、出口は見つかるのか？　たとえ見つかったとしても、手遅れなのではないか？　そもそも、蜂の巣のように石の小穴がひしめいている、こんな巨大な海綿みたいなもののなかにはいりこみ、突きぬけられるものなのか？　思ってもみなかったような、暗闇の中枢みたいなものに出くわしはしないだろうか？　解きがたく、越えがたいものに突きあたるのではないだろうか？　マリユスは出血多量、じぶんは飢えのために死んでしまうのか？　ついにはふたりとも道に迷い、この闇の片隅で骸骨になってしまうのか？　彼には分からなかった。そんなふうにいくらあれこれ考えてみても、答えを見つけることはできなかった。パリのはらわたは、ひとつの深淵も同然であり、彼はかの預言者〔3〕みたいに、怪物の腹のなかにいたのであった。

彼は突然ぎくりとした。まったく思いもかけない瞬間に、これまでずっと真っ直ぐに歩いてきたとばかり思っていたのに、じつは道を上っているのではないことに気がついたのだ。どぶ水が爪先にではなく、踵にあたってくる。下水道は下り坂になっていたのである。なんでだ？　じゃあ、おれは出会い頭にセーヌ河に連れていかれるってわけか？――じつに大きな危険ではあったが、あとに引きかえすのはもっと危険だった。彼はそのまま前進しつづけた。

じつのところ、彼はセーヌ河のほうに向かっていたわけではなかった。セーヌ右岸にできている鞍形の台地は、一方の斜面からの流れをセーヌ河に、もう一方を大下水道に注いでいる。分水線となるその台地の頂は、ひどく気紛れな線を描いている。水捌けの分かれ目になる絶頂は、サン・タヴォワ下水道ではミシェル・ル・コント通りの先に、ルーヴルの下水道では大通りのそばに、モンマルトル下水道では中央市場の近くにある。ジャン・ヴァルジャンが着いたのはその絶頂であった。彼は環状下水道のほうに向かっていたことになる。恰好の筋道だったのだが、彼はそんなことをまるで知らなかった。

彼は枝管にぶつかるたびにその角度を手で測り、入口がいまいる地下道よりも狭いと見るや、そこにはいらず、そのまま進んでいった。先細りになっている路はいずれも袋小路に突きあたり、目的地、すなわちひたすら出口から遠ざかるはずだと判断したのは正しかった。こうして彼は、さきほど筆者が列挙した、闇のなかで四つの迷路が仕掛けている罠のひとつを避けることができたのである。

あるとき彼はふと、じぶんが蜂起によって立ちすくんだパリ、バリケードによって交通が麻痺したパリのしたから抜けでて賑やかな、いつもどおりのパリのしたにもどりつつあることに気がついた。突如、遠くからではあるが、つづけざまに聞こえてくる雷のような音を頭上に感じた。馬車の走る音だった。

彼は半時間ほどまえから歩いていた。少なくとも、心のなかでそう計算していたのだが、休もうとは考えてもみなかった。ただ、マリユスを支える手を変えただけだった。闇はかつてないほど深くなってきたが、その深さが彼を安堵させた。

突然、じぶんの影を眼前に見た。それはぼんやりと弱々しく、赤みを帯びた光のうえに浮きだしている。光は足元の土台と頭上の円天井をほんのり赤く染め、地下道のねばねばした両側の壁のうえを滑るように、左右に揺れうごいている。彼はびっくりして振りかえった。

背後の、たったいま通ってきたばかりの地下道のあたり、はるか遠方に、なにやら恐ろしい星のようなものが煌めき、その光が厚い暗がりを消して、じっとこちらをうかがっているようだった。

それは下水道のなかに立ちのぼった、警察の暗い星だった。星のうしろには、黒くて真っ直ぐな、漠とした、なんとも恐ろしい形体のものが八つか十、ぼんやりと蠢いていた。

第二章　説明

六月六日のうちにはやくも、下水道の捜索命令がくだされていた。当局は下水道が敗残者たちの隠れ家になることを恐れ、ビュジョー将軍が表通りのパリを一掃しているあいだ、ジスケ警視総監は裏のパリをくまなく探らねばならなかった。これは密接に組み合わされた二重作戦で、それには地上では軍隊、地下では警察に代表される官憲の両面作戦が必要だったのである。警官とごみ掃除人からなる三つの分隊が、パリの地下のごみ捨場をしらべまわった。第一分隊はセーヌ右岸、第二分隊はセーヌ左岸、第三分隊はシテ島を担当した。警官たちは騎兵銃、棍棒、剣、短刀などで武装していた。

さきにジャン・ヴァルジャンのほうに向けられたのは、右岸の巡察隊のカンテラだったのである。

この巡察隊はカドラン通りのしたにある曲がった地下道と三つの袋小路を捜索したところだった。彼らが袋小路の奥にランタンの光を這わせているあいだ、ジャン・ヴァルジャンは道すがら地下道の入口を見つけ、それが主要な通路よりも狭いと気づいて、なかにはいらずにやり過ごした。警官たちはカドラン通りの地下道を出たとき、環状下水道近くでなにか物音がしたような気がした。じじつ、それはジャン・ヴァルジャンの足音だった。巡察隊長の警官がカンテラを高くかかげると、隊員たちが音のした方向に立ちこめる霧に目をこらしはじめた。

ジャン・ヴァルジャンにしてみれば、生きた心地もしない瞬間だった。

さいわい彼にはカンテラがよく見えたが、カンテラのほうからはそれほどでもなかった。カンテラは光だが、彼は影だった。彼はずっと遠くにいたので、あたりの暗闇にまぎれていたのだ。彼は身をちぢめて、立ちどまった。

といっても、じぶんの背後でなにが動いているのかはっきりとは分からなかった。このところ一睡もしていないこと、食べ物がないこと、たえず気持ちが動揺していたことなどもあって、彼も幻覚状態に陥ることがあったのだ。炎の輝きが見え、そのまわりに怨霊が見えた。あれはなんなのだろうか？　彼には分からなかった。

ジャン・ヴァルジャンが立ちどまったので、物音もやんだ。巡察隊の警官たちは耳をすましたが、なにも聞こえなかった。瞳をこらしたが、なにも見えなかった。彼らはひそひそと相談しあった。

当時、モンマルトル下水道のこの地点には、「通用口」と呼ばれる十字路のようなものがあった。もっともこの十字路は、大雨が降ると雨水が奔流となって、地下にちいさな湖をつくってしまうので、のちに取り壊されてしまった。ともかく、巡察隊はその十字路で全員集合することができた。それがジャン・ヴァルジャンには、怨霊どもが輪になっているように見えたのである。

番犬どもの頭が鳩首凝議していた。

番犬たちがあれこれ相談のあげくに決めたのはこういうことだった。あれは思い違いで、足音などはしなかった。ここにはだれもいないのだから、環状下水道に踏みこんでも意味がないし、時間の無駄になるばかりだ。それよりサン・メリーのほうに急がなくてはならない。仕事があるとすれば、つまり「ブーザンゴ」〔1〕がいるとすれば、あの地区にちがいないと。

党派というものはときどき、じぶんたちに浴びせられた古い罵り言葉を、新しいのにすげ替えて、他に転売することがある。一八三二年、「ブーザンゴ」という言葉は、すでに言い古された「ジャコバン」〔2〕という言葉と、当時はほとんどつかわれていなかったが、のちになって素晴らしい働きをする「デマゴーグ」〔3〕という言葉のつなぎ目の役割を果たしていたのである。

隊長は、斜め左方向に行き、セーヌ河に出る坂をくだるよう命じた。もし彼らが二手に分かれ、それぞれ別の方向に行くことを思いついていたなら、ジャン・ヴァルジャンは捕まっていたことだろう。ほんの些細なことが運命の分かれ道になるのだ。あるいは警察庁の指令は、戦闘になれば大勢の蜂起者を相手にすることになると予想し、巡察隊を細分することを禁じていたのかもしれない。彼らはジャン・ヴァルジャンを置き去りにしたまま、ふたたび歩きだした。そうした一連の動きについてジャン・ヴァルジャンに分かったのは、カンテラが不意に向きを変えて、見えなくなったということだけだった。

隊長は立ち去るまえに、警官としての良心をなだめるために、見捨てた方向、つまりジャン・ヴァルジャンのいる方向にむけて、騎兵銃の弾を一発ぶちこんでみせた。銃声は地下の洞窟のなかを次々とこだましながら、この巨大なはらわたの腹鳴のようにとどろきわたった。漆喰の切れ端が流れに落ち、ジャン・ヴァルジャンから数歩離れたところで、ぽちゃりと水音がした。そこで彼は、弾が円天井にあたり、頭上をかすめたことを知った。

歩調のそろった、ゆったりした足音が、しばらく土台のうえに響いていたが、遠のくにつれ、それもしだいに弱くなった。やがて黒い人影の一隊は闇に呑みこまれていった。微光が揺らめき、漂いながら、アーチ型の赤みがかった光を円天井に投げかけていたが、その明かりも薄れ、ほどなく消えていった。あたりはひっそりと静まりかえった。ふたたび真っ暗闇がもどり、なにも見えず、なにも聞こえなくなり、あたりを闇が支配した。しかしジャン・ヴァルジャンはまだ、身動きひとつせず、長いあいだ壁にもたれたまま、耳をすまし、瞳をこらして、偵察隊の幽霊が消えうせるのを見送っていた。

第三章　尾行される男

当時の警察はこのうえなく深刻な国家情勢にあっても、交通路の確保と住民の監視の業務とを、平然とこなしていたことを認めねばならない。彼らからみれば、暴動のひとつぐらいあったからといって犯罪者を野放にしたり、政府が危機に瀕しているからといって社会をおざなりにするといった口実にはならなかったのである。非常事態にあっても、通常業務は一糸乱れず、きちんと遂行されねばならなかった。はかり知れぬ政治的出来事のさなかでも、革命が起こりうる緊迫感のさなかでも、蜂起やバリケードなどに気をそらされることなく、ひとりの警官がひとりの泥棒を「尾行」しているのであった。

六月六日の午後、セーヌ河畔、アンヴァリッド橋のやや先の左岸で起こっていたのは、まさにそんなことだった。

現在では河畔はなくなって、あたりの様子もすっかり変わってしまっている。

その河畔では、ある一定の間隔をおいて歩くふたりの男が、互いに気づかれないように注意しながら観察しあっていた。前を行くほうは遠ざかろうとし、後から来るほうは近づこうとしていた。

それはまるで離れた場所から黙々と、チェスのゲームをしているようなものだった。双方とも急いでいるようには見えず、いずれもじぶんが急ぎすぎると相手の足を速めてしまうのではないかと恐れているかのように、ゆっくりと歩いていた。たとえて言うなら、凄まじい食欲が獲物のあとをつけてはいるが、そんなそぶりはいっさい見せないといったところだろうか。獲物は陰険で、警戒怠りなかった。

そこには追いつめられる胸白貂と、追いつめる番犬との絶妙なバランスのようなものが見られた。逃げようとする男は首回りが細く、貧弱な顔つきをし、捕まえようとしているほうは、背の高い頑丈な人物で、見るからに無骨で、こういうのを敵にまわすと、さぞかし厄介なことになるだろうと思わせた。

前者はじぶんのほうが弱いと感じて後者を避けているのだが、その避け方がまったくもって死に物狂いだった。よくよく観察する者があったら、逃亡者の暗い敵意と、恐怖のあまり生じる威嚇とが、そっくり見てとれたであろう。

　河畔はひっそりとして、通りがかる者もいなかった。あちこちに繋がれた艀には、船頭もいなければ荷揚人もいなかった。

　このふたりの男の姿をちゃんと見ようと思ったら、向こう岸に行くしか手立てはなかった。その距離からふたりをじっくり観察する者には、前を行く方は髪を逆立て、見すぼらしく陰険で、ぼろぼろの上っ張りのしたで不安のあまり震えているように見えたが、もう片方は典型的な官僚風の人物で、顎まできちんとボタンをはめた官製のフロックコートを着こんでいるようだった。もっと近づいてみれば、このふたりの男がだれなのか、読者にも分かったことであろう。

　うしろの男の目的はなんであったのか？　おそらく、前の男になにかもっと暖かいものを着せてやりたいということだったろう。

　官の制服をまとった男がぼろ服を着ている男のあとをつけるのは、ぼろ服の男にも国家のお仕着せをきせてやるためである。ただ、その色が大問題だ。青の服〔1〕の衣裳を身にまとうのは名誉あることだが、赤の服〔2〕となるとはなはだ不愉快である。低俗な深紅の衣というものがあるのだ。先を行く男が避けたいと願っているのはおそらく、そのような面倒事とその種の深紅だったのだろう。

　うしろの男が前の男を先へ先へと進ませておいて、いまだに捕まえようとしないところをみれば、どう考えても、その男がなにか曰くつきの会合、格好の獲物がいる場所に行きつくのを見届けたいと望んでいたからにちがいない。このような微妙な作戦こそ、「尾行」と呼ばれるものなのである。

この推測が図星だという証拠に、きちんとボタンをはめた男が、乗客のいない辻馬車が河岸を通りかかるのを河畔から見つけ、御者に合図をした。わけを察した御者は、もちろん相手がだれかを知って馬車の向きを変え、河岸のうえからふたりの男を並足で追いはじめたが、このことに前を行くぼろ着の怪しげな男はまるで気づいていなかった。

辻馬車はシャン・ゼリゼの木立に沿って進んでいた。河岸の手摺りの上方に、鞭を手にした御者の上半身が通りすぎるのが見えた。

警察が警官たちに出す秘密の指令には、こんな条項がある。「事件発生に備え、常に馬車を手元に確保しておくべし」。

ふたりの男は、それぞれ申し分のない駆引きをおこなって、河畔に向かってくだっている河岸の斜面に近づいた。そのころ、パッシーからやってくる辻馬車の御者は、河で馬に水を飲ませることができたのである。この斜面はその後、周囲との均斉を乱すというので取り壊されてしまったが。そのため、馬は死にそうなほど喉が渇くけれども、人の目は満足するのである。

上っ張りの男はどうやら、この斜面をのぼってシャン・ゼリゼのほうに逃げこもうとしているらしかった。そこは木立におおわれているところだが、一方では、警官たちがうようよしているところでもある。だから、あとをつけていた男が助太刀を呼ぶのに便利な場所だった。

河岸のこの地点は、一八二四年、ブラック大佐によってモレからパリに移された、通称「フランソワ一世の館」という建物から、ほんのわずかしか離れておらず、派出所もすぐそばにあった。だが、観察者が大いに驚いたことに、追われている男は水飼い場のある斜面にはのぼらず、そのまま河岸に沿って進んだ。男の立場は目に見えて危険になってくる。セーヌ河に飛びこむのでないかぎり、いったいなにをするつもりなのか？

ここまで来たら、河岸にのぼる手立てはなくなる。もう斜面も階段もないのだ。それに加えてすぐ先の、セーヌ河がイエナ橋のほうにぐいと折れているところでは、徐々に狭くなっていく畔が細長い舌みたいになって、水のなかに消えているのである。そこまで行ったら、右手は切り立つ岸壁に、左手と正面は河になり、背後から蠅のように官憲に付きまとわれるのであった。

その河岸の端に、なにかしらの解体工事から出た土砂が、二メートルほど山と積まれ、先が見通せなくなっていたのもたしかであった。この男は、まわってみればすぐ見つかるような、そんな残骸の山の陰に、うまく隠れおおせるとでも期待したのだろうか。さまで稚拙な方策は、さすがに男も考えなかっただろう。泥棒がいかに無邪気でも、そこまでは行かないものである。

残骸の山は水際で高く盛りあがり、岬のように岸壁まで長くのびていた。

あとをつけられていた男はそのちいさな丘まで達して、横にまわってしまったため、追ってきた男は相手を見失った。

つけていた男は、相手が見えなくなり、じぶんの姿も見られなくなるや、そのすきに、いっさいの隠し事をかなぐり捨て、猛スピードで走りだし、またたく間に残骸の山まで達して、裏側にまわった。そして、そこで呆然と立ちつくした。追いかけていた男は、すでにいなくなっていた。

上っ張り姿の男の影も形もなくなっていたのである。

河畔はゴミの山の先から二十歩ほどのところでおわり、水のなかにもぐっていた。その岸壁に水が打ち寄せている。逃げていた男は、あとをつけていた男に見られずにセーヌ河に身を投げることも、河岸をよじ登ることもできるはずはなかった。ではいったい、どうしたというのか？

フロックコートのボタンをきちんと締めた男は、河畔の端まで歩いていってから、握りしめた拳を震わせ、目を泳がせながら、思案顔でしばし立ちすくんでいた。彼は突然、額を叩いた。土手が途絶えて河に変わるところに、太い錠前とどっしりした三つの肘金のついた、広く低いアーチ型の鉄格子があることに気づいたのだ。それは河岸のしたに穿たれた門のように、河と河畔とにまたがって開いていた。そのしたを黒ずんだどぶ川が流れている。どぶ川はセーヌ河に吐きだされていた。

その錆びついた重い格子の向こうに、円天井のある、暗い廊下のようなものが見えた。

男は腕組みし、なにかを責めるような様子で、格子を睨みつけていた。

とはいえ、ただ睨みつけるだけでは埒《らち》があかないので、その格子を押しあけようとした。揺すってみたが、鉄格子はびくともしなかった。物音ひとつしなかったが、たしかに今し方開いたはずだ。これほどまでに錆びついた格子にしては奇妙なことだが、ふたたび閉められたのは確実だった。ということはつまり、すこしまえにこの門を開けた男は錠前をこじ開ける鉤ではなく、かんたんに開く鍵を持っていたということになる。

格子を揺さぶろうとしている心にそんな自明の理がひらめくと、男は思わず憤慨し、こんな感嘆の言葉をもらした。

「こいつはひどい！　政府の鍵じゃないか！」

それからただちに気を鎮め、心のうちのありったけを、ほとんど皮肉っぽいくらいに強調した、ごく短いこんな言葉を発した。

「まさか！　まさか！　まさか！　まさか！」

そう言いおえると、さっきの男がふたたび出てくるのを見ようとでもいうのか、別の者がはいるのを見るためか、とにかくなにかを期待して、まるで猟犬みたいな忍耐強い情念もあらわに、待伏の態勢にはいった。

一方、彼の動きに合わせてついてきた辻馬車は、彼の頭上にある手摺りのそばでとまっていた。長いあいだ待たされるものと予測した御者は、馬の鼻面に底が湿っているオート麦の袋をあてがってやっていた。ちなみに、これはパリッ子にはお馴染みの光景である。ついでに言っておくと、これは政府がときどき人間相手にすることでもある。イエナ橋の数少ない通行人は、去り際に、じっと動かない風景のふたつの細部、すなわち河畔のうえの男、河岸のうえの辻馬車を見たのであった。

第四章　彼もまた十字架を背負う

ジャン・ヴァルジャンはふたたび歩きだし、それからは二度と立ちどまることはなかった。

そんなふうに歩くのがだんだんつらくなってきた。円天井の高さはまちまちだった。平均的な高さは一メートル七十センチで、人間の背丈に合わせて計算されている。ジャン・ヴァルジャンは、マリユスを円天井にぶつけないように、身をかがめねばならなかった。たえず身を低くしたり、また身を持ちあげたりし、そのつど手で壁をさわってみなければならなかった。壁石は湿っぽく、基盤がねばついているため、手元も足元もおぼつかなかった。吐き気を催す都会の汚物のなかでよろめいた。ときどき通気口から光がもれてくるが、その通気口とつぎの通気口の間隔が長いために、光はかすかで、太陽の明かりではなく、月の明かりのようだった。あとは霧、瘴気、暗闇、漆黒があるばかり。ジャン・ヴァルジャンは腹が空き、喉も渇いていた。とにかく、喉がからからだった。そこは海と同じく、水がありあまるほどあったが、飲むことができない水だった。周知のように、彼には並外れた体力があり、清らかで質素な暮らしのおかげで、年をとってもさほど衰えていなかったとはいえ、さすがにへばってきていた。疲れが出て、力が萎え、荷の重みがずっしりとこたえてきた。マリユスは死んでしまったのか、まるで生気のない物体のように重くのしかかってきていた。ジャン・ヴァルジャンは、彼の胸が圧迫されずに、つねに呼吸が楽にできるように背負ってやっていた。両脚のあいだを鼠がすばしこくくぐり抜けていくのを感じた。そのうちの一匹は、怯えて彼に嚙みついてきた。ときどき、下水道口の水切板から吹きこんでくる冷たい空気が彼を元気づけてくれた。

およそ午後の三時ごろと思われるとき、環状下水道に辿りついた。彼はあたりが急に広々としてきたことにまず驚いた。両手をのばしても両側の壁にとどかず、頭が円天井につかない地下道に、いきなりはいりこんでいた。じっさい、この大下水道は、幅がほぼ二メートル四十、高さはおよそ二メートル十もあったのだ。

モンマルトル下水道が大下水道に合流する地点は、プロヴァンス通りとアバトワール通りという他のふたつの地下道が集まって四辻をなしている。この四つのうち、どの道を選びとるべきか、彼ほど鋭敏な人間でなかったなら、おそらく逡巡したことだろう。ジャン・ヴァルジャンはもっとも広い道、すなわち環状下水道を採った。ところが、ここでまた難問が生じた。その道を下るべきか、それとも上るべきか？　事態が緊迫しているのだから、どんな危険をおかしてでも、今度はなんとしてもセーヌ河に出なくてはならない、つまりは下らねばならないと判断し、左側にまわった。

それがさいわいした。というのも、環状下水道には、ひとつはベルシーのほう、もうひとつはパシーのほうというふたつの出口があって、そして環状というからには、そこがセーヌ右岸のパリの地下環状網だろうと思ったら、間違いというものだ。ここで思いださなくてはならないのは、大下水道とは大昔のメニルモンタンの排水溝にほかならず、これをさかのぼっていくと、袋小路に突きあたる。そこがすなわち、メニルモンタンの丘のふもとにある水源地、大昔の出発点なのだ。つまりポパンクール地区を起点として、パリの水を寄せ集め、アムロ下水道を経て、昔のルーヴィエより上流のあたりでセーヌ河に注いでいる下水道とは、直接つながっていないのである。この分水路は大下水道を補完するものであり、大下水道とはメニルモンタンのした、セーヌ河の上流に注ぐ下水と、下流に注ぐ下水の分岐点である岩体によって隔てられているのである。もしジャン・ヴァルジャンがさきの地下道を上っていたら、さんざん苦労した挙句、疲労困憊し、息も絶え絶えになり、闇のなかの壁にぶつかっていたことだろう。そうなれば、一巻の終わりだった。

やむをえず、そこからすこし踵をかえし、ブーシュラの地下三叉路でためらうことなくフィーユ・デュ・カルヴェールの地下道にはいって、サン・ルイ地下道を選んで進んでから、左に曲がってサン・ジル暗渠を辿り、さらに右に曲がってサン・セバスチャン地下道にはいりこむのを避ければ、アムロ下水道に到達できただろう。そこからさらにバスチーユのしたのF字型の地点で迷いさえしなければ、古文書館《アルスナル》のセーヌ河に面した出口に到達できたはずだ。ただしそのためには、巨大な六放珊瑚みたいな下水道の枝道や貫通路などをことごとく知りつくしていなければならない。ところが、ここで強調しておかざるをえないのは、彼はじぶんが辿っている恐るべき道路についてなにひとつ知らなかったということである。だからもし、いまどこにいるのかと尋ねられたら、彼は暗闇のなかだと答えたことだろう。

本能がじつにいい具合に彼を助けてくれた。じっさい、下ることこそが、助かることだったのである。

彼はラフィット通りとサン・ジョルジュ通りのしたの、鳥獣の鉤爪の形に枝分かれしているふたつの地下道と、ショセ・ダンタンで分かれた長い廊下を右手に見ながら通りすぎた。

彼はどうやらマドレーヌの枝管と思われる支流のすこし先で、いったん立ちどまった。ひどく疲れていた。アンジュー通りのマンホールだろうと思われる、かなり大きな換気孔から相当強い光が射しこんでいた。ジャン・ヴァルジャンは、負傷した弟に兄がしてやるような優しい仕草で、マリユスを下水道の足場におろしてやった。マリユスの血まみれの顔が、換気孔からもれる白い光をうけて、まるで墓の底から浮かびあがったように見えた。目は閉じ、髪の毛は赤の絵具にひたした絵筆が乾いたように、べったりとこめかみに張りついていた。両手は死人のように垂れさがり、手足は冷たく、唇のはしに血が固まっている。ネクタイの結び目に血が凝固している。ワイシャツが傷に食いこみ、上着の布は肉がぱっくり開いた生々しい切口をこすっていた。ジャン・ヴァルジャンは指先でマリユスの服の前を開けて、胸のうえに手を当てた。まだ鼓動があった。ジャン・ヴァルジャンはじぶんのシャツを引き裂き、できるだけうまく傷口に包帯をして、出血をとめた。それから薄明かりのなかで、いぜんとして意識がなく、ほとんど息もしていないマリユスを、曰く言いがたい憎悪の眼差しで見つめた。

　マリユスの服を脱がせたとき、彼はポケットにふたつのものを見つけた。マリユスが前日から入れっぱなしにしていたパンと紙入れである。彼はそのパンをかじり、紙入れを開けた。最初の頁にマリユスが書いた四行の文字があった。読者も覚えておられるだろう。

「私の名前はマリユス・ポンメルシー。死体は下記の祖父のもとに運ばれたし。マレー地区フィーユ・デュ・カルヴェール通り六番地、ジルノルマン殿」[1]

　ジャン・ヴァルジャンは、換気孔から差しこむ明かりで、この四行を読みとると、しばらく心を奪われたようにじっとしていたが、やがて小声でこうくりかえした。「マレー地区フィーユ・デュ・カルヴェール通り六番地、ジルノルマン殿」彼は紙入れをマリユスのポケットにもどした。

食べ物を口にしたおかげで、力がもどってきた。彼はふたたびマリユスを背負い、細心の注意を払いながらその頭を右肩にもたせかけると、下水道をまた下りはじめた。

メニルモンタンの谷に沿ってのびた大下水道の谷線は、長さがほぼ八キロだが、その間の主要な道は舗装されていた。

このように筆者が次々とパリの通りの名前をあげるのは、それを松明にして読者にジャン・ヴァルジャンの地下の足取りを知ってもらうためだが、ジャン・ヴァルジャン自身はそんな松明など持っていなかった。いま町のどの区域を通っているのか、これまでどんな道筋を辿ってきたのか、彼に教えるものはなにもなかった。ただ、ときどき出くわす光の斑点がしだいに薄らぎ、歩道の日の光も薄れ、間もなく日が暮れようとしていることが分かった。それに、ひっきりなしだった頭上の馬車の往来が間遠になり、やがてほとんどやんでしまったので、じぶんはもはやパリの中心ではない、どこか市外の大通りか、ひどい場末の河岸に近い地域に近づいているのだと思った。人家や通りの少ないところでは、下水の換気孔も少なくなる。ジャン・ヴァルジャンを取りまく暗がりは濃くなった。それでも彼は、闇のなかを手探りしながら進んでいった。

その暗闇が、突如、恐ろしいものとなった。

第五章　砂にも女にも不実な狡知がある

彼は水のなかにはいって、足元にあるのは敷石ではなく、泥になっているのを感じた。

ブルターニュやスコットランドの一部の海岸では、旅行者にしろ漁師にしろ、とにかくひとりの人間が、引潮のときに海岸から遠く離れた砂浜を前進していて、しばらくまえから歩くのがなんとなく難儀になったな、と気づくことがある。まるで足元の砂浜が松脂にでもなったかのように、靴底にくっつくのである。それはもはや砂ではなく、鳥もちなのだ。砂浜は乾ききっているのに、ひと足あげたとたん、足跡は水浸しになっている。だが、一見したところ、なんの変わりもない。渺茫《びょうぼう》たる浜辺は平らかで静かで、砂も同じ表情をしている。どこが堅く、どこが堅くない地面なのか、その見分けはまったくつかない。楽しげな羽虫のちいさな群が、歩く者の足下をひっきりなしに飛びかっている。旅人は歩きつづけ、先へ先へと進み、陸をめざし、岸に近づこうとする。彼には不安はない。不安になる理由などどこにある？　ただ、一歩あるくごとに足取りがだんだん重くなってくるような気がするだけだ。いきなり、足がめりこむ。五センチか八センチもめりこむ。これはまた、道でも間違えたのか。彼は立ちどまって、方向を見定める。ふと足元を見つめると、足は消えて、砂におおわれてしまっている。彼は砂から足をぬき、引きかえしたくなってうしろを振りむくが、さらに深みへはまりこんでしまう。砂がくるぶしのあたりまできている。それを引きぬいて、左に踏みだすと、砂は脛までくる。そこで初めて、じぶんが流砂のなかにはいりこみ、そこは人間が歩くことも、魚が泳ぐこともできない恐ろしい場所だと気づき、なんとも言いしれぬ恐怖を覚える。ひとつでも荷物を持っていたら、それを投げすて、遭難し、難破した船がそうするように、身軽になろうとする。だが、もう手遅れだ。砂は膝すれすれまできている。

人を呼ぶ。帽子やハンカチを振る。砂がぐいぐい彼を引きずる。もし砂浜に人影がなかったり、陸地が遠すぎたり、その砂州の評判が悪いために近くに勇猛の者がいなかったりすれば、万事休す。生き埋めは避けられない。遅らせることも早めることもできないまま、どこまでも延々とつづく、確実で容赦のない生き埋めの刑。自由で、健康そのものの立っている人間の足をとらえて、引っぱり、もがけばもがくほど、叫べば叫ぶほど、じわじわと下方に引きずりこむ。逆らえば、罰としてさらにひどく締めつけるかのように、人間をゆっくり地面のなかに引きもどすが、その間に地平線、木々、緑の田園、平野に広がる村々の煙、海上を行く船の帆、飛び歌う鳥たち、太陽、空などをたっぷり拝ませる。生き埋めとは潮にまぎれて、地の底から生者のほうに立ちのぼってくる墓のようなものである。一分一秒が冷酷無比な埋葬人になる。哀れな男はすわったり、伏したり、這いあがろうとしたりするが、すべての動作が彼をさらに生き埋めにせずにはおかない。男がからだを起こそうとすれば、沈みこむ。じぶんが呑みこまれていくのを感じ、喚き、祈り、雲に呼びかけ、両腕をよじり、絶望する。もう腹まで砂のなかにはいっている。砂が胸までくる。もはや上半身しか残っていない。彼は腕をあげ、狂おしい呻き声をもらす。砂丘のうえで爪先を引き攣らせて、灰も同然の砂にしがみつこうとする。両肘に体重をかけ、その柔らかい鞘から身を引きぬこうとする。泣き叫び、狂い乱れる。砂が上ってきて肩に、やがて首に達する。いまや見えるものといえば顔だけだ。叫ぶと、砂がその口を埋めて黙らせ、目はなおも見ようとするが、砂がその目をふさいで暗闇になる。やがて、額がちいさくなり、わずかに髪の毛が砂のうえで震えている。手が一本にょっきり出て、砂丘の表面に穴を開け、動き、ばたつき、やがて消える。ひとりの人間の悲しい失踪。

時には、人間が乗っていた馬もろとも埋まったり、御者が馬車もろとも埋まったりする。すべてが砂浜のしたに沈んでいく。それは海水のない場所で起こる難破だ。陸地が人を溺死させるのである。大海に侵入された陸地が罠になるのだ。平原としてあらわれる陸地が、まるで波のように大口を開く。深淵はそうした裏切をおこなうことがある。

こうした陰鬱な椿事はあちこちの海岸でいつなんどきでも起こりうるが、三十年まえにはパリの下水道で起こることもあった。一八三三年の大規模工事以前には、パリの地下道では突然の崩落事故がよくあった。

水が下部地層の、とくに脆いところに染みこむと、基礎盤は古い下水道のように石畳のものでも、それが新しい地下道のようにコンクリートのうえの水硬性石灰のものでも、下支えがなくなり、たわんでしまうのだった。この種の床がたわんでできる皺は、やがて裂け目となり、裂け目から崩壊が生じる。土台はかなりの長さにわたって崩れることがあった。こうした裂け目、つまり泥の深淵の溝は、専門用語で「陥没地《フォンティ》」と呼ばれている。陥没地とはなにか？　地下で不意にぶつかる流砂、下水道のなかにあるモン・サン・ミシェル〔1〕の砂浜といったものだ。水浸しの土は溶けたようになり、あらゆる分子が柔らかい環境のなかで浮遊している。それは土でもなければ、水でもない。時に、その深さは相当なものになっている。そんなものに出くわすほど、恐ろしいことはない。もし水のほうが多ければ、死は迅速で、あっという間にひとを呑みこんでしまう。だが、土のほうが多ければ、死は緩慢で、じわじわと埋まっていく。

ひとはそのような死を思い描けるだろうか。もし海の砂浜で生き埋めになるのが恐ろしいというなら、汚水溜のなかの死をなんと言ったらいいのか？　外気、あふれる光、日光、明るい地平線、大量の物音、雨のごとく生命を降らせる自由な雲、はるか遠くに見える小舟、ありとあらゆる形をとる期待――つまり、もしかしたらひとが通りかかるかもしれないし、ぎりぎり最後になって命が助かるかもしれないという望み、そんなものはいっさいなく、その代わりに音も聞こえず、物もよく見えない世界、真っ黒な天井、すっかりできあがっている墓の内部、蓋をかぶった汚泥のなかの死、汚物によってじわじわと息がつまり、汚水のなかで窒息が鉤爪を開き、喉を引っ捕らえる石の箱があるばかりなのだ。喘ぎ声に混じる悪臭。砂浜に代わる泥土。暴風雨に代わる硫化水素。海原に代わる糞便！　助けを呼んでも、歯ぎしりをしても、身をよじっても、もがいても、断末魔が訪れても、そんなことなどつゆ知らず、頭上にのさばる巨大な都。

そんなふうに死んでいくのは、言葉に言いつくせぬ恐ろしさだ！　死は時に、ある種の凄まじい威厳によって残酷さの贖いをすることがある。人間は火あぶりの刑に処されても、難破の憂き目にあっても偉大でありうる。炎のなかでも海泡のなかでも、崇高な態度をたもつことはできる。そこに呑みこまれながらも、変貌するのだ。だが、ここでは無理だ。死が汚れる。そんなところで息を引きとることは、屈辱なのだ。浮かび漂う最後の光景など、忌まわしさの極みである。汚泥は恥辱の同義語である。みみっちく、醜く、おぞましい。クラレンス[2]のように甘口葡萄酒の樽のなかで死ぬのは、まあまあ我慢もできようが、デスクブローのように下水掃除人の墓穴で死ぬのは真っ平だ。そんなところでジタバタするのは、おぞましい。断末魔の苦しみに苛まれながら、ぬかるみのなかを這いずりまわる。ここは地獄だと思えるには充分の暗さがあり、これは泥沼だと思うほかないくらいに泥がある。そして死んでいく者には、じぶんが幽霊になるのか、蟇蛙になるのか、まるで分からないのである。どこであれ、墓は不気味なものと決まっているが、ここのは醜悪なのである。

陥没の深さは一様でなく、下層の土の善し悪しによって幅も密度もそれぞれ違っていた。それは時に一メートル前後、あるいは二メートル半とか三メートルにもなる。時には、底なしということもある。泥といっても、一方は固体で、他方は液体ということもある。リュニエール陥没地では人間ひとりが消え去るのに一日かかったが、フェリポーの泥沼なら五分もたたないうちに呑みこまれただろう。泥がものを支える力は、その密度によって違ってくる。大人が行方不明になる場所でも、子供なら助かることがある。助かるための第一の法則は、持っている物をなにもかも捨ててしまうことだ。道具箱、負い籠、桶などを放りだす。足下の地面がゆるむのを感じたら、下水掃除人たちはみなそうするのだ。

陥没地ができるのには、いろいろと理由がある。土質の脆さ、人間が行きつけないほど深い地点で生じる地滑り、激しい夏の驟雨、冬の長雨、しとしとと降りつづける小糠雨など。時には、泥灰岩質や砂の多い土地に建てられた近所の家屋の重みで、地下道の円天井が押されて歪んだり、その重圧で土台が砕けたり、裂け目が生じることもあった。百年以上もまえの話だが、パンテオンの沈下によって、サント・ジュヌヴィエーヴの丘の地下道の一部もそんなふうにしてなくなってしまった。人家の重みで下水道が崩れると、時にはその乱れが地上の通りにも伝わり、敷石のあいだに鋸の歯状の裂け目が生じることがあった。その裂け目は、ひびがはいった地下の円天井の長さのぶん、くねくねと伸びていた。そのため、被害は手に取るように分かるので、修理もたちどころにできた。また、地下の被害がすっかり地表の傷跡としてあらわれないこともたびたびあった。そうなると、下水掃除人こそ災難である。不用意に下水道深くにはいると、そこで行方不明になることもあった。古い記録には、そんなふうに陥没地で生き埋めになった下水掃除人たちのことが書きしるされている。何人もの名前があげられているが、そのなかに、カレーム・プルナン通りのマンホールのしたで起きた地滑りのせいで埋まってしまったブレーズ・プートランという名の下水掃除人がいる。このブレーズ・プートランはニコラ・プートランの兄弟だが、ニコラはレ・ジノサン納骨所と呼ばれていた墓地が廃止された一七八五年ごろの最後の墓掘人だった。

また、さきほど名を出した、あの若くて魅力のあるデスクブロー子爵——絹靴下姿で、ヴァイオリン部隊を先頭に立てて攻撃をしかけたリェイダ[3]の包囲戦の勇士のひとり——もいた。ある晩、デスクブローは従妹のスールディス公爵夫人の家で一夜を過ごしている現場を押さえられ、公爵の手から逃げようとボートレイイ通りの下水道に逃げたのだが、ぬかるみにはまって溺れ死んだ。彼がそんなふうに死んだと聞いて、スールディス公爵夫人は気付け薬の小瓶を持ってこさせて、くんくん薬を嗅ぐのに忙しく、泣くのをすっかり忘れてしまった。こうなったら、色恋もなにもあったものではない。下水が愛の炎を消してしまうのである。ヘロはレアンドロス[4]の死体を洗うのを拒み、ティスベはピュラモス[5]の死体のまえで鼻をつまんで言う、「まあ、くさいったら、ありゃしない！」

第六章　陥没地

ジャン・ヴァルジャンはそうした陥没地のまえにいたのだった。

当時のシャン・ゼリゼでは、その種の地崩れがよくあったのだが、水の流れが激しすぎて治水工事が困難をきわめるうえ、地下の構築物の保守もよくなかった。そこの水の流れは、サン・ジョルジュ地区の砂地やマルティル地区のガス臭い粘土層よりもひどかったのである。前者はコンクリートのうえに石の基礎工事をすることで、なんとか水を食い止めていたし、後者はあまりにも水分が多すぎるため、地下道のしたに鋳造管をつかうことでなんとか水路をつくることができたのだった。いまジャン・ヴァルジャンが這入りこんだ古い石造りの下水道では、一八三六年の改築のためフォブール・サン・トノレのしたの部分が取り壊されたときも、シャン・ゼリゼからセーヌ河までの底土となっている流砂にひどく邪魔されて、工事が六か月もつづいた。付近の住民、とくにホテルや馬車屋からずいぶん苦情が出た。工事は厄介なだけでなく、危険でもあった。もっともこれは、雨が四か月半も降りつづき、セーヌ河が三度氾濫したことにも関係があったのだが。

ジャン・ヴァルジャンが出くわした陥没地は、前日の驟雨が原因だった。したが砂だったために地盤がゆるみ、敷石がたわんで、そこに雨水が詰まってしまった。水が染みこみ、それにつづいて地崩れが起こった。土台がずれて、泥にのめりこんだ。どれくらいの長さにわたってなのか? それは分からない。そこの暗さは他のどこのものよりも深く、闇の洞穴のなかに開いた泥の穴のようだった。

ジャン・ヴァルジャンは足元の敷石が崩れるのを感じた。例の汚泥のなかにはいったのだ。それは表面こそ水だが、底は泥だった。だが、なんとしても通りぬけねばならない。引きかえすことなどできなかった。マリユスは虫の息で、ジャン・ヴァルジャンは疲労困憊していた。そもそも、いったいどこへ行けばいいのか? ジャン・ヴァルジャンは進んだ。それに、ぬかるみとはいえ、最初の数歩はさして深くはなさそうだった。ところが、進むにつれ、足が沈んでいき、しばらくすると泥は足の中ほどまで、水が膝のうえまできていた。彼は両腕でできるだけ高くマリユスを持ちあげながら歩いた。泥はいまや膝まで、水は腰部までくるようになったが、もはや引きかえすわけにはいかない。彼はますます沈んでいった。泥は人ひとりの重みに耐えるには充分な堅さだったが、どう見てもふたりは支えきれないようだった。もしも別々だったなら、マリユスとジャン・ヴァルジャンも、どうにか切りぬけられたかもしれない。ジャン・ヴァルジャンは、ひょっとして死体になっているかもしれないその瀕死の若者を支えながら、ともかく進みつづけた。

水は腋まできていた。からだが沈むのを感じた。深い泥のなかに沈みこんで、からだを動かすのさえやっとだった。支えになってくれる泥の堅さは、同時に障害にもなった。彼はあいかわらずマリユスを持ちあげたまま、これまで以上に力を振りしぼって進んでいった。しかし、さらに沈みこんでしまった。水のうえに出ているのはもはや、頭とマリユスを持ちあげている手だけだった。大洪水を題材にした古い絵画には、そんなふうにじぶんの子供を持ちあげている母親が描かれている。

さらにいちだんはまりこんだ。彼は顔をのけぞらせて、水が口にはいらないように息をしていた。この闇のなかで彼のそんな姿を見る者があったら、てっきり影のうえを仮面が漂っていると思ったにちがいない。彼は頭上に垂れさがるマリユスの頭と蒼白い顔とを、おぼろげに感じとっていた。渾身の力を振りしぼって、片足を一歩まえに踏みだした。足がなにやら堅いものにぶつかった。足溜りである。危機一髪のところだった。

彼はからだを真っ直ぐに起こして、身をよじり、猛り狂ったようにその足溜りで踏ん張った。これこそ、ふたたび生へと向かっていく階段の一段目だという気がした。

ぎりぎり最後の瞬間、泥のなかで出会ったその足溜りは、上りの坂の出発点なのであった。その土台は折れてはいなかったが曲がっていて、まるで一枚板のようにたわんでいた。入念になされた舗装がアーチ型になっていたため、ここまで堅固だったのである。その土台の一部は水に浸かっていたが頑丈で、正真正銘の傾斜路なので、いったんそれに足をおろせば、だれでも助かるのである。ジャン・ヴァルジャンはその斜面を上って、ぬかるみの向こう側に辿りついた。

水から出たとき、彼は石にぶつかって膝をついた。跪くのは時宜にかなっていることだと思い、しばらく同じ姿勢のままでいて、神に訴えるような言葉のなかに魂を沈めた。

彼はふたたび身を起こした。氷のように冷たく、悪臭を漂わせ、ぶるぶる震えながら、背を丸めて連れの瀕死の青年を担ぎ、全身から泥水を滴らせているのに、魂は不思議な光で満たされていた。

第七章　上陸すると思っているところで座礁することもある

彼はふたたび歩きだした。

命こそ陥没地のなかに残してこなかったとはいえ、力は置いてきたようだった。最後の力を振りしぼったため、ぐったりしていた。疲れは極に達し、三、四歩あるくごとに、ひと息入れ、壁に寄りかからねばならなかった。一度マリユスの姿勢を変えるために側道の腰かけにすわらなくてはならなかったが、このときばかりは、間違いなくこのまま動けなくなるだろうと思った。だが、体力は尽きていても、気力のほうはいささかの衰えもなかった。彼はもう一度立ちあがった。死に物狂いで、足早と言っていいほどの足取りで、頭をさげたまま、ほとんど息もせずに百歩ほど進んだところで、いきなり壁にぶつかった。下水道の曲がり角まできていたのだが、頭を伏せたままだったため、障壁に出くわしたのだった。目をあげると、地下道の端、ずっと先の、はるか彼方に光がひとつ見えた。今度こそ、恐ろしい光ではなかった。白き良き光、日の光だった。ジャン・ヴァルジャンには出口が見えたのである。

もしだれかが劫罰をうけ、燃えさかる猛火のただなかで、地獄の出口が見えたとしたら、きっとジャン・ヴァルジャンと同じ気持ちになったことだろう。焼けてぼろぼろになった翼をつけたまま、光り輝く扉に向かって狂おしく飛んでいったにちがいない。ジャン・ヴァルジャンはもはや疲れも、マリユスの重みも感ずることなく、鋼鉄のような足腰を取りもどし、歩くというより走っていた。近づくにつれ、出口はしだいにくっきりとした輪郭を見せはじめた。それは迫枠のついたアーチで、徐々に低くなる円天井よりもいちだんと低く、円天井が低くなるにつれて狭くなる地下道の幅よりもさらに狭かった。トンネルのどん詰まりが漏斗の先のようになっていたのである。この底意地の悪い狭まり具合は、牢獄の覗窓を真似たものだった。これが監獄というなら話は分かるが、下水道には理不尽なことだったから、のちになって改善された。

ジャン・ヴァルジャンは出口に辿りついたが、そこで立ちどまった。それはたしかに出口にはちがいなかったが、外に出ることができなかったのである。

アーチ型の門には頑丈な鉄格子がはめられ、めったに肘金がまわされることもない分厚い錠前が石の縁石にしっかりつながれ、赤く錆びているのだから、どう見ても大きな煉瓦にしか見えなかった。鍵穴を覗くと、がっしりした舌が鉄の受皿深くにはまっている。錠前は明らかに二重回しのものだ。それはかつて、パリの監獄でひんぱんにつかわれていた錠前のひとつだった。

鉄格子の向こうには、大気、河川、日光、かなり狭いが通りぬけるには充分な土手、はるか遠くの河岸、パリ、姿を消すにはお誂え向きの深淵、広い地平、自由などがあった。右手の川下にはイエナ橋、左手の川上にはアンヴァリッド橋が見える。そこなら、夜陰を待って逃亡するにはもってこいの場所になっただろう。なにしろ、この土手はパリでもっとも人影がまばらな地点のひとつで、グロ・カイユーに面しているのだ。蝿が格子のあいだを行き来していた。

時刻は晩の八時半ごろだろうか、日は傾いていた。

ジャン・ヴァルジャンは、壁沿いの、土台が乾いている場所にマリユスをおろすと、鉄格子のところまで歩いていって、両手でぎゅっと格子を握り、狂ったように揺すってみたが、なんの効果もなく、びくともしなかった。彼は格子を一本ずつつかんでみた。いちばんやわなのを引きぬき、それを梃子にして門を押しあげるか、錠前を砕けないものかと期待したのである。ところが一本たりとも動かない。虎の牙でもこれほど深く歯槽に根を張っていないのではないかと思うくらいだった。梃子がなければ、物を押しあげることはできず、手のほどこしようはまったくない。門を開けるどんな手立てもないのだ。

となれば、このまま一巻の終わりというわけか？　なにをしたらいいのか？　このおれはどうなってしまうのか？　あともどりして、いままでやってきた、あのぞっとするような道のりを、もう一度辿りなおす体力などもうない。だいいち、ただ奇跡によってのみようやく抜けだすことができたあのぬかるみを、いったいどうやって、もう一度通りぬけるというのか？　よしんばあれを通りぬけられたとしても、その先にはあの警察の巡察隊がいるではないか？　今度こそ、彼らはおれを逃してはくれまい。だいたい、どこに行ったらいいのか？　どの方面に向かえばいいのか？　下り坂を辿ってみても、目的地には着かない。かりに別の出口まで辿りついたとしても、そこだってマンホールの蓋か、鉄格子でふさがれていることだろう。どこの出口も、間違いなく同じように閉まっているにちがいないのだ。たまたま鉄格子が緩んでいたから、ここにはいりこめたものの、下水道の他の口はどれもこれも閉まっているのだ。なんのことはない、うまく逃げこんだと思ったところが牢獄だったというわけだ。――万事休す。ジャン・ヴァルジャンのやったことはすべて、まったくの徒労だった。神に拒まれたのである。

彼らふたりは死という、暗く巨大な蜘蛛の巣に捕らえられていた。そしてジャン・ヴァルジャンは、暗闇のなかで震えているその黒い糸のうえを、おどろおどろしい蜘蛛が走りまわっているように感じた。

彼は鉄格子に背を向けて、依然として身動きひとつしないマリユスのそばの敷石にすわるというより、へたりこみ、両手のあいだに頭をうずめた。出口はない。それは苦悶の最後の一滴だった。

これほどまでに打ちひしがれながら、彼はだれのことを思っていたのか？　じぶんのことでも、マリユスのことでもなかった。彼はコゼットのことを考えていた。

第八章　引きちぎられた上着の裾

そんな意気消沈のさなか、何者かの手がそっと彼の肩に置かれ、小声で話しかけてきた。

「ここはひとつ、山分けといこうぜ」

こんな暗闇のなかに、いったいだれが？　絶望ほど夢に似ているものはない。ジャン・ヴァルジャンは夢を見ているのだと思った。足音はまったく聞こえなかった。こんなことがあっていいものか？　彼は目をあげた。ひとりの男が立っている。

男は仕事着をきて、素足だった。左手に靴を持っている。もちろん、歩いてくるのを気取られずにジャン・ヴァルジャンのところまで辿りつけるように靴を脱いできたのだ。

ジャン・ヴァルジャンは一瞬たりともためらわなかった。その遭遇はいかにも思いがけないものだったけれども、それは彼が知っている男、テナルディエだった。

はっと眠りから覚めたようにびくりとしたが、彼はたえず警戒することや、不意打ちにあっても、たちどころに身をかわすことに慣れていたので、すぐに精神統一をはかって自制心を取りもどした。もっとも、状況はこれ以上悪くなるはずもなかった。危難もある程度までいくと、それ以上ひどくなることはない。また、さしものテナルディエも、夜の闇をさらに暗くすることはできないはずだった。

一瞬、ふたりは相手の出方をうかがった。

テナルディエは右手をじぶんの額の位置までもっていき、それを庇代わりにしてから、眉を寄せて目をすぼめた。そのあと、口をちょっと突きだすのは、鋭い洞察力をはたらかせ、相手をよくよく見きわめようとする人間に特有の仕草だった。だが、そんな彼にも、最初は相手がだれだかさっぱり分からなかった。さきに述べたとおり、ジャン・ヴァルジャンは日の光に背を向け、おまけにすっかり顔つきが変わり、泥まみれ、血まみれときている。たとえ真っ昼間だったとしても見違えられたにちがいない。一方、格子からはいる光をもろに受けたテナルディエのほうは――たしかに穴倉の明かりは青白かったが、それなりにものをくっきり浮きださせるから――、月並だが強烈な比喩を借りるなら、ジャン・ヴァルジャンには相手がだれだか「ひと目で分かった」。こうした条件の違いひとつとっても、ふたつの立場、ふたりの人間のあいだでこれからくりひろげられようとしている不思議な決闘は、ジャン・ヴァルジャンにいくぶん有利だった。ヴェールをかぶったジャン・ヴァルジャンと、仮面を剝ぎとられたテナルディエの果たし合いは、すでにはじまっていたのである。

ジャン・ヴァルジャンにはただちに、じぶんが相手に気づかれていないことが分かった。ふたりは薄暗がりのなかで一瞬、互いの丈を測るように見つめあった。最初に沈黙をやぶったのはテナルディエだった。

「どうやってこっから出るつもりでえ？」

ジャン・ヴァルジャンは答えなかった。テナルディエがつづけた。

「この扉をこじ開けようたって、そいつぁできねえ。けど、おめえさん、こっから出ねえわけにゃいかねえんだろう？」

「そのとおりだ」とジャン・ヴァルジャン。

「だったら、山分けってことでどうだい」

「どういう意味だ？」

「おめえさん、この男をバラしちまったんだろ。そりゃ、ま、ほっておいてだ。おれがここの鍵を持ってるってことよ」

テナルディエはマリユスを指さしてつづけた。

「おれはおめえさんを知らねえけど、ダチにゃちげえねえ。ひと肌ぬいでやろうって話よ」

ジャン・ヴァルジャンにはようやく事情が呑みこめた。テナルディエは彼のことを人殺しだと思っているのだ。テナルディエはこうつづけた。

「なあ、相棒よ、おめえさん、ポケットの中身も見ねえで、こいつをバラしたってこたぁねえだろ。半分おれによこしな。そうすりゃ、この扉を開けてやるってことよ」

それから、穴だらけの仕事着のしたから大きな鍵を半分のぞかせて、こう言いそえた。

「野っぱらに出る鍵がどんなもんか、おめえさんも拝みてえだろうが。ほれ、こいつがそれよ」

ジャン・ヴァルジャンは、老コルネイユの言葉をつかえば、「啞然としたまま」[1]、いま眼前で起こっていることがとても現実とは思えないほどだった。それは恐ろしい形相で出現した救いの神であり、テナルディエの姿を借りて地下から湧きでてきた優しい天使だった。

テナルディエは仕事着のしたの大きなポケットに拳を突っこみ、縄を一本取りだすと、ジャン・ヴァルジャンに差しだして、

「さあ、とっときな。こいつぁ駄賃よ」と言った。

「なにをするためだ、縄なんぞ?」

「それに石もひとついるな。けど、そいつぁ外で見つけりゃいい話だ。がらくたの山がわんさとあるからな」

「なにをするためだ、石なんぞ?」

「このあほんだら、おめえさん、そいつを河に投げこもうって魂胆だろうが。そうなりゃ、石と縄がいるじゃねえか。そうしなきゃ、やっこさん、水面にぷっかんぷっかん浮かんできちまう

ぜ」

ジャン・ヴァルジャンは縄を取った。そんなふうに釣られるように、物を受けとってしまうことはだれにでもある。

テナルディエは、突然ある考えがひらめいたとでもいうように、指をパチンと鳴らした。

「あ、そりゃそうと、相棒よ。どうやってあっちのぬかるみを抜けだしたんでえ？　おれにゃ、そんな危ねえ芸当はとってもできねえな。くわー、ひでえ臭いだぜ」

ひと呼吸置いてから、彼はつづけた。

「こっちがなにを訊いても、そっちが答えねえってのは無理もねえ。そうか、予審判事にあれこれいやな尋問をされる、最初の十五分シラをきりとおす稽古をしてるってわけか。それによ、ひと言も口をきかないどきゃ、ヤベえことをついポロリと吐いちまうって心配《しんぺえ》もねえしな。まあ、そんなこたあ、どうだっていい。だがよ、面《つら》は見えねえ、名めえも知らねえからって、おめえさんがなにもんで、なにをやらかそうとしてるのか分かんねえとでも思ったら、大間違えだぜ。なにもかもお見通しよ。そちらのだんなをちいとばかし可愛がってやったんで、これからどっかに片づけようってんだろ。そうなりゃ、どうしたって河が必要だ。河ってのは、尻ぬぐいの本家本元だもんな。なんなら、このおれが手を貸しましょうかって話よ。やさしいお兄さんが難儀していらっしゃる。それをお助けしましょうってんだ。このおれにゃ打ってつけの仕事だろうが」

テナルディエはジャン・ヴァルジャンが黙っているのをもっともだと言いながら、なんとか相手に口を開かせようとしていた。相手の横顔が見えるように、ジャン・ヴァルジャンの肩を押して叫んではいても、声はあくまでも抑え気味だった。

「ぬかるみっていやあ、おめえさんもとんだとんちきだぜ。なんだってそいつを打っちゃってこなかったんでえ?」

ジャン・ヴァルジャンが黙っていると、テナルディエはネクタイ代わりのぼろ布を喉仏までぐいっと引きあげるという、真剣勝負に出ようとする男が最後におこなう仕草をしながら言葉をついだ。

「なるほど、おめえさんもけっこう頭をはたらかせたってわけだ。明日にも、職人どもが穴をふさぎにやってくる。そこで、そのパリ野郎が置き去りにされたことに気がつかねえわきゃあねえ。そうなりゃ、糸が一本ずつたぐられ、足取りが嗅ぎつけられて、おめえさんのところまで手が回ってくる。下水道を通った奴がいる。だれだ? どこから出たんだ? だれか出るところを見た者はいないのか? 警察は抜目がねえし、下水道だって裏切者になって、あんたを売る。こんな掘出し物はめったにねえから、間違えなく目をつけられる。下水道を仕事場にするなんてえふてえ野郎はそうざらにいるもんじゃねえ。そこへいくてえと、河ってやつはみんなのもちもんだ。河、これこそ本物の墓ってもんよ。もののひと月もすりゃ、サン・クルーの橋の網にこいつがひっかかる。だが、それがどうしたってえんだ? 腐った屍体がひとつ、そんなもん、屁のカッパだ! だれが殺した? パリか、やっぱりな。となりゃ、司直もろくすっぽしらべやしねえ。おめえさんも、うまくやったもんよ」

テナルディエが饒舌になればなるほど、ジャン・ヴァルジャンは寡黙になった。テナルディエ

はもう一度彼の肩を揺さぶって、

「そろそろ、手を打たねえか。半々といこうぜ。あんたはおれの鍵を拝んだ。今度はあんたの現金《げんなま》を拝ませる番だぜ」

テナルディエは凄まじい形相になり、野獣じみて、いかがわしく、脅迫まがいにつめよったが、それでもどこか憎めない感じがあった。奇妙なことに、テナルディエの挙動は単純ではないのである。かならずしも泰然としているわけではなく、謎めいた様子を見せるわけではないのに、声だけはひそめるのである。ときどき、口に手をあてて、「しっ！」とつぶやいたりする。なぜそうするのか見当がつかない。そこにいるのは彼らふたりきりだ。ジャン・ヴァルジャンは、ほかの悪党どもがどこかあまり遠くないところに隠れているので、テナルディエはそいつらに片棒をかつがせたくないのだろうと思った。

テナルディエは言葉をついだ。

「ケリをつけようじゃねえか。そのこんこんちきは隠しにいってえいくらもってたんだ？」

ジャン・ヴァルジャンはじぶんのポケットを探った。

読者も覚えておられようが、彼は習慣としてつねに相当の現金を持ちあるいていた。急場しのぎの暗い生活を避けられなかったために、それが彼の習い性になっていたのだ。だが、今度ばかりは金がなかった。昨日の晩、国民軍の制服を着るときに陰鬱な気分にひたっていたせいで、札入れを持ってくるのを忘れたのである。チョッキのポケットにいくらかの貨幣があるきりだった。全部あわせても三十フランばかり。彼は泥水でびしょぬれになったポケットを引っくりかえして、土台の側道の石にルイ金貨一枚、五フラン銀貨二枚、二スー銅貨五、六枚を並べてみせた。

テナルディエはわざとらしく首をひねって、下唇を突きだし、

「こんな端金《はしたがね》のために、人ひとりバラしたってわけかい」と言った。

彼はじつに馴れ馴れしくジャン・ヴァルジャンとマリユスのポケットを手で探りにかかった。ジャン・ヴァルジャンは光に背を向けることばかりに気を取られていたため、されるままになっていた。テナルディエはマリユスの上着をひっくり返しながら、ジャン・ヴァルジャンに気づかれないように手品師なみの手際で、上着の裾を引きちぎってじぶんの仕事着のしたに隠した。おそらくその布切れがのちのち、殺された男と殺した男の素性を突きとめるのに役立つと考えたのだろう。だが、現金のほうは三十フラン以上は見つからなかった。

「やっぱしなあ」と彼は言った。「ふたり合わして、たったのこれっきりかい」

それから、「山分け」という言葉すら忘れて、ぜんぶ取ってしまった。

彼は二スー銅貨まで失敬しようとして、さすがにすこしためらい、しばし熟考ののち、ぶつぶつ言いながらそれも取った。

「なに、かまやしねえ！　人ひとりバラしたにしちゃ、しけたもんだぜ」

そう言うと、彼は仕事着のしたから改めて鍵を取りだした。

「さてと、相棒。おめえさんは出てかなきゃなんねえんだろ。縁日みてえなもんで、ここを出るときにゃ、お代を払うのが決まりよ。おめえさんは払ったんだから、出てもいいんだぜ」

それから、ケッケと笑った。

彼が見ず知らずの男のためにその鍵をつかい、じぶん以外の者を門から出してやるのは、人を殺した男を助けるという、欲得ぬきの純粋な気持ちからだったのだろうか？　その点はどうやら疑ったほうがよさそうだった。

テナルディエはジャン・ヴァルジャンがふたたびマリユスを担ぐのを手伝ってやり、それから素足を爪先立てて鉄格子のほうに向かって進み、ジャン・ヴァルジャンについてくるよう合図した。彼は外をのぞき、口に指をあて、しばらく様子をうかがった。偵察をおえると、鍵を錠前に差しこんだ。錠前の舌がはずれて、門が開いた。こすれる音もきしむ音もなく、なんとも静かに開いた。その鉄格子と肘金はこまめに油がさされていることから、思いのほかひんぱんに開けられているのは明らかだった。不気味な静けさだった。そこには人目を避けながらの往来、夜の男たちの無言の出入り、犯罪者の忍び足といったものの気配が感じられた。下水道は明らかになんらかの秘密の一団とつながっていた。寡黙なこの鉄格子はその連中をかくまっていたのだ。

テナルディエは門を細めに開けて、ジャン・ヴァルジャンが通れるだけの隙間をつくってやった。ふたたび鉄格子を閉め、錠前に鍵をはさんで二度まわすと、息づかいのほかは、いかなる物音も立てずに、暗闇のなかに姿を消していった。まるでビロードの足をもつ虎が歩いているようだった。この忌まわしい神の使者は、たちまち見えなくなり、ジャン・ヴァルジャンは表に出ていた。

第九章　事情に通じた者の目にもマリユスは死者だと映る

彼はずるずる滑りおちるマリユスをそのままにして、土手の斜面におろした。ふたりは外に出ることができたのだった！　瘴気、暗闇、恐怖は背後に消えた。健全で、清らかで、生き生きして心躍る、思いきって吸いこめる空気が彼をみたした。あたり一帯は静けさにみちていたが、それは蒼天の落日がもたらし、魂が奪われるような静けさだった。黄昏どきになり、夜が忍びよってきていた。偉大な解放者であり、懊悩を抜けだすために影のマントを必要としている者たちの友というべき夜が。空は巨大な静寂となってあたりを支配し、川波はキスをするような音を立てて足元に打ち寄せてくる。シャン・ゼリゼの楡の木立から、巣から巣へと晩のあいさつを交わしながら空を舞う鳥たちのさえずり声が聞こえてくる。ほのかに青い天頂には、ちらほら星が瞬きはじめている。たとえその星が夢想する者たちだけにしか見えないにしても、果てしない空のなかに、かすかな煌めきを点じている。夕べがジャン・ヴァルジャンの頭上に、ありとあらゆる無限の優しさを振りまいている。

それは遠くからはなにも見えないが、近づけばなんとか見分けがつく、夜とも昼とも言いきれない、微妙で馥郁たる頃合だった。

ジャン・ヴァルジャンはしばしのあいだ、あたりの厳かな優しい静寂にただただ圧倒されていた。そんなふうに我を忘れてしまう瞬間があるものだ。苦しみは惨めな人びと《レ・ミゼラブル》を悩ませることをやめ、思考のなかではすべてが翳って、平穏が夜のように夢想者をつつむ。そして、まだ光を宿している黄昏のもとで星の光る空にならって、ひとの魂にも星がまたたく。ジャン・ヴァルジャンは頭上に広がる、その宏大な明るい闇をじっと見つめずにはいられなかった。彼は物思いにふけり、永遠の空の厳かな静寂のなかですっかり忘我と祈りの境地に浸っていたが、やがてはっとわれに返り、なすべきことを思いだしたとでもいうように、マリユスのほうに身をかがめ、手の平で水をすくい、その顔に数滴そっとふりかけた。マリユスのまぶたは持ちあがることこそなかったが、半開きの口は息をしていた。

ジャン・ヴァルジャンがもう一度河のなかに手を入れようとしたとき、突然、なにかしらの圧迫感、人の気配をうしろに感じた。なお、だれにも身に覚えがあるこのような印象について、筆者はすでに述べたことがある。彼は振りかえった。

じっさい、さきほどと同様、背後に何者かがいた。

長いフロックコートを着こんだ背の高い男が腕組みをし、右手に持った棍棒の鉛の握りをのぞかせながら、マリユスのうえにうずくまっているジャン・ヴァルジャンの二、三歩うしろに立っていたのだ。

暗がりのせいで、それはどこか幽霊のように見えた。単純な人間なら夕暮を怖がったかもしれないが、思慮深い人間は棍棒に恐れをなしたことだろう。ジャン・ヴァルジャンはジャヴェールの姿を認めた。

読者はおそらく、テナルディエのあとをつけてきたのがジャヴェールにほかならないことをとうに察知されていたことだろう。思いがけずバリケードの外に出たジャヴェールは、その足で警視庁に赴いた。総監に短い面会を申し出て、口頭ですぐに報告をすませたあと、ただちにじぶんの任務に復帰した。彼のポケットから押収されたあのメモのことは読者も覚えておられようが、彼の任務のなかには、セーヌ右岸の川べりからシャン・ゼリゼにかけての警戒もふくまれていたのだ。最近警察の注意をひいていたその場で、テナルディエを見かけ、あとをつけてきたというわけなのであった。その後のことは、読者もご存じであろう。

また、テナルディエがジャン・ヴァルジャンにたいして、ああまで親切に鉄格子を開けてやったのも、彼の巧みな策略だったことにもお気づきだろう。テナルディエはジャヴェールがまだそのあたりにいることを嗅ぎつけていた。狙われている人間の嗅覚に狂いはないものである。――あの猟犬に骨をひとつ投げておかなきゃなるめえ。おまけに、殺人犯ときたもんだ。願ってもねえ授かりもんだぜ！　この火の粉、こいつを利用しねえって手はねえやな。――テナルディエはじぶんの代わりにジャン・ヴァルジャンを外に出し、警察にエサをやってじぶんの尾行をかわし、もっとどでかい事件でじぶんのことを忘れてもらおうという魂胆だった。ジャヴェールに待伏の駄賃をくれてやったというわけだが、これは密偵なら間違いなく喜ぶことなのである。三十フランせしめたうえ、その陽動作戦によって、みずから逃げきれると踏んだのだった。

ジャン・ヴァルジャンはひとつ乗りきったかと思ったら、新たな暗礁に乗りあげたのである。立てつづけのふたつの出会い、テナルディエの手からジャヴェールの手に落ちるとは、なんと苛酷なことだったろう。

ジャヴェールには相手がジャン・ヴァルジャンだとは分からなかった。さきにも述べたように、彼はすでに別人同様になっていたのだ。ジャヴェールは腕組みをしたまま、さり気ない仕草でしっかり棍棒を握りなおすと、落着きはらったそっけない声で言った。

「だれだ?」

「わたしだ」

「だれだ、あんたは?」

「ジャン・ヴァルジャン」

ジャヴェールは棍棒を口にくわえてから、膝をまげて身をかがめ、がっしりした両手をジャン・ヴァルジャンの肩のうえに置いて、まるで万力で締めつけるようにつかみ、まじまじと相手を見つめてから、ようやく本人だと認めた。ふたりの顔があやうく触れあいそうになった。ジャヴェールの目つきは凄まじいものだった。

ジャン・ヴァルジャンはジャヴェールに締めつけられたまま、まるで大山猫に爪を引っかけられたライオンみたいに、じっと耐えながら、身動きひとつしなかった。

「ジャヴェール警部」と彼は言った。「あなたはわたしを捕まえている。もっとも今朝から、わたしはあなたの捕虜になったも同然だと思っていた。もしわたしがあなたの手から逃れようと思っていたなら、わざわざじぶんの住所を教えはしなかっただろう。わたしを捕まえてもらいたい。だが、ひとつだけお願いがある」

ジャヴェールにはなにも聞こえていないようだった。彼はじっとジャン・ヴァルジャンを見すえ、顎に皺をよせ、下唇を鼻のほうに持ちあげた。これは残忍な物思いにふけっている証拠だった。彼はようやくジャン・ヴァルジャンを放して、すっくと立ちあがり、棍棒をしっかり握りなおした。そして、まるで夢のなかにいるように、質問するというよりも、つぶやくように尋ねた。

「あなたはここでなにをしている？　それに、いったいこの男は何者か？」

彼はジャン・ヴァルジャンのことをもう「きさま」とは呼ばなくなっていた。

ジャン・ヴァルジャンは答えたが、ジャヴェールはその声の調子にはっとわれに返ったらしい。

「お話ししたかったのは、じつはこの男のことだ。わたしの身柄は好きなように扱ってもらってかまわない。だが、まずこの男を自宅まで運ぶのを手伝ってもらいたい。わたしの願いはそれだけだ」

ジャヴェールの顔は引きつったが、これは譲歩してやってもいいと思うときにいつもする表情だった。いずれにしろ、彼はだめだとは言わなかった。

彼はふたたび身をかがめ、ポケットからハンカチを取りだして、それを水に浸し、マリユスの血まみれの額をぬぐってから、小声で独言のように、

「バリケードにいた男だ」と言った。「マリユスとかいう名前だったな」

さすがに一流のスパイである。この男は、じぶんが間もなく死ぬと分かっていながらも、すべてを観察し、すべてに聞き耳を立て、すべてを聴きとり、頭に叩きこんでいたのだ。棺桶に片足を突っこみながらも、記録をとっていたのである。

彼はマリユスの手を取って、脈拍を測った。

「負傷している」とジャン・ヴァルジャンが言った。

「死んでいる」とジャヴェール。

ジャン・ヴァルジャンは答えた。

「いや、まだだ」

「じゃあ、あなたはこの男をバリケードからここまで運んできたわけか」とジャヴェールが指摘した。

あの下水道での救出劇は聞き捨てならないことなのに、それにはいささかもこだわらず、じぶんの問いにジャン・ヴァルジャンが答えないことにさえ気づかないとは、彼にはよほど深刻な気がかりがあったにちがいない。

一方、ジャン・ヴァルジャンはただひとつのことしか頭にないらしく、こう言葉をついだ。

「この男が住んでいるのは、マレー地区のフィーユ・デュ・カルヴェール通りで、祖父の家のようだが……名前は覚えていない」

ジャン・ヴァルジャンはマリユスの上着を探って紙入れを取りだし、マリユスが鉛筆で書いた頁を開いてジャヴェールに差しだした。

あたりにはまだ、物を読めるだけの明るさが残っていた。そのうえジャヴェールの目には、夜行性の鳥のような、闇を透かして見る燐光があった。彼はマリユスが書いた数行を読みとると、ぶつぶつ呟いた。

「ジルノルマン、フィーユ・デュ・カルヴェール通り六番地」

それから大声で叫んだ。

「御者！」

読者も覚えておられるだろうが、いざという時にそなえて辻馬車が待っていたのである。

ジャヴェールはマリユスの紙入れをそのまま取っておいた。

馬車はすぐに水飼い場の斜面を降りて、土手にやってきた。マリユスのからだが奥の座席に置かれると、ジャヴェールはジャン・ヴァルジャンと並んで前の座席にすわった。

扉が閉まり、辻馬車はたちまち遠ざかって、バスチーユ方向の河岸に出た。

馬車は河岸をあとにして通りにはいった。御者台に乗った御者の黒いシルエットが、痩せ馬に鞭をあてていた。辻馬車のなかには、冷やかな沈黙が流れていた。ぴくりとも動かないマリユスは、奥の片隅に上半身を預け、頭は胸のうえにがっくりと落ちこみ、両腕はだらりと垂れ、両脚はこわばり、もはや待つものとて柩だけのようだった。ジャン・ヴァルジャンは影、ジャヴェールは石でできているように見えた。そして暗闇につつまれたこの馬車は、街灯のまえを通りすぎるたびに、まるで去来する稲妻に照らされたかのように、青白く映しだされた。偶然が屍体と幽霊と彫像という、悲劇的な三つの動かぬものを馬車のなかに寄せあつめ、不気味な対決をさせているようだった。

第十章　命を無駄づかいする息子の帰還

でこぼこの敷石のうえで馬車が揺れるたびに、マリユスの髪の毛から血が一滴ずつしたたり落ちた。辻馬車がフィーユ・デュ・カルヴェール通り六番地に着いたときには、すっかり夜が更けはじめていた。

ジャヴェールは真っ先に降り、正門のうえに書いてある番地に一瞥を投げて確かめてから、雄山羊とサテュロスが対決している古風な模様のついた、鍛鉄のがっしりしたノッカーを持ちあげ、荒々しく叩いた。片方の扉が開きかかると同時に、それを押した。門番が蠟燭《ろうそく》を片手に、あくびしながら、寝ぼけまなこで姿を見せた。

家のなかはすっかり寝静まっていた。マレー地区の人びとは早寝だが、暴動があったとなればなおさらだ。この純朴で昔気質の地区は革命に怖じ気づくが、それはちょうど子供たちが、ほら、鬼が来るよ、と言われるとあわてて夜具のなかに頭を隠すのと同じことであった。

そのあいだに、ジャン・ヴァルジャンと御者はマリユスを辻馬車のなかから運びだした。ジャン・ヴァルジャンが腋下を、御者がひかがみを支えた。

そんなふうにマリユスを外に出してやりながらも、ジャン・ヴァルジャンはぼろぼろに破けた服のしたに手を滑りこませて胸を探り、心臓がまだ鼓動していることを確かめた。鼓動はまえよりもいくらか強くなっているようにさえ思われた。あたかも馬車の震動のおかげで、息を吹きかえしたとでもいうように。

ジャヴェールは、暴徒の家の門番にたいする官憲にふさわしい物の言い方で尋ねた。

「ジルノルマンという者はいるか？」

「こちらですが、なんのご用で？」

「息子を連れてきた」

「息子ですって？」と、門番はぽかんとして言った。

「死んでいる」

ジャン・ヴァルジャンはぼろぼろの汚い身なりでジャヴェールのあとについてきたが、門番が怯えた様子で見つめると、頭を振って「死んではいない」と合図した。門番はジャヴェールの言葉も、ジャン・ヴァルジャンの合図も理解できないようだった。

ジャヴェールはつづけた。

「こいつはバリケードに行って、このざまだ」

「バリケードですって！」と、門番は叫んだ。

「じぶんから殺されに行ったのだ。父親を起こしてもらおうか」

門番は動かなかった。

「起こせと言っている！」とジャヴェールがどなった。

そして、こう付けくわえた。

「明日はここで、葬式が出るだろう」

ジャヴェールにとって、公道で毎日のように起こる出来事は、警戒と監視の基本として明確に分類されているうえ、突発的な事件もそれぞれに区分けされていた。起こりそうな事件は仕切のついた引出しのなかにしまわれているようなもので、時と場合によって数は違っても、そのうちいくつかが飛びだしてくるのである。公道においては騒ぎ、暴動、浮かれ騒ぎ《カーニヴァル》、葬式などがあった。

門番はバスクを起こすだけにした。バスクがニコレットを起こし、ニコレットがジルノルマン伯母を起こした。祖父のほうはそのまま寝かしておくことにした。彼には早晩知れると考えたのだった。

マリユスは二階に運びあげられたが、同じ建物のほかの住人のだれひとりにも気づかれなかった。彼はジルノルマン氏の控えの間の古い長椅子のうえに寝かされた。バスクは医者を呼びにいこうとし、ニコレットは布類がしまってある箪笥を開けていたが、そのときジャン・ヴァルジャンはジャヴェールの手が肩にふれるのを感じた。彼はその意味を理解し、下に降りていった。ジャヴェールの足音がうしろからついてきた。

門番はふたりがはいってきたときと同じように、去っていくのを恐るおそる見守っていた。

ふたりは辻馬車にもどり、御者も御者台にすわった。

「ジャヴェール警部」とジャン・ヴァルジャンが言った。

「もうひとつお願いがある」

「なんだ?」とジャヴェールはぶっきらぼうにきいた。

「ちょっと家にもどりたい。そのあとはあなたの好きなようにするがいい」

ジャヴェールはフロックコートの襟に顎を埋めたまま、しばし沈黙をまもっていたが、やがて前の窓ガラスをおろして、

「御者」と言った。「ロム・アルメ通り七番地に行ってやれ」

第十一章　絶対者の動揺

ふたりは車中でひと言も口をきかなかった。

ジャン・ヴァルジャンはなにをしたかったのか？　やりかけたことを完結させたかったのだ。すなわち、コゼットに事態を知らせ、マリユスの居場所を教え、その他なにかしら有益な指示をあたえ、できたら、いくつか最後の段取りをつけておくことである。じぶんのこと、じぶん個人に関わることなら、もうすっかり片がついていた。彼はジャヴェールに捕まっても、抵抗しなかった。もし彼以外の者が同じ立場に置かれていたなら、テナルディエから受けとったあの綱のこと、まず入れられる独房のことを考えたかもしれない。だが、あの司教との出会い以来、ジャン・ヴァルジャンの心中には、どんな暴行、ここは強調しておくが、たとえじぶん自身にたいする凶行だろうとも、深甚な宗教的ためらいが生ずるようになっていたのだった。

自殺という未知なものにたいするあの秘儀に近い暴力行為は、いくぶんかは魂の死をふくむものかもしれないが、ジャン・ヴァルジャンには到底できないことだった。

辻馬車はロム・アルメ通りの入口でとまった。通りが狭すぎるため、馬車がはいりこめないのだった。ジャヴェールとジャン・ヴァルジャンは降りた。

御者は、殺された男の血と殺人犯の男の泥で馬車のユトレヒト・ビロードがすっかり汚れたと、へりくだって「警部殿」に仄めかした。彼は事件をそんな具合に理解していたのだった。そして、しかるべき弁償をしていただきたいと付けくわえた。そう言いながらポケットから手帳を取りだし、「そのような旨の証明をほんの一筆」警部殿にお願いした。ジャヴェールは差しだされた手帳を突きかえして言った。

「待ち賃と車代、合わせていくらになる?」

「待ちは七時間と十五分でした……」と御者は答えた。「それに、ビロードは新品同然だったものでして。まあ、八十フランほどでしょうか、警部殿」

ジャヴェールはポケットからナポレオン金貨四枚を取りだし、辻馬車を返した。

ジャン・ヴァルジャンは、ジャヴェールにブラン・マントー派出所かアルシーヴ派出所へ歩いて連れていかれるものとばかり考えた。いずれも、目と鼻の先にあるのだ。ふたりは通りにはいっていった。いつものようにそこには人影がなかった。ジャヴェールはジャン・ヴァルジャンのあとについてきた。ふたりは七番地に着き、ジャン・ヴァルジャンがノックした。戸が開いた。

「これでよし」とジャヴェールが言った。「行くんだ」

それから奇妙な表情をうかべ、まるで口にするのもつらいといった感じでこう言いそえた。

「ここであなたを待っている」

ジャン・ヴァルジャンはジャヴェールを見つめた。こんなやり方はジャヴェールの習慣にはめったにないものだった。だが、たとえいまジャヴェールがジャン・ヴァルジャンにたいして、どこかしら尊大な安心感、つまり猫がじぶんの爪の届く範囲内で鼠を自由に遊ばせておくような信頼感をもっていたとしても、ジャン・ヴァルジャンのほうはみずからの身柄を引き渡して万事に決着をつけようと覚悟していたのだから、そんなことで驚くはずもなかった。彼は戸を押してなかにはいった。すでに床につき、ベッドのなかから戸の綱を引いてくれた門番に、「わたしだ！」と大声で言ってから、階段を昇っていった。

二階に着いたところで、しばしの間をおいた。どんなにつらい道にもそれなりの休息所があるものだ。たまたま、上げ下げ式になっている踊場の窓が開いていた。あらかたの古い家と同じように、階段から明かりを採るようになっていて、そこから通りを見下ろすことができた。ちょうど真向かいに街灯があり、階段のうえにいくらか光を投げかけていた。おかげで明かりの節約ができたのである。

ジャン・ヴァルジャンは深呼吸するためか、それとも何気なくそうしたのか、窓から首を出し、通りのうえに身を乗りだした。通りは短く、端から端まで街灯に照らされていた。彼は驚愕のあまり、目がくらみそうになった。通りには、人っ子ひとりいなくなっていたのである。

ジャヴェールは立ち去っていた。

第十二章　祖父

バスクと門番は、担ぎこまれ、長椅子のうえに寝かされたまま身動きもせずに横たわっているマリユスを客間に運びこんだ。呼びにやっていた医者が駆けつけてきた。ジルノルマン伯母はすでに起きていた。

彼女は行ったり来たりしていた。すっかり怯えきって両手を組んだまま、「まあ、こんなことがあっていいものかしら!」と口走るよりほかなにもできなかった。ときどき、こう言いそえた。「なにもかも血だらけになってしまうわ!」最初の恐怖がおさまると、この状況についてなんとか考えられるようになったが、それはかろうじてこんな叫び声で言いあらわされるようなものだった。「こうなるに決まっていたんだわ!」だが、こんな場合によくつかわれる、「それごらんなさい。わたしが言っていたとおりになったでしょう」とまでは言わなかった。

医者の指示で、折りたたみ式ベッドが長椅子のそばにしつらえられた。医者はマリユスを診察し、まだ脈があり、胸に深い傷はひとつもなく、唇の端の血は鼻孔からのものであることを確かめたあと、患者をベッドのうえに仰向けに寝かせた。枕はなしにし、頭は身体と水平というより、すこし低めにして、楽に呼吸できるように上半身を裸にした。ジルノルマン嬢はマリユスが裸にされるのを見て、じぶんの部屋に引っこみ、ロザリオの祈りを唱えはじめた。

マリユスの上半身には内部の損傷は一か所もなかった。弾が一発、紙入れにあたって勢いを削がれて逸れたので、脇腹のまわりに見るも無惨な裂傷ができていたが、深手ではないので危険はなさそうだった。彼は地下道を運ばれてきたせいで、折れた鎖骨がすっかり外れてしまい、それがかなり重症だった。両腕にサーベルの傷があった。顔に傷ひとつなく、つぶれていなかったが、頭のほうは無数の切り傷が交差しているようだった。この頭部の傷はどうなるのだろうか？　頭皮だけにとどまっているのだろうか？　もしかして、頭蓋骨まで届いているのだろうか？　まだなんとも言えなかった。ひとつの重大な徴候は、その傷が気絶を誘発したことであり、そしてこうした気絶から覚めるとは限らないということである。くわえて、この負傷者は出血多量で衰弱しきっていた。ベルトからしたの下半身はバリケードに守られていたので無事だった。

バスクとニコレットは布を裂いて包帯をつくった。ニコレットが縫い、バスクが巻いた。ガーゼがなかったので、医者はとりあえず真綿を傷口にあてがって出血をとめた。ベッド脇のテーブルには三本のろうそくが灯り、外科医療具が並べられていた。医者はマリユスの顔と髪を冷水で洗った。バケツいっぱいの水はまたたく間に赤く染まった。門番が手に持ったろうそくで、周りを明るく照らしていた。

医者は悲しげな様子で考えこんでいた。なにやら心に浮かんだ疑問にみずから答えるように、ときおり首を横に振った。医者がこんなふうに謎めいた自問自答をするのは、患者にとっては悪い徴候だった。

医者がマリユスの顔をふき、ずっと閉じたままの瞼にそっと指でふれていたとき、客間の奥のドアが開いて、蒼白の細長い顔があらわれた。

祖父だった。

ジルノルマン氏はこの二日間、暴動のせいでひどく興奮し、憤慨し、そのことしか頭になかった。昨晩は眠れなかったし、一日じゅう熱があった。夜は、家じゅうの戸締まりを厳重にするよう言いつけておいてから、かなり早い時刻に床につき、疲れきってうとうとしていた。

老人の眠りは浅い。ジルノルマン氏の寝室は客間の隣にあるため、みんながひどく用心していたのに、物音で目を覚まし、ドアの隙間からもれてくる光に驚いてベッドから抜けだして、手探りでやってきたのだった。

彼は敷居に立ち、半開きのドアの、嘴形の取っ手に片手をかけ、頭をすこし前かがみにし、ゆらゆら揺れながら、屍衣のように真っ直ぐで、皺ひとつない白の部屋着をきっちりとまとって呆気にとられていた。まるで墓穴をのぞきこんでいる幽霊みたいに。

彼はベッドに気づき、それからマットレスのうえに横たわっている青年の姿に気がついた。青年は血まみれで、蠟のように真っ白で、目を閉じ、口を開け、唇は蒼ざめ、ベルトあたりまで裸で、全身傷だらけで、身動きせずに、くっきりと照らしだされている。

祖父は頭のてっぺんから爪先まで、骨ばった手足が許すかぎり、ぶるぶると震わせた。寄る年波のせいで角膜が黄色くなったその目は、ガラスのようにきらきらと光り、あっと言う間に髑髏のような土色の角が顔面にでき、両腕はバネが切れたみたいにだらりと垂れさがった。彼の驚愕は、わなわな震える老いた両手の指のあいだが開いていることで分かった。彼は膝をまえにかがめ、部屋着のはだけたところから、白い毛が逆立っている貧弱な脛をのぞかせながら、こうつぶやいた。

「マリュス！」

「だんなさま」とバスクが言った。「若だんなさまがさきほど運ばれてきたのです。バリケードに行かれまして、それから……」

「死におったか！」と、老人は恐ろしい声で叫んだ。「ああ！　この悪党めが！」

このとき、墓のなかの変貌というべきことが起こって、この百歳にもなろうかという老人が、若者のようにぴんと背筋をのばして、

「あなたさまがお医者さんですな」と言った。「まずこのことをはっきりさせてもらいたい。こやつは死んでおるんですな」

医者は不安の極に達して、黙っていた。

ジルノルマン氏は両手をよじって、ワッハッハと、ぞっとするようなけたたましい笑い声を炸裂させた。

「死におった！　死におったわい！　わしを憎むあまり、バリケードで命を落としおったわい。わしへの面当てに、こうまでしおったのか！　ああ、吸血鬼め！　こんな姿でもどってきおって！　ああ、とんでもないことじゃ、死におったのか！」

彼は窓辺に行き、いかにも息苦しいといった感じで窓を大きく開けはなち、暗闇のまえに立ちつくし、夜の帳がおりた通りに向かってしゃべりはじめた。

「突きさされ、斬りつけられ、喉をえぐられ、とどめを刺され、切りきざまれ、ずたずたにさ

れおったわい！　そらみろ、ならず者！　こやつはよーく承知しておったのだぞ、わしがこやつを待っておったことも、こやつの部屋を片づけさせておったことも、洟垂れ小僧のころのこやつの肖像を枕元においておったことも！　よーく承知しておったのだぞ、もどってきさえすればいいことも、何年もまえからわしがこやつの名を呼びつづけておったことも、夜になると暖炉のそばで膝に両手をあてて、どうしていいのか分からずにいたことも、こやつのせいでこのわしが腑抜けになったことも！　こやつはちゃんと承知しておったはずだ、もどってきてただひと言、「ぼくですよ」と言いさえすればよかったものを。そうするだけで、おまえがこの家の主人になっていたものを！　それさえしておきゃ、なんでも言うことをへいへいと聞くこの老いぼれの間抜け爺めを、どうにでも好きなようにできたものを！　そんなことは百も承知でいながら、「いやだ、あれは王党派だ、もどってやるものか」とほざいておった。そういう片意地を張ってバリケードに行きおって、むざむざ命を落としたのだぞ！　ベリー公爵殿について、わしが言って聞かせたことの腹いせにな！［1］　なんとも恥知らずなやつじゃわい！　さあ、床について安らかに眠るがいい！　死におったか！　これでわしも、ようやく目が覚めたわい」

医者は両方のことが心配になってきたので、しばしマリユスのもとを離れ、ジルノルマン氏のところに行って腕を取った。老人は振りかえり、大きく開かれ、血走った目で医者を見つめて、落ち着いた声で言った。

「先生、かたじけない。大丈夫じゃ、わしは。これでも男のはしくれじゃ。なにしろ、ルイ十六世の死に様も見たからの。ちょっとやそっとのことでへこたれはせん。ただ、ひとつ恐ろしいことは、新聞というものがありとあらゆる災いをもたらすということじゃよ。この世に三文文士、弁舌家、弁護士、演壇、論壇、進歩、啓蒙、人権、出版の自由などといったものがあればこそ、子供らがこんな姿で親元に運ばれてくることになるんじゃわい！　ああ！　マリユス！　忌まわしいことじゃ！　殺されおったか！　わしより先に死におったか！　この悪党めが！　バリケードじゃと！　先生、あなたさまは、たしかこの地区にお住まいだと思うが？　そうじゃ、わしはあなたさまをよく存じあげておりまするぞ。あなたさまの馬車が通るのがこの窓から見えるものでな。断っておきますがな、わしが腹を立てておると思われたら、大間違いですぞ。死人に腹を立ててもはじまらん。そりゃ間の抜けたことじゃろうが。こやつはわしが育てた子でしてな。この子がほんの幼子だったころ、わしはれっきとした老人じゃった。こやつはよくチュイルリー公園で、ちっちゃなシャベルとちっちゃな椅子をつかって遊んでおったもんじゃった。そこで、番人どもに叱られないように、わしはステッキで、この子がシャベルで掘った穴を一つひとつ埋めておったもんじゃよ。ところがある日こやつは、ルイ十八世を打倒せよ！　と叫んで、出ていきおった。あれはわしのせいではありませんぞ。こやつの頰はうっとりするようなバラ色で、髪は素晴らしいブロンドじゃった。母親は死んでおった。あなたさまも気づかれたじゃろ、幼子はみんなブロンドの髪をしておることに？　あれはどういうことなんでしょうな？　こやつはあの〈ロワール河の悪党〉[2]の一人息子でしてな。だが、子供は父親の罪になんの関わりもありゃせん。わしはな、ほんのこれくらいの背丈だったころのこいつを思いだすんですわ。〈d〉の音がなかなか言えるようにならんもんじゃった。こやつの心もとろける、舌っ足らずのしゃべりかたは、まるで小鳥がさえずっておるようじゃった。いまも覚えておるが、一度なんぞ、ファルネーゼのヘラクレス像のまえで、みんながこの子を取りまいて感心しておったこともあった。それくらい美しい子じゃったよ！　絵にも出てきそうな顔つきをしておったもんじゃ。わしは大声で叱りとばしたり、ステッキで脅しつけたこともあったが、なーにこの子には、冗談だということぐらいよく分かっておった。朝、わしの部屋にはいってくると、ぶつぶつ文句を言ってやったもんじゃが、わしときたら太陽でも飛びこんできたように感じておったもんじゃ。あんなチビッコにかかれば、お手上げじゃ。ひとを捕まえたら、二度と放しはせんからの。この世で、あれほど可愛いものはおらなんだ。ところがだ、あのラファイエットだの、バンジャマン・コンスタンだの、ティルキュール・コルセル[3]だのという輩がこぞって、この子を殺しおったんじゃ。あいつらをこのままのさばらせておくわけにはいかんぞ」

医者はあいかわらず蒼ざめて動かないマリユスのもとにもどっていたが、ジルノルマン氏もマリユスに近づき、ふたたび両腕をよじりはじめた。老人の白い唇は無意識のうちに動いて、臨終の吐息のように、ほとんど聞きとれないほど不明瞭な言葉をもらした。「ああ、薄情者！　ああ、革命家！　ああ、ならず者め！　ああ、九月派め！[4]」まるで瀕死の者が死者をなじるような小声の非難だった。

心中の激怒は言葉になって噴出されるべきものなので、徐々にではあるが、言葉の脈絡はもどってきたものの、祖父にはもはや、それを口に出す力はないようだった。彼の声はすっかり陰にこもって消え入りそうになり、深淵の彼方から聞こえてくるもののようだった。

「まあ、どっちでもかまわん。わしとてじきに死んでいくんじゃからの。それにしてもじゃ、この哀れなやつを幸せにしてやろうという気の利いた蓮っ葉な女が、パリにひとりもいなかったとは！　この腕白小僧は、おもしろおかしく人生を楽しむ代わりに、戦なんぞに出かけて、犬畜生みたいに殺されおった。そしてそれがだれのため、なんのためだったのか？　共和制のためじゃ！　ショミエール[5]に踊りにでも行けばよかったものを。それが若者の義務じゃったというのに。それこそが二十歳の若者のすべきことじゃったというのに。共和国だと？　とんだお笑い種じゃよ！　哀れな母親どもよ、可愛い男の子をたんと産んでおくれ。さあさあ、この子は死におったんじゃ。これで、この家の正門から葬式がふたつ出ることになる。おまえがこんなことを仕組んだのも、ラマルク将軍に惚れこんだためじゃないか。おまえはなにをしてもらったというんじゃ、あの将軍に！　あんなもん、ただの荒武者じゃないか！　しがない弁士だわい！　死んだやつのために、わざわざ殺されてみせるなんぞもってのほかじゃ！　これじゃこっちの気が狂ってしまうわい！　どうか、分かっていただきたい！　たったの二十歳だったのですぞ！　あとに残される者がいないかどうか、振りかえりもせんで！　要するに、きょうび、哀れな老いぼれなんぞ、ひとりでくたばれっていうことか！　人づきあいの悪い爺なんぞ、ひっそり死んじまえってことじゃな。えーい、なるほど、それこそこちらの望むところじゃわい。これできれいさっぱりこの世におさらばできるというもんじゃ。百歳じゃ。十万歳じゃよ。わしはとっくの昔に死んでおってもよかったんだが、この一撃でケリがつく。これでおしまいじゃ。なんと嬉しいことよ！　この子にアンモニアを嗅がせたり、山ほど薬を飲ませたり、それがいったいなんになるのですかな？　無駄骨に決まっておる。馬鹿な医者じゃよ。まあいい、こいつは死んでおる。ちゃんと死んでおるんじゃよ。言わんでも分かっておる。このわしも死んでおるようなものじゃからな。それに、これは中途半端なことはしない子じゃからの。まったく、いやな時代になったもんじゃ。むかむか、むしゃくしゃ、かっとするわい。いまどきの人間どもも、思想も、学説も、指導者も、ご託宣も、曲学阿世の輩も、やくざな三文文士も、似非哲学者も、それからこの六十年来、チュイルリー宮殿の鴉の群をさんざん怯えさせている革命とやらにもむかつくわい！　おまえはこのわしを哀れとも思わず、こんなふうに殺されおったんじゃから、わしだってな、おまえが死んだって、悲しくもなんともないわい、聞いておるのか、この人殺しめ！」

そのとき、マリユスはゆっくりと瞼を開いた。そして、昏睡から覚めやらぬ状態の驚きに曇った眼差しが、ジルノルマン氏のうえにとまった。

「マリユス！」と老人は叫んだ。「マリユス！　わしの可愛いマリユス！　わしの子供、わしの最愛の息子！　おまえは目を開けておるな。わしを見ておるな。おまえは生きておるのか、ああ、ありがたや！」

そう言ったあと、彼は気絶した。

第四篇　脱線したジャヴェール

ジャヴェールはゆっくりとした足取りでロム・アルメ通りをあとにした。

生まれて初めて頭をたれて歩き、これも生まれて初めて後手を組んでいた。その日までのジャヴェールは、ナポレオンのふたつの姿勢のうちの、果敢をあらわすほうしかとったことがなかった。すなわち、腕を胸で交差させる姿勢である。もうひとつの、後手を組む、逡巡をしめす姿勢はこれまで知らなかった。ところがいま、ひとつの変化が起こったのである。緩慢で陰鬱な身体全体が、不安の色を帯びていた。

彼はひと気のない通りから通りへとはいりこんでいったが、それでもセーヌ河にいたる最短の道を辿りながら、レ・ゾルム河岸に出て、河岸沿いにグレーヴ広場を抜けると、シャトレ広場の派出所とは目と鼻の先にあるノートル・ダム橋の角で立ちどまった。セーヌ河はそのあたりで、一方がノートル・ダム橋とポン・ト・シャンジュ橋、もう一方がメジスリー河岸とフルール河岸に囲まれ、そのなかを急流が走る、いわば四角い湖になっていた。

セーヌ河のこの地点は、船頭たちから恐れられていた。ここの急流は取り壊されていまはないが、当時はあった橋の水車の杭のために、河幅がせばまって水を沸きたたせるものだから、これほど危険な場所もなかった。ふたつの橋の間隔があまりに近すぎることも危険を大きくしていた。橋のアーチのしたに来ると、水の流れは凄まじい勢いになる。恐ろしい大波が逆巻き、流れが集まり、盛りあがる。波が橋脚にぶつかり、まるで太い水の綱をつかって力ずくで引きぬこうとしているようだ。そこに落ちこんだら最後、もう二度と浮かびあがれまい。水泳の名人でも溺れてしまうことだろう。

ジャヴェールは手摺りに両肘をつき、両手で顎を支え、濃い頬ひげに立てた爪を、無意識に痙攣させながら考えこんでいた。

たったいまひとつ新しいこと、革命、破局が、心の奥底で生じたところだった。そこで、あれやこれや検討しなくてはならなかったのだ。ジャヴェールはひどく苦しんでいた。数時間まえから、かつての生真面目一本槍な人間ではなくなっていた。心が乱れ、無分別なりにもあれほど澄みきっていた頭も、雲がかかった水晶のように、冴えをなくしていた。心のなかで、義務がふたつに分かれていくのを感じ、しかもそれをつつみ隠すことができなくなった。セーヌ河の土手で思いがけずジャン・ヴァルジャンに出くわしたとき、胸のなかで、獲物をつかんだ狼と主人に再会した犬のような気持ちとが交錯した。

行く手にはどちらも真っ直ぐなふたつの道が見えた。見えるのはたしかにふたつの道だった。それが彼をひどく恐れさせた。なにしろ、生まれてこのかた、ただ一本の直線しか知らなかった男だ。さらに、胸がえぐられるくらい不安なのは、その二本の道が反対方向を向いているということだった。この二本の直線は互いに排斥しあっている。どちらが本当なのか？　このような状況はとうてい言葉で言いつくせるものではなかった。

犯罪人に命を救われたことに負い目を感じ、その借りを返す。心ならずも前科者と同等の立場になり、貸し借りを帳消しにする。「行け」と言ってくれた者にたいして、今度はじぶんのほうが「おまえは自由だ」と言ってやる。さまざまな個人的理由によって、公務というみずからの義務を犠牲にし、その個人的理由のうちになにかしら公的で崇高なものを感じる。みずからの良心に忠実たろうとして社会を裏切る。そうした不条理なことすべてが現実となり、彼の背中に積みかさなっていた。それゆえに、彼は打ちのめされたのである。

ひとつびっくりしたことがあった。ジャン・ヴァルジャンがじぶんを赦してくれたことだ。ぎょっとしたこともひとつあった。それは彼、ジャヴェールがジャン・ヴァルジャンを赦してしまったことだ。

いったい、おれはどうなってしまったのか？　彼はじぶんの姿をさがそうとしたが、見つからなかった。

さて、どうすればいいのか？　ジャン・ヴァルジャンを突きだそうか？　それはまずい。奴を自由にしておくか？　それもまずい。第一の場合は、いやしくも国家官僚たる者が徒刑囚以下に身を落とすということだ。第二の場合は、囚人ごときが上に立ち、法を踏みにじるということだ。どちらの場合にしろ、おれにとって不名誉だ。どのように立場を決めようと、堕落であることに変わりはない。人間の運命には不可能なものに面して切り立った絶壁があり、その絶壁を越えると、人生はもはや破滅でしかなくなる。ジャヴェールはその種の絶壁のひとつにいた。

彼の苦悩のひとつは、どうしても考えざるをえなくなったことである。相反する感情が激しくぶつかりあうので、ともかく考えざるをえないのだ。考えることに慣れていない彼にとって、それはことさらつらいことだった。

考えるということには、いくぶんか内面の反逆がともなう。心中にそうした部分があることに彼は苛立った。

職務という狭い範囲の外にあるいかなる問題でも、およそものを考えるのは、彼には無駄でくたびれることだった。それにしても、過ぎ去った今日という一日のことを考えるのは拷問も同然だったが、あんなふうに動揺を重ねたあとではどうしても、じぶんの意識のなかを覗きこみ、じぶんを納得させないわけにはいかなかった。

今し方、じぶんがなにをしたのか考えると身体が震えた。このおれ、ジャヴェールともあろう者が、警察のあらゆる法規に背き、あらゆる社会・司法組織に背き、あらゆる法令に背いて、ひとりの罪人を釈放すべきだと判断した。そうすることが、じぶんにふさわしいと思った。公私混同だった。あれは言語道断なことではなかったか？　彼はみずからがおかした途方もない行為に向きあうたびに、爪先から頭の天辺までぶるぶる震えた。いったい、どういう決断をしろというのか？　手立てはひとつしかなかった。急いでロム・アルメ通りに取ってかえし、ジャン・ヴァルジャンを収監させることだ。それこそがなすべきことであるのは明らかだった。だが、そうはできなかった。

なにかがその方面に向かう道を遮断していた。なにかが？　それはなにか？　この世に法廷、刑の執行命令、警察、権力を措いて、ほかになにがあるというのか？　ジャヴェールはすっかり取り乱していた。

侵すべからざる徒刑囚！　司法にとって難攻不落の囚人！　そんなものをつくりだしたのが、このおれ、ジャヴェールだったとは！

ジャヴェールとジャン・ヴァルジャン、厳罰の人間と受苦の人間、このふたりはともに法の産物であったはずなのに、いまや法を超越する地点まできている。なんとも身の毛もよだつことではないか？

いったい、なんということだ？　こんなことが起きているというのに、だれひとり罰せられないとは！　ジャン・ヴァルジャンが社会秩序全体よりも強大になり、このおれ、ジャヴェールがお上の禄を食みつづけるとは！

彼の物思いは徐々にぞっとするようなものになっていった。

もしかすると彼は、この物思いの最中に、フィーユ・デュ・カルヴェール通りにあの蜂起者を連れかえしたことを、いくらか心に咎め立てしてもよかったのかもしれない。だが彼は、そんなことはまるで考えなかった。小さな過ちは大きな過ちのなかにまぎれこんでしまった。それに、あの蜂起者は、たしかに死人だった。そして法律上、本人が死ねば追訴は消滅する。

ジャン・ヴァルジャン、あの男こそジャヴェールの心にのしかかっている重荷だった。

彼はジャン・ヴァルジャンにすっかり面くらった。あの男のまえで、彼の全人生の拠り所になっていた公理がことごとく崩れさってしまったのだ。じぶんにたいするあの男の雅量にはすっかりまいってしまった。他の事実をあれこれ思いかえしていると、以前は嘘か狂気の沙汰だとみなしていたことが、いまでは真実のように思えてきた。ジャン・ヴァルジャンの背後にふたたびマドレーヌ氏の姿があらわれ、ふたつの像が重なりあってひとつになり、まったくもって尊敬に値する人物の姿に変わってしまった。ジャヴェールはなにやら得体の知れないものが魂のなかに染みこんでくるのを感じた。それは、徒刑囚にたいする感嘆の気持ちだった。囚人にたいする尊敬、そんなものがあってよいのか？　彼はそう考えて身震いしたが、そこから逃れることはできなかった。いくら足搔いてみてもどうすることもできず、ついに心の底から、あの惨《ミゼラブル》めな男が崇高な人間だと認めざるをえなくなった。なんともおぞましいことだった。

慈善をほどこす犯罪者、情け深く、優しく、人助けをし、寛大で、悪に報いるに善をもってし、憎しみにたいして赦しをもってし、復讐よりも憐憫をよしとし、敵よりもわが身を滅ぼすことを選び、じぶんを打ったものを救い、徳の高みで跪き、人間よりも天使に近い徒刑囚！　ジャヴェールはそんな怪物の存在をすすんで認めざるをえなかった。だが、そんな状態は長くつづくはずはなかった。

筆者はここで強調しておくが、彼とてそんな怪物、そんな卑しい天使、そんなおぞましい英雄に、なんの抵抗もなく屈服したわけでなく、愕然とすると同時にほとんど憤慨していた。馬車のなかでジャン・ヴァルジャンとふたりきりだったあいだ、彼の心中で、法の暴君が幾度となく咆哮していた。ジャン・ヴァルジャンに飛びかかり、引っ捕らえて貪りたい、つまり逮捕したいという衝動に何度も駆られた。じっさい、これほど簡単なことがあるだろうか？　通りすがりの最寄りの派出所に向かって、「こいつは居住指定令違反の前科者だ！」と叫ぶ。憲兵を呼んで、「この男の身柄はおまえたちに任せる」と言う。そのあと派出所を立ち去り、あの忌々しい野郎を置き去りにして、あとのことは知らん顔を決めこみ、この件には関わらない。あの男は永久に、法の定めるところの囚人となり、法が勝手に処分してくれる。これほど正しいことがあるだろうか？　ジャヴェールはそうしたことすべてを心に思った。さらに踏みこんだ行動を取り、その男を逮捕してしまいたかった。だが、いまと同じように、あのときもそれができなかった。引きつった手がジャン・ヴァルジャンの襟元のほうに持ちあがるたびに、とんでもない重みがのしかかってくるとでもいうように、その手はだらりと垂れさがった。頭の奥のほうでひとつの声、こう叫ぶ不思議な声が聞こえた。「結構だ。おまえを救ってくれた恩人を引き渡すがいい。そのあと、ポンス・ピラート[1]の桶を持ってこさせ、おまえの爪を洗い清めるがいい」

　やがて彼の考えはみずからのうえに落ち、偉大になったジャン・ヴァルジャンのかたわらにいるじぶん、堕落したジャヴェールが見えてきた。あの徒刑囚こそ、じぶんの恩人なのだ！

　それにしても、なぜあの男の言うまま、むざむざと命を助けてもらったのだろうか？　あのバリケードのなかでは当然、じぶんは殺されてしかるべきだった。そのほうがよかったのだ。ジャン・ヴァルジャンの意に反して他の蜂起者たちを呼び、力ずくでじぶんを銃殺させるべきだった。そのほうがずっとましだった。

　もっともつらいのは、確信というものがすっかりなくなったことだった。じぶんが根なし草になかったように感じた。法典はもはや手にした棒切れでしかなくなり、いまだかつて感じたことがなかったような疑念に駆られた。心中にある感情がひらめいたが、それはこれまで彼の唯一の尺度であった法的な確信とはまるで別のものだった。もはや、これまでの生真面目一本槍の生き方にとどまっているわけにはいかなくなった。次々に生じる思いもかけない出来事に圧倒され、彼の心にひとつの新しい世界が出現した。すなわち、受けた恩は返すものだということ、献身、慈悲、寛容というものがあるということ、憐憫のもつ力にくらべれば厳格さなど無力だということ、個人の人格は尊重すべきだということ、今後他者を決定的に裁いても、断罪してもならないということ、法の目にも涙があるということ、神による正義はどうやら人間による正義とは逆方向のものらしいということ。彼は暗闇のなかに未知の道徳という不気味な日出を見て、それに恐怖と眩暈を覚えた。まるで鷲の目をはめこまれた木菟《みみずく》のように。

彼は内心こう思った。例外というものがあるのは当然だ。権威が狼狽することもある。規則も事実をまえにして返答に窮することがある。万事が法文の枠内に収まるわけでないとすれば、予想外のことにはただ黙って従うしかない。徒刑囚の徳が役人の徳に罠をかけることもあるし、怪物じみたものに神性が感じられることもある。人間の運命にはこのような伏兵が潜んでいるのだ、と。そしてじぶんがそんな不意打ちから免れられなかったことを思い、ひたすら絶望するばかりだった。

彼はこの世に善意というものが存在することを認めざるをえなかった。あの徒刑囚は善良だった。そして、これまでになかったことだが、彼自身もいましがた善良になったところだ。だからこそ堕落することになった。彼はおのれを卑劣だと思い、そんなじぶんを嫌悪した。ジャヴェールにとっての理想とは偉大になることでも、崇高になることでもなく、非の打ちどころがない人間になるということだった。それなのに、彼はたったいましくじってしまったのである。

どうしてこんなことになったのか？ どうしてあんなことが起こったのか？ おそらく、じぶんでも説明できなかっただろう。頭をかかえてみたが無駄だった。どうしても分からなかった。おそらく彼は、ジャン・ヴァルジャンを法に服させるという意図をもっていたにちがいない。ジャン・ヴァルジャンは法の虜であり、彼、ジャヴェールは法の奴隷だった。ジャン・ヴァルジャンを捕まえているあいだ、一瞬たりとも釈放してやろうなどとは考えなかった。彼はいわば、知らないうちに手を開き、彼を放してやっていたのだった。

ありとあらゆる謎めいた新たな真実が目のまえに垣間見えてきた。じぶんにあれこれ問いかけ、それにたいしてじぶんで答えを出してみた。ところが、その答えにぎくりとして、こう自問した。おれが追跡し、迫害までしたあの徒刑囚、あの捨てばちな男は、おれを足下に踏まえて、復讐することもできた。いや、恨みを晴らすためにも、身の安全のためにも復讐すべきだったのだ。それなのに、おれを見逃し、おれを赦してくれた。いったい、あいつはなにをしたのか？ じぶんの義務を果たしたのか？ いや、違う。それ以上のなにかだ。そして今度は、このおれがあいつを赦してやった。おれはなにをしたのか？ じぶんの義務を果たしたのか？ いや、違う。それ以上のなにかだ。それじゃ、義務以上のなにかがあるとでもいうのか？ ここで彼はぎょっとした。彼の天秤が壊れて、一方の皿が深淵のなかに落ち、もう一方の皿が天に昇っていったのだ。そしてジャヴェールは、上方の皿にも下方の皿にも恐れおののいていた。彼はいささかもいわゆるヴォルテール主義者でも、哲学者《フィロゾーフ》〔2〕でも、不信心者でもなく、それどころか本能によって既存のカトリック教会に敬意をいだいていた。だが、その教会を社会全体のなかの厳かな一部として知っていたにすぎない。秩序こそが彼の教理であり、それで充分だった。成人して官吏になって以来、彼はみずからの信仰心をそっくりそのままと言っていいほど警察にゆだねた。そして前述のように、いささかも皮肉をまじえず、司祭のような態度で密偵を務めていたのである。彼の修道院長はジスケ警視総監であり、神という、あのもうひとりの修道院長のことなど、この日まで考えたこともなかったのだ。

彼ははからずも、神という新しい上司の存在を感じとって途方に暮れた。

思いもかけないものの存在に気づいて途方に暮れた。このような上司をどう扱えばいいのか分からない。部下というものはつねに平身低頭し、上司に逆らうとか、非難するとか、口答えするのはまかりならぬ、ということくらいは知っていた。あまりにも人を驚かせる上役にたいして、目下のものはただ辞表を提出するほか手立てがないことも知っていた。とはいえ、神に辞表を提出するには、いったいどうすればいいのだろうか？

それはともあれ、これは彼がつねに立ちかえることなのだが、ひとつの事実だけはどうしようもなかった。すなわち、じぶんが恐ろしい違反をおこなったということである。たったいま、再犯者が居住指定令を破るのを見逃したのみならず、徒刑囚を釈放したところだ。法の掌中にあったものを法から盗みとったのだ。おれはそんなことをしでかしたのだ。彼はじぶんでじぶんが分からなくなり、じぶんがじぶんであることさえ覚束なくなった。なんであんなことをしてしまったのかと、その理由さえも分からないまま、ただクラクラするばかりだった。彼はこの日まで、陰気な律儀さを生みだす、あの盲目的な信念だけを糧に生きてきた。その信念にも見放されたいまとなっては、律儀さのほうも失せてしまった。これまで信じてきたものがすっかり水泡に帰そうとしている。望んだわけでもない真実が容赦なくつきまとってきた。これから先は別人になるしか手立てはなくなった。彼は良心の目がいきなり白内障の手術をうけたとでもいうような、奇怪な苦しみに耐えていた。見るも忌まわしいものが目にはいってきた。じぶんが虚ろになり、無用の長物となって、過去の生活から切りはなされ、お払い箱になり、溶けていきそうな気がした。彼のうちにあった権威は死んでしまい、もはや生きていく理由もないようだ。なんと恐ろしい状況か！　感きわまった人間とは。

花崗岩の心をもちながら、疑う人間！　法律という鋳型にはめられた懲罰の立像でありながら、その青銅の胸のうちに、どこか不条理で、不従順な心情に近いものがあるのにふと気づく人間！　今日こんにちまで悪だと思ってきたものが善だと分かって、善には善を返すようになる人間！　番犬なのに、媚びへつらう人間！　氷なのに、溶けてしまう人間！　釘抜きなのに、手になる人間！　じぶんの五本の指がいきなり開くのを感じる！　恐ろしいことに、捕らえていたものを放してしまう！　鉄砲玉のような人間が行く手を見失って引きかえす！

彼はこう認めざるをえなかった。いくら無謬だといっても間違いをおかさないわけでなく、教義にも誤りがありうる。法典に書いてあるからといって、すべてが言いつくされているわけではない。社会といえども完璧なものではなく、権威だって揺らぐこともある。建物にガタがくることもあれば、裁判官だって人間だ。法律も間違うことがあるだろうし、法廷が勘違いすることだってある！　青いガラスのような蒼穹に、ひと筋のヒビを見ることだってあるのだ！

ジャヴェールの心中に生じていたのは、真っ直ぐな良心のファンプーと言うべき事態[3]であり、魂の脱線であった。なんら抗するすべもなく、一直線に打ちあげられ、軌道を外れ、神にぶちあたって砕けた律儀さの破滅だった。たしかに、これは異常なことだった。秩序の火夫、権威の運転士が盲目の鉄の馬にまたがり、堅牢な道を走っていたのに、光の一撃によって落馬するとは！　機関車にもダマスコへの道[4]がありうるとは！

つねに人間の内面にあり、真の良心として贋の良心に対抗する神。火花が消えることを妨げるもの。一条の光線に太陽を思いおこせと命じるもの。真の絶対が偽りの絶対と混同されるとき、人間の魂に真の絶対を見分けることをうながすもの。かならず勝利する人間性。うしなわれることのない人情。あの壮麗な現象。わたしたち人間の内面の奇跡のなかでも、おそらくもっとも美しい奇跡。そのことを、果たしてジャヴェールは理解していたのだろうか？　そのことを熟知していたのだろうか？　そのことを納得していたのだろうか？　むろん、そうではない。だが、理解できないながら、反論を許さないものの圧力をうけ、じぶんの頭がすこしずつ開けてくるような気がした。

彼はその奇跡によって変容したというより、むしろその奇跡の犠牲者だった。奇跡を身にこうむって激高した。そこにはただ生きることのひじょうな困難さが感じられるばかりだった。これ以後は、呼吸をすることが永遠に苦しくなる気がした。頭上に未知をいただく。彼はそんなことに慣れていなかった。

これまで頭上にいただいていたものはすべて、彼の目には明確で、単純で、清澄なものとして映っていた。知らないものや分かりにくいものなど、なにひとつなかった。定義され、整理され、筋道立ち、厳密で、正確で、画定され、限定され、閉鎖されていないものなどなにひとつなく、すべてが予見されていた。権威とは平板なものであり、そこにはいかなる転落もなく、それをまえにしてはいかなる眩暈もなかった。ジャヴェールは底辺の未知しか見たことがなかった。だが、不規則なもの、予想外のもの、混沌《カオス》の乱雑な入口、いつ滑り落ちるともしれない絶壁、それらは下層地域、謀反人、悪党、貧乏人だけに見られるものだった。だがいま、ジャヴェールは仰向けに転倒し、上方の深淵という、これまで目にしたことも耳にしたこともないものの不意の出現に愕然としていた。なんということだ！　なにからなにまでメチャクチャにされたじゃないか！まったく、ズタズタにされてしまったじゃないか！　いったい、なにを頼りにすればいいのか？たしかだと思っていたものが崩れ去るとは！

なんということか！　社会の鎧の傷が心の寛い惨めな男《ミゼラブル》に見つかってしまうんだぞ！　なんということだ！　清廉な法のしもべが突然、人ひとりを逃がす罪とその人間を捕らえる罪と、そのふたつの罪の板挟みになっていいというのか！　国家が官吏にあたえる命令でも、すべてがたしかだとは限らないというのか！　義務のなかに袋小路があってもいいのか！　いったい、なんということだ！　こんなことがすべて現実なのか！　かつて刑に服していたヤクザ者が胸を張って、ついにはじぶんが正しいなどと言う。これは本当のことか？　こんなことを真実だと信じろというのか？　じゃあ、すっかり様変わりした法律が、ごたごた言い訳を並べて、犯罪をまえに引きさがらねばならないとでもいうのか！

そう、まさしくそのとおりだった！　ジャヴェールはそれを見たのだ！　それに手をふれたのだ！　しかも、彼はそれを否定できないどころか、それに手を貸したのだ。それこそが現実だった。現実の出来事がこれほどまでに歪んだ姿になるとは、なんとも忌まわしいかぎりだった。

もし事実がきちんとおのれの義務を果たすなら、事実は法律の証という枠のなかにとどまることだろう。事実とは神が人間のところに送ってくるものだ。だがいまや、無政府状態《アナーキー》が天から降ってくるのか？

そんなふうに苦悩をつのらせ、仰天のあまり目の錯覚を重ねながら、彼の印象を制限したり矯正したりするものはいっさい消えていき、社会、人類、宇宙などは以後、ひとつの単純で醜悪な輪郭を見せるだけになった。こうして刑罰、既決事項、法律にもとづく武力、最高裁判所の判決、司法官、政府、拘留と懲罰、官職の思慮分別、法の無謬性、権威の原則、政治と市民の安全の基礎となるあらゆる教義、主権、正義、法典から派生する論理、社会の絶対性、公共の真理など、すべてが残骸、断片、混沌になった。その結果、秩序の監視人、警察に奉仕する廉潔の士、神に遣わされた社会の番犬であるジャヴェール自身も押し倒され、打ちひしがれた。そしてこの廃墟のうえに、頭に緑色の縁なし帽をかぶり、額に光輪を宿した男がひとり、すっくと立っている。

これがジャヴェールの立ちいたった急転直下の状態であり、彼の魂に生じた恐ろしい幻覚だった。

こんなことに耐えられるものだろうか。いや、無理だ。

世にも珍しい激烈な状態。こんな状態から脱けだす方法はふたつしかなかった。ひとつは決然とジャン・ヴァルジャンのところに赴き、あの徒刑囚を独房にもどしてやること、そしてもうひとつは……。

ジャヴェールは欄干を離れ、今度は頭をあげ、しっかりとした足取りで、角灯が示しているシャトレ広場の隅の派出所に向かった。

派出所に着くと、巡査がひとりいるのをガラス窓越しに見て、なかにはいった。警察官同士なら、派出所の戸の開け方ひとつで身内だと分かる。ジャヴェールは名前を言い、巡査に身分証明書を示してから、ろうそくが一本灯っている所内の机に向かって腰かけた。机のうえには、突発事件の調書や夜警の引継ぎ用に、ペン、鉛製のインク壺、紙が置いてあった。

つねに藁椅子と組になっているその種の机は規定の備品で、どこの派出所にも見られるものだ。判で押したように、おが屑がつまった柘植材の台皿と赤い固形糊のはいった段ボールが載っているが、これらは官庁用では下級のものだった。いくら国家文書だといっても、出だしはせいぜいこんなものなのである。

ジャヴェールはペンと紙を取って書きはじめた。その内容は以下のようなものだった。

公務に関する意見書

一、警視総監閣下が一読されんことを願う。

二、予審から戻ってくる留置人は、身体検査中、靴を脱ぎ、素足で敷石の上に立たされる。監獄に帰ると、何人も咳をする者が出る。結果、医務室の費用が嵩むことになる。

三、尾行は間隔を置いて警官を立たせ、リレー方式で行うのが適当だが、重大な場合には、少なくとも二人の警官を互いに相手を見失わないように配置すべきである。何らかの理由で一方の警官の職務遂行意欲が減じることがあっても、他方の警官が相手を見張り、補充するからである。

四、マドロネット監獄の特別規定は、囚人が代金を払っても椅子を入手することを禁じているが、その理由が理解できない。

五、マドロネット監獄の食堂には、二本の格子しかない。これでは、食堂係の女が留置人に手を握らせることができる。

六、他の留置人を面会室に呼び出す留置人、いわゆる呼出し人は名前をはっきり呼び上げると称して二スーを受けとっている。これは窃盗も同然である。

七、織物工場で働く囚人は、糸一本外す毎に賃金から十スー差し引かれる。しかし、そのために織物の質が悪くなるわけではないのだから、これは請負人の職権濫用である。

八、ラ・フォルス監獄の面会人たちが、「チンピラの中庭」を通らずにはサント・マリー・レジプシエーヌ応接室まで行けないのは不都合なことである。

九、司法官の刑事被告人に対する尋問について、憲兵たちが毎日、警視庁の中庭で噂している声が耳に入るのはたしかな事実である。神聖であるべき憲兵が予審法廷で耳にしたことを口外するのは、由々しき秩序紊乱である。

十、アンリ夫人は立派な女性であり、その食堂は実に清潔である。だが、一人の女性が留置独房の差入れ口を一手に握っているのは感心できない。大文明国の裁判所付属監獄の体面に関わる。

ジャヴェールはペンをギシギシきしらせながら、もちまえのじつに冷静で、じつに正確な筆跡で、句読点ひとつもゆるがせにせずに、紙のうえにそのような文を書いた。そして、最後の行のしたのほうに署名した。

一等警部
ジャヴェール
シャトレ広場派出所にて
一八三二年六月七日、午前一時頃

ジャヴェールは紙のうえの書きたてのインクを乾かすと、手紙のように折りたたんで封をした。裏に「管理に関する覚書」と記し、それを机のうえに置いて派出所をあとにした。ガラス張りの格子戸が背後で閉まった。

彼はふたたびシャトレ広場を斜めに横切って河岸に出ると、機械のように正確に、十五分まえに離れたあの場所にもどった。肘をつき、さきほどと同じ手摺りの石のうえで、さきほどと同じ姿勢をとった。まるでずっとそこを動かなかったような感じだった。

真っ暗闇だった。真夜中のあとにつづく薄気味悪い時刻。星は雲の天井に隠れてしまっている。空は一面どんよりと垂れこめている。シテ島の家々にはもはや明かりひとつなくなっている。人っ子ひとり通らず、どこを見ても、通りにも河岸にもひとの気配すらない。ノートル・ダム寺院と裁判所の塔とが夜の輪郭のように見える。街灯がひとつ河岸の縁石を赤く染めている。靄のなかで揺らめくいくつもの橋の影が、奇怪な形を描いている。雨で河の水嵩が増している。

読者も思いだされるように、ジャヴェールが肘をついていた場所はセーヌ河の急流の真上であり、真下には果てしなくつづく螺旋階段のように、解けては巻きかえすあの恐るべき河水の渦巻があった。

ジャヴェールは頭をかしげて覗きこんだ。どこもかも真っ暗で、なにひとつ見分けがつかない。泡の立つ音は聞こえるが、河は見えない。ときどき、その目もくらみそうな深みのなかに、ひと筋の微光がぽっとあらわれ、ぼんやりとうねっている。水はどんな闇夜でも、どこからともなく光をつかまえ、それを蛇に変える力をもっているのだ。その微光が消えると、すべてがふたたび不分明になり、無限の広がりがぽっかりと口を開いているように見える。眼下に収めるのは河の水ではなく深淵だ。河岸の険しい壁が、さながら無限の世界に切り立つ絶壁といったふうに、しだいにぼんやりかすんでいき、たちまち見えなくなる。

見えるものはなにもないが、水の敵意にみちた冷たさと、濡れた石のむっとする臭いが漂ってくる。この深淵から凶暴な息吹が立ちのぼってくる。目に見えないが、水嵩が増しているらしい河の流れ、物悲しい波の囁き、気味が悪くなるほど大きな橋のアーチ、こんな暗い空虚のなかに転落するかもしれないという想像、そうした影の世界の全体が恐怖に充ち満ちていた。

ジャヴェールはその暗闇の入口をじっと見つめながら、しばらくのあいだ身じろぎひとつしなかった。精神を集中するように、見えないものを見すえていた。水はざわめいている。と、突然、彼は帽子を脱いで、河岸のへりに置いた。つぎの瞬間、もし帰宅が遅れた通行人が遠くから見たら幽霊と間違えそうな高くて黒い人影が、手摺りのうえに真っ直ぐに立ち、セーヌ河のほうに身をかがめ、すぐにふたたび身を起こすと、足から真っ直ぐ闇のなかに落ちていった。水が鈍くざわつく音がした。だが、水底に消えたその暗い人影の痙攣を知る者は、ただ暗がりのみであった。

第五篇　孫と祖父

第一章　亜鉛盤を打ちつけた木がまた見える

これまで物語ってきた出来事からしばらくして、ブラトリュエルなる男がひどく心を動揺させたことがあった。

ブラトリュエルは本書の暗黒な箇所〔1〕ですでにちらりと姿を見せた、あのモンフェルメイユの道路工夫である。

おそらく読者も思いだされるだろうが、ブラトリュエルはいろいろと怪しげなことをしている男だった。石を割るかたわら、大道で旅人たちに損害をあたえていた。土木作業員兼追剝ぎのそんな彼にも、ひとつの夢があった。モンフェルメイユの森に宝物が埋められていると信じていて、いつの日か、どこかの木の根元を掘って、金を見つけだしてやろうと思っていたのだ。それまではとりあえず、通行人のポケットの中身を失敬するだけで満足していた。

といっても、さしあたって彼は慎重だった。危ういところで助かったばかりだったからだ。読者も知ってのとおり、彼はジョンドレットのあばら屋で他の悪党たちといっしょに引っ捕らえられたのだが、悪癖がさいわいし、酩酊によって命拾いしたのである。泥棒として犯行現場にいたのか、はたまた窃盗被害者としてなのか解明できなかったのだ。[2] 彼は待伏の晩、泥酔状態だったという調書にもとづき不起訴処分となって釈放され、ふたたび森にもどる自由を得たのだった。そこで、持ち場であるガニーからラニーへの近道にもどり、役所の監督下で国のための舗装工事をしていたのだが、よからぬ顔つきでじっと考えこんでいた。あやうく身の破滅になるところだった盗みについては、さすがにいくらか熱も冷めていたものの、その代わりに、命を救ってくれた酒にはいちだんと熱をあげるようになっていた。

さて、道路工夫小屋の草ぶき屋根のしたにもどって間もなく、彼の心をひどく動揺させることがあったのだが、それはこういうことだった。

ある朝、ブラトリュエルはふだんどおり仕事に——あるいは待伏だったのかもしれないが——出かける途中、日出のすこしまえに、ひとりの男の姿を木々の枝越しに見かけた。背中しか見えなかったが、遠くから、薄明かりをとおして見るかぎり、どうやらまるっきり見覚えのない人物でもなさそうだった。ブラトリュエルは年中酔っぱらってはいたが、正確で明晰な記憶力をもちあわせていた。これは多少なりとも法秩序と諍いを起こしている者ならだれにでも、もっているはずの護身用の武器である。

「あんなふうな奴に会ったことがあるが、あれはいったい、どこだったかな?」と、彼は自問した。

だが、かすかに記憶に残っているだれかに似ているという以外に、答えは出てこなかった。それでもブラトリュエルは、男の身元をはっきり突きとめられないまま、あれこれ考えを寄せ集めたり、数え立ててみたりした。——あの男は土地の者じゃねえな。余所から、歩いてやってきたにちげえねえ。この時刻にモンフェルメイユを通る乗合馬車はねえはずだ。あいつは夜通し歩いてきたんだ。いってえ、どこから？　遠くじゃねえだろう。リュックサックも、包みも持っていねえところを見れば、まあ、パリってとこか。でも、なんでまたこの森にいる？　なんでこんな時間にここにいる？　なにをしにやってきやがったんだ？

ブラトリュエルはぼんやりと宝物のことを考えた。記憶を掘りかえしたら、もう何年もまえ、今度の人物にたいするのと同じような警戒を、ある男にいだいたことをおぼろげに思いだした。ブラトリュエルはすっかり考えこみ、物思いの重みで、頭を垂れるほどだった。当たり前と言えばそうだが、これはいささか間が抜けていた。彼が頭をあげたときには、もうだれもいなかった。男は森のなか、薄明かりのなかに姿を消していた。

「うへえ」とブラトリュエルは言った。「やつを見つけてやるぜ。どこのどいつか突きとめてやる。こんな夜明けからうろついてるからにゃ、どうせ訳ありだろ。そいつを嗅ぎつけてやろうじゃねえか。おらっちの森んなかで、おらっちの知らねえ秘密がまかり通るなんざ許せねえ」

彼は恐ろしく鋭い鶴嘴を手に取って、

「さて」とつぶやいた。「こいつで地面だろうが人間だろうがほじくり返してやろうじゃねえか」

そして、糸と糸とをつなぎ合わせようとするように、男が通ったにちがいない道筋を懸命に辿りながら、雑木林のなかを歩きはじめた。

大股で百歩ばかり進んだところで、日が昇りはじめ、彼は助かった。砂のうえのあちこちに残された足跡、踏みしだかれた草、押しつぶされたヒース、茨の茂みのなかでたわんでも、目覚めのときに背伸びをする美女の腕のように、ゆっくりと優美に身を起こす若枝。それらが獲物の足取りを教えてくれた。彼はその跡を辿ったが、やがて見失ってしまった。時間がどんどん過ぎていく。彼はさらに森の奥深くに分け入り、小高い丘のようなところに出た。朝早くに出かける猟師がギュリー[3]の歌を口笛で吹きながら、遠くの小道を通りすぎてゆくのを見ているうちに、ふと木によじ登ることを思いついた。年はとっていても身軽だった。ちょうどそこに、ティティルス[4]にもブラトリュエルにもお誂え向きのブナの大木が立っていた。ブラトリュエルはそのブナの木の、できるだけ高いところに登った。

いい思いつきだった。森が茂れるだけ茂って、斧もはいっていない閑寂な場所を見わたしているうちに、ブラトリュエルは不意に男を見つけた。

だが、見つけたと思う間もなく、見失ってしまった。

男はかなり遠くの、何本もの大木の陰になっている空地にはいっていく、というよりは滑りこんだのだが、そこはブラトリュエルがよく知っている場所だった。というのも、以前そこにうずたかくつまれた臼石のそばに、亜鉛板をじかに樹皮に釘づけした立ち枯れの栗の木が一本あるのに、目をつけたことがあったからだ。そこはかつてブラリュ林地と呼ばれていた場所だった。石の山はなにに使うものか分からなかったが、三十年まえにはそこに見られたもので、おそらくいつまでも残っているだろう。板囲いもたしかに長持ちするが、積石ほど長くもつものはない。かりに積んでおいてさえそうなのである。いったい、積石を長持ちさせねばならない理由などあるものだろうか！

ブラトリュエルは喜び勇んで木から降りた。というより、転がり落ちた。巣が見つかった。さあ、今度は獣を捕まえてやるぞ。夢にまで見たあの素晴らしい宝物はどうやらあそこにあるらしい。

その空地まで行くのは半端な仕事ではなかった。踏みならされた小径は底意地の悪いつづら折りになっていて、たっぷり十五分はかかる。真っ直ぐに突っ切るとすれば、そのあたりはとくに茂みが多く、棘だらけで、とても手に負えるものではなく、三十分あまりかかる。そのことが分からなかったのがブラトリュエルの間違いだった。彼は一直線に行ってやろうと思った。もっともな錯覚で、多くの者がこれで失敗する。たとえ茂みが深くても、そちらのほうがよい道のような気がしたのである。

「よし、狼どものリヴォリ通りを行ってやろうじゃねえか」と彼は言った。

いつもは曲がった道を歩くくせに、今度ばかりは真っ直ぐな道を進むという愚をおかしたのだった。

彼は思いきって、こんがらかった藪のなかに身を投じた。

柊や、刺草《いらくさ》や、さんざしや、野バラや、薊《あざみ》や、じつに怒りっぽい茨などを相手にしたものだから、ひどく引っかかれる羽目に陥った。

窪地の底には水溜があって、そこも越さねばならなかった。

こうして彼は四十分もかけて、ようやくブラリュの空地に着いたのだが、汗だくだく、ぐしょ濡れになり、息を切らし、引っかかれ、さんざんな状態になっていた。

空地には人っ子ひとりいなかった。

ブラトリュエルは積石のそばに駆けよった。それは元のままそこにあり、運び去られてはいなかった。

男のほうはと言えば、森のなかに姿を消していた。逃げてしまったのだ。どこへ? どの方角へ? どの茂みのなかへ? とんと見当がつかなかった。

そしてなんとも驚いたことに、積石のうしろ、亜鉛板を打ちつけた木のまえに、掘りかえされたばかりの真新しい土と、置き忘れたのか捨てていったのか、鶴嘴が一丁と穴がひとつあった。

その穴は空っぽだった。

「泥棒!」とブラトリュエルは叫び、両の拳を地平に向かって突きあげた。

第二章　国内戦争を脱したマリユス、家庭内戦争に備える

マリユスは長いあいだ、生死の境をさまよっていた。何週間も熱がつづいて譫言《うわごと》をいい、傷そのものより、頭に損傷をうけたときの脳震盪に起因する、かなり深刻な脳症状態を呈していた。

彼は毎夜毎夜、発熱による悲痛なまでの多弁と、瀕死者特有の陰惨な執拗さで、コゼット、コゼット……とくりかえした。ある種の広い傷口がきわめて危険なのは、大きな傷の膿がいつなんどき体内に吸収されるかもしれず、大気の影響いかんによっては、患者の命取りになりかねないからだ。そのため、気候が変わるごとに、医者はちょっとした風雨にも気をもみ、「なによりも、病人を興奮させないことです」とくりかえしていた。当時はガーゼや包帯を絆創膏でとめる方法は考案されていなかったので、手当は複雑で困難をきわめた。ニコレットが言うには、「天井みたいに大きな」シーツを一枚つぶしてガーゼをつくった。塩化洗浄薬と硝酸銀とを壊疽《えそ》の底にまで浸透させるのもひと苦労だった。ジルノルマン氏は危険な状態がつづいているあいだじゅう、半狂乱になって孫の枕元につきっきりになり、マリユスと同じく半死半生のありさまだった。

門番の話によれば、毎日、時には一日に二度も、とても立派な身なりの紳士が、負傷者の容体を聞きにきて、手当用にとガーゼの大きな包みを置いていったという。

ついに九月七日になり、マリユスが瀕死の状態で祖父の家に担ぎこまれたつらい夜から数えてちょうど四か月後〔ユゴーの計算違い。三か月後〕に、医者はもう大丈夫だと請けあった。回復期にはいったのだ。といってもマリユスは、鎖骨の骨折による偶発症状のために、それからさらに二か月以上も長椅子のうえに寝たきりでいなければならなかった。病人がうんざりするほど、いつまでも最後の傷がふさがらず、手当をつづけねばならないことがよくあるものだ。

しかしながら、この長い病気と長い回復期のおかげで、彼は警察の追及を逃れることができた。フランスでは、どんな怒りであれ、六か月もたてば消えてしまう。たとえ公的な怒りでも同じことである。現今の社会状態では、暴動はだれもの過失にほかならないとすれば、その後始末にもある程度は目をつむる必要があったのである。

ここで付けくわえておけば、医師に負傷者の告発を命じた警視総監ジスケの言語道断の警察条例は世論の、いや世論ばかりか、なにより国王ルイ・フィリップの逆鱗にふれ、負傷者たちはその憤懣によってかくまわれ、保護されることになった。したがって軍法会議は、戦いの現場で捕らえられた者以外のだれをもしつこく付けまわすことはなかった。おかげでマリユスも難を逃れ、落ち着いていられたのである。

当初ジルノルマン氏は、ありとあらゆる苦悩に見舞われ、そのあとにはあらゆる歓喜を味わいつくした。毎夜、負傷者のかたわらで過ごそうとする彼を思いとどまらせるのは、たいへんな苦労だった。彼はマリユスのベッドの脇にじぶんの大きな肘掛け椅子を運ばせた。娘には、家にあるもっとも上等な布で湿布や包帯をつくれと言ってきかなかった。ジルノルマン嬢は年相応に狡賢くなっていたから、老人には言うことをきいているふうに思わせながらも、いちばんきれいな布をつかわずにすませる手立てを見つけていた。ガーゼをつくるには、薄地の麻よりも粗い布がふさわしく、新しいものより古いもののほうがよいといくら説明しても、老人が耳を貸さないからだった。ジルノルマン嬢は手当のときには、たしなみとして席を外したが、ジルノルマン氏はかならず立ち会った。腐った肉が鋏で切りとられるときには、「あいたた！　あいたた！」と言った。老人が優しくからだを震わせながら患者に煎じ薬の茶碗を差しだすほど、感動的な光景はまたとなかった。彼は医者を質問攻めにしたが、何度も同じ質問をくりかえしていることに気づいていなかった。
マリユスが危機を脱したと聞かされたとき、老人は狂喜し、祝儀としてルイ金貨三枚を門番にやった。夜になって自室にもどると、親指と人差指をカスタネットのように鳴らしてガヴォット〔一六世紀から一九世紀にかけてはやった二拍子の舞曲〕を踊りながら、こんな歌謡をうたった。

ジャンヌの生まれはフジェール、
そこは羊飼い娘のほんとの巣。
おれは大好き、浮気なあの娘の
ペチコート！

愛《アモール》の神、あんたは住んでる、あの娘《こ》のなかに
だって、あんたがあの娘の瞳に
箙《えびら》を置いたんだから
ずるい箙を！

おれは歌うぜ、あの娘に惚れた
ディアナよりずっと
ジャンヌに、あのぎゅっとしまったおっぱい

それから彼は椅子のうえに跪いた。半開きの戸の隙間から様子をうかがっていたバスクは、てっきりお祈りをしているのだろうと思った。

ここにくるまで、彼は神を信じたことなどなかったのだが。

祖父はマリユスの病状が好転するのを見るたびに、常軌を逸したはしゃぎ方をするようになった。無意識のうちに欣喜雀躍し、意味もなく階段を昇ったり、降りたりした。隣の奥さんはなかなかの美人だったが、ある朝、大きな花束を受けとってびっくり仰天した。贈主がジルノルマン氏だったものだから、美女の亭主が嫉妬に狂う一幕もあった。ジルノルマン氏はニコレットを膝のうえに乗せようとしたり、マリユスを「男爵殿」と呼んだりした。果ては、「共和国万歳！」と叫ぶ始末だった。

彼はしょっちゅう「もう危険はないのでしょうな？」と医者に念を押し、祖母のような目でマリユスを見つめ、食事をする彼をじっと見守った。すっかりじぶんを見失い、じぶんのことなどどうでもいいといった様子になり、マリユスが一家の主《あるじ》になっていた。祖父は歓喜のあまり、みずからの地位を放棄して、孫の孫になったのである。

そんなふうに大喜びしているときの彼は、子供のなかでももっとも立派な子供になった。回復期にある病人を疲れさせたり、うんざりさせたりするのを恐れて、微笑みかけるときもうしろにまわった。彼は満ち足り、活力がみなぎり、有頂天になり、魅力にあふれて、若々しかった。顔に漂う晴々とした輝きに、白髪がやさしい威厳をそえていた。皺に優美さが混じると愛くるしくなる。喜色満面の老人には、なにかしら曙のような趣があるものだ。

マリユスのほうは手当をうけ、看病してもらいながらも、ひたすら「コゼット」のことだけを考えていた。だが、発熱と譫言が過ぎ去ると、その名前を口にすることがいっさいなくなったので、まわりの者たちは、彼がもうそのことを考えなくなったと思ったかもしれない。だが、彼が黙っていたのは、まさしく心がそこにあったからだった。

彼はコゼットがどうなったのか知らなかったし、シャンヴルリー通りの出来事もいまとなっては、記憶のなかの一片の雲のようだった。エポニーヌ、ガヴローシュ、マブーフ、テナルディエ一家、痛ましくもバリケードの煙のなかに巻きこまれていった友人たちなどが、だれがだれだかほとんど見分けのつかない影となって、頭のなかに漂っていた。フォーシュルヴァン氏があの血まみれの冒険のなかに登場してきたことも、嵐のなかのひとつの不思議な出来事のように感じられた。じぶん自身が生きていることさえまったく理解ができなかったし、じぶんがどんなふうに、だれに助けられたのかも分からなかった。また、まわりの者たちもその事情を知らなかった。みんなが彼に教えてくれたのはただ、夜中に辻馬車でフィーユ・デュ・カルヴェール通りに運ばれてきたということだけだった。彼の頭のなかでは、過去も現在も未来も、すべてがぼんやりした考えの霧でしかなかった。ただ、その霧のなかで動かない一点、くっきりと鮮明なひとつの輪郭、なにか花崗岩でできたようなもの、ひとつの決意、ひとつの意志が認められた。コゼットを見つけだすことだ。彼にとって、生命という考えはコゼットという考えとは切り離せないものだった。このふたつの考えの一方だけを受け入れてはならないと心に命じていた。祖父であれ、運命であれ、地獄であれ、じぶんに生きることを強いる者には、じぶんのエデンの園を返せといってやろうと固く決意していた。

だが、いろいろと障害があることは、彼も素直に認めないわけにはいかなかった。

ここでひとつのことを強調しておこう。すなわち、彼はどんなに祖父が気を配り、優しさを見せようと、いっさい心を許さず、ほろりともしなかったということである。まず彼は、そうした態度の深い事情をなにも知らなかった。それから、おそらくはまだ熱があるにちがいない病人の夢想のなかで、そんな優しい振舞いを、じぶんを手なずけようという下心から出た奇妙な新手のようなものだと思い、警戒していたのだ。だから彼は、あいかわらず冷淡だった。哀れ祖父は、年寄りの微笑をいくら振りまいても、まったく無駄だったのである。マリユスはこう思っていた、ぼくが口をきかず、ただされるがままになっているかぎり万事平穏だ。だがしかし、コゼットのことを持ちだしたら最後、たちまち祖父は別の顔を見せるだろう。そのときにこそ、彼の本性がむきだしになるだろう。そうなったら、手強いぞ。家庭問題の再燃、家柄の違い、フォーシュルヴァンだの、クープルヴァンだの、財産だの、貧乏だの、悲惨な暮らしだの、足手まといだの、将来のことなど、ありとあらゆる皮肉や非難が一斉に飛びだしてくるにちがいない。いくら激しく抵抗しても、とどのつまりは拒絶とくる。マリユスはいまからもう片意地を張っていた。

また、だんだん生命力が回復するにつれて、昔の不満がよみがえり、ふたたび記憶の古傷の口が開いてきた。過去のことを振りかえっていると、ポンメルシー大佐がジルノルマン氏とマリユス自身のあいだに割りこんできた。彼はこう思った、ぼくの父にたいしてあれほど不当で、手厳しかった人間からは、どんな善意も期待できないではないか。健康の回復とともに、祖父にたいする刺々しさのようなものがよみがえってきた。老人はそんな事態に静かに耐えていた。

ジルノルマン氏はそぶりには毛ほども見せなかったが、マリユスが家に担ぎこまれ、意識を取りもどしてからというもの、ただの一度もじぶんに向かって「お父さん」と言ったことがないのに気づいていた。彼がけっして「あなた」と言わなかったのは事実だが、なんとか巧みな言い回しを考えて、「お父さん」とも「あなた」とも言わないような手立てを見つけていたのだ。明らかに危機が近づいていた。

こんな場合によくあることだが、マリユスは戦闘を開始するまえに、ちょっとした小競合いを仕掛けてみた。いわゆる、探りを入れるというやつである。ある日の朝、ジルノルマンはたまたま手に取った新聞から、国民公会のことに軽くふれ、ダントン、サン・ジュスト、ロベスピエールらについて、いかにも王党派らしい慨嘆調の感想をもらした。

「九三年の人びとは、そろって巨人たちでしたよ」と、マリユスが厳しい口調で言い放つと、老人は口をつぐみ、その日は一日じゅう口をきかなかった。

マリユスは、子供のときから見慣れている一徹な祖父の姿がいまだ心にあったので、その沈黙を心中深くに秘めた怒りだと見てとり、いよいよ仮借のない戦いがはじまるぞと考えた。そしてひそかに戦闘準備をますます強固なものにした。

彼は、拒絶された場合、包帯をむしり取り、鎖骨を脱臼させ、生々しく残っている傷をむきだしにして、食べ物という食べ物をいっさい突きかえしてやろうと決心した。その傷こそが彼の弾薬だった。コゼットを得るか、さもなくば死かのどちらかだと。

彼はいかにも病人らしい腹黒さをもって耐えしのび、好機を待ちうけた。その好機がやってきた。

第三章　マリユス、打って出る

ある日、娘がガラス瓶や茶碗を戸棚の大理石板のうえに片づけていると、ジルノルマン氏はマリユスのほうに身をかがめ、世にも優しい声で言っていた。

「なあ、マリユスよ、わしがおまえじゃったら、そろそろ魚でなく、肉を食べるころじゃの。舌ビラメのフライは回復期の初めにはすこぶるいいものじゃが、病人をしゃきっとさせるにゃ、旨い骨付きのあばら肉がいちばんなんじゃ」

マリユスはほぼ元どおりの体力を取りもどしていたが、その体力のありったけを集中してベッドのうえに起きあがり、ぎゅっと握りしめたふたつの拳をシーツのうえにつき、祖父を正面からきっと睨み、物凄い形相で言った。

「それでは、ひとつお話ししたいことがあります」

「なんじゃ？」

「じつは結婚したいのです」

「お見通しじゃ」と祖父が言い、ワッハハッと笑いこけた。

「どういうことです？　お見通しとは？」

「そうじゃ、お見通しじゃよ。結婚するがいい、あの娘っ子とな」

マリユスは仰天し、めまいに打ちのめされて、四肢をぶるぶる震わせた。

ジルノルマン氏はつづけた。

「じぶんのものにするがいい、あの可愛い別嬪娘をな。あの娘《こ》は毎日、年とった殿方に変装して、おまえの容体をききによる。おまえが怪我をしてからというもの、泣きの涙で、包帯をつくっておるんじゃぞ。わしはちとしらべてみた。あれはロム・アルメ通り七番地に住んでおる。どうじゃ、図星じゃろうが！　ああ、あれと所帯をもちたいと言うんじゃな。よっしゃよっしゃ、あれをじぶんのものにするがよかろうて。あれがおまえを虜にしておるんじゃな。おまえはつまらぬ計略をめぐらして、こう考えておったんじゃろう。あのじいさん、摂政時代と総裁政府時代のミイラ、かつての伊達男、お人好しの老人《ジェロント》になった愚かな気取り屋《ドラント》にずばり言ってやろう。——あなたもいろいろ軽はずみなことをやらかしたんじゃないですか。さんざん火遊びをして、ナンパもして、コゼットみたいな色女だって何人もいたんでしょう。ちゃらちゃら着飾って、ふわふわ飛びまわり、たっぷりと青春を味わいつくしたんでしょう、と。そいつをとくと思いださせてやらなくちゃ。いまに見てろ。戦争だぞ——とな。ああ！　おまえは粗忽者の角をつかまえておるんじゃぞ。よっしゃ、よっしゃ。わしが骨付きのあばら肉を食べろと勧めたら、「じつは結婚したいのです」ときおった。そいつはちとお門違いじゃ！　ああ！　おまえは諍いを当てこんでおったんじゃろ！　わしが老いぼれの臆病者だってことを知らなかったってわけじゃな。どうだ、口惜しいか。まさか、じいさんがじぶんより馬鹿だとは思いもよらなかったんじゃろう。このわしに議論をふっかけたら、あなたさまの負けですよ、弁護士先生。じれったいじゃろうな。ま、お気の毒さま、せいぜい怒るがいいさ。わしはおまえの好きなようにさせてやる。どうだ、まいったか、この愚か者めが！　いいか、ちゃんと調べはついておるんじゃぞ。わしだって腹が黒いからのう。あの娘《こ》は可愛くて利発、槍騎兵の話は嘘じゃ。あの娘はガーゼを山とつくっておったわい。あれは愛らしい。おまえにぞっこんじゃ。おまえが死んでおったら、わしらは三人になるところじゃった。あの娘の柩がわしの柩のあとについてきたじゃろうな。わしも、おまえがよくなってからは、いっそのことあの娘を枕元に連れてきてやろうかと、どれほど思ったかしれん。だが、傷ついた美男子のベッドのそばに、そいつに思し召しのある娘をいきなり登場させるなんぞ、小説のなかだけの話じゃ。そんなことはしないもんじゃ。伯母さんがなんと言ったと思う？　しょっちゅう丸裸じゃったんだぞ、あなたさまは。ニコレットはいっときもおまえのそばを離れなかったが、果たして女があんなところにいられたものかどうか、あれにきいてみることだ。それに、医者がなんと言ったと思う？　いくら可愛い娘がついていても、熱さましにはならんからのう。だが、まあいい。この話はやめにしよう。おわったことじゃ。これで決まりじゃ。まとまった。あれといっしょになれ。どうだ、わしの辣腕ぶりをみたか。いいか、わしは、おまえがわしを愛しておらんのを分かったうえで、言ったんじゃ。あん畜生に愛してもらうには、なにをしたらいいものか？　わしはこう思いついたんじゃ。待てよ、わしには可愛いコゼットというう切札がある。あれをあいつにくれてやろう。そうすりゃ、ちっとはわしを愛してくれよう。せめて、なんでわしを愛さないのかぐらい言ってくれるじゃろう。ああ！　じゃのに、おまえはきっとこう思っていたにちがいない。あのじじいは荒れ狂い、大声を出して、ダメ、ダメだ！　と怒鳴りちらし、あの曙のような娘さんにステッキでも振りあげかねない、とな。まったくの見当違いじゃぞ。コゼット、結構。艶事、結構。これ以上めでたいことはない。若さま、どうぞご結婚なさりませ。わしの可愛い坊や、幸せになるんじゃぞ」

そう言ったとたん、老人はけたたましく嗚咽した。

やがて彼はマリユスの頭を両腕でかかえ、老いた胸にひしと抱き寄せた。そして、ふたりで泣きだした。これはこの世にふたつとないような幸福の光景である。

「お父さん！」と、マリユスは声をあげた。

「ああ！　じゃあ、おまえはわしを愛してくれるんじゃな」

しばし、曰く言いがたい沈黙が流れた。ふたりは息がつまり、話すことができなかった。

ようやく、老人が口ごもりながら言った。

「そうら、大願成就じゃ。お父さん、と言ってくれたぞ」

マリユスは祖父の腕から頭をはずし、穏やかに言った。

「それでは、お父さん、ぼくがすっかり元気になったいま、彼女に会ってもいいと思うのですが」

「それもお見通しじゃ。明日会わせてやろう」

「お父さん！」

「なんじゃ？」

「なぜ今日ではいけないんですか？」

「よっしゃ、よっしゃ、それなら、今日じゃ。三度も「お父さん」と言ってくれたからのう。それくらいの値打ちはある。わしがすっかり手配して、あれを連れてこさせよう。お見通しじゃ、と言ったじゃろうが。こんなことはとっくに詩にもなっておる。アンドレ・シェニエ[1]の「病める若者」という悲歌の結末じゃ。九三年の悪党……いや、巨人の方々に喉を掻き切られたアンドレ・シェニエの、な」

ジルノルマン氏はマリユスがかすかに眉をひそめたように思ったが、ありていに言えば、恍惚となり、一七九三年の大虐殺のことより、コゼットのことで頭がいっぱいだったマリユスは、老人の話などろくに聞いていなかったのだ。おじいさんは、とんだところでアンドレ・シェニエを引合に出したことに震え戦き、おろおろしながら言葉を継いだ。

「いや、喉を掻き切られたという言葉は、この場にそぐわんのう。事実は、悪人ではなく——これは言うまでもないことじゃが——、英雄だった——当然じゃ——あの革命の偉大な天才たちが、アンドレ・シェニエをすこしばかり目障りに思い、彼をギロチンに……いや、つまりはだ、熱月七日に、国家の安寧のため、アンドレ・シェニエにこの世からお引き取りねがった、ということじゃった……」

ジルノルマン氏はじぶんの言葉が喉につかえて、あとがつづかなくなった。そのまま言いおえることも言いなおすこともできず、娘がマリユスのうしろで枕を整えているあいだ、動揺のあまり気も動転し、老人にしては精一杯の速さで寝室から飛びだし、後手でドアを閉めた。そして、顔を真っ赤にし、息をつまらせ、泡をふき、目をむいて、ちょうど控えの間で靴を磨いていた律儀者のバスクと鼻を突きあわせると、襟首をつかみ、その顔めがけ怒濤のように叫んだ。「だれがなんと言おうと、あの悪党どもが殺したんじゃ！」

「だれをでございますか、だんなさま？」

「アンドレ・シェニエじゃよ！」

「さようでございますとも、だんなさま」と、バスクはぎょっとしながら言った。

第四章　ジルノルマン嬢は、フォーシュルヴァン氏がなにかを小脇にかかえてはいってきたのを不愉快に思わなくなる

コゼットとマリユスは再会した。どのような対面だったか、それを語ることは差し控える。この世には描こうとしてはいけないものがいろいろとあるが、太陽もそのひとつである。

コゼットがはいってきたとき、バスクやニコレットもふくめた一家全員がマリユスの寝室にいた。入口に姿をあらわした彼女は、まるで後光が射しているようだった。ちょうどそのとき、祖

父は鼻をかもうとしているところだったが、その手をぴたりと止めて、ハンカチで鼻をつまんだまま、そのうえからコゼットを見やった。

「惚れ惚れするわい!」と、彼は声をあげた。

そのあと、騒々しく鼻をかんだ。

コゼットはぼおっとなり、うっとりし、びくびくし、天にも昇る心地だった。時としてこういうことがあるものだが、彼女は幸福に怯えていた。口ごもり、真っ青になったかと思うと、真っ赤になり、マリユスの胸に身を投げだしたいのにその勇気もなく、恋するわが身をそこに居合わす人びとのまえで恥じていた。人間というものは、幸せな恋人たちにたいする配慮がない。ふたりきりになりたくて仕方がないときに限って、その場に居すわっているのだ。恋人たちは他人などまったく必要としていないというのに。

コゼットのうしろから、ひとりの白髪の老人がはいってきた。厳かな顔に微笑を浮かべていたが、それは曖昧で悲痛な微笑だった。それが「フォーシュルヴァン氏」、つまりジャン・ヴァルジャンだった。

門番が言っていたように、彼は「とても立派な身なり」で、黒ずくめの新しい服をまとい、白いネクタイをしていた。

門番には、このきちんとした町人《ブルジョワ》、ひょっとして公証人かもしれない人物が、六月七日〔六日の間違い〕の夜、ぼろをまとい、泥だらけになり、おぞましい姿で殺気立ち、血と泥にまみれた顔をして、気をうしなっているマリユスを腕にかかえて、ぬっと戸口にあらわれた、あの恐ろしい屍体運搬人だとはとても思えなかった。しかし、門番特有の勘がはたらき、フォーシュルヴァン氏がコゼットを伴ってやってきたとき、女房にこう耳打ちせずにはいられなかった。「どうしてそう思うんだか分からんが、あの顔をどこかで見たような気がするんだよ」

フォーシュルヴァン氏はマリユスの部屋にはいると、人目を避けるようにしてドアのそばにそっと控えていた。小脇には八折本によく似た紙包みをかかえていた。それは緑がかった色で、黴が生えているように見えた。

「あの方はいつもあんなふうに本をかかえていらっしゃるのかしら？」と、本にはまるで興味がないジルノルマン嬢は小声でニコレットにきいた。ジルノルマン氏はそれを小耳にはさみ、「そうじゃ」と同じように小声で答えた。「学者なんじゃよ。それがどうした？　悪いか？　わしの知人のブーラール氏も、歩くときにはいつも本を持っておった。いつもあんなふうに古本を一冊、ひしと胸に押しあてておったもんじゃ」

そして挨拶のあと、大声で言った。

「トランシュルヴァンさん……」

ジルノルマン老人はわざとそう言ったのではなく、人の名前などに頓着しないのが彼一流の貴族的な流儀だったのだ。

「トランシュルヴァンさん。わたくしの孫、マリユス・ポンメルシーの妻として、ご令嬢を申し受けたく存じます」

「トランシュルヴァン氏」は頭をさげた。

「これでまとまった」と祖父は言った。

それからマリユスとコゼットのほうを向きなおり、両手を広げ、祝福しながら叫んだ。

「たがいに愛しあうことを許す」

ふたりはその言葉を二度と言わせなかった。無理もない！　さえずりのようなおしゃべりがはじまった。マリユスは長椅子のうえに肘をつき、コゼットはそのかたわらに立ったまま、ちいさな声で話しあった。

「まあ、嬉しい！」とコゼットは囁いた。「また会えたんですもの。あなたなのね！　やっぱり、あなたよね！　あんなふうに戦いに行ってしまうなんて！　でも、どうして？　恐ろしいことだわ。この四か月というもの、あたし、死んだようだったのよ。ああ、あんな戦闘に出かけるなんて意地悪！　あたし、あなたになにか悪いことでもした？　今度だけは許してあげる。でも、もう二度とあんなことをしないでね。さっき、あたしたちにここに来るようお使いの人がみえたとき、あたし、死ぬんじゃないかと思ったわ。あんまり嬉しくて。あたし、それくらい悲しかったのよ！　着替える暇もなかったから、おかしな格好でしょう。飾り襟が皺くちゃになっているのを見て、みなさん、なんておっしゃるかしら。でも、なんとか言って！　あたしにばかり話させるなんてひどい。あたしたち、ずっとロム・アルメ通りに住んでいるのよ。あなたの肩、とってもひどい状態だったそうね。握り拳がなかにはいるほどの傷だったとか。それに、鋏で肉を切りとったんですって。そんなの、ぞっとするようなことだわ。あたし泣いたわ、目がなくなってしまうほど。あんなに苦しむことができるなんて、やっぱり変よね。あなたのおじいさまって、ほんとに優しそうね。動かないで、肘をつかないで、用心して、からだにさわるわ。ああ、あたし、幸せだわ！　じゃあ、もうおわったのね、あんな不幸なことは！　あたしって馬鹿よね。いろんなことを話したかったのに、すっかり忘れてるんだもの。あたしのこと、いまも愛してる？　あたしたち、ロム・アルメ通りに住んでいるのよ。庭はないわ。あたし、ずっとガーゼをこしらえていたのよ。ほら、ごらんあそばせ、あなたさまのおかげで、指にたこができましたことよ」

「天使だ！」とマリユスが言った。

天使というのは、いくら使ってもすり切れない、たったひとつの言葉である。他のどんな言葉も恋人たちの容赦ない酷使には耐えられまい。

それから、その場にいる人びとの手前、ふたりは話をやめ、互いの手にそっとふれるだけにとどめて、ひと言も口をきかなくなった。

ジルノルマン氏は、室内にいる者たち全員に向かって叫んだ。

「皆の衆、もっと大きな声で話すんじゃ。ガヤガヤやるんじゃよ、取巻き連。さあさあ、このふたりが気楽にしゃべれるように、ちょいとばかりザワザワしてやるもんじゃ」

そしてマリユスとコゼットに近づいて、そっと囁いた。

「他人行儀な話し方はやめるんじゃ。気兼ねは無用」

ジルノルマン伯母は、いかにも年寄りじみたじぶんの家に、こんなふうに不意に光が押しよせてきたものだから、茫然自失の体《てい》で、口もきけずに見守っていた。その驚愕には刺々しさのかけらもなく、二羽の山鳩を目の当たりにする梟の、苦々しげな妬ましい目つきではなおさらなかった。それは、哀れな五十七歳のおぼこ娘のうつろな目つき、愛の勝利をながめている失われた人生だった。

「ジルノルマン老嬢や」と、父が言った。「わしは言っておったじゃろが、いずれはこうなる、とな」

彼はちょっと口をつぐんでから、こう言いそえた。

「他人さまの幸せをとくと見ておくんじゃな」

それから、コゼットのほうに向き直って、

「なんと美しい！　なんとも美しいわい！　まるでグルーズ〔1〕の絵のようじゃ。じゃあ、おまえはこんな美女を独り占めにしようというんじゃな、このやんちゃ坊主めが。ああ、この腕白め、わしからまんまと逃げおったおまえは果報者じゃのう。なに、これでわしがもう十五歳も若けりゃ、剣にかけても張りあうところじゃったわい。おっと！　お嬢さん、わしはあなたに首ったけですぞ。なに、当たり前の話じゃ。それがあなたの権利というものじゃからな。ああ！　これで美しくて、愛らしい、楽しくて、可愛い結婚式ができるというものじゃ！　ここの教区の教会はサン・ドゥニ・デュ・サン・サクルマンじゃが、サン・ポールで式が挙げられるように特別許可をもらおう。あちらのほうが立派な教会堂じゃからの。イエズス会が建てたものでな、このほうがしゃれておる。ビラーグ枢機卿〔2〕の噴水と向かい合わせのところじゃ。イエズス会式建築の傑作はナミュールにあって、サン・ルーという名の教会じゃ。結婚したら行ってみるがいい。出かけるだけの値打ちはある。お嬢さん、わしはあなたと同じ考えでしてな、娘さんには結婚してもらいたい。なにしろ、そのために生まれてきたんじゃからのう。だが、聖女カタリナみたいな女がおってな。わしはいつも、その髪が解けないものかと思っておる。[3] 一生娘で押し通すのもよかろうが、それじゃ面白みがない。聖書も「産めよ、増やせよ」と言っておる。民を救うにゃジャンヌ・ダルクが必要じゃが、民をつくるにゃジゴーニュおばさん[4]が必要なんじゃよ。だからの、見目麗しいお嬢さま方よ、どうか結婚なさいませ。いつまでも生娘のままでいて、いったいなんの役に立つものか、わしにはさっぱり分からんよ。教会に特別の礼拝室を持ち、聖母会仲間の噂話ばかりしておるのがいることを、わしも知っておる。じゃがな、立派な亭主、律儀な青年を見つけ、一年もすりゃ、丸々と太ったブロンドの赤ん坊ができ、それが元気よくおっぱいを吸い、むっちりした腿に見事な襞を見せ、曙みたいに笑いながら、バラ色のちいさいお手々いっぱいに母親の乳房をぎゅっと握りしめる。こういうほうが、晩のお勤めにろうそくを一本持って「トゥッリス・エブルネア」[5]を唱えるよりずっといいじゃろうが！」

祖父は九十歳の踵でくるりと一回転してから、ゼンマイを巻きなおしたように、またもやしゃべりだした。

「アルシベよ、さてはまことか、

夢の流れをせきとめ、

お前がほどなく結婚するとは。[6]

ところでだ！」

「なんですか、お父さん？」

「おまえに親友がひとりいなかったかね？」

「ええ、クールフェラックです」

「奴はどうした？」

「死にました」

「そりゃ結構」

彼はふたりのそばに腰をおろし、コゼットをすわらせて、ふたりの四つの手を老いて皺のよったじぶんの手に取った。

「得も言われんのう、この可愛い娘さんは。これは傑作じゃよ、このコゼットというお嬢さんは。まだ幼い少女でありながら、すでにれっきとしたる貴婦人じゃ。たかが男爵夫人にしかなれないとは、体面にもかかわるじゃろう。公爵夫人に生まれついておるというのに。いい睫毛をしておるわい。のう、よく聞け、おまえたちは真実のなかにおるのだということを、よーく肝に銘じておくのだぞ。愛しあうがいい。馬鹿になるくらいにな。愛とは人間の愚行にして神の機知なんじゃ。惚れて惚れて惚れあうがいい。ただ」と、彼は不意に顔を曇らせて言いそえた。「なんてこった、これはいやなことを思いだしたわい！　わしの財産の半分以上は終身年金なんじゃよ。わしが生きているあいだは、まだまだなんとかやっていけるじゃろう。じゃが、わしが死んで、二十年もすれば、ああ、孫たちよ、おまえらには一スーも残らないんじゃよ！　男爵夫人さま、かわいそうにあなたさまの白く美しい手も、哀れ、食物にも事欠き、赤貧のせいで汚れてしまうのかのう」

このとき、重々しい静かな声がこう言うのが聞こえた。

「ウーフラジー・フォーシュルヴァン嬢は六十万フラン所有しておりまするぞ」

それはジャン・ヴァルジャンの声だった。

彼はそれまでひと言も発しなかったので、そこにいることさえだれも気づかなかったようだったが、それら幸福な人びとのうしろにじっと立っていたのである。

「そのウーフラジー・フォーシュルヴァン嬢というのは、だれのことですかな？」と、ジルノルマン氏はびっくりして尋ねた。

「わたしのことです」とコゼットが言った。

「六十万フラン！」とジルノルマン氏が応じた。

「おそらく一万四、五千フランくらいは減っているでしょうが」とジャン・ヴァルジャンが言った。

そして彼はテーブルのうえに、ジルノルマン伯母が本だと思ったあの包みを置いて、みずから開いて見せた。それはひと束の紙幣だった。みんながそれをめくって計算した。千フラン札が五百枚と五百フラン札が百六十八枚あった。合計五十八万四千フランである。

「これはまた、結構な書物じゃな」とジルノルマン氏が言った。

「五十八万四千フラン！」と伯母がつぶやいた。

「これで万事整った、そうじゃろ、ジルノルマン老嬢」と祖父が引きとった。「マリユスの悪党め、夢の木の巣から、百万長者の娘をちゃっかり盗みおったわ！　これでおまえも、若い恋人たちを信頼することじゃな！　学生が六十万フランの女学生を見つけおったわい。シェリュバン[7]はロスチャイルドよりいい働きをしおる」

「五十八万四千フラン！」とジルノルマン嬢はくりかえした。「五十八万四千フランも！　ざっと六十万フランだわ、まあ、なんてことでしょう！」

その間マリユスとコゼットは互いに見つめあい、そんな瑣事にほとんど注意を払っていなかった。

第五章　金は公証人よりも森に預けよ

ここでくだくだと説明するまでもなく、おそらく読者がお気づきのように、ジャン・ヴァルジャンはシャンマチュー事件のあと、初めの数日間逃げおおせたおかげで、モントルイユ・シュル・メールで儲けたマドレーヌ氏名義の金を、パリに来て、具合よくラフィット銀行から引きだすことができた。そしてふたたび捕まることを恐れて――じっさい、しばらくして捕まることになったのだが――モンフェルメイユの森のブラリュ林地と呼ばれる場所に、その金を埋めて隠した。金額は六十三万フランだったが、すべてが紙幣だったためにかさばらず、ひとつの箱に収まった。ただ、箱を湿気から守るために、別の樫の箱に栗の木屑をつめて、そのなかに入れておいた。樫の箱には、彼のもうひとつの宝である、あの司教の燭台も入れた。覚えておられるだろうが、その燭台は、モントルイユ・シュル・メールから逃亡するさいに持って逃げたものである。

ある日の夕方、ブラトリュエルが初めて見かけた男は、やはりジャン・ヴァルジャンだったのだ。その後、ジャン・ヴァルジャンは金が必要になるたびに、ブラリュ林地まで取りにやってきていた。すでに述べたように、彼がたびたび家を留守にしたのはそのためだった。彼はどこかの茂みの、彼だけが知っている隠し場所に、一本の鶴嘴を残していった。マリユスの快復を知ったとき、その金が役に立つ時期が到来したと感じて取りにいった。ブラトリュエルが森のなかで、今度は夕方ではなく、朝方に見かけた男は、やはりジャン・ヴァルジャンだったのだ。ブラトリュエルは鶴嘴だけを手に入れたわけである。

じっさいに残っていた金額は五十八万四千五百フランだった。ジャン・ヴァルジャンはじぶんのために五百フランだけを除け、「あとのことは、いずれまた考えることにしよう」と思った。その残額とラフィット銀行から引きだした当時の六十三万フランとの差額が、一八二三年から一八三三年までの支出だったことになる。修道院にいた五年間は五千フランしかかからなかった。

ジャン・ヴァルジャンは二本の銀の燭台を暖炉のうえに置いたが、トゥーサンはその見事な輝きにすっかり心を奪われてしまった。

それにジャン・ヴァルジャンは、じぶんがジャヴェールから解放されたことを知っていた。彼は人の噂にそう聞いたし、『モニトゥール』紙で事実を確かめもした。その記事によれば、ジャヴェールという警部がポン・ト・シャンジュとポン・ヌフのふたつの橋のあいだの、洗濯女の船のしたから水死体となって発見されたが、本人は非の打ちどころがなく、上司の評価も高かった人物であったから、書き残したものを見れば、精神錯乱の発作による自殺と考えられる、ということだった。

「そういえば」とジャン・ヴァルジャンは思った。「せっかくおれを捕まえておきながら釈放したくらいだから、あのときはすでに気がふれていたにちがいない」

第六章　ふたりの老人はコゼットが幸せになるよう、それぞれ全力を尽くす

結婚の準備はすっかり整った。相談を受けた医者は、二月には式を挙げられるだろうと告げた。いまは十二月。申し分のない幸福の数週間が流れた。

祖父も負けず劣らず幸福だった。しばしば小一時間もコゼットのまえにすわってつくづく見とれては、

「素晴らしい別嬪さんじゃ！」と、感嘆の声をあげるのだった。「それだけじゃない、じつに優しく気立てもよさそうじゃ。麗しのきみよ、などと言うも愚か。わしが生涯まみえたうちで、いちばん魅力のある娘じゃわい。のちのち、菫《すみれ》の香り漂う婦徳も備えることになるじゃろう。優美さとはこれをおいて、他にあるまい！　こんな女子《おなご》と連れ添ったら、だれだって気高く生きずにはおられまい。のう、マリユス、おまえは男爵で金持ちじゃ。もう弁護士稼業なんぞ、やめてくれ。わしのたっての頼みじゃ」

コゼットとマリユスは、いきなり墓場から天国に移ったようなものだった。こんな成行きに心の準備がついていかず、ふたりは眩惑とまではいかないものの、すっかり目をまわしてしまった。

「これがいったい、どういうことか分かる?」とマリユスはコゼットに言った。

「いいえ」とコゼットは答えた。「でも、神様があたしたちのことを見守ってくださっているような気がするわ」

ジャン・ヴァルジャンは用意万端整え、あらゆる障害を排除し、すべての折合をつけ、あらゆることが円滑に運ぶようにした。彼はコゼット本人と同じくらい熱心に、また一見嬉々としてコゼットの幸福に向けて、てきぱきと事を片づけた。

市長をやっただけあって、彼だけがその秘密を知っているコゼットの身の上という、微妙な問題を解決することができた。生い立ちをありのままに言ったら、いったいどういうことになるか?　破談になるかもしれなかった。彼はコゼットをあらゆる困難な状況から救いだしてやった。彼女をある廃絶した家系に連ねることにした。これなら、どこからも文句が出る気遣いはない。コゼットは廃家の遺児にされた。彼女は彼の娘ではなく、別のフォーシュルヴァンの娘になったのだ。フォーシュルヴァンという二人兄弟がプチ・ピクピュス修道院で庭師をしていたというので、修道院に問合せがあったが、これ以上はないほど立派な回答や証言がふんだんに寄せられた。善良な修道女たちは父子の問題をあれこれ探る力も気もさしてなく、また悪巧みなどに注意を傾ける習慣などなかったので、あのコゼットという子がどちらのフォーシュルヴァンの娘なのか、たしかなところを知らなかった。彼女たちは乞われるとおりに、しかも熱心に話した。かくして公知証書が作成され、コゼットは法律上ウーフラジー・フォーシュルヴァン嬢となり、父も母もなくした孤児として届けられた。ジャン・ヴァルジャンはフォーシュルヴァンの名でコゼットの後見人になるように計らい、ジルノルマン氏が後見監督人に指定された。

五十八万四千フランについては、匿名を希望したある故人がコゼットにあたえた遺産だったということにした。遺産は当初五十九万四千フランあったが、そのうち一万フランは、修道院に支払われた五千フランをふくめて、ウーフラジー嬢の教育費に使われた。その遺産は第三者に預けられて、コゼットが成人に達するか、結婚するときがきたら返されるということにされた。見られるとおり、この話は全体として筋が通っている。ことに残額が五十万フラン以上もあるのだから、なおさら納得しうるものになった。もちろん、そこここに妙なところもあったが、だれも気がつかなかった。当事者のひとりは愛によって、他の者たちは六十万フランによって目が眩んでいたからである。

コゼットはじぶんがあんなにも長いあいだ「お父さま」と呼んでいた老人の娘ではないことを知った。その老人はただの身内にすぎず、もうひとりのフォーシュルヴァンが実の父親だったのだ。これがほかの場合だったら、ひどく傷ついたことだろうが、なにしろコゼットは得も言われぬ幸福な時を過ごしていたから、それくらいのことは一瞬、雲の翳りがさした程度にすぎなかった。そして、その雲も喜びにあふれた彼女の心から、すぐに消え去ってしまった。彼女にはマリユスがいた。若者がやってくると、年寄りは立ち去る。人生とはそんなものである。

それにコゼットは、ずっとまえから身辺に生じる数々の謎に慣れていた。謎にみちた幼年時代を送った者は、いつでもどこか諦めの習慣を身につけているものである。それでも彼女は、ジャン・ヴァルジャンを「お父さま」と呼びつづけていた。

有頂天になっていたコゼットは、ジルノルマン老人にも夢中になっていた。もっとも、老人が彼女を甘い言葉や贈物攻めにしたのも事実だが。ジャン・ヴァルジャンがコゼットに真っ当な社会的身分と人に後指をさされない財産とをつくりあげているあいだ、ジルノルマン氏のほうは結納のことにかかりきっていた。華飾ほどこの老人を喜ばせるものはない。彼はじぶんの祖母の代から伝わっているバンシュの手編みのレースのドレスをコゼットにあたえて、

「こういう流行は復活するものじゃ」と言った。「古くさい物がもてはやされ、わしが年とってからの若い娘どもは、わしの子供時代のばあさんたちと同じ身なりをしておったからのう」

彼は、もう何年も開けたことがない胴体がふくらんだコロマンデル漆塗りの見事な箪笥をことごとく空っぽにしてこう言った。「このばあさんたちの懺悔を聞いてやろうじゃないか。いったい、どんなことを腹に隠していたものやら」さらに、じぶんの妻たち、愛人たち、先祖代々の女たちの衣裳がいっぱい詰まっている引出しを、片っ端からガサゴソ引っかきまわした。北京サテン、緞子、浮出模様の緞子織物、モアレ模様のトゥール織りのドレス、洗いのきく金糸刺繡のインド製ハンカチ、裏表なしのドーフィン織りの反物、ジェノヴァやアランソンの針編みレース、古い金銀細工の装身具、精密な戦争画が描かれた象牙のボンボン入れ、古着、リボン。彼がこうしたものを惜しみなくあたえると、コゼットは目を丸くし、マリユスへの愛に我を忘れ、ジルノルマン氏への感謝の念にうろたえながらも、サテンやビロードにくるまって、果てしない幸福を夢見た。天使たちが結納の品々を捧げ持ってくるようだった。彼女の魂は、メヘレン・レースの翼を広げて蒼天に飛翔していった。

さきに述べたが、ふたりの恋人の陶酔に匹敵するものは、祖父の狂喜だけだった。フィーユ・デュ・カルヴェール通りにはファンファーレが鳴りわたっているようだった。

毎朝、新しい骨董品が祖父からコゼットに贈られた。ありとあらゆる装身具が彼女のまわりにきらびやかに花開いた。

マリユスは幸福にひたりながらも、あえて深刻なことを口にする一面もあったが、ある日、なにかの話のはずみでこう言った。

「革命時代の人物たちは偉大です。彼らはカトー[1]やフォキオンのように、世紀をまたぐ威光をそなえ、一人ひとりがそれぞれ古代の記憶《メモワール》のようでしたね」

「なに、古代の波形模様《モワール》じゃと！」と、老人は声をあげた。「ありがとう、マリユス。それこそ、わしが求めておった考えなんじゃ」

そして翌日、お茶の色をした古代の波形模様の立派なドレスが結納に加えられた。祖父はその服飾品からひとつの知恵を引きだした。

「愛、結構じゃ。だが、添え物も必要じゃ。幸福には無駄なものもなくてはならん。幸福そのものはただの必需品にすぎんのじゃよ。それに余分なもので、たんと味つけしてもらう。宮殿には宮殿の心を、心には心のルーヴル美術館を、というわけじゃ。恋人にはヴェルサイユの大噴水が必要なんじゃよ。羊飼い女《フィリス》をものにしたら、これを公爵夫人に仕立てるよう努めるべし。矢車草をかんざしにしたおぼこ娘に手をつけたら、十万フランの年金をつけるべし。大理石の柱廊のしたで、果てしない牧歌をくりひろげよ。わしは牧歌も歓迎、大理石と金の夢幻境も歓迎する。

潤いのない幸福はバターをつけないパンみたいなもんじゃ。ただ食べればいいってもんじゃない、味わいというものがなくちゃならん。わしは余計なもの、役立たずのもの、馬鹿げたもの、過剰なもの、無用なものが欲しい。わしははっきり覚えとるがな、ストラスブールの大聖堂で四階建ての家ほどの高さがある大時計を見たことがある。それはたしかに時を刻んでおったが、どうもそのためだけにつくられたもののようには見えなかった。その時計は、正午や真夜中、すなわち太陽の時刻や艶事の時刻、そのほかどんな時刻にも鐘を鳴らしたあと、いろんなものを出してみせた。月と星、海と陸、小鳥と魚、ポイボスとポイベ〔2〕、それに壁龕《へきがん》からぞろぞろ行列をつくって出てくるもの、十二使徒やら、皇帝シャルル・カーンやら、エポニーナとサビヌスやら、おまけにラッパを鳴らす金色の小人の一族まで、あの時計は出しおったわい。それにくわえ、なぜかは知らぬが、空中に振りまく妙なる鐘の音はいわずもがなじゃよ。たんに時間を教えるだけの素っ裸の時計なんぞ、それと比べ物になるものか？　このわしはストラスブールの大時計の味方じゃ。このほうがシュヴァルツヴァルト〔3〕の郭公《かっこう》の鳴き真似をする目覚まし時計なんぞより、よっぽど格好がいいじゃろうが」

ジルノルマン氏は婚礼のこととなると、やたらに屁理屈を述べ立てるのだが、その熱狂的称賛《ディティランブ》のなかに、十八世紀の厚化粧の老婆みたいな言辞がごちゃごちゃと入り混じるのだった。

「おまえたちは祝い事の心得というものがない。きょうびの人間どもは、晴れの日の祝い方も知らんのじゃ」と声をあげた。「おまえたちの十九世紀はだらしがない。度外れということがない。大尽のなんたるか、貴族のなんたるかを知らぬ。なんにつけても、いがぐり頭じゃ。おまえたちの第三身分なんぞ、味もなきゃ色もなく、匂いもなきゃ形もない。身を固めようとするブルジョワ娘の夢ときたら、みずから曰うに、新しく飾りつけた小ぎれいな閨房に紫檀やキャラコだときた。さあ、のいた！　のいた！　けちん坊殿《グリグー》がしみったれ嬢《グリップスー》とご結婚だ。こいつは豪勢で壮観だ！　ルイ金貨一枚をろうそくに貼りつけましたぞ。これが十九世紀じゃよ。わしはサルマチ[4]ヤの彼方にでも逃げだしたいわい。ああ！　わしはすでに一七八七年に万事休すと予言しておいた。ロアン公爵、レオン大公、シャボー公爵、モンパゾン公爵、スビーズ侯爵、フランス大貴族トゥアール子爵らが打ちそろい、オンボロ馬車に乗ってロンシャン競馬場に行くのを見た日にな！　その予言どおりになったじゃろが。今世紀は、猫も杓子も商売をやり、相場を張り、金儲けし、みみっちい。うわべだけを気にして、てらてら塗りたくる。念入りにめかしこんで、洗いあげ、シャボンでこすり、垢をこそげ、髭を剃り、髪を梳《と》かし、靴墨を塗り、てかてかにし、つるつるにし、ブラシをかけ、外面だけをきれいにし、一分の隙もなく、小石みたいにつやつやと、用心深くて小ぎれいだが、ひと皮剝けば、なんのことはない！　手鼻をかむ田舎者でさえ尻込みするような、肥やし溜や下水溜を隠しておる。わしはこの時代に、「汚い清潔」という銘をつけてやる。マリユスよ、腹を立てるでないぞ。わしにもちとは話させてくれ。なにも人民の悪口を言っておるわけじゃない。おまえの好きな人民さまには、わしとて言いたいことが山ほどあるが、なに、ちょっとばかしブルジョワジーを叩いてやるのも悪くはないんじゃ。このわしもブルジョワじゃが。愛の鞭というものがある。そこでわしは、はっきり言わせてもらう。きょうび、人びとは結婚をするが、結婚のやり方を心得ておらぬ。ああ！　まったくの話、典雅な昔の風習が懐かしい。なにもかも懐かしいわい。あの優雅さ、あの騎士道ぶり、だれしもがもっておったあの丁重で可愛げのある物腰、みながやっておったあの楽しい贅沢、上は管弦楽から下は太鼓まで、婚礼には付き物じゃった音楽、テーブルに並んだ嬉しそうな顔また顔、凝りにこった恋歌、歌謡、花火、飾り気のない笑い、いたずらのやりとり、大きな蝶結びのリボン。わしは花嫁の靴下どめが懐かしい。花嫁の靴下どめはな、ウェヌスの帯のいとこなんじゃよ。トロイア戦争はなにがもとで起こったか？　そうとも、ヘレネの靴下どめがもとじゃった。彼らはなにゆえに戦ったのか？　なにゆえに神のごときディオメデスはメリオネスがかぶっている十本角の青銅の大兜を打ち砕いたのか、なにゆえにアキレウスとヘクトルは槍を突きあって死闘を演じたのか。ヘレネがパリスに靴下どめを取らせたからじゃよ。ホメロスならきっとコゼットの靴下どめを種にして『イリアス』を書くことじゃろうな。その詩のなかに、わしと同じようなおしゃべりじいさんを登場させ、そいつにネストル[5]という名前をあたえたことじゃろう。おまえたち、昔はな、あの愛すべき昔はな、結婚するといっても、みんな物事を心得ておったもんじゃよ。きちんと契約し、ちゃんとご馳走した。キュージャス[6]が出ていくや、カマーチョがはいってきたもんじゃ。そうだとも！　胃袋は愉快なやつで、じぶんの分け前を求め、じぶんも婚礼をしたがるんじゃ。みんなたらふく食い、テーブルには胸飾りを取って、適度に乳房をちらつかせる美女が隣におったもんじゃった！　ああ、大口開けての高笑い、あのころはなんとみなが陽気だったことか！若さは花束じゃった。若者はみな、最後には一枝のリラか一束のバラになった。軍人でさえ羊飼いのようじゃった。たとえ竜騎兵の隊長だろうと、フロリアン[7]と呼ばれるほどの腕をもっておった。みながみな身だしなみを重んじ、刺繍だの赤い絹などで身を飾っておった。ブルジョワには花のような風情が、侯爵には宝石のような雅致があったわ。ズボンの裾留めなんぞはなかったし、長靴なんぞ履く者はおらんかった。優雅で、艶があり、きらきら輝き、金褐色で、軽やかで、可憐で、小粋じゃったが、それでいて腰にはちゃんと剣をさしておったわ。蜂雀にもちゃんと嘴や爪があるようにな。あれは『優雅なインド諸島[8]』の時代じゃった。十八世紀は一面が繊細で、一面は壮大じゃった。いやもう！ 思いきり面白可笑しくやったもんじゃった。きょうび、みんなはくそ真面目じゃ。ブルジョワの男は吝嗇、女は猫っかぶり。この世紀は不幸じゃ。美の三美神が胸元をあらわにしすぎるといって、追放してしまうかもしれんのう。いやはや！ 美しいものを醜いものとして隠してしまうというのか。革命以来、猫も杓子もズボンをはくようになりおった。踊子までもじゃ。女芸人も乙にすましていなきゃならぬとは。リゴドン躍り[9]も妙に勿体ぶっておる。厳めしくしておらねばならんのじゃな。ネクタイに顎を埋めていなきゃ落ち着かんらしい。結婚する二十歳のガキの理想は、ロワイエ＝コラール氏[10]に似ることじゃと。ところが、そんなふうにしゃちこばっていて、しまいにどうなるか分かるか？ ちっぽけになるだけのことじゃ。覚えておくがいい、快楽はただ楽しいだけのものじゃない、偉大なことなんじゃとな。だから、恋をするにも陽気にやるんじゃ、まったく！ 結婚するときにゃ、幸福の熱狂、陶酔、喧噪、大騒動をもってせねばならん！ 教会で厳粛になるのはよろしい。しかし、ミサがすんだとなりゃ、しめたもんよ！ 花嫁のまわりに夢の渦を巻きおこしてやらんでどうする。結婚というものは豪勢で、夢のようなもんでなければならぬ。ランスの大聖堂[11]からシャントルーの仏塔まで練り歩くんじゃよ。気の抜けた婚礼なんぞ、ぞっとするわい！　えーい、胸くそ悪いわい！　せめてその日だけでも、オリンポスの山に登ってみろ。神々になってみろ。ああ、その気になりさえすりゃ、空気の精にでも、遊びの精にでも、笑いの精にでも、アレクサンドロスの銀歩兵にもなれるんじゃぞ。みんないたずら小僧になるんじゃわい。いいか、新郎というものはすべからくアルドブランディーニ侯爵[12]たるべし。一生に一度のその時を逃さず、白鳥や鷲を連れて天翔よ。なあに、翌日、ブルジョワという蛙どものなかに舞いもどればすむことじゃ。婚礼には金に糸目はつけるない。婚礼の輝きをそぐな。輝く日にしみったれるんじゃない。婚礼は所帯のやりくりの話じゃないわい。ああ、このわしに好きなようにやらせてくれたら、さぞかし優雅なものになるじゃろうのう。木立のなかからヴァイオリンを鳴らしてやろう。わしの構想はこうじゃ。空色と銀。祝宴には田園の神々も仲間に入れ、森の精や海の精も招こう。アムピトリテ[13]の婚礼、バラ色の雲、髪を整えた素っ裸のニンフたち、女神に四行詩を捧げるアカデミー会員、海の怪物たちが引く馬車。

　　トリトンが先頭に、ほら貝を吹き
　その恍惚の音色に人みなうっとりとす

どうだ、これがお祝いの式次第じゃ。これぞ本物じゃ。でなきゃ、わしは物知らずということになるわい、ええい、ちくしょうめ！」

祖父が抒情的な熱情を吐露し、われとわが言葉に聞き入っているあいだ、コゼットとマリユスは、心ゆくまで相手の顔を見つめあい、うっとりとしていた。

ジルノルマン伯母はそうしたことすべてを、持ち前の冷静な様子でながめていた。彼女はこの五、六か月というもの、心が動揺することが一度ならずあった。マリユスが帰ってくる。血まみれになって運ばれてくる。しかも、バリケードから運ばれてきたのだ。死んだと思ったマリユスが息を吹きかえして、祖父と仲直りする。マリユスが婚約し、貧乏娘と結婚するのかと思いきや、これがなんと百万長者で、六十万フランの財産を持っていたとは、まったくの驚きだった。だがやがて、聖体拝受のころの無関心がよみがえってきた。彼女は規則正しく聖務日課に行き、ロザリオをつまぐり、式典礼書を読み、他方が家の一隅で「アイ・ラヴ・ユー」と囁いているときに、別の一隅で「アヴェ・マリア」を唱えながら、ぼんやりとした目で、マリユスとコゼットをふたつの影のように見ていた。そのじつ、影とは彼女自身なのであった。

禁欲主義のある種無気力な状態というものがあって、そこにはまりこむと、魂は麻痺して精気をうしない、生活と呼ばれる物事に関心がなくなり、地震か大災害でもないかぎり、楽しい感動も悲しい感動も、およそ人間らしい感動はなにひとつ受けつけなくなる。「そんな信心なんぞ」とジルノルマン氏は娘に言うのだった。「鼻風邪みたいなもんじゃ。おまえには生活の匂いがまるでない。良い匂いも、悪い匂いも」

しかも、六十万フランの金がこの老嬢のあやふやな気持ちにふんぎりをつけた。父親は娘をものの数に入れないことにしていたので、彼女にはマリユスの結婚についても相談しなかった。いつものせっかちさで、奴隷になった暴君といったように、ひたすらマリユスを満足させることとしか考えなかった。伯母については、そんなものがいるとか、なにかの考えをもっているかもしれないなど、端から念頭になかった。そこで、いくらおとなしくても、彼女はさすがにむっとした。彼女は心中穏やかではなかったものの、うわべは平気を装ってこう思った。「父はわたしを除け者にして結婚問題を決めてしまった。わたしも父には相談せずに遺産問題を決めることにするわ」じっさい、彼女には財産があったが、父親のほうはなかった。そこで彼女は、この問題についての決定を保留にしていたのだった。もし若夫婦が貧乏だったら、ずっとそのままでいてもらいましょう。甥にはお気の毒さまですけど！　一文無しを嫁にするというのなら、じぶんのほうも一文無しでいたらよろしいでしょう！　ところが、コゼットが五十万フランをこえる財産を持っているところが気に入って、このふたりの恋人にたいする伯母の内心に変化が生じた。六十万フランにはだれだってそれなりの敬意を払わねばならない。結果、彼女には若いふたりにじぶんの財産を譲るしかないことがはっきりと見えてきた。なにしろ、ふたりとも財産を必要としなくなったのだから。

新夫婦は祖父の家に住むことになった。ジルノルマン氏は家中でいちばん立派な、じぶんの寝室をあたえると言ってきかなかった。「そうなりゃ、わしも若返るというもんじゃ」と宣言して、「かねてからの計画だったんじゃ。わしの部屋で婚礼をやろうと、昔から考えておったのでな」彼はその寝室を艶めかしい古い骨董品の数々で飾り立てた。天井や壁には珍しい織物を張らせた。彼は反物のままで持っていたその織物がユトレヒトのものだと信じていたのだが、金鳳花のサテン地に深山桜草らしいビロードの花模様がついていた。「これと同じ生地で」と彼は言った。

「ラ・ロシェル＝ギュイヨンでは、アンヴィル公爵夫人〔14〕の寝台のカーテンがつくられておったのじゃよ」暖炉のうえには、裸の腹のうえにマフをもっているザクセン焼きの人形を飾った。

ジルノルマン氏の書斎は、マリユスに必要だった弁護士事務所になった。読者も覚えておられるように、それは弁護士は事務所を持つことを組合の役員会から要望されていたからである。

第七章　幸福に入り混じる妄想

恋人たちは毎日会っていた。コゼットはフォーシュルヴァン氏に付き添われてくるのだった。「これじゃあべこべじゃないの」とジルノルマン嬢は言っていた。「あんなふうに女のほうから家にやってきて、ご機嫌をとらせるなんて」だがこの習慣は、マリユスが治りきっていないことからはじまったのだし、フィーユ・デュ・カルヴェール通りの肘掛け椅子のほうが、ロム・アルメ通りの藁椅子よりも、差し向かいで話しあうのに好都合だったから、そのまま定着してしまったのだった。マリユスとフォーシュルヴァン氏は顔を合わせても、言葉は交わさなかった。まるでそういう取決めがあるかのようだった。どんな娘にも付添いが必要だったから、コゼットもフォーシュルヴァン氏といっしょでなければ来ることができなかったにちがいない。マリユスにとってフォーシュルヴァン氏は付帯条件にほかならず、彼はそれを受け入れていたのだ。万人の境遇の一般的改善という観点から、彼らは漠然として曖昧な政治上の問題を話題にすることがあったが、やがて「そうです」とか、「いや、ちょっとそれは」から一歩踏みこんだことを話しあうようになった。あるとき教育問題が話題にのぼって、マリユスが、無償で義務であるべき教育はあらゆる形式のもとで試みられ、空気や日光のように惜しみなく万人にあたえられること、ひと言でいえば国民全体が呼吸しうるのが望ましいと述べると、ふたりは意見が一致し、ほとんど打ち解けたと言っていいくらいに、話しあえるようになった。その折にマリユスがふと気づいたのは、フォーシュルヴァン氏がなかなかの弁舌家で、しかもかなり高尚な言葉遣いをするということだった。ただ、この人物にはなにか分からないが、世間一般の人に比べて、どこか足りないところと、どこか余分なところがあった。

マリユスは心秘かに、じぶんにたいしてひたすら親切だが、よそよそしくもあるフォーシュルヴァン氏について、口にはできないありとあらゆる種類の疑問をいだかざるをえなかった。時にはじぶん自身の記憶についてさえ疑いが生じることがあった。彼の記憶にはひとつの穴が、暗いところが、四か月間〔三か月の間違い〕の死の苦しみに穿たれた深淵があった。たくさんの事実がそのなかに吸いこまれていた。ついには、じっさいバリケードのなかで、フォーシュルヴァンという、こんなに生真面目で落着きはらった男に会ったのではないかという気もしてきた。

それに、あらわれては消えてしまう過去の影が心に残す当惑はそれだけではなかった。たとえ幸福でも、たとえ満足感にひたっていようとも、わたしたちをしてもの悲しく背後を見つめさせる妄執のすべてから、彼が解放されたと思ってはなるまい。掻き消えた地平線のほうを振りかえらない頭には、およそ思想も愛情も宿らないものだ。マリユスはときどき両手で顔をおおった。すると、騒々しい過去がおぼろげながら、頭のなかの薄明をよぎっていった。マブーフが倒れるのが見えた。ガヴローシュが散弾のしたで歌うのが聞こえた。エポニーヌの冷たい額を唇に感じた。アンジョルラスや、ジャン・プルヴェールや、コンブフェールや、ボシュエや、グランテールといった友人たち全員の姿が目のまえに突っ立っては、消え去っていった。このようにも懐かしく、痛ましく、勇敢で魅力的、あるいは悲劇的な者たちは、果たして夢だったのだろうか？　彼らはじっさいにこの世にいたのだろうか？　暴動がいっさいを硝煙のなかにくるんでいった。大きな熱狂は壮大な夢をともなう。彼はじぶんの胸に尋ね、心を探り、霧散したすべての現実に目がくらむ思いがした。いったい彼らはどこに行ってしまったのだろうか？　すべてが死に絶えたなんて本当だろうか？　彼をのぞいて、すべてが暗闇のなかで潰えてしまった。あのことがすべて、まるで舞台の幕の背後に隠れたかのようだった。人生にはこんなふうに降りてくる幕がある。神はつぎの幕に移ってしまうのである。

それに彼自身も、果たして以前と同じ人間なのだろうか？　貧乏だったのが、いまでは金持ちだ。みんなから見放されていたのが、いまでは家族がいる。絶望していたのが、いまではコゼットと結婚しようとしている。彼は墓のなかを通りぬけてきたような気がした。墓にはいったときには黒い姿だったのに、出てきてみたら白い姿になっていたといった感じだった。そしてその墓のなかに、他の者たちが取りのこされているのだ。ある時には、それら過去の人びとがみな幽霊となってあらわれ、まわりをぐるりと囲んで、彼の心を暗くさせた。そんな時には、コゼットのことを考え、晴れやかな心を取りもどすのだった。その至福だけがあの破局の跡を消す力をもっていた。

フォーシュルヴァン氏もあれら消え去った人びとのひとりだと言ってよかった。バリケードにいたあのフォーシュルヴァンが、まさかいまコゼットのかたわらにじつに重々しく控えているこのフォーシュルヴァンだとは、にわかに信じられなかった。最初のフォーシュルヴァンは、何時間もの精神錯乱のうちにあらわれては消えていった、あの悪夢のひとつにちがいない。もっとも、ふたりともとっつきにくい人柄だったので、マリユスのほうからなにかをフォーシュルヴァンに尋ねることなど論外だった。彼はそんなことを考えもしなかった。こうした特殊な心理についてはすでに述べたところである。

ふたりの人間がなにか共通の秘密をもちながらも、ある暗黙の了解のようなものによって、その問題についてひと言もふれないでいる。そういうことは、ひとが思うほど珍しくはない。マリユスは一度だけ探りを入れてみたことがある。会話のなかでシャンヴルリー通りを持ちだし、フォーシュルヴァン氏のほうを向いてこう言ったのだ。

「あの通りをよくご存じですよね？」

「どの通りですかな？」

「シャンヴルリー通りですよ」

「そういう通りの名には心当たりはありませんが」と、フォーシュルヴァン氏は世にも平然と答えた。

この答えは通りの名前についてであって、通りそのものについてではなかったが、マリユスにはじっさい以上に決定的なもののようだった。

うやつだ。フォーシュルヴァン氏はあそこには来ていなかったんだ」

「やっぱりだ」と彼は思った。「ぼくは夢を見たんだ。幻覚におそわれたんだ。他人の空似という

第八章　見つからないふたりの男

歓喜がいかに大きかったとしても、そのためにマリユスの心から他の気遣いが消えたわけではない。婚礼の支度が進められているあいだ、定められた日取りまでに、彼は人をつかって過去の事実の、難渋をきわめる入念な調査をさせた。

彼は多くの人から恩をうけていた。父も、じぶん自身もうけていた。まず、テナルディエがいた。それから、彼をジルノルマン氏の家に運んでくれた未知の人がいた。マリユスはどうしてもこのふたりを見つけだしたかった。結婚して幸福になっても、彼らのことを忘れてしまう気持ちは毛頭なく、これから輝かしいものになる将来の生活のうえに、そんな未払いの義務の負債が影を落とすことを恐れていた。その負債を払わないまま残しておく気には、どうしてもなれなかった。楽しく未来へ突きすすんでいくまえに、過去をきれいさっぱり清算しておきたかった。

たとえテナルディエが悪党だったとしても、ポンメルシー大佐を救ってくれたという事実になんの変わりもない。テナルディエは世間一般にとって強盗だったとしても、マリユスにとってはそうでなかった。それにマリユスは、ワーテルローの戦場での正真正銘の光景を目にしたわけではないので、あの特殊な顛末、すなわち彼の父親はたしかにテナルディエに命を救ってもらった

のだが、とくに感謝する謂われなどないことを知らなかったのである。

マリユスが傭った手先のだれひとりとしてテナルディエの行方を突きとめることができなかった。彼にかんしては、まったく消息不明だった。テナルディエの女房のほうは予審中に獄死した。この情けない一家のうち、ただふたりだけ生き残っていたテナルディエと娘のアゼルマは、ふたたび暗闇のなかに消えていた。社会の〈未知〉という深淵がふたたび、その者たちをひっそりと閉じこめてしまったのである。なにかがそこに落ちたことを告げるものがあるので、深測器を投げてみることができるような、ざわめきも、震えも、かすかに広がる波紋さえも、もはや水面に見えなかった。

テナルディエの女房が死に、ブラトリュエルが免訴になり、クラクスーが姿をくらまし、主犯が脱獄してしまったので、ゴルボー屋敷待伏事件の訴訟は沙汰やみも同然となり、事件はかなり曖昧なまま終結した。重罪裁判所はふたりの従犯、すなわちパンショーまたの名プランタニエまたの名ビグルナイユと、ドミ・リヤールまたの名ドゥ・ミリヤールの二名で満足せざるをえず、裁判の結果、このふたりは徒刑十年を宣告された。脱獄の共犯者たちには欠席裁判で無期懲役が宣告された。頭目で首謀者だったテナルディエは、やはり欠席裁判で死刑を宣告された。そしてこの宣告だけが、テナルディエについて残っている唯一のものであり、さながら棺桶のそばに置かれたろうそくのように、葬られた名に不吉な光を投げかけていた。おまけにこの宣告は、ふたたび捕まることを恐れたテナルディエを深みのどん底にまで追いやり、この男をおおっていた暗黒の層をいよいよ厚くしていた。

もう一方の、マリユスの命を助けてくれた未知の人間については、最初のうちこそいくらかの成果もあったが、やがてぴたりと行きづまってしまった。六月六日の晩にマリユスをフィーユ・デュ・カルヴェール通りまで運んだ辻馬車は簡単に見つかった。御者はこう申し立てた。――六月六日は、ある警察官の命令で、午後三時から夜まで、シャン・ゼリゼ河岸の大下水道の出口のうえで「駐車」していました。宵の九時ごろ、河べりに面した下水の鉄格子が開きました。そこからひとりの男がもうひとりの男を担いで出てきたのですが、担がれている男はどうやら死んでいるようでした。その地点で見張りをしていた警官は、生きている男を逮捕し、死んでいる男も捕まえました。この警官の命令で御者であるわたしは、「その人たち全員」をじぶんの馬車に乗せ、まずフィーユ・デュ・カルヴェール通りへ行きました。そこで死んだ男をおろしました。それじゃあ、あの死んだ男はマリユスさんだったんですね。御者をしているわたしは、「いまは」生きておられるマリユスさんのお顔をよく覚えています。それから、あとのふたりはまた馬車に乗り、わたしは馬に鞭をくれました。古文書館のすこし手前で、大声で「止まれ」と命じられ、ふたりは通りで料金を払ってから立ち去っていきました。これ以上のことはなにも知りません。あの夜はとても暗かったものですから。

前述のように、マリユスはなにも覚えていなかった。覚えているのはただひとつ、バリケードのなかで仰向けに倒れようとしたとき、うしろから力強い手でぐいとつかまれたことだけだった。それきりなにもかも消えてしまった。ようやく意識を取りもどしたのは、ジルノルマン氏の家のなかだった。

彼はあれこれ考えあぐねた。じぶん自身の身元については疑いの余地はなかった。しかし、シャンヴルリー通りで倒れた男がアンヴァリッド橋近くのセーヌ河べりで警官に拾われるとは、いったいどういうことなのか？　だれかが中央市場のある地区からシャン・ゼリゼまで運んでくれたのだ。だが、どうやって？　下水道を通ってだ。聞いたこともない献身的な行為だ！　だれか、とは？　いったい、だれなんだ？

それこそまさにマリユスがさがしていた男だった。命の恩人であるその男については、なにひとつ分からなかった。なんの足跡も、なんの手がかりもなかった。

マリユスは、その筋には大いに憚りがあるにもかかわらず、警視庁にまで調査の手をのばした。しかし、他のところと同じようにそこでも、二、三の照会は得たものの、いかなる解明にもつながらなかった。警視庁は辻馬車の御者よりも情報に疎かった。六月六日に大下水道の鉄格子のそばであった逮捕のことさえ知らなかったのである。警官からその事実にかんする報告はなにもなかったので、警視庁はそんなことは作り話だとみなし、ありもしないことをでっちあげたのは例の御者だということにされた。御者というものは、チップが欲しいとなれば、なんでもやってのけ、空話だって朝飯前だから、というわけだった。とはいえ、事実は事実であり、マリユスとしてはそれを疑うことはできなかった。そうでなければ、さきにも述べたように、みずからの身元さえ疑わしくなってしまう。この奇怪な謎のなかでは、なにもかも説明がつかないことばかりだった。

あの男、気をうしなったマリユスを担いで大下水道の鉄格子から出てくるのを御者が見たという男、張込み中の警官が壊乱幇助の現行犯として逮捕したという、あの謎の男はどうなったのか？　あの警官はどうなったのか？　あの警官はなぜ沈黙を守っているのか？　あの男はまんまと逃げてしまったのか？　警官を買収したのか？　なぜあの男は命を助けた当の相手に、生きているしるしさえも見せないのか？　こんな無私無欲な態度は、あの献身的な行為におとらず不可思議だ。なぜ彼は姿をあらわさないのか？　たぶん報酬などどうでもいいと思っているのだろうが、だれでも面と向かって感謝されれば満更でもないだろうに。彼は死んでしまったのか？　あれはいったいどんな男だったのか？　どんな顔をしているのか？　そのことを言える者は、だれひとりいなかった。御者は、「あの夜はとても暗かった」と言った。バスクとニコレットは茫然自失するあまり、血だらけの若主人しか目にはいらなかった。ただ、マリユスの悲痛な帰還をろうそくで照らした門番だけは、問題の男に目をとめたが、その人相を描いてこう述べたのみであった。「あれはぞっとするような男でした」

マリユスは探索の役に立つかもしれないと思い、祖父の家に運びこまれたさいに身につけていた、血だらけの服をしまっておかせた。上着をしらべてみると、裾が一か所妙な具合に裂け、その端切れがなくなっていた。

ある晩マリユスは、コゼットとジャン・ヴァルジャンをまえにして、その不思議な事件や、これまでおこなった数々の調査や、空しかった努力のことなどを話したが、「フォーシュルヴァン氏」の冷淡な顔にだんだん苛々してきて、ほとんど怒りに震えんばかりの激しい声で叫んだ。

「そうです。その方がどんな人であるにしろ、あのときは崇高だったのです。あの人がなにをしたのか、お分かりですか？　大天使のようになかへはいってきたのですよ。戦闘のただなかに身を投じ、ぼくを助けだし、下水道の口を開け、ぼくをなかに引きいれ、運んでいかねばならなかったのですよ！　六キロ以上も、恐ろしい地下道のなかを、腰を曲げ、からだをかがめて、暗闇のなかを、下水溜のなかを、あなた、六キロ以上も、死体を背に歩かねばならなかったんですよ！　それもなにが目的で？　その死体を救うという、たったそれだけの目的ですよ。そして、その死体がぼくだったのです。あの人はこう思ったんでしょう。「まだまだかすかに命の光が残っているにちがいない。この惨めな火のために、わたしはじぶんの命をかけてやろう！」しかも彼は、一回どころか、二十回も命を危険にさらしたんですよ！　さらに一歩一歩が危険だったんですよ。その証拠に、下水道から出たとたん、捕まってしまったじゃないですか。分かりますか、あなたは？　あの人がそれだけのことをしたのが分かりますか？　しかも、なんの報酬も期待せずに、ですよ。ぼくは何者でしたか？　ひとりの蜂起者にすぎません。ぼくは何者でしたか？　ひとりの敗北者でした。ああ！　もしコゼットの六十万フランがぼくのものだったら……」

「それはあなたのものです」と、ジャン・ヴァルジャンが口をはさんだ。

「それなら」とマリユスは言葉を継いだ。「あの人を見つけだすために、それを全部つかってもいい！」

ジャン・ヴァルジャンは黙っていた。

第六篇　眠れない夜

第一章　一八三三年二月十六日

一八三三年二月十六日から十七日[1]にかけての夜は祝福された夜だった。その夜の暗闇のうえには宏大な天があった。それはマリユスとコゼットの婚礼の夜だった。

その日は麗しい一日だった。

それは祖父が夢見ていたような空色の祝祭ではなく、新婚のふたりの頭上にあまたの天使ケルビムや愛の神クピドたちが乱舞する夢幻劇でもなく、建物の戸口上部の装飾のテーマとなるにふさわしい婚礼でもなかったが、和やかで朗らかな一日だった。

一八三三年当時の結婚式の様式は、こんにちとは違っていた。フランスはまだ、新郎が新婦を奪いとるようにして、教会を出るやすぐ逃げだし、じぶんの幸福を恥ずかしがって身を隠し、破産者のような振舞いと「雅歌」[2]の法悦とを結びつけるといった、あのなんとも言えない典雅さをイギリスからは借りていなかった。わが楽園を駅馬車に乗せてがたつかせ、わが秘事を鞭の音で途切れさせ、宿屋のベッドを初夜の床とし、生涯最高に神聖な思い出を、馬車の御者と宿の女中との睦言とない交ぜにして、一晩いくらかのありふれた寝室に残してくることに、いったいどんな純潔で、繊細な品位《ディーセンシー》が感じられるものか、人びとはまだそのあたりのことを理解していなかった。

十九世紀後半の現在では、市町村長とその肩章、司祭とその祭服、法律と神だけでは不充分になっている。「ロンジュモーの御者」[3]を一枚添える必要があるらしい。赤い折返しと鈴ボタンのついた青い胴衣、腕章につけたバッジ、緑色の革の半ズボン、尾を結んだノルマンディー馬を叱る声、まがい物の金モール、蠟引きの帽子、髪粉をつけた厳つい頭髪、大きな鞭、丈夫な長靴。しかしフランスではまだ、イギリスの nobility がするように、新郎新婦の駅馬車のうえにすり切れたスリッパだの、履きつぶした古靴だのを雨霰と投げつけて、結婚の日に叔母を怒らせたことが、やがて幸福をもたらすといったような、モールバラあるいはマルブルーク公になったチャーチル卿[4]の故事にならうほどに優雅な慣わしはまだない。古靴やスリッパなどはまだわが国の結婚式には取り入れられていないが、ここは辛抱が肝心。良い趣味はどんどん広がっていくものだから、いずれそういう時代もやってくるだろうが、一八三三年には、また百年まえにも、そうした早駆けの馬で行く結婚式はおこなわれていなかった。

妙な話だが、当時の人びとはまだ、結婚は内輪の社交的なお祝い事で、家長が主催する祝宴は家庭の威厳を損なうものではないと思っていた。飲めや歌えのどんちゃん騒ぎは、多少度を越しても、折目さえきちんとしていれば、けっして幸福を損なうものではない。やがて一家をなすべきふたりの運命の結合は、まず家のなかではじまり、以後夫婦がその証として婚礼の部屋を持つことは尊敬に値する、立派なことと思われていた。そこで、人びとはなんら恥じることなく、自宅で結婚式をしたのである。

マリユスとコゼットの結婚式も、いまでは廃れているその風習にしたがって、ジルノルマン氏の邸宅で挙げられた。

結婚するというのはごく自然で普通のことだが、結婚式を予告し、契約書を取り交わし、区役所や教会に足を運ぶといったように、少々面倒なことでもある。すっかり結婚式の準備が整ったのは、ようやく二月十六日のことだった。

ところで、筆者はただ正確を期するためにこうした細かいことまで書いておくのだが、十六日はたまたま謝肉の火曜日《マルディ・グラ》〔5〕にあたっていた。そこで、あれこれためらったり、不安になったりする者たちがいたのだが、とりわけジルノルマン伯母がそのことを気にしていた。

「謝肉の火曜日じゃと!」と、祖父が声をあげた。「なおさら結構。こういう諺がある。

マルディ・グラに結婚すりゃ
親不孝《アングラ》な子供は生まれない。

なに、かまやせん。十六日でよろしい! マリユス、おまえは延ばしたいか?」

「いいえ、すこしも!」と恋する男は答えた。

「そうとなりゃ、挙式じゃ」と祖父が言った。

そんなわけで、世間の賑やかなざわめきをよそに、結婚は十六日におこなわれた。その日は雨模様だったが、他の人間がみな雨傘をさしているときでも、大空には幸福に奉仕する青く晴れた片隅がつねにあって、恋人たちにはそれが見えるものである。

その前日、ジャン・ヴァルジャンはジルノルマン氏の立ち会いのもとに、マリユスに五十八万四千フランを手わたした。結婚は共有財産制だったので、証書は簡単なものだった。

トゥーサンは以後、ジャン・ヴァルジャンには無用になったので、コゼットが譲ってもらい、小間使いに昇格させた。ジャン・ヴァルジャンには、ジルノルマン家のなかに、とくに彼専用の家具付きの立派な部屋が用意され、コゼットもしきりに「お父さま、お願いですから」と言ってきかないものだから、とうとうそこに住む約束をさせられるかたちになった。

婚礼の数日まえ、ジャン・ヴァルジャンにちょっとした災難が振りかかった。右手の親指に軽い怪我をしたのだ。べつに大したことでもなかったので、彼はだれにも、コゼットにさえも、心配したり、手当をしたり、傷を見たりすることを許さなかった。しかし、右手を布でくるみ、腕を首から吊っていなくてはならなかったので、署名ができなくなった。ジルノルマン氏がコゼットの後見代理人として、父親の代わりをつとめた。

筆者は読者を区役所や教会にまではお連れしないことにしよう。そこまで恋人たちについていく者はまずいないし、新郎の花束がボタン穴にさされるや、儀式に背を向けるのが常だろう。ただ、結婚式の一行は気づかなかったことだが、フィーユ・デュ・カルヴェール通りからサン・ポール教会への道筋であった、ある出来事についてだけ述べておくことにする。

当時、サン・ルイ通りの北の外れは敷石の敷きかえの最中で、パルク・ロワイヤル通りから先は通行止めになっていた。婚礼馬車は真っ直ぐにサン・ポール教会へ行くわけにはいかなかった。道筋を変えねばならなかったのだが、もっとも簡単なのは、大通りから迂回することだった。招待客のひとりが、謝肉の火曜日だから、大通りは車でごったがえしているだろうと指摘した。「なんでじゃ？」とジルノルマン氏がきいた。「仮装行列があるからですよ」「それは願ってもない」と祖父は言った。「そこを通ってまいろう。この若いふたりは結婚し、これから真面目な人生を送ることになる。なに、ちと茶番劇を見ておくのも、悪くはないじゃろ」

一行は大通りへまわった。先頭の婚礼馬車にはコゼットとジルノルマン伯母、ジルノルマン氏とジャン・ヴァルジャンが乗っていた。マリユスは慣例にしたがい、花嫁とはまだ別にされていて、二番目の馬車でやってきた。婚礼の行列はフィーユ・デュ・カルヴェール通りを出るとすぐ、マドレーヌからバスチーユへ、バスチーユからマドレーヌへと、長々とつながっている馬の行列のなかにはいりこんだ。

大通りは仮装の人びとで埋めつくされていた。ときどき雨が降ったが、パイヤスやパンタロンやジル〔6〕たちは、そんなことをものともせずに頑張っていた。この一八三三年の上機嫌な冬のなかで、パリはヴェネチアに変装していた〔7〕。いまではもう、このような謝肉の火曜日は見られない。現在あるのはごくありきたりのカーニヴァルであり、本物のカーニヴァルではなくなっている。

歩道は通行人であふれ、建物の窓は野次馬で鈴なりだった。劇場の柱廊のうえのテラスにも、見物人が黒山になっていた。仮装行列とは別に、ロンシャン競馬場と同様、謝肉の火曜日に付き物のあらゆる種類の馬車の行列が見られた。辻馬車、貸馬車、遊覧乗合馬車、幌付きのちいさな二輪馬車、一頭建て二輪馬車などが警察の規則にしたがい、互いに前後をぴたりとつめて、まるでレールにはめこまれたように、秩序正しく進んでいた。このような馬車に乗っている者はだれもかれも、見物人であると同時に見せ物になる。巡査たちは大通りの両側に立って、互いに行き交うその果てしない二本の平行の列がすこしも乱れないようにし、このふたつの馬車の流れを一方は下流、つまりショセ・ダンタンのほう、他方は上流、すなわちフォブール・サン・タントワーヌのほうに向かうように整理していた。貴族院議員や各国大使たちの紋章をつけた馬車が道路の真ん中を占領し、自由に行き来していた。いくつかの華やかで陽気な行列、とくに「謝肉祭の飾り牛〔肉屋の小僧たちの練り歩き〕」などは同じような特権をもっていた。このパリのお祭り騒ぎのなかで、例のごとくイギリスがその鞭を鳴らし、民衆にセーモアー卿と渾名されている駅馬車が大きな音を立てて通っていた。

二重の行列沿いに、パリ市の警備隊が羊飼いの番犬よろしく馬を走らせていたが、行列のなかには、おばあさんやおじいさんたちをぎっしり詰めこんだ家族用の立派なベルリン馬車もあって、その昇降口には仮装した子供たちの元気そうな一隊が並んでいた。七歳のピエロだの、六歳のピエレットだの、思わず見とれるような可愛いチビッ子たちが、じぶんたちも民衆の喜びに正式に参加していると感じて、道化芝居の威信をからだいっぱいにみなぎらせ、役人みたいなしかつめらしい顔つきをしていた。

ときどき、馬車の行列のどこかに障害が生じ、並んだ列のどちらかがそんな邪魔物が片づくまでとまってしまうことがあった。一台の馬車が動かなくなるだけで、行列全体の流れがせきとめられるのだ。それでも、やがてまた進みだす。

婚礼馬車は、バスチーユに向かって右側を進んでゆく行列のなかにいた。ポント・シュー通りまで来たとき、行列がまたしばらく動かなくなった。ほぼ同時に、反対側のマドレーヌに向かう列も同じようにとまった。その列の、ちょうど婚礼馬車がとまっている位置に、一台の仮装馬車が見えた。

そのような仮装馬車、というより荷馬車一台分の仮装の群はパリッ子にはお馴染みである。謝肉の火曜日や四旬節第三週目の木曜日にそれが見られないとなると、パリッ子たちは悪いふうに解して、こう言うかもしれない。「裏になにかあるな。きっと内閣が変わるんだろう」通行人の頭上で揺れうごくカサンドル、アルルカン、コロンビーヌ〔8〕の群、トルコ人から野蛮人までのありとあらゆるグロテスクな仮装、侯爵夫人のからだを支えているヘラクレスたち、バッコスの巫女たちを見てアリストパネスが目を伏せたのと同じように、ラブレーでさえ耳をふさいでしまいそうな口汚い女たち、麻屑のかつら、バラ色の肉襦袢、しゃれ者の帽子、気取り屋の眼鏡、蝶々にからかわれるジャノ〔9〕の三角帽子、通行人をどなりつける叫び声、腰にあてた拳、きわどいポーズ、むきだしの肩、仮面をつけた顔、度外れの図々しさ、これが仮装馬車というものである。

ギリシャはテスピス〔10〕の馬車を必要としたが、フランスにはヴァデ〔11〕の辻馬車が必要なのだ。どんなものでもパロディーになりうるし、パロディーもまたパロディーにされる。サトゥルヌス祭[12]という古代美のしかめ面がだんだん野卑になり、謝肉の火曜日になった。また、かつては葡萄の蔓を冠とし、陽光がさんさんと降りそそぐなか、神々しい半裸身に大理石のような乳房を見せていたバッコス祭が、北方の湿ったぼろのしたに形も崩れて、仮面行列と呼ばれるまでに成り下がったのである。

仮装馬車の伝統は王政時代のごく古い時期にまでさかのぼる。ルイ十一世の会計書は宮廷執事に「仮装辻馬車三台のためにトゥール銀貨二十スー」の支出を認めていた。現在ではそのような騒々しい仮装の群は、慣例にしたがい、旧式の辻馬車の屋上席まですし詰めになって運ばれるか、幌をおろしたランドー車で、さながら蜂の巣のように騒ぐかのどちらかである。六人乗りの一台の馬車に二十人も乗りこんでいる。御者台にも、補助席にも、幌の横腹にも、轅のうえにも乗っている。馬車の角灯にまでまたがっている。立ったり、横になったり、すわったり、膝をよじったり、足をぶらつかせたりしている。女たちは男たちの膝に乗っている。遠くから見ると、群がった頭のうえに、膝乗りの女たちの狂おしいピラミッドが突きでている。それらの馬車の乗客は、雑踏のさなかに歓喜の山をつくっている。そこからコレ、パナール、ピロン[13]らの詩が、これでもか、これでもかと隠語を盛りこんで流れでてくる。民衆に向かって、馬車のうえから下卑たお説教《カテシスム》が吐きかけられる。野放図に人を積みこんだその辻馬車は、さながら戦利品のような有様。前部でわいわい、後部でがやがや。叫ぶ者、歌う者、喚く者、浮き浮きと身をよじる者。冗談が吠え、諷刺が燃えあがり、浮かれ気分が緋布のように広がる。二頭の痩せ馬が華々しくくりひろげられた道化芝居を引いていく。これは〈笑い〉の神の凱旋馬車である。

率直と言うには灰汁《あく》が強すぎる笑いの神。じっさい、この笑いはどこかいかがわしい。じつは、この笑いには使命がある。カーニヴァルのなんたるかをパリッ子に見せつけるという任務を帯びているのだ。

それらの下卑た馬車にはなにかしら暗黒が感じられ、哲学者の夢想を誘う。そこには政治が潜んでいる。公人と公娼の秘かなつながりが、手に取るように感じられるのである。

いろいろの醜行が積みかさなってお祭り騒ぎの総体をつくりあげること。汚辱のうえに不名誉を重ねて民衆をたぶらかすこと。秘密組織が売春の支柱となり、群衆を辱めながら楽しませること。金ぴかのぼろとも、汚穢半分、光明半分とも呼べるその奇怪な生き物たちの山が喚いたり、歌ったりしながら、辻馬車の四つの車輪のうえに乗って通るのを群衆が喜んで見物すること。ありとあらゆる汚辱でできたこんな光栄に人びとが拍手を送ること。かりに警察が、この二十の頭をもつ歓楽のヒュドラ様のものを目の真ん前で引っぱりまわしてくれなければ、大衆にはお祭にならないということ。たしかにこれは悲しい事実ではある。しかし、これをどうしろと言うのか？ 民衆の笑いは、リボンや花で飾られた泥が乗っているそんな砂利車を、嘲りながらも許しているのだ。万人の笑いは普遍的な頽廃の共犯者なのである。ある種の不健全な祭は民衆をばらばらにして賤民に変えてしまう。そして賤民には、暴君と同じように、道化が必要なのである。国王はロクロールを持ち、民衆はパイヤスを持つ。[14] パリは高尚な大都市でないときには、きまって狂気の大都会になる。ここではカーニヴァルも政治の一部になるのだ。はっきり言って、パリは喜んで汚辱に喜劇を演じさせるのである。パリは主人に——もし主人がいたらの話だが——ただひとつ、「どうかわたしを泥で化粧してくださいな」としか頼まないのである。ローマも同じ性分だった。ローマはネロを愛していた。ネロは巨大な仮装者だったのだ。

　さて、さきほども言ったが、婚礼の行列が大通りの右側にとまろうとしていたとき、仮面の男女を鈴なりにして見苦しく引きまわしていた大型四輪馬車の一台が、たまたまその左側にとまった。仮面をつけた連中が乗っている馬車からは、大通りをはさんで花嫁が乗っている馬車が目のまえに見えた。

「やあ!」と仮面のひとりが言った。「婚礼だよ」

「贋の婚礼さ」ともうひとりが言った。「本物はこっちだぜ」

　そして、離れすぎているので婚礼の連中に問いかけることもできず、巡査にどやしつけられる心配もあったので、ふたつの仮面はよそを向いてしまった。

　仮装馬車の連中は、急に忙しくなった。群衆が彼らを冷やかしはじめたのだ。これは仮装の群にたいする群衆の愛撫である。そのため、いま話していた仮面のふたりも、仲間といっしょに群衆に対抗しなくてはならなくなった。そして、彼らの中央市場《レ・アル》独特の言葉の弾丸をありったけつかっても、群衆の圧倒的な冷やかしに応えるのが精いっぱいだった。仮面の連中と群衆とのあいだに、激しい当てこすりややりとりがはじまった。

　そうしているうちに、同じ馬車にいた別の仮面のふたり、ひとりは老けづくりで、途方もなく大きな黒髭をつけた大鼻のスペイン人と、黒ビロードの仮面をつけたまだ若く、痩せぎすの下品な女とが、やはり婚礼の馬車に目をつけ、仲間と通行人との野次り合いのあいだ低い声で話していた。

ふたりのひそひそ話は、騒々しさにおおわれて、はたには聞こえなかった。一時の通り雨で、開け放した馬車のなかは濡れていた。そのうえ、二月の風はまだ寒い。スペイン人に返事しながら、背中や胸を丸出しにし、魚売りに変装した下品な女は、震え、笑い、咳をしていた。

ふたりの話はこんな具合だった。

「おい」

「なんだよ、父ちゃん[15]」

「あのじじいが見えるか？」

「どのじじいだよ？」

「ほれ、婚礼の先頭の車だ、こっち側にいる」

「黒ネクタイして、腕を吊ってるやつ？」

「そうさ」

「それがどうしたんだよ？」

「たしかに知ってるやつなんだ」

「へえ！」

「もしあのパリッ子がおれの知らねえやつだったら、首切られて、一生うんとも、すんとも言えねえようになってもかまやしねえ」

「今日のパリは、パンタン[16]だもんね」

「おめえ、車から乗りだしたら、嫁さんが見えるか？」

「見えねえ」

「じゃあ、婿さんは？」

「あの車にゃ、婿はいねえよ」

「まさか！」

「もうひとりのじいさんが花婿じゃなきゃね」

「しっかり乗りだして、嫁さんを見てみろ」

「だめだ」

「まあ、いいさ。けどよ、あのお手々をどうかしてるじじい、おれはあいつを間違えなく知ってるぜ」

「けど、知ってるからって、それがなんになんのさ？」

「分からねえ、まあ、ときにゃ」

「じじいなんか、あたしにゃ、どうだっていいや」

「分かったぞ！」

「勝手に分かってな」

「なんでまた、婚礼なんかに出てやがるんだ？」

「うちらだって出てるじゃないか、うちらだって」

「どっから来たんだ、あの婚礼？」

「知ったことかよ」

「聞け」

「ひとつ頼まれてくれ」

「なにを？」

「なにを？」

「この車を降りて、あの婚礼のあとをつけろ」

「なんで？」

「どこへ行くのか、どういう婚礼か見てくるんだ。さっさと降りて走るんだ。なあ、可愛い娘よ、おめえは若いからよ」

「なんで？」

「あたしは、この馬車から出らんないんだよ」

「なんで？」

「傭われてるからさ」

「ちぇっ！」

「警察から魚売り女の日当もらってるんだからさ」

「ちげえねえや」

「馬車から出て、刑事に会ったら、すぐとっつかまっちまう」

「ああ、分かってる」

「今日のあたしはね、お上に買われてんだよ」

「でもよ、あのじじいが気になってな」

「じいさん見て気になるってか。若い娘じゃあるまいし」

「先頭の馬車に乗ってやがる」

「それがどうしたってえのさ?」

「嫁さんの車にな」

「だから?」

「つまりな、嫁さんのおやじってこったぜ」

「それがどうしたってえのさ?」

「嫁さんのおやじだって言ってんだろ」

「おやじなんて、珍しくもなんともねえや」

「聞け」

「なにを?」

「おれはお面なしじゃ、めったに表にゃ出られねえ。ここじゃ、顔を隠してるから、だれにも分かりゃしねえけどよ。だが、あしたにはみんなお面をとっちまう。灰色水曜日〔四旬節の第一日〕だからな。いつパクられるか、分かりゃしねえ。穴にもどらなきゃなんねえ。だが、おめえは自由の身だ」

「それほどでもないけどさ」

「けど、おれよりは」

「まあ、いいや。そんで?」

「あの婚礼の行き先を探っといてくれねえか?」

「行き先?」

「そうだ」

「そんなもん、分かってるさ」

「じゃあ、どこ行くんだ?」

「カドラン・ブルーだよ」

「まず、そっちのほうじゃねえな」

「だったら、ラペだ!」

「ことによると、別のとこへ行くかもしれねえぞ」

「どこにだって行けんのさ。婚礼はどこに行ったたっていいんだから」

「それだけじゃねえ。いいか、あのじじいが片棒かついでる婚礼の祝宴を見とどけてもらいてえんだ。それから、あの新婚さんがどこに住むのかもな」

「冗談じゃねえ! 笑わせんなよ。謝肉の火曜日に通った婚礼馬車を、一週間もしてから突きとめるなんて、とってもじゃねえけど、できやしねえよ。それこそ、干草のなかの針一本じゃないか。そんなこと、できるとでも思ってんのかよ?」

「それでもやってみるんだ、アゼルマ、分かったか?」

大通りの両側で、ふたつの行列は、また反対方向に動きだし、仮面をつけた連中の馬車は、花嫁の「車」を見失ってしまった。

第二章　ジャン・ヴァルジャンはまだ腕を吊っている

夢を現実にする。これはだれに許されることだろうか？　そのためには、天上で選挙がおこなわれるにちがいない。わたしたちはみな、そうと知らずに候補者になっているのだ。天使たちが投票する。コゼットとマリユスはそれに当選したのだった。

コゼットは区役所でも教会でもまばゆいばかりで、人びとを感動させた。着付けはトゥーサンがやり、ニコレットが手伝った。

コゼットは、白いタフタのペチコートのうえにバンシュ製の糸レースのドレスを着て、イギリス刺繡のヴェールをかぶり、上質の真珠の首飾りをかけ、オレンジの花の冠をつけていた。上から下まで白ずくめで、純白のなかで輝いていた。得も言われぬ純真さが広がって、明るい光に変わっていく。まるで処女が女神になろうとしているようだった。

マリユスの美しい髪は艶やかで、香しかった。豊かな巻毛のしたのあちこちに青白い線が透けて見えたが、それはバリケードでうけた傷跡だった。

祖父は得意満面に顔をあげ、身繕いにも態度にも、バラス[1]時代のあらゆる優雅さをこれまで以上に付けくわえて、コゼットを導いていた。ジャン・ヴァルジャンは腕を吊っていたので、祖父が代わりに腕を貸していたのだった。

ジャン・ヴァルジャンは黒服であとにしたがいながら微笑んでいた。

「フォーシュルヴァンさん」と祖父が言った。「めでたい日ですな。苦しみや悲しみはこれでおしまいといきたいものですな！　これからはもう、悲しみといったものはあってはなりませぬ。そうですとも！　わしは喜びの布告を出しますぞ！　悪には存在する権利などござらぬ。この世に不幸な人間がいるなんぞ、まったく、蒼天にたいして恥ずかしいかぎりじゃ。悪というものは、人間からはこないもの。人間は根が善良なものなんですからな。人間のあらゆる悲惨の首都たる中央政府は、地獄、すなわち悪魔のチュイルリー宮殿にある。おっとっと、わしもいまじゃ過激派みたいな言辞を弄しておるのか！　だが、わしはもはや政治的な意見をもっておりませぬ。人間という人間が金持ちになること、つまり愉快になること。まあ、これだけがわしの言いたいことですわい」

式もすっかりおわり、つまり区長や司祭のまえですべての「はい」を言ってしまい、区役所と署名室で登録簿に署名し、指輪を交換し、白のモワレの天蓋のしたで香炉の煙が立ちこめるなか、肘をつけあって跪いたあと、手を取りあい、みんなに見とれられ羨まれながら、マリユスは黒服、コゼットは白衣裳に身をつつんでやって来た。ふたりはまさかりつきの槍で敷石を打っていく大佐の肩章をつけた教会の礼装巡警に先導されて、感じ入っている参会者の二列の人垣のあいだを進み、左右に開かれた教会の正門のしたまで行き、ふたたび馬車に乗りこむばかりになった。こうしてすべてがおわったあとでも、コゼットはまだこれが現実だとは信じられなかった。彼女はマリユスを見つめ、人だかりを見つめ、空を見つめた。まるで夢からさめるのを恐れているようだった。そのびっくりしたような、心もとなげな風情が、彼女になんとも言えない魅力をそえていた。家にもどるために、ふたりはいっしょにひとつの馬車に乗った。マリユスはコゼットのかたわらに、ジルノルマン氏とジャン・ヴァルジャンはふたりの向かいの席を占めた。ジルノルマン伯母は一段引き下がって二台目の馬車に乗った。「おまえたち」と祖父は言った。「これで、年金三万フランの男爵と男爵夫人じゃな」するとコゼットはぴったりマリユスに寄り添って、その耳をこんな天使みたいな囁きでくすぐった。「やっぱり本当なんだわ。あたしもポンメルシーと名乗るのね。あたしがあなたの奥さまなのね」

このふたりは光り輝き、二度と呼びもどすことも、見いだすこともできない瞬間に、あらゆる若さと喜びの交差点にいるのだった。ふたりはジャン・プルヴェールの詩[2]の世界を現実にしていた。つまり、ふたり合わせても四十歳にも満たなかった。それはひとつの昇華にいたる結婚だった。若いふたりはふたつの百合の花だった。ふたりは互いを見ているのではなく、互いに見とれているのだった。コゼットはマリユスを後光のなかに、マリユスはコゼットを祭壇のうえに見ていた。そして、その祭壇のうえと後光のなかで、ふたつの絶頂が混じりあい、どういうわけだか分からないが、その奥の、コゼットにとっては雲のうしろ、マリユスにとっては炎のなかに、理想のもの、現実のもの、口づけと夢の出会い、新婚の枕があった。

ふたりが舐めたあらゆる辛酸が陶酔となってもどってきた。悲嘆、不眠、涙、苦悩、恐怖、絶望が愛撫と光に変じて、近づいてくる魅惑の時にひときわ魅惑をそえるように、また過去の悲しみの数々が現在の喜びの身支度をしてくれる召使いであるかのように思われた。苦しんだということは、なんと幸せなことなのだ！　ふたりの不幸が、いま彼らの幸福の光輪となっている。ふたりの恋の長かった苦悩がいま、ひとつの昇天に達したのだ。

ふたりの魂はひとつの歓喜を分かちあい、マリユスの魂はそれを快楽の色で、コゼットの魂は含羞の色で染めていた。ふたりは声をひそめて、「またプリュメ通りの懐かしい庭に行ってみたい」などと語りあうのだった。コゼットのドレスの襞がマリユスのうえにかかっていた。

このような一日には、夢と現《うつつ》がなんとも言いようのないかたちで混じりあう。なんでも持っているのに、それでもあれこれ思ってみる。いろんなことを想像してみる時間がたっぷりあるのだ。こんな日の真昼どきに真夜中のことを考えるというのは、なんとも言いようのない心の動きだ。ふたりの心の喜悦は群衆のうえにまであふれ出て、道行く人びとをも快活にしていた。

人びとはサン・タントワーヌ通りのサン・ポール教会のまえで足をとめ、コゼットが頭にさしたオレンジの花がかすかに震えているのを、馬車の窓ガラス越しにながめていた。

やがて彼らはフィーユ・デュ・カルヴェール通りのわが家にもどった。マリユスはコゼットと肩を並べ、意気揚々と朗らかな顔つきで、いつか瀕死の状態で運びあげられた、あの階段を昇った。貧者たちが門前に群がり、施しを分けあいながら、ふたりを祝福した。どこもかしこも花でいっぱいだった。わが家にも教会におとらず香りがたちこめていた。香のつぎはバラという次第。ふたりには、無限のなかで歌う声が聞こえるような気がした。心に神をいだき、運命は星の輝く天井のように見えた。ふたりは頭上に暁の光のきらめきを見ていた。不意に大時計が鳴った。マリユスはコゼットの愛らしいあらわな腕を見、あいた胸元のレースを透かしてほんのりのぞく、バラ色のものを見つめた。するとコゼットは、マリユスのまなざしに気づいて、ぽっと目まで赤くなった。

昔からジルノルマン家と付き合いのあった大勢の人びとが招待された。みんながコゼットのまわりにつめかけ、先を競って男爵夫人と呼ぼうとした。

将校のテオデュール・ジルノルマンもいまでは大尉になっていたが、従弟のポンメルシーの結婚式に参列するために、駐屯地のシャルトルからやってきていた。だが、コゼットにはもう、だれがだれだか区別がつかなかった。

彼のほうも、いつも女たちから美男だとちやほやされていたので、とくにコゼットだけをよく覚えているということはなかった。

「この槍騎兵の法螺話を信じなかったのは、まったく正しかったわい！」と、ジルノルマン氏はそっとつぶやいた。

これまでのコゼットは、今日ほどジャン・ヴァルジャンに優しかったことはなかった。彼女はジルノルマン氏ともぴったり気持ちが合った。老人が喜びを警句や格言にでっちあげているあいだ、彼女は愛と好意を漂わせていた。幸福は、すべての者たちの幸福を望むものだ。

彼女はジャン・ヴァルジャンに話しかけるのに、幼かったころの声の調子を取りもどしていた。そして微笑みで彼を愛撫していた。

食卓には祝宴の用意がすでに整えられていた。昼をも欺く照明は、大きな喜びには欠かせない調味料と言うべきだ。霧や暗さは幸福な者たちには受け入れられないのだ。彼らはじぶんたちが暗い影になることに同意しないから。夜ならいい、しかし暗闇はまっぴら。太陽がないなら、是非もうひとつ太陽をつくってやらねばならない。

食堂は目を楽しませるものの坩堝だった。室内の真ん中、白く輝くテーブルの真上に、金属板の提げ飾りのついたシャンデリアがさがっていて、青や紫や赤や緑の色を塗った小鳥が、ろうそくに囲まれて止まっていた。シャンデリアのまわりには飾り燭台が置かれ、壁には三枝や五枝の飾り反射鏡が掛かっている。鏡、水晶細工、ガラス細工、大皿、磁器、土器、金銀細工、銀器などのすべてがきらめき、浮き立っている。壁の燭台と燭台とのあいだの空間はどこもかしこも生花に埋まり、光がないところには花、といったふうだった。控えの間では三丁のヴァイオリンと一本のフルートが弱音機をつけて、ハイドンの四重奏曲を奏でていた。

ジャン・ヴァルジャンは初め、サロンの入口の陰の椅子にすわっていて、ドアが開くと、ほとんどそのうしろに隠れた。食卓につくすこしまえに、コゼットが何気ない様子でやってきて、両手で花嫁衣裳を広げて恭しくお辞儀すると、優しくいたずらっぽい目つきになって尋ねた。

「お父さま、ご満足?」

「ああ」とジャン・ヴァルジャンは言った。「満足だとも」

「そう、じゃ笑ってちょうだい?」

ジャン・ヴァルジャンは笑ってみせた。

やがて、バスクが晩餐の始まりを告げた。

招待客一同は、コゼットに腕を貸したジルノルマン氏の案内で食堂にはいり、決められた席順にしたがってテーブルの周囲に広がった。

花嫁の左右にふたつの大きな肘掛け椅子があり、ひとつはジルノルマン氏の席、もうひとつはジャン・ヴァルジャンの席だった。ジルノルマン氏は第一の席についたが、第二の席は空席のままだった。

人びとは「フォーシュルヴァン氏」を目でさがしたが、彼はもういなかった。ジルノルマン氏がバスクに尋ねた。

「フォーシュルヴァン氏がどこにおいでか知っておるか？」

「はい」とバスクは答えた。「よく承知しております。フォーシュルヴァンさまは、お手の傷が少々お痛みで、男爵御夫妻と会食いたしかねるので、さよう旦那さまに申し上げてくれとわたしにお言付けがございました。宜しく御容赦願いたいとの仰せでした。明朝おいでになるとのことでございます。今し方お帰りになりました」

その不在は、ひととき婚礼の宴の興を殺《そ》いだ。しかしフォーシュルヴァン氏は欠席でもジルノルマン氏が出席していたから、この祖父が二人分座を引き立たせた。彼は、フォーシュルヴァン氏は傷がお痛みなら早く床につかれるのがよろしい、なあに、ただの「おいた」じゃよと断言した。この断言だけで充分だった。それに、これほどの喜びにひたっているときには、片隅がすこしくらい暗かったとしても、それがなんだろう？　コゼットとマリユスは、幸福を感じる以外の能力をうしなってしまう、あの自己中心の、祝福された瞬間にいるのだった。おまけに、ジルノルマン氏はふといいことを思いついた。

「そうじゃ、この椅子が空いておる。マリユス、ここにこい。伯母さんのほうに権利があるが、まあ、許してくれるじゃろ。この椅子はおまえの席じゃ。これは法にもかなっておるし、しゃれてもおる。「フォルトゥナタ」のそばに「フォルトゥナトゥス」[3]とな」テーブルのみんなが拍手した。マリユスはコゼットの隣のジャン・ヴァルジャンの席にすわった。初めはジャン・ヴァルジャンがいないことを悲しんでいたコゼットも、しまいにはかえってそれを喜ぶような具合に万事進んだのだ。マリユスが代わりにそばにきてすわってくれたときからというもの、コゼットは、たとえ神様がいなくなったとしても、もう悲しむことはなくなっただろう。彼女は白のサテンの上靴をはいた、なよやかでちいさな片足をマリユスの片足のうえにのせた。

肘掛け椅子がふさがると、フォーシュルヴァン氏はみんなの頭のなかから消えてしまった。もう欠けているものは、なにひとつなくなった。それから五分もすると、端から端までテーブルについている全員が、なにもかも忘れてしまっていた。

デザートになると、ジルノルマン氏が立ちあがり、九十二歳の震えのためにこぼれないように、半分だけついだシャンパンのグラスを手にして、新婚夫婦の健康を祝し、

「おまえたちは、ふたつの説教を逃れるわけにはまいらぬ」と叫んだ。「朝は主任司祭の説教を聞いたが、晩には祖父の説教を聞く番じゃ。よく聞いておくんじゃぞ。これからひとつ助言しておくが、それは深く愛しあえということじゃ。わしはわざとらしいご託を並べはせぬ。単刀直入に言う。幸福になれ、とな。生あるもののなか、子雉鳩[4]ほど賢明なるものはおらぬ。汝の悦びを控え目にせよ、と哲学者どもは言うが、わしはこう言うのじゃ。汝の悦びの手綱を緩めよと。と

ことん、惚れあうのじゃ。惚れあい、狂うのもよし。哲学者は寝言を言っておるにすぎん。やつらの哲学なんぞ、喉に押しもどしてやりたいわい。この世に香がありすぎるとか、バラのつぼみが開きすぎるとか、歌をうたう夜鶯《ナイチンゲール》が多すぎるとか、青葉が多すぎるとか、曙がありすぎて困る、などということがあるだろうか？　愛しすぎるなどということがあるだろうか？　お互いに気に入りすぎるなどということがあるだろうか？　気をつけろ、エステルよ、おまえは美人すぎる！　気をつけろ、ネモランよ、おまえはあまりにも美男だ！〔5〕そんなことをほざくのは、愚の骨頂じゃ！　互いの心をとろかしたり、嬉しがらせたり、うっとりさせたりするのに、すぎるということがあるだろうか？　生き生きしすぎるということがあるだろうか？　幸福すぎるということがあるだろうか？　汝の悦びを控え目にせよ、ふん、戯けたことを！　哲学者どもを打倒せよ！　知恵とは歓喜なり。歓喜にひたれ、歓喜にひたろう。わしらは善人だから果報なのか、はたまた果報だから善人なのか？　ダイヤモンドのサンシはアルレー・ド・サンシ〔6〕がもっていたからサンシと言うのか？　はたまた百六《サン・シ》カラットあるからそう言うのか？　そんなこと、わしは知らん。人生はこんな問題に満ちておるが、肝心なのはサンシを、果報を手にしておることじゃ。屁理屈なんぞをこねずに、果報者になろうじゃないか。やみくもに太陽にしたがおうじゃないか。太陽とはなんぞや？　愛のことじゃ。愛と言えば女のことじゃ。ああ！　ああ！　ここに全能の者がある。つまるところ、女のことじゃ。マリユスという扇動者《デマゴーグ》に尋ねるがよい、汝はコゼットというこの可愛い暴君の奴隷でないのかどうかと。のみならず、みずからすすんで奴隷になっているのではないかと、ええい、この卑怯者め！　女よ！　ロベスピエールごときが長続きするわけはない。女が君臨するのじゃ。わしは王党派じゃったが、いまでは女の王権を奉じる王党派にほかならぬ。アダムとはなんぞや？　エヴァの治める王国の民のことじゃ。エヴァにとって八九年の革命なんぞありゃせん。昔は百合の花を戴く〔ブルボン王朝の〕王笏があった。地球を戴く〔ナポレオン〕皇帝の笏があった。鉄でできたシャルルマーニュの笏があった。金でできたルイ大王の笏があった。だが革命は、それらを二束三文の藁屑のように親指と人差指でひねり潰してしまった。それでおしまい、折られ、地べたに投げすてられ、もう笏の影も形もない。しかしじゃ、麝香の香のするちいさな刺繍ハンカチを相手に、革命がやれるものならやってもらいたい。とくと拝見したいものじゃ。どうぞお試しあれ。相手が手強いのはなぜか？　布切れだからじゃよ。ああ、諸君は十九世紀ですな？　へえ、だからどうだと？　わしらは十八世紀でしてね、このわしらは！諸君と同様、わしらもさんざん馬鹿をやらかしたものじゃった。だが諸君は、三日ころりが真性コレラと呼ばれ、ブーレがカチュチャ[7]と呼ばれるようになったからといって、じぶんが世界を一変させたなどと思ってはゆめなりませんぞ。とどのつまり、どうしても女たちを愛することになるんじゃわい。そこから抜けだせるものなら抜けだしてみるがよい。女という魔性のものは、わしらの天使なのじゃ。さよう、愛、女、愛撫。この輪の外には、どうあがいたところで抜けだせるものではないわい。わしなどは、もういっぺんその輪のなかにもどってみたいと思っておる。諸君のうちのだれかが目にしなかったろうか、無限のなか、いっさいをおのが足下に鎮め、海原の波をひとりの女の目で眺めやりながら、ウェヌスの星が、あの深淵の偉大な浮気女が、あの大洋のセリメーヌが昇っていく様を？　大洋とは、ほら、あの無骨なアルセストのことじゃわい。[8]

このアルセストはいくらぶつぶつ不平を並べおっても、ウェヌスがあらわれると、思わずにっこりとする。あの愚かな無骨者にしてからが、すっかりおとなしくなるのじゃ。わしらもみなしかり。怒り、嵐、雷鳴、天井まで泡立つ波。だが、ひとりの女が登場すれば、ひとつの星が空に昇れば、男は這いつくばってしまうのじゃ！　六か月まえのマリユスは戦っておった。それが今日は結婚する。それでいいのじゃ。そうだとも、マリユス。そうだとも、コゼット。ふたりは正しいことをしておるのじゃ。お互いのために思いきって生きていくのだぞ。いちゃつけるだけいちゃつくのだぞ。その真似ができない悔しさでみんなを躍起にさせるのだぞ。ラヴ・ラヴになるのじゃぞ。ふたりの嘴で、この地上のありとあらゆる至福の切れ端をついばむのじゃぞ。それで生涯の巣をつくるのじゃぞ。まったく、愛し愛されるということは、若いときの美しい奇跡なのじゃ！　だが、それをじぶんたちが考えだしたことだと思ってはならぬ。わしもまた、夢を見、物を思い、恋い焦がれたものじゃ。このわしも月光のような心をもっておったのじゃ。愛の神は六千歳の子供よ。また愛の神が、長い白髭を生やしておっても当然なんじゃよ。メトセラ[9]とて、愛の神クピドのそばでは、まだまだほんの洟垂れ小僧にすぎぬわい。六千年もまえから、男と女は愛しあいながらうまくやってきた。悪魔は狡いから人間を憎みはじめた。人間はもっと狡いから女を愛しはじめた。こんなぐあいに人間は、悪魔からうけた害をうわまわる得をした。このうまい手は地上の楽園の初めから思いつかれておったのじゃ。諸君、これは古い発明じゃが、いまも真新しい。これを有益につかうべし。ピレモンとバキウス[10]になるまでは、ダフニスとクロエ[11]でおるがいい。お互いいっしょならなんの不足もなく、コゼットはマリユスの太陽に、マリユスはコゼットの全世界になるのじゃぞ。コゼットよ、天気がよければ、それを夫の微笑みと心得るのじゃ。マリユスよ、雨が降れば、それを妻の涙だと思うのじゃ。だが、ふたりの家庭にはけっして雨なんぞ降らないようにな。ふたりは愛しあい、秘蹟があたえられ、真実の愛という、いい籤を引き当てたのじゃよ。大当たりじゃ。これを大事にしまっておくのだぞ。ちゃんと鍵をかけておくのだぞ。みだりにつかってはならぬ。ただただ深く愛しあい、ほかのことなどほっておくんじゃ。わしの言うことを信じよ。これが良識というものじゃ。良識は嘘をつかぬ。お互いそれぞれの信仰の的となるのじゃぞ。

神を崇めるのも、ひとそれぞれじゃ。だが、ちくしょう！　神を崇める方法とは、じぶんの妻を愛することじゃ。我は汝を愛す！　これがわしの公教要理《カテシスム》じゃ。愛する者はすべからく正統《オーソドックス》なんじゃ。アンリ四世〔好色で有名〕十八番《おはこ》の罵言は、ご馳走と酩酊のあいだに神聖をはさんでおる。ヴァントル・サン・グリ！[12]　わしはこんな罵言の肩をもつ者ではござらぬ。これでは肝心の「女」が忘れられておる。かのアンリ四世の瀆神の言葉にしては、はなはだ心外じゃわい。諸君、女性万歳！　聞くところによれば、どうやらわしは老人だそうな。ところが、このわし自身は驚くばかりに若返っていくように感じておるのじゃよ。森に行ってミュゼット[13]でも聴きたいくらいだわい。ここにおる子供たちがようやく美しく、嬉しそうにしておる、これがわしを酔わせるのじゃ。もしだれかが望むなら、このわしだって立派に結婚して見せたいものじゃ。首ったけになる、睦言を言う、おしゃれをする、鳩になる、雄鶏になる、朝から晩まで愛をついばむ、可愛い恋女房の目に映るじぶんの姿に惚れ惚れする、鼻を高くする、勝ち誇る、ぐいと胸を張る。神が人間をつくりたもうたのは、まさにそのためなのじゃ。これこそが人生の目的なのじゃよ。憚りながら、これこそ若かりしころのわしらが考えておったことじゃったよ。ああ、ちくしょうめ！　あのころはじつにいい女がいたものよ。あだっぽい女、愛くるしい女、若鮎のような女が！　わしはそこを、ずんぶんと荒らしまわっておったものじゃった。だから、愛しあうのじゃ。愛しあうのでなければ、なんのために春があるのか分からんだろうが。そうなったら、このわしも神様にこうお願いしよう。どうか神様、わしらに見せてくださっている美しいものをみな片づけてくだされ。みな取りあげてくだされ。花や小鳥や美しい娘たちを箱のなかにおしまいくだされ、とな。さあ、子供たち、このじいさんの祝福をうけてくれ」

夜の宴は活気があり、陽気で、楽しいものだった。祖父のこのうえない上機嫌が一座に基調をあたえ、だれもがこの百歳になろうかという真心に和した。ダンスも少々あった。人びとは大いに笑い、純朴な婚礼だった。「ジャディス爺さん」[14]を呼んでもよかったほどだった。いや、「ジャディス爺さん」なら、ジルノルマン老人としてそこにいた。

大騒ぎがあり、そのあとに沈黙があった。新郎新婦は退席した。真夜中をすこし過ぎると、ジルノルマン家は神殿になった。

ここで筆者は筆をとめる。婚礼の夜の入口には、天使が口に手をあてて微笑んでいる。愛の儀式がおこなわれるこの聖域のまえでは、魂は瞑想にはいる。

そんな家のうえには微光が漂っているはずだ。そんな家が秘めている歓びは、光となって壁石からもれ、ほのかに闇を照らしているにちがいない。神聖で、ひとの運命を決めるこの祝祭が、無限に向かって天上の輝きを発しないということは考えにくい。愛とは男女の融合がなされる至高の坩堝である。一なる存在、三重の存在、究極の存在、人間の三位一体はそこから生まれる。このようにして、ふたつの魂がひとつになって誕生することに、闇もまた感動するにちがいない。愛する男は司祭であり、心を奪われた処女は恐れおののく。その歓びのいくばくかは神にまで届く。真の結婚がおこなわれるところ、つまり愛があるところには、理想が混じっている。新婚の床は闇のなかに曙の一隅をつくる。もし人間の目に、天上界の恐ろしくも美しいものの姿を見る力があるなら、きっと見るであろう。夜のさまざまな姿をしたものを、翼のある未知のものを、見えない世界の青い通行人たちを、光り輝く家のまわりで暗い頭を寄せあって身をかがめ、満足し、祝福し、人妻となる処女を指さしあい、優しく驚く彼らの神々しい顔に人間の至福が映えるのを。もしこの至上の時に、快楽に心を奪われ、ほかにだれもいないと思いこんでいる新郎新婦が耳を澄ますなら、部屋のなかにかすかな翼のざわめきが聞こえることとだろう。完璧な幸福にはいつも天使たちが参加する。そのようなちいさな暗い寝室は大空を天上にしている。愛によって浄められたふたつの口が創造のために互いに近づくとき、その得も言われぬ口づけの上空の、星屑の広大な神秘のなかに、なにかしらの戦きが生じないとは考えられないのである。

このような至福こそ真の幸福である。そのような歓びのほかに真の歓びはない。愛とは唯一無二の法悦である。愛のほかは、すべてが涙である。

愛すること、あるいは愛したこと、それだけで充分なのである。そのあとでは、なにも求めてはならない。人生の暗い襞のなかには、それ以外の真珠は見いだせない。愛するとは、ひとつの仕事を成就することなのである。

第三章　お守り

ジャン・ヴァルジャンはどうなったのだろうか？

コゼットに可愛いらしい命令をされて笑ってみせたすぐあと、だれもじぶんに注意をはらっていないのを幸い、彼は立ちあがり、こっそりと控えの間に出た。八か月まえ、泥と血と埃で真っ黒になった彼が、祖父のもとに孫を連れてはいった、あの時と同じ部屋だった。古い羽目板は木の葉や花で飾られていた。あのときマリユスが寝かされた長椅子には、楽士たちが腰かけていた。黒い上着に短ズボン、白靴下、白手袋を身につけたバスクが、これから出す料理皿の一つひとつのまわりをバラの冠で飾っていた。ジャン・ヴァルジャンは首から吊った腕を見せ、中座の理由を話しておいてくれるように頼んでから、外に出た。

食堂のガラス窓は通りに面していた。ジャン・ヴァルジャンは明々と照らされたその窓のした の暗がりのなかに、しばらくじっと佇んでいた。耳を澄ますと、祝宴のざわざわした物音がもれてきた。祖父の声高で横柄な話し声、ヴァイオリンの音、皿やコップがカチャカチャぶつかりあう音、どっとはじける笑い声。そしてそんな陽気なざわめきのなかに、彼はコゼットの楽しそうで優しい声を聞き分けるのだった。

彼はフィーユ・デュ・カルヴェール通りをあとにして、ロム・アルメ通りにもどった。

家にもどるのに、サン・ルイ通り、キュルチュール・サント・カトリーヌ通り、ブラン・マントー通りという道筋を辿った。すこしばかり回り道だったが、それがこの三か月のあいだ、ヴィエイユ・デュ・タンプル通りの雑踏とぬかるみを避けるために、ロム・アルメ通りからフィーユ・デュ・カルヴェール通りへコゼットを連れていった、通いなれた道筋だったのだ。コゼットが通った道だと思うと、他のどんな道にも足を踏み入れる気にはなれなかったのである。

ジャン・ヴァルジャンはわが家にもどり、ろうそくをつけて階段を昇った。部屋はどれもがらんとしていた。トゥーサンさえいなくなっている。どの部屋でもジャン・ヴァルジャンの足音はいつもより大きく響いた。衣裳簞笥はみな開けっぱなしになっていた。彼はコゼットの部屋にはいった。ベッドにはシーツが掛かっていなかった。カバーもレースも取りはずしたズックの枕が、マットレスの裾のほうの、畳んだ毛布のうえに置いてあった。マットレスは生地がむきだしになっていて、もうだれもそこには寝ないことを示していた。コゼットが大事にしていた女の子らしい細々した持ち物は、みな運び去られていた。残っているのは、大きな家具と四面の壁だけだった。トゥーサンのベッドもやはりむきだしになっていた。ただ一台のベッドだけがきちんと整えられ、だれかを待っているようだった。ジャン・ヴァルジャンのベッドだった。

彼は壁を見まわし、衣裳簞笥の戸を何枚か閉め、部屋から部屋へと歩きまわった。

それからまた、じぶんの部屋にもどって、持っていたろうそくをテーブルのうえに置いた。

彼はすでに腕を吊り包帯からはずしていて、まるで痛みなどないといったふうに右手をつかっていた。

彼はベッドに近づいた。そしてたまたまなのか、あるいは最初からそのつもりだったのか、コゼットが羨ましがったあの「お守り」、つまり片時も手元から放さなかったスーツケースに目をとめた。六月四日、ロム・アルメ通りに着いたとき、枕元の丸テーブルのうえに置いたのだった。彼はそっとそのテーブルに近づくと、ポケットから鍵を出し、ケースを開けた。

彼はそのなかから、十年まえ、コゼットがモンフェルメイユを離れるときに着ていた衣類を、ゆっくりと取りだした。最初はちいさな黒い服、それから黒い肩掛け、それからあのちいさな足ならいまでも履けそうな丈夫で粗末な子供靴、それからメリヤスのペチコート、それからポケットのついたエプロン、そしてウールの長靴下。ちいさな足の形がまだ残っているこの長靴下は、ジャン・ヴァルジャンの手の長さしかなかった。色はすべて黒だった。コゼットのためにこれらの衣類をモンフェルメイユへ持っていったのは彼だった。彼はその一つひとつをスーツケースから出してはベッドのうえに置いた。彼は考えていた。思いだしていた。――あれは冬で、ひどく寒い十二月のことだった。コゼットのやつ、裸も同然のぼろ着姿でぶるぶる震えていたな。かわいそうに、木靴を履いたちいさな足は真っ赤になっていた。あのぼろ着を脱がせ、この喪服を着せてやったのはこのおれだった。じぶんの娘が喪服を着ているのを見て、いや、それよりなにより、娘がちゃんとした服を身につけているのを見て、墓のなかの母親はさぞかし喜んでくれたことだろう。――彼はモンフェルメイユのあの森のことを考えた。――あの森をふたりで通りぬけたんだったな、コゼットとふたりで。

あのときの天気のこと、葉の落ちた木々のこと、鳥のいない森のこと、太陽の見えない空のことを考えた。それでも、あのときは楽しかった。彼は可愛い衣裳をベッドのうえに並べた。肩掛けはペチコートのそばに、靴下は靴のそばに、胴着は服のそばに。そしてそれらを、ひとつ、またひとつと、順々にながめた。――コゼットはこれらと同じくらい、ちいさかったんだ。大きな人形を抱き、ルイ金貨をこのエプロンのポケットに入れて笑っていた。ふたりは連れ立って、手をつないで歩いていたんだった。コゼットがこの世で頼れるのは、このおれひとりだったのだ。

そのうち、彼の立派な白髪の頭はがくりとベッドのうえに垂れ、老いたストイックな心は千々に砕け、顔はコゼットの衣裳のなかに、いわば沈みこんでしまった。もしだれかがこのとき階段を通りかかったなら、思わずぎくりとするような嗚咽の声を聞いたにちがいない。

第四章　不死ノ心〔1〕

わたしたちがすでに多くの局面を見てきた、あの古くからの恐ろしい闘いがまたはじまった。ヤコブは一夜だけ天使と闘った。しかし、ああ！　わたしたちは何度、ジャン・ヴァルジャンが暗黒のなかで、みずからの良心と取っ組みあい、死にもの狂いで闘うのを見てきたことか！　比類のない闘い！　ある時は足が滑り、またある時は足場が崩れる。何度、あの良心というやつが、どうしようもなく善に取り憑かれ、彼を締めつけ、打ちのめしたことか！　何度、真理が容赦なく彼の胸のうえに膝を乗せてきたことか！　何度、彼は光に打ちのめされ、赦しを乞うたことだろう！　何度、司教によって心のなかと頭のうえに灯されたあの仮借ない光が、このままなにも見ないでいたいと願っているときに、力ずくで彼の目を奪ったことか！　何度、闘いのなかで岩に支えられたり、こじつけめいた屁理屈を後盾にしたり、土埃のなかに引きずりこまれたりしながら、ある時は良心を足下にくつがえし、またある時は良心によってくつがえされたことか！　何度、ごまかしを口にしたり、じぶん勝手で、陰険でまことしやかな理屈をこねたりしたあとで、じれた良心が「卑怯だぞ！　情けないやつだ《ミゼラブル》！」と、彼の耳元に叫ぶのを聞いたことか！　何度、彼の反骨心が明らかな義務のしたで痙攣しながら喘いだことか！　神への抵抗。忌まわしい汗。彼のみが血のにじむのを感じる、どれだけの傷を負ったことだろうか！　どれほど多くの擦傷を、彼の痛ましい生涯がうけたことか！　何度、血にまみれ、傷つき、叩きのめされ、啓発され、心底絶望しながらも、魂を平穏にして立ちあがったことか！　また何度、たとえ屈服しても、じぶんを勝者だと感じたことか！　だから、さんざん彼を打ちひしぎ、苦しめ、へとへとにさせたあとで、良心はすっくと頭上に立ち、手強く、光り輝き、落着きはらって言うのだった。「さあ、心安らかに行くがよい」

だが、これほどにも陰鬱な闘いから出てきたというのに、ああ、なんという悲しい安らぎなのか！

それでも、この夜のジャン・ヴァルジャンは、じぶんが最後の闘いをしている最中なのだと感じていた。ひとつの、悲痛な問題が持ちあがっていたのである。

人間の宿命は真っ直ぐなものとは限らない。それは宿命を帯びた者のまえに、一直線に延びているわけではない。行きどまり、袋小路、暗い曲がり角、いくつもの道に分かれる無意味な辻などがあるのだ。ジャン・ヴァルジャンはこのとき、そんな辻のうちでももっとも危険な辻に立ちつくしていた。

彼は善と悪との最後の交差点に差しかかっていた。そんな真っ暗な交差点が眼下にあった。今度もまた、これまで何度も苦しい転変のときにそうであったように、眼前には二筋の道が開けていた。ひとつは誘惑に、ひとつは恐れにみちていた。どちらを採ればいいのか！

彼を恐れさせる道は、わたしたちが暗がりを見定めようとするときに、だれにでも見える、あの神秘的な人差指によって示されていた。

ジャン・ヴァルジャンはまたしても、恐ろしい港か、微笑みかける罠か、そのどちらかを選ばねばならなくなった。それでは、やはり本当のことなのか？　魂は回復できても、宿命は不治だということが。恐ろしいことだ！　不治の宿命というのは！

いま持ちあがっている問題とはこういうことであった。

ジャン・ヴァルジャンは、コゼットとマリユスの幸福にたいして、どのような態度をとればいいのか？　この幸福は彼が望んだものであり、彼がつくりあげたものだった。彼はその幸福をみずからの胸深くにおさめた。そしていま、それを取りだして見つめると、じぶんの胸から血煙を立てて抜きとった短刀のうえに、みずからの銘を認める刀匠のような、ある種の満足感を覚えるのだった。

いまコゼットにはマリユスがいた。マリユスはコゼットを所有していた。ふたりはすべてを、財産さえも持っていた。そしてそれは彼の作品であった。

しかし、その幸福が実現したいま、幸福がそこにあるいま、ジャン・ヴァルジャンとしては、それをどうしようというのだろうか？　この幸福のなかに強引に割りこもうというのか？　その幸福をじぶんのものとして扱おうというのか？　もちろんコゼットは他人のものだ。それなのに彼は、コゼットから取りもどせるだけのものを、取りもどそうというのだろうか？　これまでと同じく、なんとなく敬意を払われる父親のような顔をしているというのか？　のうのうとコゼットの家にはいりこもうというのか？　なんの断りもなく、じぶんの過去をふたりの未来にまで持ちこもうというのか？　まるで当たり前のようにのこのこ出かけていって、正体を隠したまま、あの明るい家庭のなかに居すわろうというのか？　ふたりに微笑みかけながら、あの汚れのないふたりの手をじぶんの惨めな両手で握ろうというのか？　ジルノルマン家の客間の、平和な暖炉の薪台のうえに、法の不名誉の影を引きずっているじぶんの足をのせようというのか？　幸福をコゼットとマリユスと分かちあおうというのか？　じぶんの額のうえの暗さと、ふたりの額のうえの影を濃くしようというのか？　ふたりのこのうえない幸福のそばに、三番目のものとして、みずからの破局を置こうというのか？　これまでどおり、都合の悪いことには口をつぐんでいようというのか？　要するに、あの幸福なふたりのそばに、ずっと何ひとつ明らかにしない不気味な人間として、このまま腰を落ち着けていてもいいものだろうか？

ある種の問題がむきだしの恐ろしい姿であらわれるとき、きちんと目をあげて見つめるためには、不運に、不運と遭遇することに慣れていなければならない。その厳しい疑問符の背後に潜んでいるのは善か悪か、そのどちらかだ。おまえはどうするのか、とスフィンクスが尋ねる。

ジャン・ヴァルジャンはこうした試練に慣れていた。彼はスフィンクスをひたと見据え、この峻厳きわまりない問題をあらゆる角度から検討してみた。

コゼットという、あの可愛らしい存在は、この漂流者にとっての筏のようなものだった。どうすればいいのか？　コゼットにしがみつくか、それとも手を放すか？　しがみついていれば、破滅から抜けだして日向に昇り、苦い塩水を衣服や髪から洗いおとし、命が助かって、生きてはいける。だが、手を放したら？　そのときには深淵が待っている。

彼はこんなふうに、じぶんの考えと痛ましい相談をしていた。いや、もっと正しく言えば、闘っていた。心のなかで、ある時はみずからの意志に逆らい、ある時にはみずからの信念に逆らって、狂おしく飛びかかっていた。

泣くことができたのは、ジャン・ヴァルジャンにとってまだしも幸せだった。おかげで気持ちが明るくなった。だが、はじめはひどかった。昔の彼をアラスのほうへ押しやったあの嵐よりもさらに激しい嵐が、心のなかに荒れ狂った。過去が立ちかえってきて、現在のまえに立ちはだかった。彼は過去と現在を引きくらべて、嗚咽した。いったん涙の堰が切られると、この絶望した男は身悶えした。

これで進退きわまった、と彼は感じた。

ああ、利己主義と義務との過激な乱闘のなかで道に迷い、心たかぶり、一歩たりとも譲るまいと躍起になり、頑なに抵抗を試みながら、ひょっとして脱走できるかもしれないと思って出口を求めつつも、頑として動かない理想のまえから一歩一歩と退却しているとき、突然、背後をされぎる壁の裾とはまた、なんと厄介な抵抗だろうか！　聖なる影を障害だと感じるとは！　目には見えないのに、いかにも峻厳なるものが、なんとしつこく付きまとうのか！

だから、良心が相手となると、これで終わりということはけっしてない。観念せよ、ブルトゥス。観念せよ、カトー。良心は底なしなのだ。それは神にほかならないのだから。ひとはこの井戸のなかに終生の仕事を投げ入れ、運命を、富を、成功を投げ入れ、自由や祖国を、安楽、休息、歓びを投げ入れる。もっと！　もっと！　もっとだ！　瓶を空にしろ！　甕をかしげよ！　そしてついには、心まで投げ入れねばならないのである。古い地獄の霧のなかには、どこかにそんな樽がある。

結局のところ、拒むことは許されないのだろうか？　尽きることを知らないものには、権利があるのだろうか？　無限の鎖は人力をこえるものでないだろうか？　シーシュポスやジャン・ヴァルジャンが「もう勘弁してくれ」と言うのを、いったいだれが責められようか？　物質の従順さには摩擦によってとまるという限度があるが、魂は果てしなく従順でなければならないのだろうか？　永久の運動はありえないというのに、果たして永久の献身を要求できるものだろうか？

最初の第一歩はなんでもない。むずかしいのは最後の一歩だ。コゼットの結婚とそのあとのことをくらべたら、シャンマチュー事件などなにほどのものだろうか？　虚無のなかにはいることにくらべたら、徒刑場にもどることくらいなんだろうか？

ああ、下りの一段よ、おまえはなんと暗いのか？　ああ、第二段よ、おまえはなんと黒いのか？　今度ばかりは、どうして顔をそむけずにいられようか？

受難はひとつの浄化である。破滅的な浄化。それはひとを聖別する拷問である。最初は同意できる。灼熱の鉄の玉座にすわり、灼熱の鉄の冠を戴き、灼熱の鉄の球をうけ、灼熱の鉄の王杖を握っていることもできる。だが、そのうえに、炎のマントを着なければならないのだ。そうなれば、哀れな肉体が反逆し、責苦を放棄する瞬間があるのではないだろうか？

とうとうジャン・ヴァルジャンは、ぐったりと疲れ果てて静かになった。彼は考え、思いにふけり、光と影との不思議な天秤が上下するのを見つめた。じぶんの徒刑場をあのまぶしいふたりの子供たちに押しつけるのか？　それとも取返しのつかないじぶんの沈没を最後まで遂行するのか？　一方はコゼットを犠牲にすることであり、他方はじぶん自身を犠牲にすることだ。

彼はどんな解決に達したのか？　どんな決心をしたのか？　宿命的な不変の尋問にたいする、彼の心のなかの最終的な返答はどんなものだったのか？　どの扉を開けることにしたのか？　じぶんの人生のどの面に見切りをつけ、閉じてしまったのか？　まわりのはかり知れぬ急斜面の、どれを選んだのか？　どのような窮地を受け入れたのか？　これらの深淵のどれに頷いたのか？

目の眩むような夢想は夜どおしつづいた。

彼はベッドのうえで身体をふたつに折り、運命の巨大な力に押されてひれ伏し、おそらくは押しつぶされて、両手をぐっと握りしめ、ああ！　十字架から降ろされた人のように、両腕を真横に伸ばしたまま、朝までじっと同じ姿勢でいた。十二時間、冬の長い夜の十二時間、冷えきり、頭もあげず、口もきかず、身じろぎひとつしなかった。ある時には考えがヒュドラみたいに這いずりまわり、またある時には鷲のように宙に舞いあがったりしているあいだ、彼はまるで死んだように動かなかった。もしだれかが、そんなふうに不動の彼を見たとしたら、きっと死人にちがいないと思ったことだろう。彼はいきなり、まるで引きつけを起こしたように身体を震わせ、コゼットの服に唇を押しつけ、接吻した。それで人はやっと、彼が生きているのだと分かった。

だれなのか？　その人とは？　ジャン・ヴァルジャンはひとりきりだったのであり、そこにはだれもいなかったはずではないのか？

「その人」は暗闇のなかにいた。

第七篇　苦杯の最後のひと口

第一章　地獄の第七圏と天国の第八界

婚礼の明くる日は寂しいものである。みんなは幸福なふたりが深い物思いにひたっているのをそっとしておく。それに、ふたりが朝寝坊するのも大目にみてやる。訪問客やお祝い客でごったがえすのは、もっとあとになってからだ。二月十七日の朝、といってもすでに十二時をすこしまわっていたが、バスクが雑巾と羽箒を小脇に「控えの間の掃除」をしていると、軽く戸を叩く音が聞こえた。呼び鈴を鳴らさなかったのは、このような日にはなかなか慎みのある作法だ。バスクが戸を開けると、フォーシュルヴァン氏がいた。バスクは彼を客間に通したが、そこはまだ乱雑に散らかったままで、前夜の祝宴の跡が、まるで戦場のような観を呈していた。それを見たバスクは、

「いやはや、旦那さま」と言った。「わたしどもが起きるのが遅かったものですから」

「ご主人は起きておられますか?」と、ジャン・ヴァルジャンが尋ねた。

「お腕のほうはいかがで？」と、バスクは聞きかえした。

「よくなった。ご主人は起きておられるのか？」

「どちらで？　大旦那さまですか、若旦那さまですか？」

「ポンメルシーさんだ」

「男爵さまで？」と、バスクは姿勢を正して言った。

男爵であることの効用はとりわけ使用人にたいして顕著に見られる。そのおかげで彼らには、なにがしかの余録があるのだ。いわば、哲学者なら称号のとばっちりと言うかもしれないものを身にうけて、得意になれるのである。ちなみに、マリユスは戦闘的な共和主義者であり、そのことを身をもって示したわけだったが、心ならずも男爵になった。この称号のことで、家庭のなかでちょっとした革命が起こっていた。いまではこの称号にこだわっているのはジルノルマン氏だったが、マリユス自身はそのことに超然としていた。ただポンメルシー大佐がこの称号を「わが子には引き継いで、つかってもらいたい」と書き残していたので、それにしたがっているまでだった。それにコゼットは、妻としての気持ちが芽生えてきて、男爵夫人であることが嬉しくてたまらなかった。

「男爵さまで？」とバスクはくりかえした。「見てまいりましょう。フォーシュルヴァンさまがお見えです、と申し上げましょう」

「いや、わたしだとは言わないでもらいたい。内々に話をしたいという者が来ている、と言ってくれ。名前は言わずに」

「はあ!」とバスクが言った。

「すこしばかりびっくりさせてあげようと思ってね」

「はあ!」とバスクは、最初の「はあ!」をみずからに説明するように、二度目の「はあ!」をくりかえした。

彼が出ていき、ジャン・ヴァルジャンはひとりになった。

先述のように、客間はすっかり散らかっていた。耳を澄ませば、婚礼のざわめきがまだかすかに聞こえてきそうだった。寄木細工の床には、花飾りや被り物から落ちたさまざまな種類の花が散らばっていた。根元まで燃えたろうそくが、シャンデリアのクリスタル・グラスに蠟の鍾乳石を付けくわえていた。しかるべき場所にある家具はひとつもなかった。隅々には肘掛け椅子が三つ、四つ寄り集まって輪をなし、それがまるで歓談をつづけているようで、部屋全体が楽しげだった。祝祭のあとには一種の余韻が残されるものだから、あの正餐がどれほど楽しいものだったかが察せられた。乱雑に置かれた椅子のうえ、しおれた花々のあいだの、消えた明かりのしたで、人びとは喜びというものに、さまざまな思いを馳せたのだろう。いまは太陽がシャンデリアのあとを引きついで、うららかに射しこんでいる。

数分が過ぎたが、ジャン・ヴァルジャンはバスクが立ち去った場所を動かなかった。ひどく顔色が悪く、目がくぼみ、不眠のせいで眼窩の奥深くに落ちこんで、ほとんど隠れてしまいそうだった。ひと晩着たままだったらしく、黒服にはくたびれた皺ができていた。肘のあたりは、シーツでこすれたラシャ地の部分が毛羽立ち、白くなっていた。ジャン・ヴァルジャンは、陽光が足元の寄木の床に描きだす窓の影を見つめていた。

ドアのところでことりと音がしたので、彼は目をあげた。マリユスがはいってきた。顔をしゃんとあげ、口元に笑みをたたえ、顔にはなんとも言えない明るさを漂わせ、額を輝かせて、勝ち誇った目をしていた。彼もまた眠っていなかったのだ。

「あなたでしたか、お父さん！」と、彼はジャン・ヴァルジャンに気づいて声をあげた。「バスクの間抜けが、変に思わせぶりな口をきいたんですよ！　でも、ずいぶんと早いお出ましですね。まだ、十二時半ですよ。コゼットは眠っていますが」

マリユスがフォーシュルヴァン氏に向かって言った「お父さん」という言葉は、「最高の幸福」を意味していた。読者もご存じのように、このふたりのあいだにはずっと断崖が、よそよそしさが、遠慮があった。砕くか溶かすかしなければならない氷が張っていた。だが、マリユスはすっかり幸福に酔いしれていたので、断崖は低くなり、氷は溶けだしていた。だからフォーシュルヴァン氏は、コゼットと同様に、彼にとっても父になったのである。

彼はつづけた。口から次々に言葉があふれてきたが、これは素晴らしい幸福の絶頂に特有のことである。

「ほんとうによく来てくださいました！　昨日はお帰りになってしまって、どんなにさみしい思いをしたことでしょう。おはようございます、お父さん。手の具合はよくなってきたんでしょうね？」

そして、勝手に好都合なほうにひとり合点してつづけた。

「ぼくらはふたりとも、ずいぶんお父さんの噂をしていたんですよ。コゼットがお父さんを愛していることといったら！　お父さんの部屋がここにあることを、忘れないでくださいね。ロム・アルメ通りはもうたくさんです。いいかげん勘弁してくださいよ。どうしてあんな通りなんかに住もうという気になられたんです？　不健康で、やかましくて、一方の外れには柵なんかがあるし、それに寒々としていて、とてもはいっていけるところじゃありませんよ。ここにいらして住んでください。今日から早速、にです。でないと、コゼットが黙っていませんよ。申し上げておきますと、彼女はお父さんやぼくを思いのまま引っぱりまわすつもりなんです。お父さん、お部屋はごらんになられましたね。ぼくらの部屋のすぐそばです。庭に面しているんですよ。錠前なんかもちゃんとさせましたし、ベッドも整っています。準備万端です。ただおいでくださるだけでいいのです。コゼットはお父さまのベッドのそばにユトレヒト・ビロードの大きくて古風な安楽椅子を置きましてね、それに向かって、「腕を伸ばしてよく抱いてあげてくださいね」なんて言っているんですから。毎年春になると、お部屋の窓と向かいあったアカシアの茂みに、ナイチンゲールがやってきます。もうふた月もすれば来るでしょう。お父さまの左には小鳥の巣、右にはぼくらの巣ができるというわけです。夜はナイチンゲールが歌い、昼間はコゼットがおしゃべりします。お部屋は真南を向いています。コゼットはあそこにお父さんの本も並べてくれますよ。お好きなクック船長航海記に、それからもうひとつ、そうヴァンクーヴァーのやつ、ほかにお望みとあれば、どんな本でも置いてくれますよ。たしか、大事にされているスーツケースがあるとか。そのスーツケースのために、特別の場所を用意しておきました。お父さんは、うちの祖父の心をとらえてしまわれました。よほど馬が合うんですね。いっしょに暮らしましょうよ。そうだ、ホイストをおやりになりますか。もしホイストをおやりになられるのなら、祖父はきっと大喜びですよ。ぼくが裁判所に行く日に、コゼットを散歩に連れていくのがお父さんの役割です。彼女に腕を貸してやってください。ほうら、以前にリュクサンブール公園でおやりになっていたように。ぼくらふたりは、きっと幸せになろうと心の底から決めました。お父さんにも、ぼくらの幸せの仲間になっていただきたいのです。よろしいですか、お父さん？　ああ、そう、そう、今日はお昼をいっしょにしていただけますよね？」

「あなた」とジャン・ヴァルジャンが言った。「あなたにひとつ打ち明けねばならないことがあります。わたしはかつて徒刑囚でした」

あまりにも鋭い音は、耳が受け入れる限度を超えることがある。同じく、理解の限度をも超えてしまう。「わたしはかつて徒刑囚でした」という、フォーシュルヴァン氏の口から出てマリユスの耳にはいったこの言葉は、限度をはるかに超えるものだった。彼には聞こえなかった。なにか言われたようだが、なんだかさっぱり分からず、ぽかんとしていた。

このとき彼は、じぶんに話しかけている男がぞっとするような顔つきに変わっていることに気がついた。みずからの喜びに目も眩んで、そのときまで相手が恐ろしく蒼い顔をしていることに気づかなかったのである。

ジャン・ヴァルジャンは右腕を吊っていた黒ネクタイをほどき、手に巻いていた包帯を取り、親指をむきだしてマリユスに見せて、

「手はなんともないのです」と言った。

マリユスはその親指を見た。

「初めからなんともなかったのです」と、ジャン・ヴァルジャンは言葉をついだ。

果たして傷跡はどこにもなかった。ジャン・ヴァルジャンはつづけた。

「わたしはあなたたちの結婚式に出ないほうがよかったのです。なんとか席を外すようにしました。偽証をしたり、結婚証明書を無効にしたりせず、署名をしなくてもすむように、この指に傷があるふりをしたのです」

マリユスはどもりながら言った。

「い、いったい、どういうことですか？」

「つまり」とジャン・ヴァルジャンが答えた。「わたしが徒刑場にいた人間だということです」

「こっちまで気が変になってくる！」と、マリユスはぎょっとして声をあげた。

「ポンメルシーさん」とジャン・ヴァルジャンが言った。

「わたしは十九年間徒刑場にいたのです。窃盗のためです。それから終身徒刑になりました。窃盗のため、再犯のためです。そしていま、わたしは居住指定令を破っているのです」

マリユスは必死に現実のまえから後ずさりし、事実を拒み、明白なことに逆らいはしたが、結局屈服するほかはなかった。彼は理解しはじめた。そして、こういう場合にいつでも起こるように、余計なことまで理解した。心のなかを恐ろしい稲妻が走ってぞくりとした。彼は未来のなかに、わが身に関わる醜悪な運命をかいま見た。

「全部話してください。全部話してくださいよ！」と彼は叫んだ。「あなたはコゼットのお父さんなんでしょう！」

そして彼は言いしれぬ恐怖にとらえられ、思わず二歩後ずさりした。

ジャン・ヴァルジャンは、天井まで頭が届くかと思われるほど昂然とした威厳に充ち満ちていた。

「あなたには、いまからわたしが申し上げることをぜひ信じていただかねばなりません。もっとも裁判では、わたしどものような者の宣誓など受けつけてもらえはしませんが……」

ここで彼はすこし沈黙し、それから一種陰気な、堂々たる威厳をこめ、一語一語に力を入れてゆっくりと発音しながらつづけた。

「……わたしの申し上げることを信じてください。このわたしが、コゼットの父親ですって！神にかけて、そうではありません。ポンメルシー男爵、わたしはファヴロルの農民です。木の枝おろしをやって生計を立てていました。名前もフォーシュルヴァンではありません。ジャン・ヴァルジャンと言います。コゼットとは赤の他人です。ご安心ください」

マリユスは口ごもりながら言った。

「だ、だれが証明してくれるんですか？……」

「わたしです。わたしがそう言っているのですから」

マリユスはその男をじっと見た。相手は沈鬱で、平静だった。こんな落ち着いた態度から嘘が出てくるはずはなかった。氷のように冷ややかなものは真剣である。その墓のような冷厳さに真実味が感じられた。

「あなたのお言葉を信じます」とマリユスは言った。

ジャン・ヴァルジャンはそれに応じるように頭をさげてから、言葉をつづけた。

「コゼットにとって、わたしは何者でしょう？　行きずりの人間です。十年まえには、あの娘《こ》がいることさえ知りませんでした。わたしはあれを愛しています。それは本当です。年をとってから出会った女の子というのは、可愛くなるものです。年をとると、どんな子供にたいしても、おじいさんのような気持ちになるものなのです。これでわたしにも、人間らしい心のようなものがあることをお察しいただけるでしょう。あの娘はみなしごでした。父親も母親もいませんでした。あれにはわたしが必要だったのです。そういうわけで、わたしはあれを可愛がりはじめたのです。子供というのはまったく弱い者で、だれも、わたしみたいなものでさえも保護者になれるのです。わたしはコゼットにたいして、保護者としての義務を果たしました。こんな些細なことなど、本当は善行とは呼べないとは思いますが、もし善行だったとすれば、どうかわたしがそれをやったのだとお考えください。この情状酌量をお認めください。いまや、コゼットはわたしの生活から離れました。わたしたちのふたつの道は別々になりました。今後、わたしはもうあれにたいして何者でもありません。あれはポンメルシー夫人です。保護者が替わったのです。そしてコゼットはこの交替によって利益をうけます。なにもかもうまくいきました。あの六十万フランについては、あなたはなにもおっしゃいませんが、先回りして申し上げておけば、あれは預かり金だったのです。どういうわけでわたしが預かり金を持っていたのか？　まあ、そんなことはどうだっていいではありませんか？　わたしとしてはただ、預かり金を返すまでのことです。もうなにも要求されるものはありません。わたしは本名を言って、返却の締め括りにします。これもわたしに関わることです。わたしがだれであるかを、ぜひともあなたに知っていただきたかったのです」

そしてジャン・ヴァルジャンはマリユスの顔をまともに見つめた。

マリユスが感じていたのは、ただ混乱した、とりとめのない感情だけであった。運命が吹きつけるある種の嵐は、人間の魂のなかをそのように波立たせるものなのである。

わたしたちはだれしも、頭のなかで一切が散りぢりになってしまう、そんな混乱した瞬間を経験している。そんな時には、頭に浮かぶことをなんでも口に出してしまうのだが、その言葉がつねに言うべきことを正しく伝えているとは限らない。わたしたちは耐えきれなくなって、つい悪い酒を飲んだみたいに酔っぱらってしまう。マリユスは目のまえに出現した新しい事態に肝をつぶし、まるで告白した相手を怨むような言い方をして、

「でも、いったい」と声をあらげた。「どうしてぼくにそんなことを打ち明けるのですか？　なぜそんなことを言わなきゃならないんですか？　秘密をじぶんの胸だけにおさめておいてもよかったんじゃないですか。いまのところは、告発も、起訴も、追跡もされていないんでしょう？　みずからすすんでそんな告白をするからには、きっとなにかわけがあるんでしょう。終わりまで話してくださいよ。別になにかがあるんでしょう。どんな理由でそんな告白をするんですか？　どんな動機なんですか？」

「どんな動機?」と、ジャン・ヴァルジャンはマリユスというより、じぶん自身に話すように、低くかすかな声で答えた。「じっさい、どういうわけでこの徒刑囚は「わたしは徒刑囚です」などと、わざわざ言いにきたのかと? なるほど、ごもっともです。これは奇妙な動機によってです。誠実さによってです。こうです、不幸なことに、わたしの心のなかには一本の糸があって、その糸がわたしを縛りつけているのです。ことに年をとってくると、その糸は頑丈になるのです。みずからの生活全体がまわりで崩れてくるのに、その糸だけが抵抗するのです。もしこの糸をむしり取るか、引きちぎるか、結び目をほどくか切るかして、遠くに行ってしまうことができたなら、わたしは救われたことでしょう。ブーロワ通りに乗合馬車もあります。あなたがたは幸福なのだから、わたしのほうはどこかに立ち去ります。わたしはその糸を切ろうとして、上から引きちぎろうとしました。ところが、糸は丈夫で切れません。心まで引き抜かれてしまいそうでした。そのとき、わたしはこう言いました。「じぶんはここより他のところでは生きられないのだ。なんとしても、ここに踏みとどまらねばならない」と。なるほど、そうです。おっしゃるとおりです。わたしは愚か者です。なぜこのまま何くわぬ顔をしていないのか? あなたはこの家の部屋をつかえと言ってくださる。ポンメルシー夫人はわたしをとても愛してくれていて、肘掛け椅子に「腕を伸ばしてお父さまをよく抱いてあげてね」などと言ってくれる。あなたのおじいさまも、是非ここに住めと言ってくださる。わたしがお気に召されたようです。そこで、みんなでいっしょに暮らす。いっしょに食事する。わたしがコゼットに——……失礼しました。ついつい口癖がでたもので——、ポンメルシー夫人に腕を貸す。みんながひとつ屋根のしたで、ひとつのテーブルで、ひとつの暖炉で暮らす。冬は同じ炉端に集まり、夏は同じ道を散歩する。これは喜びそのものです。幸福そのものです。すべてです、これは。みんなが家族として暮らす。家族として！」

この家族という言葉で、ジャン・ヴァルジャンは凶暴になった。腕を組み、まるでそこに深淵を掘ろうとするかのように、足元の床をじっと見つめた。そして突然、彼の声が響きわたった。

「家族として！　いや、わたしに家族などいはしない。わたしはあなたの家族の一員なんかじゃない。わたしは人間の家族の一員ではないのです。家族というものはあっても、それはわたしのためにあるのではない。わたしは不幸な人間です。除け者です。果たして、父親や母親もいたのでしょうか？　それだって怪しいものです。あの子を結婚させた日に、すべてがおわったのです。わたしはあの子が幸福でいるのを、愛するひとといっしょにいるのを、そしてそこに優しいおじいさまがおられるのを見ました。ふたりの天使の家庭を、その家庭のあらゆる喜びを、すべてがうまくいっているのを見ました。そして、じぶん自身に「おまえははいるな」と言ったのです。なるほど、嘘をつきとおしてみなさんを欺き、フォーシュルヴァンのまま納まっていようと思えば、そうできたかもしれません。あの子のためになるなら、嘘も言えたかもしれません。しかし、いまはじぶんのためということになるわけですから、嘘は言えません。なるほど、黙ってさえいればよかった。そうすれば、すべてがこれまでどおりだったでしょう。なぜ告白しなければならないのか、とお尋ねですか？　わたしの良心という、おかしなもののせいですよ。しかし、黙っているのはわけもないことだったのです。そのようにすべくじぶんを説きふせようと、ひと晩努力しました。あなたはわたしに告白させようとされる。そもそも異常なことを申し上げにきたのはこのわたしなのですから、あなたにはそうされる権利はある。ええ、そうです。わたしはひと晩じゅう、あれこれとても立派な理由をじぶんに言ってきかせました。できるだけのことをやってみたのです。それでも、うまくいかなかったことがふたつあります。ひとつは、わたしの心をここにとどめ、釘づけにし、密着させているあの糸を断ちきること。もうひとつは、わたしがひとりきりでいるとき、そっと話しかけてくるだれかを黙らせることです。そういうわけで、今朝はすべてをあなたに申し上げにまいった次第です。すべてを、いや、ほとんどすべてを、です。申し上げても仕方のない、じぶんだけに関わることもありますが、それは胸にたたんでおきましょう。肝心な点はもうお分かりですね。わたしはみずからの隠し事をこの手でとらえ、それをあなたのところに持ってきたというわけです。そしてあなたの目のまえで、じぶんの秘密をえぐりだしてみせました。これは容易に決心できることではありませんでした。ひと晩じゅうもがき苦しみました。ああ！　あなたは信じられますまいが、わたしはこんなことまで考えたのです。これはシャンマチュー事件とはわけが違う。たとえ名前を隠していても、だれに迷惑をかけるわけでもない。フォーシュルヴァンという名前は、わたしが力を貸してやったことに感謝して、フォーシュルヴァン自身がくれたもの。だから、このままフォーシュルヴァンと名乗っていてもいいわけです。それに、せっかく住めと言われているその部屋にいれば、さぞかし幸せだろう。わたしはなんの邪魔にもならないだろう。わたしはじぶんにあたえられた片隅でおとなしくしているだろう。そして、あなたがコゼットを手に入れられる一方で、このわたしも、ああ、あの子と一つ屋根のしたに住んでいられるのだとしみじみ思うだろう。各人がそれぞれにふさわしい幸福を得ることになるだろう。このままフォーシュルヴァン氏で押しとおしていれば、万事うまくいくだろう。そうです、じぶんの魂を別とすれば、うわべは喜びでいっぱいでしたが、心の奥は真っ暗なままだったのです。幸福なだけでは足りません、満足していなければならないのです。黙ってさえいれば、わたしはフォーシュルヴァンで通せるでしょう。そうすれば、じぶんの本当の顔は隠しおおせるでしょう。あなたがたの晴れやかな喜びのまえで、わたしは不可解な人間としてとどまることでしょう。あなたがたの真昼のさなかに、わたしは暗黒をかかえていることになるでしょう。そうして、警告もなしに、じっさいにあなたの家庭に徒刑場を持ちこむことになるでしょう。正体を知られたら追いだされると思いながら、あなたといっしょのテーブルにつくことになるでしょう。わけを知ったら、「ぞっとする!」と言うにちがいない召使いたちに給仕してもらうことになるでしょう。あなたがたが避けられて当然なこの肘であなたにさわり、あなたがたから握手を騙しとるでしょう! お宅では、崇敬すべき白髪と罪の烙印を押された白髪とが、家族の敬意を分かちあうことになるでしょう! 家族団欒のとき、みんながお互いに胸襟を開くつもりでいるとき、あなたのおじいさまとあなたがたふたりと、このわたしの四人がそろって集まっているとき、そこにわけの分からない人間がひとりいることになるでしょう! あなたがたの生活にはいっていっしょにいながら、わたしはじぶんの恐ろしい井戸の蓋をぜったいずらすまいと、ただそればかりに気をつかうことになるでしょう。結果、死者であるわたしが生者であるあなたがたにじぶんを押しつけることになるでしょう。わたしはあの子を永遠に縛りつけることになるでしょう。あなたとコゼットとわたしの三人が、徒刑囚のかぶる緑の縁なし帽をかぶることになるでしょう！　ぞっとしませんか？　わたしはすでに、この世でもっとも打ちひしがれた人間ですが、今度はもっとも極悪非道な人間になることでしょう。そして、そういう罪を毎日おかすことになるのです！　そして、そういう嘘を毎日つくことになるのです！　そして、わたしの不名誉を毎日あなたがたに分けあたえることになるのです！　毎日、愛すべきあなたがたに、わたしの子供であるあなたがたに、罪もないあなたがたに！　黙っているのは、なんでもないことでしょうか？　沈黙を守るのは、簡単なことでしょうか？　いや、簡単なことではありません。嘘をつく沈黙というものもあるのです。だからわたしはじぶんの嘘を、欺瞞を、不名誉を、卑劣さを、裏切を、犯罪をちびちびと飲んでは吐きだし、また飲むことになるのです。そんなことを真夜中に終えても、昼にはまた始めることになるのです。その結果、わたしの「おはよう」が嘘をつき、わたしの「おやすみ」が嘘をつき、わたしはその嘘のうえに眠り、パンといっしょに嘘を食べることになるでしょう。コゼットの顔をまともにながめ、天使の微笑に地獄に墜ちた者の微笑を返すわたしは、憎むべきペテン師になるでしょう！　それも、なんのために？　幸福になるためにです。幸福になるためにですよ、このわたしが！　果たしてこのわたしに、幸福になる権利があるでしょうか？　わたしは人生のはみ出し者なんですよ、あなた」

ジャン・ヴァルジャンは話しやめた。マリユスは聞き入っていた。これほど連綿とした想念と苦悩の流れをせきとめることなどできるものではない。ジャン・ヴァルジャンはふたたび声を低くしたが、それはもはやたんに鈍い声ではなく、不気味な声だった。

「なぜわたしが告白するのか、とお尋ねですね？　告発も、起訴も、追跡もされていないというのに、と言われる。いいえ！　わたしは告発されているのです！　そうですよ！　起訴されているのです！　追跡されているのです！　だれに？　わたしに、ですよ。わたしはじぶんでじぶんの道をふさいでいるのです。だからこそ、じぶんを引きずりだし、押しだし、逮捕し、処刑するのです。じぶんでじぶんを捕まえておけば、思いどおりになるからですよ」

そして彼はじぶんの上着をぐいとつかんで、マリユスのほうに引っぱりながら、

「さあ、この拳をごらんなさい」と、言葉をつづけた。「襟首を放さないように、しっかりとつかんでいるとお思いになりませんか？　そうです！　もうひとつの手首なのです、良心というのは！　ひとが幸福になりたいと願ったら、けっして義務というものに気づいてはならないのです。なぜなら、気づいたなら、義務というものはけっして容赦しないからです。義務に気づくということは、まるで罰をくらったようなものですが、じつはそうではないのです。義務はちゃんと報いてくれるものです。なぜなら、義務は人間を地獄に墜としますが、そこで人間はじぶんのそばに神がいることを感じるからです。人間は、はらわたを引き裂けば、じぶん自身と和解できるものなのです」

そして彼は、胸をえぐるような口調でつづけた。

「ポンメルシーさん、こう言っては常識に外れるようですが、わたしは正直な人間です。わたしはあなたの目にじぶんを貶めることによって、じぶんの目にじぶんを高めているのです。こんなことはまえにも一度ありましたが、今度ほど苦しくはなくて、あれくらいのことはなんでもあ

りませんでした。そうです、わたしは正直な人間です。もしわたしの過ちによって、あなたがわたしを尊重されつづけるのであれば、わたしは正直者とは言えますまい。しかし、いまのあなたがわたしを蔑んでおられるのだから、わたしは正直であると申せましょう。わたしはひとの敬意を盗む以外に敬意を得られない。だからそんな敬意はわたしを辱め、心を苛む。そしてじぶんでじぶんを尊敬したければ、ひとから蔑まれる必要がある。これがわたしの背負っている宿命です。そうなってこそ、わたしは頭を真っ直ぐにしていられるのです。わたしはじぶんの良心に服従する徒刑囚です。こんな人間はまたといないことは重々承知していますが、しかしどうしろとおっしゃるのですか？　これが事実なのです。わたしはじぶん自身にたいして約束し、その約束を守っているのです。ひとはじぶんを束縛するようなものに出会うこともあれば、偶然義務のなかにひきずりこまれることもあります。そうです、ポンメルシーさん。わたしの生涯には、じつにいろんなことがあったのです」

ジャン・ヴァルジャンはまたひと呼吸おき、みずからの言葉の後味が苦いとでもいうように、苦しそうに唾を飲みこんでから、また言葉をついだ。

「こんな恐ろしいものを背負っているとき、それを当人には知らせずに他人に分担させる権利はありません。じぶんのペストを他の人にうつす権利はありません。じぶんの赤い囚人服を人にまで着せる権利はありません。陰険にもじぶんの惨めさで他人の幸福を邪魔する権利はありません。健康な人びとに近づいて、目に見えないじぶんの膿をこっそりなすりつけるのは、思ってもぞっとすることです。たとえフォーシュルヴァンがわたしにじぶんの名前を貸してくれたとしても、わたしにはそれを使用する権利はありません。彼がわたしに名前をあたえてくれたのはいいことだったとしても、わたしとしてはもらってはならなかったのです。ひとつの名前はひとつの自我です。お分かりでしょう、あなた。わたしは田舎者ですが、すこしは物を考え、すこしは本も読みました。そして物事の道理をわきまえているつもりです。このとおり、じぶんの考えもかなりよく言い表せます。わたしはじぶんを教育したのです。そうです、他人の名前をかすめとって身につけるのは、不正直なことです。アルファベットの二十六文字だけなら、財布や時計のように騙し取れもします。しかし、血の通った贋の署名となること、実直な人びとの家の錠前をこじあけ、なかに押し入ること、もうけっして目を真っ直ぐに向けず、いつも横目でものを見、心のなかが汚れていること、そいつはいけません！　いけません！　いけません！　いけません！　それよりはいっそのこと、苦しみ、血を流し、爪で皮を肉からかきむしり、幾夜も苦悩に悶えつづけて、身も心もやつれはてるほうがましです。だからこそ、わたしはあなたにすべてを打ち明けにまいったのです。おっしゃるとおり、みずからすすんでのことです」

彼は苦しそうにはっと息をつぎ、そして最後の言葉を吐いた。

「昔わたしは生きるために、パンをひとつ盗みました。今は生きるためにひとつの名前を盗みたくはないのです」

「生きるためですって！」と、マリユスはさえぎって言った。「あなたが生きるために、その名前が必要なわけでもないでしょうに」

「ああ、それは分かっているのです」と、ジャン・ヴァルジャンはゆっくりと、何度もうなずきながら答えた。

しばし言葉が途絶えた。ふたりはそれぞれの思いの淵に沈みこみ、黙っていた。マリユスはテーブルのそばに腰をおろし、指を一本折り曲げて、口の角を支えていた。ジャン・ヴァルジャンは行ったり来たりしていた。彼は鏡のまえで立ち止まると、しばらくじっとしていた。それから、映っているじぶんの姿は見ずにその鏡を見つめながら、まるで心のなかの異論に答えるかのように言った。

「だが、これで気が楽になった」

彼はふたたび歩きだし、客間のもう一方の端まで行った。ふと振りむいたとたん、じぶんが歩く姿をマリユスがじっと見ていることに気がついた。すると彼は、なんとも形容しがたい口調で言った。

「わたしは片脚をちょっとひきずるのです。なぜだか、もうお分かりでしょう」

それからマリユスのほうにひたと向きなおった。

「ところで、マリユスさん、こんなふうに想像してみてください。わたしがなにも言わなかったとします。あいかわらずフォーシュルヴァン氏であるとします。お宅に割りこみ、ご家族の一員になり、くださった部屋にはいります。朝は気軽に朝食に出てくる。晩は三人そろって芝居に行く。チュイルリー公園やロワイヤル広場へポンメルシー夫人のお供をする。みなさんといっしょに暮らし、あなたはわたしのことをあなたと同じ人間だと思っておられる。ところがある日、わたしはここ、あなたがたがそこにいて、おしゃべりしたり笑ったりしている。そこへいきなり、

「ジャン・ヴァルジャン！」という叫び声。そして、警察という、あの恐ろしい手が暗闇のなかから出てきて、だしぬけにわたしの仮面を引きはがす！」

彼はまた黙った。マリユスはぎくりとしながら立ちあがった。ジャン・ヴァルジャンが言った。

「どう思われますか？」

マリユスは沈黙で答えた。

ジャン・ヴァルジャンはつづけた。

「わたしが秘密を打ち明けたのが正しかったことが、これでよくお分かりでしょう。さあ、幸福におなりなさい。天上で、天使を守る天使になってください。からだに陽光を受け、満足して暮らしてください。そして地獄に墜ちた哀れな男が、胸襟を開き、義務を果たすこんなやり方など気にしないでください。あなたの目のまえにいるのは惨《ミゼラブル》めな男なのです、マリユスさん」

マリユスはゆっくりと客間を横切り、ジャン・ヴァルジャンのそばまでくると、手を差しだした。

だがマリユスは、相手が手を差しださないので、じぶんのほうから握りにいかねばならなかった。ジャン・ヴァルジャンはされるままになっていたが、マリユスはまるで大理石の手を握っているような気がした。

「祖父にはいろいろ友人もいます」と、マリユスが言った。「あなたの特赦をもらうようにしますよ」

「その必要はありません」と、ジャン・ヴァルジャンは答えた。「わたしは死んだ人間だと思われているのです。それで充分。死んだ人間は監視されませんから。静かに腐敗していくものと思われています。死は特赦も同然です」

そして彼は、マリユスに握られていた手を引っこめながら、どこか非情な威厳をもって言いそえた。

「それに、義務を果たすこと、これがわたしの頼りとする友人なのです。そしてわたしは、ただひとつの特赦、すなわち良心の特赦しか必要としないのです」

そのとき、客間の反対側の端でそっと半分ドアが開いて、その隙間からコゼットの顔がのぞいた。こちらからはその優しい顔しか見えなかったが、髪は美しくほどけ、瞼はまだ眠そうにふくらんでいた。彼女は巣から頭を突きだす小鳥のような仕草をして、まずは夫を、そしてジャン・ヴァルジャンを見やり、それからふたりに向かって笑いながら叫んだ。バラの花の奥に微笑みを見るような感じだった。

「きっと政治のお話ね！　ほんとにいやだわ、あたしをほっておくなんて！」

ジャン・ヴァルジャンはびくっとした。

「コゼット」とマリユスはつぶやいた。

そして彼は言葉につまった。ふたりは、まるで罪人のようだった。

コゼットは晴々とした顔で、ふたりを交互に見つづけていた。その目に楽園からこぼれてくる光のようなものが宿っていた。

「さあ、罪の現場をつかまえたわよ」とコゼットが言った。「フォーシュルヴァンお父さまが、

「良心……」だの「義務を果たす……」だのっておっしゃっているのがドア越しに聞こえたんですもの。政治のお話でしょう、それって。あたし、そんな話いやだわ。結婚の翌日から、政治の話なんてするものじゃないわ。いけないことよ」

「ぼくたちは仕事の話をしているんだよ。きみの六十万フランをどの銀行に預けたらいちばんいいのかと……」

「それだけじゃないでしょう」と、コゼットはマリユスの言葉をさえぎり、「あたし、そっちへ行くわ。そこにいてもいい？」

そしてさっと戸口を越えると、客間にはいってきた。彼女は襞が多く、袖口が広く、首から足元まで垂れる、ゆったりとした白い部屋着をきていた。昔のゴチック絵画の金色の空の部分には、天使に着せるこうした美しいゆったりした服が描いてある。

彼女は大きな鏡で頭から足の先までじぶんの姿をながめた。それから、言いようのない、うっとりした気持ちを抑えきれずに声をあげた。

「むかしむかし王さまと女王さまがいました。ああ、ほんとうに幸せだわ！」

こう言ったかと思うと、マリユスとジャン・ヴァルジャンに向かってお辞儀をした。

「さあて」と彼女は言った。「お近くの肘掛け椅子にすわろうっと。三十分もすればお昼の食事です。なんでも好きなことをお話しになって。殿方はお話ししなければならないってことくらい、あたし、知っています。あたしはおとなしくしていますから」

マリユスはコゼットの腕を取り、愛情をこめて言った。

「仕事の話をしているんだよ」

「あ、そうそう」とコゼットは答えた。「あたし、窓を開けたのよ。そしたら、お庭にピエロ〔雀の俗称〕がずいぶん来ているの。小鳥よ、お面をかぶったピエロじゃなくて。今日は灰の水曜日なのに、小鳥たちにはそうじゃないのね」

「仕事の話だって言っているだろ、コゼット。さあ、ちょっとだけあっちへ行っていてくれないか。数字の話なんだ。退屈するだけだよ」

「今朝は素敵なネクタイをしていらっしゃるのね、マリユス。とても粋ですわよ、旦那さま。いいえ、退屈なんかしません」

「きっと退屈するに決まっているよ」

「いいえ、あなたがお話しになるんだもの。分からないでしょうけど、聞いていますわ。好きな人の声さえ聞いていれば、言葉の意味なんか分からなくてもいいものよ。ここでいっしょにいれば、それだけで結構です。あたし、ここにいるわよ」

「ぼくの可愛いコゼット！　だめだよ」

「いいわ」とコゼットは答えた。「いろいろ教えてあげようと思っていたのに、おじいさまがまだ寝ていらっしゃることや、伯母さまがミサにお出かけになったことや、フォーシュルヴァンお父さまの部屋の煙突がくすぶることや、ニコレットが煙突掃除屋さんを呼んだことや、トゥーサンとニコレットはもう喧嘩をしたことや、ニコレットがトゥーサンの言葉遣いをからかうことなんか。いいわ、なんにも教えてあげないから！　ああ！　だめですって？　覚えていらっしゃいよ。あたしだって、今度は言ってあげるから、「だめだ」って。いけないのはどっちかしら？

お願い、ねえマリユス、ここにいっしょにいてもいいでしょう」

「ほんとうに、ふたりきりで話さなくちゃならないんだよ」

「それじゃあ、あたしは他人だってこと？」

ジャン・ヴァルジャンはひと言も口をきかなかった。コゼットは彼のほうを向いた。

「まず、お父さま、お父さまからキスしてください。あたしの味方もしないで、なにもおっしゃらないなんて、いったいどうなさったの？　だれがこんなお父さまにしてしまったの？　あたしが家庭でひどい目にあっているのが、よくお分かりでしょう。夫がぶつんですから。さあ、すぐにキスして」

ジャン・ヴァルジャンは近づいた。コゼットはマリユスのほうを向いた。

「あなたなんか、イイーだ」

それから額をジャン・ヴァルジャンに差しだした。ジャン・ヴァルジャンは一歩踏みだした。

コゼットは後ずさりした。

「お父さま、お顔の色が悪いわ。傷が痛むんですか？」

「よくなったよ」とジャン・ヴァルジャンが言った。

「よくお眠りになれなかったの？」

「いいや」

「なにか悲しいことがおありなの？」

「いいや」

「キスしてちょうだい。お元気で、よくお休みになれて、ご満足でしたら、なにも小言は言いませんわ」

こう言いざま、彼女はまた額を差しだした。ジャン・ヴァルジャンは、天上の光を宿すその額に唇をつけた。

「笑ってちょうだい」

ジャン・ヴァルジャンは微笑んだ。それは幽霊の微笑だった。

「じゃあ今度は、夫からあたしを守ってください」

「コゼット！……」とマリユスが言った。

「叱ってやって、お父さま。あたしがここにいなくてはならないって言ってやってください。あたしがいたって、なんでも話ができるでしょうに。じゃあ、あたしのことをよっぽど馬鹿だと思っていらっしゃるのね。おふたりのお話って、さぞ大層なことでしょうよ！　仕事だの、お金を銀行に預けるだの、本当にたいへんなことでしょうよ。男のひとって、なんでもないことを秘密にするのね。あたしはここにいたいの。今朝のあたしって、とってもきれいでしょう。見てよ、マリユス」

そして可愛らしく肩をすくめ、なんとも品のあるふくれっ面をしてマリユスを見つめた。ふたりのあいだに電光のようなものが通った。人がそばにいたところで、それがなんだろう！

「愛しているよ」とマリユスが言った。

「大好き!」とコゼットが言った。

そしてふたりは、こらえきれずにお互いの腕のなかにとびこんだ。

「それじゃ」とコゼットは、勝ち誇ったようにやや口をとがらせ、部屋着の襞を直しながら言った。

「あたし、ここにいるわよ」

「それがだめなんだよ」と、マリユスは拝むような口調で言った。「決めなくちゃならないことがあるんだ」

「まだ、だめなの?」

マリユスは重々しい口調になった。

「コゼット、だめだと言ったら、本当にだめなんだ」

「あら! 偉そうな声を出すのね、あなた。いいわ、出ていきますとも。お父さまはあたしの味方になってくださらなかったのね。旦那さま、お父さま、あなたがたは暴君です。おじいさまに言いつけてあげますから。あたしがまたもどってきて、ふたりのご機嫌をとるだろうなんて思ったら、とんでもない間違いですよ。このあたしにも誇りがあります。今度はあたしが待っていますからね。あたしがいなくて退屈されるのがあなたがただってことが、すぐにお分かりになるわ。出ていってさしあげましょう。いい気味だわ」

彼女はそう捨て台詞を残して、立ち去った。

すぐにまたドアが開いて、赤みをおび、生き生きとしたコゼットの顔がもう一度、両開きのドアのあいだからあらわれ、ふたりに向かって叫んだ。

「あたし、とっても怒っているんですからね」

ドアは元どおりに閉まって、ふたたび闇のような世界になった。まるで、道に迷った日の光が、そうとは気づかず、ふいに夜のなかを通りすぎたみたいだった。

マリユスはドアがしっかり閉まっているかどうか確かめてから、

「かわいそうなコゼット」とつぶやいた。「もしコゼットがこのことを知ったら……」

この言葉を耳にしたジャン・ヴァルジャンは、ぶるぶる全身を震わせた。彼は取り乱した様子でマリユスを見つめた。

「コゼット！　ああ、そうだ。なるほど、あなたはこのことをコゼットにお話しになるわけですね。ごもっともなことです。そう、わたしはそこまで考えませんでした。人間はただひとつのことに力があっても、もうひとつのことにはまったく無力なものですな。マリユスさん、どうかお頼みします。お願いします。誓ってください。あれにはこのことを言わないでください。あなたが知っておいてくだされば、それで充分じゃないですか？　わたしは無理強いされたわけでもないのに、みずからすすんで言うことができました。世界じゅうにだって、どこのだれにだって言うことができたでしょう。あんなことは、べつに大した話ではありませんでした。しかしコゼットは、あれはなにも事情を知らないのです。きっと怖がるにちがいありません、徒刑囚だなんて！　説明してやらなきゃならないでしょう。「徒刑場という場所にいた人間だよ」と、教えてやらなきゃならないでしょう。あの子はいつぞや、徒刑囚が大勢、鎖につながれていくところを見たことがあります。〔1〕ああ、情けない！」

彼は肘掛け椅子のうえにくずおれるようにすわり、両手で顔をおおった。声こそ聞こえなかったが、肩がぶるぶる震えていることから、泣いているのが分かった。無言の涙、恐ろしい涙。むせび泣きをしていると、ときどき息がつまることがある。彼は一種の痙攣におそわれて、両手をだらりと垂らし、涙にかきくれた顔をマリユスに見せながら、まるで息をつこうとするように、肘掛け椅子の背にのけぞった。そしてマリユスは、底なしの深みから出てきたかと思えるような、低いつぶやきを耳にした。「ああ！　死んでしまいたい！」

「ご安心してください」とマリユスが言った。「あなたの秘密はわたしの胸だけにおさめておきますから」

マリユスは通常考えられるほどには、動揺しなかったようだったが、この一時間というもの、思いもかけずぞっとするような出来事に慣らされてきたし、眼前のフォーシュルヴァン氏のうえに徒刑囚の姿が徐々に重なってくるのを見て、じりじりこの痛切な現実に引きずりこまれ、その場の成行きで、相手とじぶんのあいだにできた溝をはっきり認めるようになった。そこでこう言いそえた。

「あなたがあれほど誠実にきちんと返してくださった預かり金について、どうしてもひと言申し上げねばなりません。あれは誠実な行為でした。当然、報酬を差しあげねばなりません。ごじぶんで金額をお決めになってください。おっしゃるだけお支払いします。どんなに多額でも、どうかご遠慮なく」

「ありがとうございます」とジャン・ヴァルジャンは答えた。

彼は無意識に人差指の先で親指の爪をこすりながらしばし考えこんでいたが、やがて声をあげた。

「だいたい、万事片づきました。もうひとつだけ最後に……」

「なんでしょうか?」

ジャン・ヴァルジャンは最後のためらいのようなものを見せた。そして、声にもならず、ほとんど息もせずといった感じで言った、というよりも口ごもった。

「事情が分かったいまでは、あなたはご主人として、わたしがコゼットに会ってはいけないとお思いでしょうね?」

「お会いにならないほうがよろしいかと思います」と、マリユスは冷ややかに答えた。

「もう会いますまい」と、ジャン・ヴァルジャンはつぶやいた。

そして彼はドアのほうに歩いていった。

彼は嘴形のハンドルに手をかけた。錠前の舌がはずれ、ドアがすこし開いた。ジャン・ヴァルジャンはそのドアを通れるだけの広さに開けると、しばし佇んだ。それからまたドアを閉めて、マリユスのほうを向いた。

その顔色はもはや蒼白さを通り越して鉛色になっていた。目には涙がなくなり、悲痛な焔のようなものが見えたが、声は不思議な落着きを取りもどしていた。

「でも、マリユスさん」と、彼は言った。「もしよろしければ、会いにきたいのですが。本当に、是非そうしたいのです。もしコゼットに会いたいと思っていなかったなら、あなたにあんな告白をしなかったことでしょう。黙ってどこかに消えたことでしょう。だが、コゼットのそばにいて、いつでもあの子に会いたいと思えばこそ、正直にあなたにすべてを打ち明けねばならなかったのです。わたしの言う道理がお分かりいただけますね？　だれにだって分かることですよ。ねえ、あなた、わたしがあの子を引きとってから、もう九年にもなるのですよ。最初わたしたちは大通りのあばら屋に住んでいました。それから、修道院へ行き、つぎにリュクサンブール公園のそばに移ったのです。あなたが初めてコゼットにお会いになったのはあそこでしたね。あの青い絹綿ビロードの帽子を覚えておいででしょう。わたしたちはそれから、アンヴァリッド付近にある、鉄柵と庭のある家に移り住みました。プリュメ通りです。わたしはちいさな裏庭に住み、あれのピアノを聞いていました。これがわたしの生活だったのです。わたしたちは一度として離ればなれになったことはないのです。それが九年と何か月かつづいたのです。わたしはあの子の父親みたいでしたし、あれはわたしの子供でした。お分かりになっていただけるかどうか、ポンメルシーさん、いまここを去り、もう二度とあの子の顔を見ず、話もできず、すっかり縁が切れてしまうのは、なんともつらいことなのです。もしあなたさえよろしければ、ときどきコゼットに会いにきたいのです。そうたびたびはまいりません。長居もいたしません。天井の低いあのちいさな部屋に通すようにおっしゃってくだされば結構です。一階のあの部屋です。使用人の裏口から入れていただいてもかまいませんが、それではかえって変に思われるでしょう。やはり、みなさんと同じ表口からはいったほうがいいと思います。本当なのです。わたしはまだ、もうすこしだけコゼットに会っていたいのです。ほんのたまにお許しくださるだけで結構です。どうか、わたしの身になって考えてください。わたしには、もうほかになにもないのです。それに用心もしなければなりません。もしわたしがまったく顔をみせなくなったら、かえって具合の悪いことになるでしょう。わたしにできるのは、たとえば暮方、暗くなりかけたときに来ることですが」

「毎晩いらしてください」とマリユスが言った。

「本当にご親切に」とジャン・ヴァルジャンが言った。

マリユスはジャン・ヴァルジャンに会釈し、幸福は絶望を送っていき、そしてふたりは別れた。

第二章　告白のなかにひそむ暗い影

マリユスは動転していた。

コゼットに付き添っていた男に、どこか反感のようなものを感じていたわけが、これで分かった。あの男になにか謎めいたところがあるのを、本能が知らせていたのだ。その謎とは、このうえもなく醜悪な恥辱、つまり徒刑場だったのだ。あのフォーシュルヴァンは徒刑囚ジャン・ヴァルジャンだったのだ。

幸福のただなかでいきなりこんな秘密に出会うのは、雉鳩の巣のなかに蠍《さそり》を見つけるようなものだ。——ぼくとコゼットの幸福は、これから先このようなものと隣合せになるように定められているのか？　これは既成事実なのだろうか？　あの男を受け入れることが、結婚を成立させるための条件だったのか？　もうなんの手も打てないのか？　ぼくは徒刑囚の娘を娶ったのか？　どんなに喜びと光を頭に戴いていても、人生のバラ色の時期を味わっていても、こんな手厳しい衝撃をうけたら、恍惚とした大天使でも、栄光につつまれた半神でも、思わずぞっと身を震わせずにはいられないだろう。

このようなどんでん返しにあうとかならず起こることだが、マリユスは果たしてじぶんにも落ち度がないのかどうか反省してみた。――ぼくには先見の明がなかったのだろうか？　慎重さを欠いていたのだろうか？　知らずしらず軽率なことをしてしまったのだろうか？　おそらく、たぶんにそのきらいはあった。まわりの状況を確かめる慎重さもなしにあの恋愛に陥り、ついにコゼットと結婚することになったのか？　彼ははっきり分かった――わたしたちの人生はこんなふうに一つひとつじぶんを確かめていくことによって、すこしずつ成長していくのであるが――、じぶんの性質にはどこか幻想的な、夢想的な側面があることがはっきりと分かった。このような側面は、多くの人びとの心にひそむ雲のようなもので、熱情や苦悩が頂点にまで達すると、魂の温度変化によって大きく広がり、全身をおおいつくし、その人間を霧につつまれた意識だけにしてしまう。マリユスの性格の特徴であるこのような要素については、これまでに何度か述べておいた。プリュメ通りのあの庭で恋に酔いしれていた、心もとろけるような六週間か七週間のあいだ、あのゴルボー屋敷の謎めいた事件――犠牲者がじつに奇怪な決意を見せて、戦いのあいだずっと黙りつづけ、そのあとでまんまと逃げてしまったあの事件――について、コゼットにはなにも話してなかったことを思いだした。あのことをコゼットにひと言も話さなかったのはどうしてだったのか？　それもついすこしまえのことで、あんなに恐ろしい事件だったというのに！　テナルディエ一家の名を、とりわけエポニーヌに出会ったあの日のことさえ、口に出さなかったのはどうしてだろうか？　いまとなっては、あのときなぜ黙っていたのか説明に困るほどだ。だが、どうやら分かりかけてきた。思いだしてみると、頭がぼおっとしていたし、コゼットに夢中になって身も心も奪われて、お互いを理想のなかに連れ去っていたのだ。しかし、激しい魅惑にみちていたそんな状態の魂にも、あるかなきかの一片の理性が混じっていたのかもしれない。なにしろ、あの恐ろしい事件をじぶんの胸のうちにしまいこみ、隠して消してしまおうという、ぼんやりした、かすかな本能がはたらいたのだから。あの事件と関わり合いになるのを恐れ、どんな役割も果たすまいと慎重に振る舞った。他言したり証人になったりすれば、告発人にならざるをえなかったからだ。それにあの数週間は、まるで電光みたいだった。ただ愛しあう以外のことは、なにひとつする暇もなかった。結局、すべてを考えあわせ、よく検討し、しらべたところで、ゴルボー屋敷の待伏事件をコゼットに話し、テナルディエ一家の名を教えたところで、結果がどうなったところで、ジャン・ヴァルジャンが徒刑囚だと見破ったところで、そのためにぼくの心は変わっていただろうか？　ぼくは尻込みしただろうか？　コゼットを愛する気持ちが弱くなっただろうか？　結婚する心が萎えていただろうか？　そんなことはない。いままでのことがなにか違ったふうになっていただろうか？　そんなことはない。だから、後悔することはなにもないのだ。じぶんを責める必要はどこにもないのだ。なにもかも、これでよかったのだ。恋人と呼ばれる酔いしれた人間には神がついている。ぼくは盲目だったとはいえ、目が見えたら選んだにちがいない道を辿ってきたのだ。なるほど、恋はぼくを盲目にしてはいた。だがそれは、ぼくをどこに連れていくためだったのか？　天国へ、だった。

だがその天国は、これからは地獄と隣合せになる。

マリユスが前々から、フォーシュルヴァンからジャン・ヴァルジャンになったこの男にたいして覚えていた反感に、いまでは嫌悪感が加わるようになった。とはいえ、この嫌悪感にいくらかの哀れみとある種の驚きが入り混じってきた。

あの泥棒、あの再犯の泥棒が預かり金を返した。それも、なんという預かり金だろうか？　六十万フランだ。預かり金の秘密を知っていたのは彼ひとりだった。全額じぶんのものにしておくこともできたのに、そっくり返してよこしたのだ。

おまけに彼は、じぶんから身の上を打ち明けた。だれに強いられたわけでもない。彼の正体が分かったのも、彼自身の口からだ。あんな告白をすれば恥をかくだけではすまず、危険を覚悟しなければならなかったはずだ。仮面はたんなる仮面ではなく隠れ家だったのだが、彼はその隠れ家を捨てた。たとえ徒刑囚だったとしても、ちゃんとした家庭にはいって、いつまでも身を隠していられた。だがその誘惑にも耐えたのだ。そしてその動機はなんだったか？　良心の恐れからだ。彼はそのことを否定すべくもない真実味をこめて、みずから説明した。とにかく、あのジャン・ヴァルジャンがどんな人間だろうとも、目覚めようとしている良心であることはぜったい間違いない。そこにはなにやら不思議な更正の兆しがあった。そしてどう見ても、もうずいぶんまえから、良心があの男を支配してきたようだ。あのように正義と善を求める気持ちが急に湧き起こってくることは、品性下劣な人間にはふさわしくない。良心の目覚めは魂の高貴さを示すものにほかならないのだ。

ジャン・ヴァルジャンは誠実だった。その誠実さは目に見え、手でさわることができ、反駁できないものであり、それゆえに彼が受けてきた苦悩からしても明らかなもの、あれこれ調査する必要などないものであり、彼が話すことすべてに権威をあたえていた。ここまできて、マリユスにとって事態が奇妙に転倒してきた。フォーシュルヴァン氏からなにが出てきたか？　疑いだ。ジャン・ヴァルジャンからなにがでてきたか？　信頼だ。

マリユスは思いにひたりながら、ジャン・ヴァルジャンについての不思議な貸借対照表をつくり、そのうえで資産を確かめ、負債を確かめ、差引残高を出してみようとした。だが、すべてが嵐のなかにあるようだった。マリユスはなんとか、この男について明確な考えを得ようとして、いわばジャン・ヴァルジャンを心の底で追跡してみたが、相手の姿はどうしようもない霧につつまれて、あらわれたかと思うとまた消えてしまうのだった。

預かり金を正直に返したこと、誠実な告白をしたこと、あれは暗雲の晴れ間のようなものだった。だが、それから空はまた暗くなってしまった。

マリユスの記憶はひどく混乱していたが、すこしは思いだせるようになった。

ジョンドレットのぼろ屋での事件は、いったいどういうことだったのだろうか？　警察がやってきたとき、あの男はどうして訴えずに、逃げてしまったのだろうか？　マリユスはこの点について答えを見つけだした。要するに、彼が居住指定を破っている前科者だったからだ。

まだ疑問がある。あの男はなぜバリケードにやってきたのか？　というのも、いまやマリユスはあのことをはっきり思いだしていたからだ。その思い出は、ちょうど日にかざしたあぶり出しインクみたいに、動揺する心のなかにもどってきたのである。あの男はバリケードにいたが、戦わなかった。いったい、なにをしにきたのだろうか？　この疑問にたいして、ひとりの幽霊が立ちあらわれて答えていた。ジャヴェールである。マリユスはいま、縛りあげられたジャヴェールをバリケードの外に引っぱっていったジャン・ヴァルジャンの暗い姿を、はっきりと思い浮かべていた。すると、モンデトゥール小路の角のうしろから聞こえてきた、恐ろしいピストルの音も耳の底によみがえってきた。どうやらあの密偵と徒刑囚は憎みあい、互いに相手がじゃまだったのだ。ジャン・ヴァルジャンは仕返しをしようとしてバリケードにやってきたのだが、遅きに失したのだ。たぶん、あそこでジャヴェールが捕虜になっていることを知っていたのだろう。コルシカ島のヴェンデッタ〔1〕は、ある種の下層階級に浸透し、そこでの掟になっている。あれはごく当たり前のことになっているので、善のほうに立ちなおりかけた者でも、平気で死の報復をする。このような気持ちなのだから、悔悟の道を歩んでいる犯罪人が、盗みについては良心の痛みを感じることはあっても、復讐については平然と実行できることになる。ジャン・ヴァルジャンはジャヴェールを殺したのだ。少なくとも、これだけは確実に思われた。

最後にもうひとつ疑問があった。だが、これには答えられなかった。この疑問のために、マリユスはやっ、と、こ、で締めつけられるような感じがした。ジャン・ヴァルジャンがあれほど長いあいだ、コゼットといっしょに暮らしてきたというのは、いったいどういうことなのだろうか？　あの少女をあの男に近づけた神の御心の暗い戯れとは、いったいどういうものだったのか？　天上にもふたり用の鎖がつくってあって、神は天使と悪魔とを結びつけて喜んでいたのだろうか？　不幸な人びとの神秘の徒刑場では、悪と無垢が同居しているのだろうか？　人間の宿命と呼ばれるあの受刑囚たちの行列のなかでは、純真な額と見るもおぞましい額とが、つまり曙の神々しい純白の光におおわれた額と、劫火の薄明でつねに蒼ざめた額とが並んで歩くということがありうるのだろうか？　だが、いったいだれがあんな不可解な組合せを決めたのか？　どんなふうに、どんな奇跡によって、あの天使のような少女とあの地獄に墜ちた老人との共同生活ができあがったのだろうか？　いったいだれが、狼を子羊に結びつけるなんてことをしたのか？　というのも、狼が子羊を愛していた。残忍な人間がか弱い人間を熱愛していたのだから。九年ものあいだ、天使が魔物を頼りに生きてきたのだから。コゼットの幼年時代と少女時代、人生への門出、生命と光明へ向かう処女の成長は、あの男の奇怪な献身によって守られてきたのだから。ここまでくると、疑問はいわば無数の謎になって砕け落ち、深淵の底に深淵が口を開いて、マリユスは目眩を覚えずに、ジャン・ヴァルジャンを覗きこんではいられなくなった。あの深淵みたいな男は、そもそも何者なのか？

『創世記』の古い象徴は不滅である。人間社会には、もっと偉大な光がこの社会を変化させる日がくるまで、ずっと二種類の人間が存在する。天上にいる人間と地下にいる人間である。善にしたがう者がアベル、悪にしたがう者がカインである。では、あの愛情深いカインは何者なのか？　真心をこめてひとりの処女をひたすら愛し、あれこれ気を配り、育て、守り、敬い、汚れた身でありながら清らかさに彼女をつつんでいたあの悪党は、いったい何者なのか？　染みひとつさえつけないようにして、あの清らかさを崇拝していたあの下水溜は、いったい何者なのか？　コゼットの教育をしたジャン・ヴァルジャンとは何者なのか？　ひとつの星が昇るのを、あらゆる影とあらゆる雲から守ることだけを心がけていたあの闇につつまれていた人物は、いったい何者なのか？

これこそジャン・ヴァルジャンの秘密であり、これこそが神の秘密だった。

この二重の秘密をまえにして、マリユスはたじろいだ。秘密のひとつは、もうひとつの秘密について、ある意味では彼を安心させるものだった。この冒険においては、ジャン・ヴァルジャンの姿と同じくらい神の姿が見られた。神はいろいろな道具を持ち、じぶんの好きな道具をつかう。神は人間にたいして責任をもたないが、神の御業が人間に分かるだろうか？　ジャン・ヴァルジャンは苦労してコゼットをつくりあげた。いくらかはその魂もつくった。これは間違いのない事実だ。よろしい、だがそれで？　作者は恐ろしい男だが、作品は素晴らしい出来だ。神は思いのままに奇跡を生みだす。神はあの美しいコゼットをつくったが、その道具としてジャン・ヴァルジャンをつかった。神はあの奇妙な協力者がお気に召したから、彼を選んだのだ。どんな責任を神に問おうというのか？　肥料が春に手を貸してバラを咲かせるのは、これが初めてのことだろうか？

マリユスはみずからにたいしてそういう答えをあたえて、これでいいのだとじぶんに言った。いま述べたすべての点について、彼はジャン・ヴァルジャンに問いただそうとはしなかった、また、本当は問いただす勇気はなかったのだが、じぶんではそのことに気づいていなかった。彼はコゼットを熱愛し、コゼットは彼のものだった。コゼットは輝くばかりに清らかであり、彼にはそれだけで充分だった。それ以上、どんな解明が必要だというのか？　コゼットは光であり、光は明るく照らされる必要があるだろうか？　彼はすべてを持っていた。これ以上なにを望むことがあろうか？　すべてとは充分ということではないのか？　ジャン・ヴァルジャンの個人的な問題など、彼には関係のないことだ。彼はこの男の不吉な影を覗きこみながらも、一方ではこの哀れな男がさきほど述べた重々しい言葉にしがみついていた。「わたしはコゼットとはなんの関係もありません。十年まえには、あの娘《こ》がいることさえ知りませんでした」

　ジャン・ヴァルジャンは通りすがりの人間だ。じぶんでもそう言った。だから通りすぎていく。その正体がなんであれ、彼の役目はもうおわったのだ。コゼットのそばにいて、これから保護者の役をつとめるのはぼくなのだ。コゼットは青空のなかに彼女にふさわしい者を、恋人を、夫を、天使のような男性を見つけにやってきた。翼を生やし、姿を変えて空に舞いあがるときに、空っぽの醜い抜け殻、つまりジャン・ヴァルジャンを地上に残してきたのだ。

　どんなふうに思いをめぐらしてみても、マリユスは最後は決まって、ジャン・ヴァルジャンにたいする一種の恐怖に突きあたるのだった。それはたぶん神聖な恐怖であったろう。というのも、いま述べたように、彼はこの男に、「ナニカ神聖ナルモノ」を感じていたのだから。だが、なにをしようとも、どんなに情状酌量につとめてみても、結局はきまってこんな結論にもどってくるほかなかった。「あれは徒刑囚なのだ。つまり、社会をつくっている階梯のなかに身を置く場所を持たない人間なのだ。なにしろ、いちばん下の段にいる者よりも、もっと下のほうにいるのだから」いちばん下等な人間の下に徒刑囚がいる。徒刑囚は、言ってみれば、生きている人間のうちにはいらない。法律は徒刑囚から、人間から奪えるかぎりの人間性を取りあげてしまっているのだ。マリユスは民主主義者であったが、こと刑罰にかんしては、まだ厳罰主義を支持し、法律が罰する者にたいしては、法律とまったく同じ側に立ってものを考えていた。彼はまだすべての点で進歩主義者になっていなかったと言っておこう。まだ人によって書かれたものと神によって書かれたものとを、すなわち法律と人権を区別していなかった。人間の力では取返しのつかないことや、償いのつかないことを処理する権利が人間にあるかどうか、検討してみたことも、吟味してみたこともなかった。「社会的制裁」ということに、まだ抵抗を感じていなかった。成文法のあるものを侵せば終身刑の罰で報いられるのは当然だと思っていたし、文明を推進する方法としての社会的懲罰を認めてもいた。彼の性質は善良で、もとより充分に進歩性を備えていたので、やがて前進するのは間違いなかったが、いまはまだそんな気持ちでいたのだった。

こうした考え方からすれば、彼にはジャン・ヴァルジャンが醜く不愉快に見えた。それは神に見放された者だった。そして、長いあいだジャン・ヴァルジャンのことを考えた果てに、彼が見せたそぶりは、顔を背けることだった。「ヒキサガレ」[2]

これは確認し、また強調もしておかねばならないことだが、マリユスはジャン・ヴァルジャンに「あなたはわたしに告白させようとされる」と言わせたほど、あれこれ質問しておきながら、二、三の肝心なことを尋ねていなかった。そのような質問が心に浮かんでこなかったわけではなく、口に出すのが怖かったのだ。ジョンドレットのぼろ屋のことは？　バリケードのことは？　ジャヴェールのことは？　こうした点を問いただしていたなら、どれほどのことが明るみに出るかしれなかっただろう。ジャン・ヴァルジャンは尻込みするような男だとは見えなかったが、もしそうしていたら、マリユスのほうから問いただしておきながら、途中で話をやめてくれと頼むことにならなかっただろうか？　極端な場合、質問をしておきながら、その答えを聞くまいとして耳をふさぐというようなことが、だれにでもあるのではないだろうか？　こんなふうに臆病になるのは、とりわけ恋をしているときである。不幸な境遇をどこまでも問いつめるのは賢明ではない。ことに、わたしたち自身の生活と切り離せない部分が、宿命的にそうした境遇に関わるときには、なおさらである。ジャン・ヴァルジャンがやけになって説明しだしたら、そこからどんなに恐ろしい光が飛びださないとも限らないし、もしそうなれば、その恐ろしい明るさがコゼットにまで跳ねかえらなかったとだれが言えるだろうか？　それゆえにこそ、あの天使の額に地獄の薄明かりのようなものが残されたのかもしれないではないか？　稲妻のとばっちりでも、やはり雷の一部であることに変わりはない。宿命というものにはそうした連なりがある。反射を受けた者がその色に染まるという暗い法則によって、無垢そのものさえも罪のしるしを帯びてしまうのだ。このうえなく清らかな姿のものでも、隣りあった恐ろしいものの反射光をいつまでもとどめることもあるのだ。いいか悪いかは別として、とにかくマリユスは恐かった。彼はすでに事情を知りすぎたのだ。はっきりさせるよりはむしろ、もうこれ以上は考えまいとした。彼はすっかり動転して、ジャン・ヴァルジャンには目をふさぎ、コゼットを抱いて、遠くに運び去ろうとしていた。

あの男は夜だ。生きた恐ろしい夜だ。どうしてあんな男の奥底を探る勇気などもてようか？　闇に質問するのは恐ろしいことだ。どんな答えが返ってくるか、だれが知ろう？　そのために曙が永遠に汚されてしまうかもしれないのだ。

そのような気分にとらえられていたマリユスは、あの男がこれからずっとコゼットとなんらかの関わりをもつのかと思うと、胸を刺されるような当惑に陥るのだった。切りだすのをためらっていた質問、容赦のない最終的な決定を引きだせたかもしれないあの質問を、いったいなぜしなかったのかと、いまになってじぶんを咎めたい気持ちだった。じぶんはあまりにもお人好しで、やわで、はっきり言えば気が弱いのだと思った。この気の弱さのせいで、あんなふうにずるずると思慮に欠けた譲歩をしてしまった。ついほろりとしてしまったのだ。じぶんは間違っていた。きっぱりジャン・ヴァルジャンを遠ざけるべきだったのだ。厄介なことが持ちあがる元になるのだから、あれは始末しておかねばならなかったのだ。きれいさっぱりこの家から追いはらってしまわねばならなかったのだ。彼はじぶん自身に腹が立った。じぶんを圧倒し、分別もなくむざむざ巻きこまれてしまった、あの突然の感動の渦に腹が立った。そんなじぶん自身が情けなかった。

これから、どうすればいいのか？　ジャン・ヴァルジャンに訪ねてこられるのは心底いやだった。この家で、あの男がなんの役に立つのか？　どうしようか？　ここで彼は考えるのをやめてしまった。問題を掘りさげたくなかった。深く考えたくなかった。じぶんの心のなかを探りたくなかった。もう約束してしまったのだ。言われるままに、約束させられてしまったのだ。ジャン・ヴァルジャンは彼から約束を取りつけていた。徒刑囚にだって、いや、相手が徒刑囚だからこそなおさら、約束を守らなくてはならない。だが、彼がまず考えねばならなかったのは、コゼットのことだったのに。要するに、嫌悪感がすべてを支配し、そのために胸をむかつかせていたのだった。

マリユスは心のなかで、そうした考えをひとつ残らず雑然と並べ立てて考えあぐね、あちこちに思いを移し、その一つひとつに心を動かされた。そこから深刻な不安が生まれた。こんな不安をコゼットに隠しておくのは困難だったが、恋は知恵を生むもので、マリユスはうまくそれをやりおおせた。

おまけに彼は、鳩が白いように純真で、まったくなにも気づいていないコゼットに、さりげなくいろいろきいてみた。彼女の子供時代や少女時代のことで、話しかけてみた。そして、あの徒刑囚がコゼットにたいしては、人間として考えられるあらゆる善良さや父性愛、高潔さをもっていたことを、ますます深く確信するようになった。マリユスが予感していたり、想像したりしていたことは、ことごとく事実だった。あの忌まわしい刺草は、この百合の花を愛し、保護していたのだ。

第八篇　秋の黄昏

第一章　階下の部屋

明くる日の夕闇せまるころ、ジャン・ヴァルジャンはジルノルマン家の表門を叩いた。迎えたのはバスクだった。まるで命令でもうけたかのように、いい具合に中庭にいた。召使いがこんなふうに言いつけられることが、時にある。「だれそれさんがお見えになるから、気をつけて見ておくように」

バスクはジャン・ヴァルジャンがそばにくるのを待たずに言葉をかけた。

「二階におあがりになりますか、それとも一階でよろしいですか、男爵さまから言いつかっておりますが」

「一階でよい」とジャン・ヴァルジャンは答えた。

バスクはそれでも、丁重な物腰で下の部屋のドアを開けてから言った。「奥さまにお知らせしてまいります」

ジャン・ヴァルジャンがはいったのは、円天井の、湿っぽい一階の部屋だった。時には酒蔵にもつかわれる部屋で、通りに面していた。床には赤いタイルが張ってあり、窓には鉄格子がはまり、あまり明るくなかった。

この部屋は羽根箒、長柄箒、ブラシなどにうるさく攻め立てられることのない部屋だった。そこでは埃が静かに落ち着き、蜘蛛退治などはされたことがなかった。蠅の死骸が飾りになった見事な巣が大きく広がり、すっかり黒くなって、まるで車輪のような形で一枚の窓ガラスに引っかかっていた。部屋は天井が低くて狭く、片隅には空瓶が山のように積んであった。壁は黄土で塗られていたが、ところどころ大きくはげ落ちていた。奥には狭い棚のついた黒塗りの木製暖炉があり、火が燃えていた。してみると、ジャン・ヴァルジャンが「一階でよい」と答えることが、あらかじめ家の者には分かっていたことになる。暖炉の両端に、肘掛け椅子がひとつずつ置いてあった。椅子のあいだには、絨毯代わりに古い寝台敷が広げてあったが、毛より地のほうが目立つような代物だった。部屋の照明といっては、暖炉の火と窓から射しこむ薄明かりだけだった。

ジャン・ヴァルジャンは疲れていた。ここ数日、物も食べず、眠ってもいなかった。彼は肘掛け椅子のひとつにぐったりと腰をおろした。バスクがもどってきて、灯したろうそくを一本暖炉のうえに立ててから引きさがった。頭を垂れ、顎を胸にうずめていたジャン・ヴァルジャンは、そのバスクにもろうそくにも気がつかなかった。

彼は不意に、弾かれたように身を起こした。コゼットがうしろに来ていたのだ。彼女がはいってくるところは見えなかったが、その気配が感じられたのだ。彼は振りむいて、じっと彼女を見つめた。彼女は惚れ惚れするほど美しかった。しかし彼がいま、深い眼差しで見つめているのは、美しいその姿ではなく魂だった。

「まあ、お父さま」と、コゼットが声をあげた。「なんていうことを思いつかれたんですか！　変わった方だわと思っていましたけど、まさか、これほどまでとは！　マリユスが言っていたけど、お父さまのほうからここに通すように望まれたとか」

「そう、わたしだ」

「きっとそう答えられると思っていましたわ。でも、お気をつけあそばせ。ひどい目にあわせてさしあげますからね。まず、最初のご挨拶からはじめましょう。お父さま、キスをしてください」

そう言って彼女は頬を差しだした。ジャン・ヴァルジャンは身動きしなかった。

「からだひとつ動かされないのね。よーく分かりました。罪人のような態度をされるのですね。でも、いいわ、許してさしあげましょう。キリストはこう申されましたもの。もうひとつの頬も差しむけよ、って。はい、こちらをどうぞ」

そう言って彼女は、もう片方の頬を差しだしたが、ジャン・ヴァルジャンはびくとも動かなかった。まるで足が床石に釘づけにされているようだった。

「いよいよ大変なことになってきたみたい」とコゼットは言った。「あたし、お父さまになにをしましたか？　これじゃ、仲違いじゃないですか。どうあっても仲直りしていただかなくてはなりません。あたしたちといっしょに夕食をとっていただきますよ」

「食事はすんだ」

「嘘でしょう。ジルノルマンさんにお父さんを叱ってもらいますよ。おじいさまというのは、お父さまを叱るためにいらっしゃるものですからね。さあ、いっしょに客間にあがりましょう。すぐに」

「無理だ」

ここまでくると、コゼットもいささかたじろいだ。命令口調はやめて、問いかけることにした。

「でも、どうしてなんですか？　しかも、あたしに会うのに、わざわざ家中でいちばん汚い部屋を選ぶなんて。ここはひどいところだわ」

「おまえも知っているように……」

ジャン・ヴァルジャンは言いなおした。

「奥さまがご存じのように、わたしは変わり者でして、ときどき気紛れを起こすのです」

コゼットはちいさな両手をパチンと打ち鳴らした。

「奥さまですって！……ご存じですって！　これはまたおかしなことを！　どういうつもりなんですか？」

ジャン・ヴァルジャンはときどき浮かべる、あの痛ましい微笑を彼女に向けて、

「あなたは奥さまになりたがっておられた。そしていまではその奥さまじゃないですか」

「あなたにたいしては違いますよ、お父さま」

「これからは、わたしを父と呼んではなりません」

「なんですって？」

「ジャンさんと呼んでください。もしお望みなら、ただジャン、とだけ」

「もうお父さまではないんですか？　あたしはもうコゼットではないんですか？　ジャンさんですって？　どういうことですか？　これじゃまるで革命があったみたいじゃないですか！　いったい、なにがあったんですか？　すこしはあたしの顔をごらんになってください。あたしたちといっしょに住みたくないだなんて！　あたしの部屋がいやだなんて！　あたしがなにをしたって言うんですか？　あたしがなにをしたって言うの？　きっとなにかあったのね？」

「いや、なにも」

「じゃあ、どうしてなの？」

「すべていつものとおりだよ」

「でも、どうして名前を変えたりするんですか？」

「あなたも名前を変えたじゃありませんか」と言ってから、またあの微笑を浮かべながら、こう付けくわえた。

「あなたがポンメルシー夫人なら、わたしだってジャンさんでいいわけだ」

「なにがなんだか、さっぱり分からないわ。おかしなことばっかり。あなたがジャンさんになっていいものかどうか、主人にきいてみます。きっと許してくれませんから。お父さまにはずいぶん心配させられるわ。気紛れを起こされるのもいいけど、可愛いコゼットを悲しませちゃいけないわ。いけないことよ。お父さまには意地悪になる資格はありません。根が親切な方なんですもの」

彼は答えなかった。彼女はやにわに彼の両手を取ると、有無を言わさず顔のほうに持ちあげ、顎のしたの喉のところに押しつけた。深い愛情を示す動作だった。

「ねえ！」と彼女は言った。「いい人にもどって！」

そして、こう言葉を継いだ。

「いい人にもどるというのはこういうことよ。優しくなって、ここに住んでくださること。またいっしょに楽しく散歩をしてくださること。ここにだってプリュメ通りと同じように小鳥がいますよ。いっしょに暮らすこと。ロム・アルメ通りなんて辺鄙な場所を引き払うこと。謎かけみたいなことをやめていただくこと。みんなと同じようになって、いっしょに夕食をとり、いっしょに昼食をとること」

彼は取られていた手をふりほどいた。

「あなたにはもう父親はいりません。ご主人がおられるのだから」

コゼットはかっとなった。

「もう父親は必要ないですって！　また、そんな常識外れなことばっかり。ほんとに、どう言ったらいいのかしら！」

「これでトゥーサンでもいてくれたら」と、ジャン・ヴァルジャンは、後盾を求めて藁にもすがるように言った。「わたしがいつも万事じぶんのやりかたでやってきたと、真っ先に心から認めてくれるのだが。なにも変わってなどいないんだよ。わたしはいつだって、じぶんの暗い片隅が好きだったのだから」

「でもここは寒いですよ。物もはっきり見えないわ。ジャンさんになりたいなんて、思ってもぞっとする。お父さまに、あなた、なんて言われたくありません」

「そうそう、さっきここに来るとき」とジャン・ヴァルジャンが言った。「サン・ルイ通りで家具をひとつ見たよ。ある家具師の店でね。これでわたしがきれいな女性だったら、あの家具を買うだろうな。とても立派な化粧台で、最新型のものだった。あれはたしか、あなたがたがバラ材と呼んでいるやつだった。象嵌がしてあり、鏡もかなり大きなもので、引出しもついていた。きれいでしたよ」

「まあ、そんな憎まれ口をたたいたりして」

そしてコゼットはこのうえない優美なそぶりで、歯を食いしばりながら口を開け、ジャン・ヴァルジャンに息を吹きかけた。まるで美の女神が猫の真似をしているみたいだった。

「あたし、ほんとに怒っているんですからね」と彼女は言った。「昨日から、みんながよってたかって、あたしを怒らせるんですもの。ほんとに口惜しい。わけが分からない。お父さまはマリユスからあたしを守ってくれない。マリユスはお父さまに反対してあたしの肩をもってくれない。あたしはほんとにひとりぼっちだわ。お部屋をひとつきれいに用意しました。もし神様をお迎えすることができるのだったら、きっとあの部屋にお入れできるわ。あたし、お部屋をまかされて困っています。借りる人がきてくれないと、破産してしまうわ。ニコレットになにかご馳走を言いつけましょう。どうせ「奥さま、あなたのおつくりになる食事なんかいりません」とおっしゃるんでしょう。それに、フォーシュルヴァンお父さまは、じぶんをジャンさんと呼べとおっしゃる。おまけに、恐ろしくて、古くて、汚くて、黴が生え、クリスタル・グラスの代わりに空瓶があって、カーテンの代わりに蜘蛛が巣を張っている穴倉に通せとおっしゃる！　お父さまが変わり者だってことは認めましょう。それがご趣味なんですもの。だけど、結婚したての娘にはひと休みさせるものよ。すぐ、元の変わり者にもどってしまうなんて。それじゃ、これからもあのいやなロム・アルメ通りでご満足ってわけですか。あそこではとてもがっかりしていたんですよ、このあたしは！　あたしのどこがお気に召さないのですか？　お父さまには、ほんとに苦労させられるわ。もう、知らない！」

それから不意に真面目になった彼女は、ジャン・ヴァルジャンをひたと見据えて、こう付けくわえた。

「では、あたしが幸せになったことを恨んでいらっしゃるの？」

無邪気というものは、ときどき知らぬ間に人の心の奥深くに食い入ることがある。コゼットはいまの問いを何気なく口にしたのだったが、ジャン・ヴァルジャンにはずしりとこたえた。コゼットとしてはちょっとばかり上っ面を引っかくつもりだったのに、肉を引き裂いてしまったのである。

ジャン・ヴァルジャンは真っ青になった。しばらく返事もできないでいたが、やがてなんとも言いようのない口調で独言を口にした。

「この子の幸せこそわたしの一生の目的だった。いま神は、わたしの退場の書類にご署名になってもいいのだ。コゼット、おまえは幸せになった。わたしの役目はおわったのだ」

「あら！　あたしのこと、「おまえ」と言ってくださった」と、コゼットは声をあげた。

そしてジャン・ヴァルジャンの首に飛びついた。取り乱したジャン・ヴァルジャンは、我を忘れて、彼女をひしと胸に抱きしめた。娘を取りもどしたような気がしたのだ。

「ありがとう、お父さま」とコゼットが言った。

ジャン・ヴァルジャンはぐいぐいと引きつけられそうな気持ちで胸がいっぱいになったが、静かにコゼットの腕から身を離して帽子を手に取った。

「どうなすって？」とコゼットがきいた。

「奥さま、おいとまします。みなさんがお待ちでしょう」

そして戸口のところから、こう言いそえた。

「おまえなどと言ってしまいました。もうこんなことは二度と申し上げません、とご主人におっしゃってください」

ジャン・ヴァルジャンは、この謎のような別れの言葉に呆気にとられているコゼットをあとに残して出ていった。

第二章　さらに数歩後退

つぎの日、同じ時刻にジャン・ヴァルジャンがやってきた。コゼットはもう質問もせず、驚きもせず、寒いと叫びもせず、客間のことも話さなくなった。お父さまともジャンさんとも言わず、あなたと呼ばれてもそのままにしておいた。奥さまと呼ばれてもなにも言わなかった。ただ、喜びがいくらか減った。彼女はきっと悲しかったのだろう。もし、悲しむということができたとすれば。

おそらくコゼットは、愛されている男が言いたいことだけを言ってなにも説明しないのに、愛されている女を満足させるような会話をマリユスと交わしたのであろう。恋する者の好奇心は、じぶんたちの恋をこえて遠くにまで達するものではない。

階下の部屋はすこしお色直しがしてあった。バスクが空瓶を運びだし、ニコレットが蜘蛛を退治したのだった。

ジャン・ヴァルジャンは、来る日も来る日も同じ時刻に姿をあらわした。彼としてはマリユスの言葉を額面どおり受けとるほかなく、そのために毎日来るのである。マリユスはジャン・ヴァルジャンが来る時刻には、いつも家にいないことにしていた。家の者たちもフォーシュルヴァン氏の新しい生活ぶりに慣れてきた。これにはトゥーサンの言葉の力もあった。「だんさんは、いつもあんなだちゃ」とくりかえし言ったのである。祖父はひと言、こういう判決をくだした。「あれは偏屈者じゃ」これですべてが決まってしまった。もっとも九十歳ともなれば、もう人づきあいはできない。せいぜい相手と並んで暮らすくらいのことだ。新来者があると肩が張る。もうそんなものを受け入れる余地などなかったのである。すっかり習慣ができあがっているのだ。フォーシュルヴァン氏であれ、トランシュルヴァン氏であれ、とにかく「あの方」とのお付き合いはご免こうむるに限る、とジルノルマン老人は思った。そしてこう付けくわえた。「あんな偏屈者なんぞ掃いて捨てるほどおるもんじゃ。ああいう御仁はな、どんな奇行でもやってのける。理由なんぞありゃせん。カナプル侯爵はもっとひどかった。宮殿のような大邸宅を買いこんでいながら、屋根裏部屋で寝起きしておられたもんじゃ。そんなふうに、気紛れに見せかけるもんなんじゃよ」

　だれひとり、そんな不吉な裏面に気づいた者はいなかった。だいたい、だれがそんなことを見破れただろう。インドにはそのような沼があちこちにある。水は異様で、なんとも言いようのない趣を見せて、風もないのにさざ波を立てている。静かであるべきところがざわめいている。ひとは水面のわけの分からない泡立ちをながめながら、水底にのたうっているヒュドラには気づかないのである。

　多くの人びとがそのような秘密の怪物、心に巣くう憂い、身を嚙む竜、内面の夜に住まう絶望をひめている。そういう人びとも他人と変わりなく、日々の生活を営んでいる。その心には無数の歯をもつ恐ろしい苦悩が寄生し、惨めな人間《ミゼラブル》の内部で生きているために、いずれその人間がそのせいで死ぬことを知っている者はいない。その人間がひとつの深淵であることを知っている者はいない。それは淀んでいるが、底深い淵である。ときどき、理由の知れぬ混乱が水面にあらわれる。怪しいさざ波を立て、やがて消えうせるが、またあらわれる。気泡がひとつのぼってきて、ぽかりと割れる。なんでもないようだが、じつは恐ろしいことである。それはひとの知らぬ獣の息なのだ。

ある種の奇癖、たとえば、他人が立ち去るときにやってきたり、他人がのびのびと振る舞っているあいだは片隅に引っこんでいたり、隠れ蓑とでも言えそうなものをありとあらゆる機会に身につけていたり、寂しい小径をさがしたり、ひと気のない通りを好んだり、けっして会話の仲間入りをしなかったり、群衆や祝祭を避けたり、気楽な暮らしぶりに見えて貧乏だったり、金持ちのくせに鍵をポケットにしまいこんで、門番にろうそくを預けておいたり、通用門からはいったり、裏階段から昇ったりといった、取るに足らない突飛な挙動はすべて、水面のさざ波、気泡、束の間の襞ではあるが、じつは恐ろしい水底から立ちのぼってくるものであることが多いのである。

数週間はこのようにして過ぎた。新しい生活がすこしずつコゼットの心をとらえていった。結婚して新たにできた交際、訪問、家事、娯楽など日常の大きな問題が彼女をとらえた。コゼットの楽しみはお金のかからないもので、それはマリユスといっしょにいるという、その一事に尽きていた。彼とともに外出し、彼とともに家にいる。それこそ彼女の生活の大きな仕事だった。腕を組みあい、だれ憚ることもなく、ふたりだけでみんなの見ているまえを歩くこと。それが彼らにとっては、つねに新しい歓びだった。コゼットにはひとつ困ったことがあった。それは老女ふたりがどうしても相性が悪く、トゥーサンがニコレットとの折合がつかずに、とうとう出ていってしまったことである。しかし祖父はかくしゃくとし、マリユスはあちこちの法廷で弁護に立ち、ジルノルマン伯母は若夫婦のかたわらで、静かに脇役としての生活に満足していた。ジャン・ヴァルジャンは毎日やってきた。

彼は親しい口をきかなくなり、「あなた」だの「奥さま」だのと言ったり、「ジャンさん」と呼ばせたりするなど、あれやこれやで、コゼットにとってまるで別人のようになってしまった。コゼットを遠ざけようとしてジャン・ヴァルジャンがとった配慮は、少しずつ成功していったのである。彼女はしだいに陽気になり、それとともに心の優しさを見せなくなった。しかし彼女はずっと彼をとても愛していたのであり、そのことは彼も感じていた。ある日彼女はだしぬけにこう言った。「あなたはお父さまだったのに、いまではもうお父さまでなくなりました。叔父さまだったのに、いまではもう叔父さまでもありません。フォーシュルヴァンさんだったのに、いまはジャンさんです。いったいあなたはだれなんですか？　こんなことって、あたし大嫌い。もしあなたがとってもいい方でなかったら、あたし、あなたのことをとっくに怖がっていたでしょう」

彼はコゼットが住んでいる地区から離れる決心がなかなかつかずに、ずっとロム・アルメ通りに住んでいた。

初めのうちは、コゼットのところにほんの数分しかとどまらず、やがて帰っていった。だが、徐々に訪問の時間を長くする習慣がついてしまった。だんだん、日も長くなっていくのをもっけの幸いとばかり、以前よりも早く来て遅く帰るようになった。

ある日、コゼットはついうっかりと、「お父さま」と言ってしまった。ジャン・ヴァルジャンの年老いた暗い顔が、ちらりと喜色に輝いた。しかし、彼は咎めた。「ジャンと言ってください」「あら！　ほんと」と彼女は吹きだしながら答えた。彼は「そう、ジャンさんだよ」と言い、目を拭うところを相手に見られまいと顔を背けた。

第三章　ふたりはプリュメ通りの庭を思いだす

それが最後だった。この最後の弱い輝きのあとでは、明るさはもはやすっかりなくなってしまった。親しさも、キスの挨拶も、「お父さま！」といううじつに優しいあの言葉も、二度ともどってくることはなかった。彼はみずから求め、じぶん自身と結託して、おのれをあらゆる幸福から次々と遠ざけていった。そしてコゼットのすべてをうしなったあとで、もう一度、今度は徐々に彼女をうしなわねばならないという、切ない悲惨を味わってもいたのである。

穴倉にはいった目も、そのうちに光に慣れてくる。要するに、毎日コゼットの姿を見る。それだけで彼には充分だったのだ。彼の生活はすべてその時間に集中していた。コゼットのそばにすわって黙ったままその顔をながめたり、過ぎ去った昔のことや彼女の子供のときのこと、修道院のことや当時の幼友達のことなどを話して聞かせたりするのだった。

ある日の午後——それは四月の上旬で、もう暖かくなるころだったが、まだひんやりとして肌寒く、日射しの晴れやかな季節で、マリユスとコゼットの部屋の窓を取りまく庭は春の目覚めに躍動し、さんざしは芽を吹きはじめ、宝石細工のようなにおいあらせいとうが古壁の石のうえにくりひろがり、バラ色の金魚草は石の割れ目であくびをし、草むらにデイジーや金鳳花の花が可憐にほころび、その年の白蝶がお目見えし、婚礼の永遠のヴァイオリン弾きというべき風は、昔の詩人たちが「蘇る春」と呼んだ、あの夜明けの大シンフォニーの冒頭の調べを奏でていた——

そんな午後、マリユスはコゼットに言った。

「プリュメ通りのぼくらふたりの庭をまた見にいこうと、いつか話したことがあるね。これから出かけよう。恩知らずになってはいけないからね」

そしてふたりは、春に向かって二羽の燕のように飛び立った。ふたりには、あのプリュメ通りの庭が曙のように感じられた。彼らはすでに愛の春ともいうべきなにかを過去の人生のなかに置いてきていた。プリュメ通りの庭はまだ契約が切れておらず、コゼットのものになっていた。ふたりはその庭へ、その家へはいっていった。そこで昔に帰って、今を忘れた。夕方、ジャン・ヴァルジャンはいつもの時間にフィーユ・デュ・カルヴェール通りを訪れた。

「奥さまは旦那さまとふたりでお出かけになりました。まだお帰りにはなりません」とバスクが言った。

彼は黙って腰をおろし、一時間待った。コゼットはいっこうにもどってこなかった。彼はうなだれて立ち去った。

コゼットは「ふたりの庭」を散策することにすっかり心を奪われ、「まる一日、過去のなかに生きた」ことが嬉しくて、明くる日も他の話はしなかった。彼女はその日、ジャン・ヴァルジャンに会わなかったことに気づかなかった。

「どうやってあそこに行きました？」と、ジャン・ヴァルジャンが彼女に尋ねた。

「歩いてですよ」

「じゃ、どうやって帰りましたか？」

「辻馬車で、です」

ジャン・ヴァルジャンはしばらくまえから、若夫婦がとてもつましい暮らしをしているのに気づいて、心を悩ませていた。マリユスの倹約は極端だった。そして、この辻馬車という言葉は、ジャン・ヴァルジャンにとっては絶対的な意味をもっていた。彼は思いきって尋ねてみた。

「なぜじぶんの馬車を持たないのですか？　立派な箱馬車でも、月に五百フランしかかからないでしょうに。あなたがたはお金持ちなんですよ」

「なぜだか分かりません」

「トゥーサンのことにしても」と、ジャン・ヴァルジャンはつづけた。「あれは出ていってしまった。それなのに、代わりを雇っていない。どうしてですか？」

「ニコレットだけで充分なもので」

「しかし、あなたには小間使いが必要でしょう」

「マリユスがいてくれるじゃありませんか」

「あなたがたは本来、じぶんの家、じぶんの召使い、馬車、芝居の桟敷を持つべきご身分なのです。あなたがたには立派すぎるものなどありません。どうして金持ちであることを活かされないのですか？　財産は幸福に花を添えるものでしょうに」

コゼットはなにも答えなかった。

ジャン・ヴァルジャンの訪問は、すこしも短くならなかった。それどころか、むしろ長くなった。人間の心はいったん滑り落ちるや、坂の途中でとまることはできないものなのである。

ジャン・ヴァルジャンはもっと長居をして、コゼットに時間を忘れさせたいと望むときには、マリユスのことを褒めて、彼は美男で、気高く、勇敢で、雄弁で、親切だと言った。コゼットはそれに輪をかけてマリユスを褒め称えた。すると、ジャン・ヴァルジャンも同じことをくりかえした。話は尽きなかった。マリユス、この言葉は汲めども尽きぬ泉だった。その四文字のなかには何巻もの書物がしまわれていた。そんなふうに、ジャン・ヴァルジャンは長居をすることに成功するのだった。コゼットと会うこと、彼女のそばですべてを忘れること、彼にとってそれはさまでに快いことだったのだ！　それは彼の傷口をおおう包帯だった。バスクが二度も、「ジルノルマンさまのご命令で、男爵夫人のお食事の用意が整っていると申し上げにまいりました」と言いにくることもしばしばだった。

そんな日、ジャン・ヴァルジャンはじっと考えこみながらわが家へ帰っていった。

してみると、マリユスの心に浮かんだあの抜殻の喩えは、ぴったり的中していたのだろうか？　じっさいジャン・ヴァルジャンはひとつの抜殻、執拗に残存し、じぶんから出た蝶を訪ねにくる、あの抜殻なのだろうか？

ある日、彼はいつもより長くいた。その翌日、彼は暖炉に火がはいっていないことに気づいて、「あれ！」と思った。「火がない」そこで、心のなかでじぶんにこう言い聞かせた。「当たり前だ。いまは四月、寒さもやわらいだのだ」

「まあ！　ここはなんて寒いんでしょう」と、はいってきたコゼットが言った。

「いや、そんなことはない」

「じゃあ、バスクに火をたかないように、じぶんでおっしゃったのですか？」

「そう、もうじき五月ですからね」

「でも、六月まではみんな火をたくものだわ。とくにこんな穴倉では、一年中いりますよ」

「火はもう無用だと思ったので」

「いかにも変わった方の考えそうなことですね！」とコゼットは言った。

翌日には、火がはいっていた。その代わり、ふたつの肘掛け椅子のほうは、入口に近い端に並べてあった。

彼はその肘掛け椅子を取りにいき、暖炉に近い、いつもの場所に置いた。それでも火がはいっているということで元気が出て、ふだんよりも長く話しこんだ。そして、いざ帰ろうとしたとき、コゼットが言った。

「主人が昨日、おかしな話をしたんです」

「どういう話ですか？」

「こう言うんです。「コゼット、ぼくらには三万フランの年収がある。二万七千はきみの年金。三千はおじいさまがぼくにくださるものだ」あたしは答えました。「それで三万になるわね」すると主人が、「きみ、三千フランで生活する勇気があるか」ってきくんです。あたし、「ええ、一文なしでもかまわないわ。あなたといっしょなら」って答えました。それから、「どうしてそんなことをきくんですか？」と尋ねました。主人は、「なに、ちょっと知りたかっただけなんだ」と答えたんです」

ジャン・ヴァルジャンには返す言葉がなかった。コゼットはたぶん、彼ならなにかしらの説明をしてくれるだろうと期待していたにちがいない。だが彼は陰気に黙りこんだまま、彼女の話に耳を傾けただけだった。彼はロム・アルメ通りに帰った。深い物思いに沈みこんでいたために戸口を間違えて、わが家にはいるつもりで隣家にはいった。間違いに気づいて階段を引きかえしたのは、ほとんど三階まで昇ってからだった。

彼の心はさまざまな憶説に悩まされていた。マリユスがあの六十万フランの出所について疑念をいだき、どこか不純な性質のものではないかと心配しているのは明らかだった。ことによると、その金がジャン・ヴァルジャンから出ていることを発見したのかもしれない。そういう疑わしい財産をまえにしてためらい、胡散くさい富によって金持ちになるよりは、いっそのことコゼットとふたりで貧乏生活をつづけるほうがましだと思っているのかもしれない。

おまけにジャン・ヴァルジャンは、じぶんが敬遠されているのをなんとなく感じていた。

つぎの日、階下の部屋にはいったとき、衝撃のようなものを覚えた。肘掛け椅子が姿を消し、腰かけさえも置かれていなかったのだ。

「あら、まあ」と、コゼットがはいってきて声をあげた。「肘掛け椅子がないわ！　椅子はどこにあるんですか？」

「もうありません」とジャン・ヴァルジャンは答えた。

「ひどすぎる！」

ジャン・ヴァルジャンはどもりながら言った。

「わ、わたしがバスクに持っていかせたのです」

「どうして?」

「今日はほんの二、三分ほどしかお邪魔しないからですよ」

「二、三分といっても、ずっと立ったままでいいわけはないでしょう」

「バスクがサロンのほうに肘掛け椅子が必要だったのだと思いますよ」

「なぜなの?」

「きっと今晩お客があるのでしょう」

「どなたもみえないわ」

ジャン・ヴァルジャンはそれ以上なにも言えなかった。コゼットは肩をすくめた。

「椅子を片づけさせるなんて! こないだは火を消させてしまわれましたね。なんて変わった方なんでしょう!」

「さようなら」とジャン・ヴァルジャンはつぶやいた。

彼は「さようなら、コゼット」とは言わなかった。かといって、「さようなら、奥さま」と言うだけの気力もなかった。

彼はしおれきって立ち去った。今度という今度は、したたかに思い知らされた。その翌日、彼は来なかった。コゼットは晩になって初めてそのことに気がついた。

「おや」と彼女は言った。「ジャンさん、今日はおみえにならなかったわ」

彼女はちょっと胸が締めつけられるような気がしたが、それもすぐにマリユスのキスに気を逸らされて、ほとんど心にとめなかった。

そのつぎの日も彼は来なかった。コゼットはべつになんとも思わず、いつものように晩を過ごし、夜は眠ったが、朝に目覚めてやっとそのことに気づいた。それほど彼女は幸せだったのだ！彼女はさっそくニコレットをジャンさんの家にやって、病気になったのか、なぜ昨日は来られなかったのか、と尋ねさせた。ニコレットはジャンさんの返事をきいてきた。——わたしは病気ではなく、忙しかったのだ。近いうちに来られるだろう。まあ、できるだけ早く。ただし、ちょっと旅に出るつもりだ。ときどき旅行に出る習慣があることは、奥さんもご存じだろう。心配にはおよばない。どうか、じぶんのことなど心にかけられないように。

ニコレットは、ジャンさんの家にはいると、奥さまの言葉をそっくり伝えていた。奥さまから、「ジャンさまが昨日なぜおみえにならなかったのか」お伺いするよう仰せつかってまいりましたと。

「わたしはこれで二日間うかがっておりませんが」と、ジャン・ヴァルジャンは穏やかに言った。

しかし、この指摘をニコレットは聞きもらしたので、コゼットにはなにも伝えられなかったのだった。

第四章　惹かれる気も失せる

一八三三年の晩春から初夏にかけての数か月、マレー地区のまばらな通行人たち、店を構える商人たち、家々の戸口に立つ暇人たちは、こざっぱりとした黒服に身をつつんだひとりの老人を目にした。その老人は毎日同じ日暮どきに、ロム・アルメ通りからサント・クロワ・ラ・ブルトンヌリーに出て、ブラン・マントー修道院のまえを通り、キュルチュール・サント・カトリーヌ通りにはいり、エシャルプ通りまでくると左に曲がって、サン・ルイ通りへはいっていくのだった。

彼はそこで、ゆったりとした足取りになった。顔を前に突きだしたまま、なにも見ず、なにも聞かず、目をたえず同じ一点に注いでいた。その一点に、星がちりばめられているように思えたのだ。そこはほかでもない、フィーユ・デュ・カルヴェール通りの角だったのである。その角に近づくにつれ、彼の目はいちだんと輝いた。一種の歓びが、さながら心のなかの曙のように、彼の瞳に照り映えていた。彼は魅せられ、心を動かされた様子になり、唇はだれかに話しかけるようにかすかな動きを見せていた。ほのかな微笑みを浮かべて、できるだけゆっくりと歩いていった。まるで行きつくことを願いながらも、ただちに着いてしまうことを恐れているとでもいうように。彼の心を惹きつけているらしいその通りに着くのに、家の数がわずか数軒しかないところまで来ると、時には、もう歩くのをやめたのではないかと思えるほど、足の運びがのろくなった。

頭が揺れ、目がすわっているその様子は、ちょうど極点を指そうとしている磁針を思わせた。ただ、どんなに時間をかけようと、いずれは着いてしまう。フィーユ・デュ・カルヴェール通りに達するのだ。すると、そこで足をとめ、からだを震わせ、おずおずと不安そうな様子で最後の家の角から顔をのぞかせて、通りをながめるのだった。そして、深い悲しみをたたえるそのまなざしには、なにかしら不可能なことがもたらす眩惑と、閉ざされた楽園からくる反射のようなものとが見られた。やがて、一滴の涙がしだいに瞼の隅にたまってこぼれ落ちるほど大きくなり、頬のうえをすべって、時には口元でとまった。老人はその苦い味を感じるのだった。彼はそんなふうにして、まるで石像のようにしばらくじっと立っていた。それから同じ道を、同じ足取りで引きかえしていくのだった。そして、その場所から遠ざかるにつれて、目から光が消えていった。

そのうち老人はフィーユ・デュ・カルヴェール通りの角までは行かなくなり、サン・ルイ通りの途中で足をとめるようになった。それよりほんの先まで足をのばすこともあれば、またその手前でとまることもあった。ある日は、キュルチュール・サント・カトリーヌ通りの角にとまって、遠くからフィーユ・デュ・カルヴェール通りを見つめた。それから、なにかを拒むように、無言のまま左右に頭を振り、やってきた道を引きかえした。

間もなく彼はサン・ルイ通りまでも来なくなり、パヴェ通りまで来ると、頭を振って帰っていくようになった。やがて、今度はトロワ・パヴィヨン通りから先へは行かなくなった。それから、ブラン・マントー修道院より先へは行かなくなった。まるでネジを巻かない時計の振子がぴたりと止まってしまう、そんな具合に徐々に揺れ幅が狭まっていくようだった。

彼は毎日同じ時間に家を出て、同じ道筋を歩こうとした。しかし、その道を最後まで辿ることもなく、おそらくじぶんでも気づいていなかったのだろうが、徐々に距離を短くしていった。顔中に「なんになろうか?」という、ただひとつの思いが滲んでいた。瞳の光も消えうせて、もう輝くこともなくなった。涙も涸れ、もはや瞼の隅にたまらなくなった。物思いに沈んでいた目は乾いていた。老人はあいかわらず頭を前に突きだしていたが、ときどき顎が動き、痩せた首筋の皺がなんとも痛ましかった。天気の悪い日などは、ときどき雨傘をかかえていたが、開いたことはなかった。近所のおかみさん連中は、「ありゃ、うすのろだわ」と言っていた。子供たちは笑いながらその老人のあとを追っていった。

第九篇　最後の闇　最後の曙

第一章　不幸な人びとには憐憫を、幸福な人びとには雅量を

ひとが幸福であるとは恐ろしいことである！　そのひとはどんなに満足しきっていることか！どれほどそれだけで充分だと思っていることか！　人生の誤った目的を手に入れることによって、どれほど真の目的である義務を忘れていることか！

しかし、言っておくが、マリユスを非難するとすれば、それは間違っている。

すでに説明したように、彼は結婚まえにあれこれジャン・ヴァルジャンに質問することはなく、結婚後にも尋ねることを恐れていた。うかうかとあんな約束をしてしまったことを後悔していた。あの絶望した人間にあんなふうに譲歩してしまったのは間違いだったとつくづく思った。じぶんの家からじわじわとジャン・ヴァルジャンを遠ざけて、コゼットの頭から育ての親のことを消そうとしたが、それ以上のことはしなかった。言ってみれば、つねにコゼットとジャン・ヴァルジャンのあいだに割りこんでいたのは、そうすればジャン・ヴァルジャンが彼女の心から消え去る

だろうと信じたからだった。それは、消すというよりも、隠してしまうことだった。

マリユスは必要であり正当であると思われることをしているだけだった。強硬手段に訴えず、しかも弱腰を見せずにジャン・ヴァルジャンを遠ざけるためには、読者がすでに見たような重大な理由があると信じていたし、またその他にも見る別の理由もあった。彼は弁護に立ったある訴訟事件で、たまたまラフィット[1]家の使用人に出会い、こちらから求めたわけでもないのに、謎めいた話を聞かされた。ただし彼は、秘密を守ると約束した手前もあり、またジャン・ヴァルジャンの危うい立場も思いやって、その謎を深く突きとめることができなかった。だがそのとき、ある重大な義務を果たさねばならないと考えた。それは、あの六十万フランを権利者たるべき人に返すことであり、いまできるだけ慎重にその人をさがしているところなので、差しあたってその金に手をつけることを控えていたのだった。

コゼットのほうは、それらの秘密をまるで知らなかった。しかし、彼女を責めるのも酷であろう。ある絶対的な磁力がマリユスから彼女に流れ、はたらきかけて、彼女はほとんど無意識的、本能的に、彼の望むとおりのことをしてしまうのである。彼女は「ジャンさん」のことについても、マリユスの意志を感じとり、それにしたがっていた。夫はなにひとつ言わなかったが、彼女は夫の意向の、漠然とはしていても明確な圧力をうけ、それに盲従していた。ここで盲従と言っても、それはマリユスが忘れていることを思いださせないということにすぎなかった。そのためには、なんの努力をする必要もなかった。じぶんでもどうしてなのか分からず、また、そのことで彼女を責める必要もないだろうが、彼女の魂はすっかり夫の魂になりきっていた。だから、マリユスの考えのなかで影につつまれていることは、彼女の考えのなかでも暗くなっていくのであった。

だが、あまり言い過ぎないようにしよう。ジャン・ヴァルジャンのことについて忘れたとか心から消えたといっても、それはあくまで表面だけのことだった。忘れたというよりも、ぼんやりしていたにすぎない。心の底では、あれほど長いあいだ父と呼んでいた人を深く愛していた。だが、それよりもなお夫を愛していた。そのせいで、やや心のバランスを失して、一方にだけ傾いていたのである。

コゼットはときどき、ジャン・ヴァルジャンのことを口に出して、いぶかることがあった。そんなときは、マリユスがなだめにかかった。「きっと留守なんだよ。旅に出かけると言っていなかったかい?」「そうだわ」とコゼットは考えた。「こんなふうにいなくなってしまうことがよくありました。だけど、こんなふうに長くなることはなかったわ」彼女はジャンさんが旅行から帰ってこられたのかどうか知るために、二、三度ニコレットをロム・アルメ通りにつかわした。ジャン・ヴァルジャンは、まだ帰っていないと答えさせた。

コゼットは、この世にマリユスさえいてくれればよかったので、それ以上のことは尋ねなかった。

なお、マリユスとコゼットのほうも家を留守にしていたことを言っておこう。ふたりはヴェルノンに行っていた。マリユスはコゼットを父の墓に連れていったのである。

マリユスは徐々にコゼットをジャン・ヴァルジャンから引き離していった。コゼットはされるままになっていた。

もっともある場合には、恩知らずな子供だと手厳しく言われていることでも、かならずしも世間の人びとが思っているほど非難すべきことではない。それは自然な忘恩なのだ。別のところで述べておいたが、自然は「前方に目を向けている」のである。自然は生きているものを、来るものと去るものに分ける。来るものは光のほうに、去るものは闇のほうに目を向けている。そこからずれが生まれる。このずれは老人には致命的なものだが、若い者たちは無意識のうちにそれをこしらえるのだ。これは最初のうちはごく些細なものだが、やがて枝が分かれていくように、だんだんと深刻になる。小枝は幹から離れてしまうことはないけれども、遠ざかっていく。それは小枝が悪いのではない。若さは歓びのあるほうに、お祭騒ぎのほうに、生き生きとした明るさのほうに、恋のほうに向かっていくが、老いのほうは終末を指して進んでいく。両者はお互いの姿を見失うことはないが、もはやお互いに抱きあうこともない。若い者たちは人生の冷たさを感じるが、老いた者は墓の冷たさを感じる。こうした哀れな子供たちを責めても詮なきことである。

第二章　油の切れたランプの最後の揺らめき

ある日ジャン・ヴァルジャンは、家の階段を降りて通りに二、三歩踏みだしたが、ふとひとつの車除けの石のうえに腰をおろした。それは、六月五日から六日にかけての夜、彼がすわって考えこんでいるところをガヴローシュに見つかったあの車除けの石だった。彼はしばらくそこにいて、また部屋にあがった。それが振子の最後のひと振りだった。翌日、彼は家から出なかった。

その翌日はベッドからも出なかった。

門番のおかみさんは、ふだんキャベツかじゃが芋にベーコンをすこし混ぜて、そまつな食事をつくってくれていたのだが、茶色の焼物の皿をのぞきこんで叫んだ。

「まあ、昨日はなにも食べなかったんですね、お気の毒に！」

「そんなことはない」とジャン・ヴァルジャンは答えた。

「お皿にいっぱい残っていますよ」

「水差しを見てごらん。空っぽだから」

「それは水を飲んだ証拠になっても、食べた証拠にはなりませんよ」

「いや、それが」とジャン・ヴァルジャンは言った。「水だけしか欲しくなかったとしたら？」

「それは渇きというもので、いっしょになにか食べないのは、熱があるからでしょう」

「あした食べよう」

「でなきゃ、またそのうちに、っていうんでしょう。どうしてきょう食べないんです？　あす食べるから、なんて言いぐさがありますか！　せっかくつくった料理に手もつけないなんて！　このヴィクロック〔1〕はとっても上等なんですよ」

ジャン・ヴァルジャンは老女の手を取って、

「かならず食べるさ」と、好意のこもった声で言った。

「まったく、困ったお人だわ」と門番のおかみさんが返した。

ジャン・ヴァルジャンは、このおばあさんのほかにはめったに人に会わなかった。パリにはだれもとおらない通りや、だれも住んでいない家がある。彼はそんな通りの、そんな家に住んでいた。

まだ外出していたころ、彼はある金物屋でちいさな銅の十字架像を五、六スーで買い、それをベッドの正面の釘にかけておいた。こういう十字架像はいつ見てもよいものだ。

ジャン・ヴァルジャンが室内を一歩も動かないそんな状態のまま、一週間が過ぎた。彼はずっと寝たきりだった。門番のおかみさんが亭主に言った。

「上のじいさんはもう起きられないし、食べられもしないんだよ。長くないだろうね。よっぽど心配事があるんだよ、あの様子じゃ。わたしゃどうも、娘の嫁ぎ先とうまくいってないんだって気がするね」

門番はいかにも亭主らしい威厳をもって言った。

「金持ちなら医者を呼べばいい。金持ちでなきゃ呼ばなきゃいい。医者にかからなきゃ死ぬだけのことさ」

「もし医者にかかったら?」

「それでも死ぬだろうね」と亭主は言った。

そのうち門番のおかみさんは、「うちの敷石」と言っているところに生えた草を、古いナイフで掻きとりにかかったが、草をむしりながら、こうつぶやいた。

「惜しいことだわ。あんなにこざっぱりしたじいさんなのに! 若鶏の羽みたいに真っ白くてさ」

彼女はふと、通りの外れを近所の医者が通りかかるのを見かけた。そしてじぶんの一存で、その医者に来てくれるように頼んだ。

「三階ですよ」と彼女は言った。「ただはいっていきゃいいんですよ。おじいさんはベッドから動けないので、鍵はドアに差しっぱなしですから」

医者はジャン・ヴァルジャンに会って話しかけた。医者が降りてくると、門番のおかみさんは尋ねた。

「どんな具合ですか、先生?」

「病人はだいぶ悪いな」

「どこが悪いんでしょうか?」

「どこということもないが、ま、全体にね。どうやら大切な人をなくしたらしい。そんなことで死ぬ場合もある」

「あの人はなんて言っていました?」

「元気だと言っていたが」

「また、来ていただけますか、先生?」

「分かりました」と医者は答えた。「だが、わたしでない人に来てもらわなくちゃね」

第三章　フォーシュルヴァンの荷車を持ちあげた身にペンの重みがこたえる

ある晩、ジャン・ヴァルジャンは肘をついてからだを起こすのに大層苦労した。手首を握ってみると、脈がなかった。呼吸は短く、ときどき途絶えた。これまでになくからだが弱っているのが分かった。このとき、おそらくなにか最後の気がかりにでもとらえられたのだろう。やっとの思いでベッドのうえに上半身を起こして身繕いした。彼はむかし着ていた作業着を着た。もう外出することもないので、しまっておいたのを引っぱりだしたのだが、それにその服が好きでもあったからだ。それを着ながら、何度も手を休めねばならなかった。上着のそでに手を通すだけで、額から汗が流れた。

一人住まいになってからの彼は、ひと気のない居間にはできるだけいたくないので、ベッドを控えの間に移していた。彼は例のスーツケースを開いてコゼットの衣類を取りだし、ベッドのうえに広げた。

司教の燭台は暖炉のうえのいつもの場所に置かれていた。彼は引出しからろうそくを二本出して、燭台に立てた。死者のいる部屋にはそのように、日中からろうそくが灯されているのが、ときどき見うけられる。

彼は家具から家具へとまわって一歩あるくごとに疲れ、すわりこまねばならなかった。それは費やしただけの力が元どおりに回復するといったような、通常の疲労ではなかった。どうにかなしうる運動の残りだった。もう二度とはくりかえせないほど耐えがたい努力から搾りだされる、枯れはてた生命だった。

彼ががっくりとすわりこんだ椅子は鏡のまえに置いてあった。吸取り紙で裏返しになったコゼットの文字を読んだあの鏡のまえだ。つまり、彼にとっては致命的であり、マリユスにとっては天の摂理であった鏡である。彼はその鏡に映った顔を見たが、これがじぶんだとはとても思えなかった。まるで八十歳の老人だった。マリユスの結婚のまえには五十歳そこそこに見られたものだから、この一年間は三十年間に相当したわけだ。いま彼の額に刻まれているのは、もはや老年の皺ではなく、死の神秘の刻印だった。そこには容赦のない爪の跡が感じられた。頬は垂れさがり、顔の皮膚はすでに土のしたにあるのかと思われるほどの色をしていた。口の両端は、古代人が墓に彫りつけたあの面のようにさがっていた。彼はなにかを非難するように虚空を見つめた。まるでだれかを恨んでいる悲劇の壮大な人物のようだった。

彼は衰弱の最後の段階としてくる、もはや苦しみも流れださない状態に陥っていた。苦しみが凝縮していたとも言える。魂のうえには絶望の塊のようなものができた。

すでに夜になっていた。彼はやっとの思いでテーブルと古い肘掛け椅子を暖炉のそばに引きずってきて、テーブルのうえにインクと紙を置いた。

それがすむと、気が遠くなった。意識が回復したとき、喉の渇きを覚えた。水差しを持ちあげる力もなく、どうにかそれを口のほうに傾けてひと口飲んだ。

それからベッドのほうに顔を向け、ずっとすわったまま、というのも、もう立ってはいられなかったからだが、あのちいさな黒い服や、大切なもののすべてをながめた。

こんなふうにながめているのが何時間だったとしても、本人には数分にしか思えないものだ。突然、彼はぶるっと震え、寒気がおそってくるのを感じた。彼は司教の燭台に照らされているテーブルに手をついて、ペンを取りあげた。

長いあいだペンもインクもほうっておかれたので、ペン先は曲がり、インクは乾いてしまっていた。立ちあがってインクに数滴の水を足さなければならなかったが、そのあいだにも二度、三度と手を休めて、すわりこんでしまった。しかも、ペンの背のほうで書かなければならなかった。手が震えていた。彼はゆっくりと次のような数行を書いた。

「コゼット、わたしはおまえに感謝する。わたしはおまえに少々説明しておく。おまえの夫がわたしに立ち去らなくてはならないと悟らせてくれたのは正しかった。だが、彼が信じていることにはいささか間違いがあるが、それなりに理由があってのことだ。彼はすぐれた人物だ。わたしが死んだあとも、いつまでもしっかり彼を愛してあげなさい。ポンメルシーさん、わたしの最愛の子をいつまでも愛してやってください。コゼット、この紙切れはいずれ人に発見されるだろうから、ここにおまえに言いたいことを書いておく。もし、わたしにまだ思いだす力があるなら、数字も書いておこう。よく聞きなさい、あの金はたしかにおまえのものなのだ。それにはこういうわけがある。白玉はノルウェーから、黒玉はイギリスから、黒ガラス玉はドイツからくる。本物の黒玉は軽く、貴重で、値段も高い。ドイツではその模造品をつくっているが、フランスでもできる。五センチ四方のちいさな鉄床と、蠟を溶かすアルコール・ランプが要る。むかしは、蠟は樹脂と油煙でつくられ、半キロで四フランもした。ところが、わたしは蠟をゴム・ラックと松脂でつくることを思いついたのだ。それだと三十スーしかからないし、質もずっといいのだ。腕輪は、この蠟で紫のガラスを黒い鉄のちいさな輪に張りつけてつくる。ガラスは鉄の細工には紫、金の細工には黒でなければならない。スペインはそのいい買手だった。この国は黒玉の……」

ここで彼は書く手をとめ、指からペンが落ちた。彼は心の底からこみあげてくる絶望的な嗚咽におそわれ、哀れにも両手で頭をかかえ、物思いにふけった。

「ああ！」と、彼は心のなかで声をあげた（この悲痛な叫びを聞いているのは神のみであった）。「すべてがおわった。もうあの子には会えないだろう。あの子はわたしのうえを通りすぎていったひとつの微笑みだったのだ。もう二度とあの子に会えないまま、わたしは夜のなかにはいっていく。ああ！　一分でもいい、一瞬でもいい、あの声を聞き、あのドレスにさわり、あの天使のような姿を拝められたら！　そして、それから死ねたら！　死ぬことはなんでもない。恐ろしいのは、あれに会わずに死ぬことだ。あの子はわたしに微笑み、言葉をかけてくれてもいいのに！いったい、だれの迷惑になるというのか？　いや、もうおしまいだ、永久に。わたしはこのとおり独りきりだ。ああ！　ああ！　もうあの子には会えないだろう」

このとき、だれかがドアをノックした。

第四章　純白にしかできないインク壺

同じ日、もっと細かく言えばその日の晩、訴訟記録の調物があったので、マリユスが夕食のテーブルを離れて書斎に引きこもって間もなく、バスクが一通の手紙を持ってきて言った。「この手紙を書いた人が控えの間でお待ちです」

コゼットは祖父の腕を取って庭をひとまわりしているところだった。

人間と同じように、手紙にも風体のよくないものがある。粗末な紙、乱暴な折目。ひと目見ただけで、そういう手紙は不快感をあたえる。バスクが持ってきたのはまさにその種のものだった。

マリユスはそれを受けとった。煙草の匂いがしたが、匂いほど記憶を呼びさますものはない。マリユスはその煙草の匂いに覚えがあった。彼は上書を見た。「ご主人、ポンメルシ〔正しくはポンメルシー〕男爵殿、ご自宅宛」煙草を覚えていたので、筆跡も思いだした。驚きには閃きがあると言ってもいいが、マリユスはこの驚きの閃きに照らされたようだった。

嗅覚という、神秘的な備忘録が彼の心中にひとつの世界をよみがえらせた。まさしくこの紙、畳み方、白っぽいインクの色、見覚えのある筆跡、そしてとりわけ煙草の匂い。ジョンドレットの、あのぼろ屋が目に浮かんできた。

こんなふうに、偶然は奇妙なむら気を起こすものなのだ！　あれほど探しもとめ、最近もさんざん苦労したあげく、もう永久に見つからないものとばかり思っていたふたつの足跡のひとつが、じぶんのほうから目のまえにやってきてくれたのである。

彼はわれわれを忘れ、封を切って読んだ。

男爵殿

もしも最高存在が私に才能をあたえたならば、私は学士院化学〔科学の誤り。以下同様〕アカデミー会員テナール男爵[1]ともなりえたでありましょうが、まことは男爵とは別人であります。私はただ男爵と同姓というだけの者ではありますが、もしそれゆえに貴下のご厚情を賜ることができますならば、まことに幸甚に存じます。貴下が私にお授けくださる恩恵は、やがてその報いを受けるでありましょう。私はある人物に間〔関〕する秘密を握っているのであります。その人物は貴下にも間〔関〕わりがございます。私は貴下の約〔役〕に立たんものと願っておりますので、その秘密の処理をおまかせいたす所存でございます。男爵婦〔夫〕人は高貴な生まれであられますゆえ、貴下の立派なご家庭から、なんの権利もなくはいりこんでいるその人物を迫〔追〕放する簡単な方法を伝授いたしましょう。徳の聖域もこれ以上長く罪悪と同拒〔居〕するならば、権威を失遂〔墜〕するでありましょう。

深〔控〕えの間にて男爵殿のご指示をお持〔待〕ちいたします。

敬具

手紙はテナールと署名してあった。この署名は偽りではなかったが、ただ少々つづめてあった。

それに、曖昧な文章と綴字とがすっかり手紙の送り主の身元を暴露していた。身分証明は完璧であり、疑問の余地はなかった。

マリユスは深く動揺した。驚きの波が過ぎると、喜びの波がやってきた。これでさがしていたもうひとりの人物、つまりマリユスを助けてくれた人物さえ見つかれば、願いはすべて叶えられることになるのだ。

彼は机の引出しを開け、そこから紙幣を五、六枚取りだしてポケットに入れて、引出しを閉めると鈴を鳴らした。バスクがドアを半開きにした。

「お通ししてくれ」とマリユスは言った。

バスクは取り次いだ。

「テナールさまです」

マリユスはまた驚いた。はいってきたのは、まったく見覚えのない男だったのだ。

その男は、と言っても年寄りだったが、鼻が大きく、顎をネクタイに埋め、目には緑色の重ねタフタの日除けがついた眼鏡をかけている。髪はイギリスの上流社会《ハイ・ライフ》の御者のかつらみたいに、額のうえで眉すれすれのところまでてらてら撫でつけ、白髪も混じっている。からだ全体が黒ずくめ、ひどくすり切れているがこざっぱりとした服を着て、鎖の飾りの束が一本上着のポケットからぶら下がっているところを見ると、時計がはいっているらしかった。手には古い帽子を持ち、背中を丸くして歩いてくる。背中が曲がっているので、お辞儀はいやがうえにも深々としているように見えた。

まず目についたのは、この人物の上着がきちんとボタンがかかっているのに、ひどくだぶつき、じぶん用につくらせたものとは見えなかったことだ。

ここでどうしても、少々脇道に逸れなければならない。このところ、パリのアルスナル図書館近くのボートレイイ通りの怪しげな古家に器用なユダヤ人が住んでいて、ならず者を紳士に仕立ててあげることを商売にしていた。あまり長いあいだ変装するのは無理だった。というのも、ならず者にしてみればひどく窮屈な服装だったろうから。変装は一日か二日のためのもので、一日三十スーの料金で、できるだけ世間の律儀な人間の衣裳に似せたものをつかい、その場ですぐにやってくれた。この貸衣裳屋は「両替屋」と呼ばれていたが、これはパリのスリ仲間が名づけたものであり、彼らはそれ以外の名前を知らなかった。両替屋にはまったく申し分のないくらいの衣裳部屋があって、客を変装させる古着はだいたい揃っていた。ありとあらゆる特殊なものや、さまざまな種類のものがあった。店の釘の一本一本に、着古して皺くちゃになった社会の諸身分がぶらさがっていた。ここには司法官の服、あそこには主任司祭の服、向こうには銀行家の服、隅っこには退役軍人の服、また別のところには文士の服、そのまた向こうには政治家の服といった具合。この貸衣裳屋はペテン師がパリで演じる果てしないドラマの衣裳方だった。その薄汚い店は盗人が出ていったり、詐欺師がもどってきたりする楽屋だった。ぼろを着たならず者がこの部屋に来て三十スー払い、その日に演じたいと思う役割に応じて適当な服を選ぶ。そしてならず者が階段を降りてくるときには、世間並みの人物になっているという仕掛け。明くる日になると、衣裳はきちんともどってきた。そして両替屋は泥棒になにもかもまかせきりにしておきながら、一度も盗まれたためしはなかった。ただし、こういった衣裳にもひとつだけ拙いところがあった。要するに、「からだに合わなかった」のである。着る人間に合わせたものではないのだから、ある人間にはきつすぎるし、ある人間にはだぶついて、だれにもぴったりというわけにはいかなかった。人並みより背が高かったり低かったりするスリには、両替屋の衣裳はどれもこれも着心地が悪かった。太りすぎていても、痩せすぎていてもならない。両替屋は並みの人間しか頭に入れていないのである。たまたまやってくるならず者のからだに合わせて寸法を採るのだから、客は大きくても小さくてもならなかった。だから時には着こむのが困難な場合もあったのだが、客たちはそこをなんとか切りぬけていた。例外的な御仁にはお気の毒さま！　たとえば、上から下まで黒の、したがって上品な政治家の服も、ピット[2]には大きすぎ、カルテルチカーラにはきつすぎたことだろう。ちなみに、「政治家」の衣裳は、両替屋のカタログには次のように指示されていた。そのまま書き写しておこう。「黒ラシャの上着、黒カシミアのズボン、絹のベスト、長靴、下着類」欄外には「元大使」とあって注意書がついていたが、これも写しておく。「別箱にきちんと縮らせた鬘、緑色の眼鏡、鎖の飾り、綿にくるんだ長さ二、三センチの小さな羽根軸二本」これだけあれば、元大使、一丁できあがり、というわけであった。この衣裳は、もしこう言ってよければ、いたるところ、くたびれきっていた。縫目は白っぽくなり、一方の肘にはボタンホールほどの穴が開きかけている。おまけに上着の胸ボタンがひとつ取れかけている。だが、そんなことなど大した問題ではない。政治家たるもの、いつも手を懐に入れて心臓のうえに置いていなければならないのだから、その手はおのずと、とれたボタンを隠す役割を果たすのである。

もしマリユスがパリのさまざまな秘密の施設に通じていたなら、バスクがいま通した訪問客の背中の様子から、これは両替屋の古着のなかから借りてきた政治家の衣裳だと、ただちに見抜いたにちがいない。

期待していたのとはちがった人物がはいってくるのを見て落胆したマリユスは、その客にたいして気難しい態度になった。その人物が途方もなく深々とお辞儀をしているあいだ、相手を頭から足までじろじろ眺めまわしてから、ようやくぶっきらぼうな口調できいた。

「なんの用ですか?」

男は愛想よく口をゆがめて答えたが、その様子は鰐《わに》の好意的な笑顔とでもいえば、想像していただけるだろうか。

「これまで男爵さまに社交界でお目にかからなかったとは、どうやら申せませんようで。たしか五、六年まえ、パグラチオーノ夫人〔3〕のお宅や、貴族院議員ダンブレー子爵閣下のサロンで個人的にお会いする機会を得たと存じます」

一面識もない人物に、まえに会ったことがあるというふりをしてみせるのは、ならず者が巧みにつかう常套手段である。

マリユスはこの男の話し方に注目し、口調や身ぶりをうかがっていたが、失望がだんだん大きくなっていった。期待していたような、鋭く、そっけない声色とはまるで違って、鼻にかかったような発音だった。彼はすっかり途方に暮れた。

「わたしは知りません」と彼は言った。「パグラチオーノ夫人のお宅にも、ダンブレー氏のお宅にも、これまで一度もうかがったことはありません」

そっけない答えだった。それでも相手はなお愛想よく言いつのった。

「それなら、お会いしたのはシャトーブリアンのところかもしれません。シャトーブリアンはよく知っています。なかなか気さくな方でしてね、ときどき、「テナール、おい……一杯つきあわんか？」なんて、おっしゃるんですよ」

マリユスの額はますます険しくなった。

「シャトーブリアン氏のお宅に招かれたことなど、これまで一度もありません。手短に言ってください。いったい、なんの用なんですか？」

男は、相手の声がいっそう険しくなったので、いっそう低く頭をさげた。

「男爵さま、どうかお聞きください。アメリカはパナマあたりのある地方に、ラ・ホヤという村がございます。なあに、村といっても、家はたった一軒しかございません。天日で焼いた煉瓦の四階建ての、四角い大きい家でしてね、四辺それぞれ百六十メートルあります。どの階にも下の階より四メートル引っこんで、建物をぐるりと取りまくテラスがあります。真ん中に中庭があって、食糧と弾薬が置いてあります。窓はなく、銃眼があります。戸口もなく、梯子があります。地面から二階のテラスへ、二階から三階へ、三階から四階へ昇る梯子です。それから、中庭へ降りる梯子もございます。部屋にはドアがなく、揚戸があります。階段もなく、梯子が架かっています。晩になると、揚戸を閉め、梯子を外し、ラッパ銃や騎兵銃を銃眼に据えます。外からは、はいりようはありません。昼間は家でも、夜は砦になります。人口八百人、これがその村であります。いったい、どうしてこんなにも用心をするのでしょうか？　この地方が危険だからであります。人食い人種がうようよいるからであります。では、どうしてみなさん、そんなところに行くのでしょうか？　素晴らしい地方だからです。金がみつかるのでございます」

「要は、なにを言いたいのですか？」と、落胆していたマリユスは、今度は苛々してきて、さえぎった。

「こういうことでございます、男爵さま。わたくしは外交官のなれの果てでございます。ヨーロッパの古い文明には、ほとほとくたびれはてました。野蛮人相手の暮らしをしてみたいと思いまして」

「それで？」

「男爵さま、利己主義はこの世の掟でございます。日雇いで働いている貧乏な農婦は、乗合馬車が通ると振りかえって見ますが、じぶんの畑で働いている自作の農婦は振りかえりません。貧乏人の犬は金持ちに吠えかかり、金持ちの犬は貧乏人に吠えかかります。だれだって、まずじぶんです。利益こそが人間の目的です。金こそ磁石なのです」

「それで？　はやく結論を言ってくださいよ」

「わたくしはラ・ホヤに行って住みたいのでございます。家族は三人。妻と娘がおります。たいへん美しい娘でございます。旅行は長く、金がかかります。すこしばかり金子《きんす》が入り用なのであります」

「それが、このわたしになんの関係があるのですか？」とマリユスは訊いた。

男は禿鷹がよくやるように、ネクタイから首を伸ばし、にこにこしながら答えた。

「男爵さまは、わたくしの手紙をお読みにならなかったので?」

じっさい、これは本当だった。じつは、手紙の内容はマリユスの頭のうえを通りぬけてしまっていたのだった。手紙を読んだというよりも、筆跡をながめただけだったのだ。なにが書いてあったのか、ほとんど思いだせなかった。また、すこしまえから、はてな、と思うことも生じていた。「妻と娘」というところが気になったのだ。彼は突きさすような目を相手に向けていた。予審判事でも、これほど鋭く見つめはしないだろう。隙を狙っている、といっても過言でなかった。彼はただこう答えた。

「はっきり言いたまえ」

男は両手をベストのポケットに入れ、背骨はのばさず、眼鏡のせいで緑色に見える目で、やはりじろじろとマリユスの様子を窺いながら、頭をあげた。

「承知しました、男爵さま。それでは、はっきり申し上げましょう。秘密を買っていただきたいのです」

「秘密!」

「秘密です」

「わたしに関係のある?」

「いささか」

「どんな秘密ですか?」

マリユスは話を聞きながら、ますます入念に男を観察した。

「無料ではじめましょう」と男は言った。「わたくしが興味ぶかい人間だということが、即座にお分かりになるでしょう」

「話したまえ」

「男爵さま、お宅には泥棒で人殺しの男がおります」

マリユスは身震いした。

「わたしの家に？　そんなことはない」と彼は言った。

男は眉ひとつ動かさず、肘で帽子のちりを払って、言葉をつづけた。

「人殺しで泥棒です。男爵さま、ご注意願いますが、わたくしはここで、法律のまえでは時効によって、神のまえでは悔悛によって消滅してしまうような、そんな大昔の、時代遅れの、無効になった事実をお話ししているのではございません。最近の事実、現在の事実、いまのところはまだ司法当局も知らない事実をお話ししているのであります。つづけましょう。その男は偽名をつかって、いつの間にかあなたさまの信頼を勝ち取り、ご家庭のなかに潜りこんでいると言ってもよろしいのであります。そいつの本当の名前を教えましょう。しかも、ただで教えます」

「どうぞ、聞きましょう」

「そいつはジャン・ヴァルジャンというのです」

「知っている」

「そいつが何者か教えましょう、やはりただで」

「言いたまえ」

「元徒刑囚ですよ」

「知っている」

「お教えしたからお分かりになったのでしょう」

「いいや、まえから知っていた」

マリユスの冷たい口調、二度にわたる「知っている」という返事、話の腰を折るぶっきらぼうな言葉、それらがこの見知らぬ男の心に、なにか陰にこもった怒りを掻き立てた。男は秘かな怒りに燃えた目でマリユスを睨みつけたが、それはすぐに消えた。ちらっと素早く睨んだだけだったのだが、一度見たことのある者なら、すぐあれだと思い当たるような目つきだった。マリユスはそれを見逃さなかった。ある種の炎はある種の魂だけからしか出てこない。心の窓である目は炎で燃えあがる。眼鏡などはなにも隠してくれない。地獄に窓ガラスをはめてみるとよろしい。

男は薄笑いを浮かべながら、また口を開いた。

「男爵さまのお言葉に逆らうような真似はいたしません。いずれにせよ、わたくしが事情に通じておりますことは、お分かりいただけたはずです。ところで、これからお教えしなければならないのは、わたくしひとりしか知らないことなんでして。これは男爵夫人の財産に関わる、特別の秘密でございます。そこで、まずあなたさまのところへもってまいった次第であります。お安くしておきましょう。二万フランです」

「その秘密も知っている。ほかの秘密と同じように」とマリユスは言った。

男は値段を少しさげねばならないと思った。

「男爵さま、一万フランお出しください。そうすればお話しします」

「もう一度言うが、きみはわたしに教えるようなことはなにひとつ知らないのだ。きみが言いたいと思っていることなど、わたしにはとうに分かっている」

男の目に新たな閃光が走り、彼は声をあげた。

「ただ、今日は食事をしなければなりませんので、特別の秘密だと申し上げているんですよ。男爵さま、お話し申し上げます。お話ししましょう。二十フランお恵みください」

マリユスは相手をじっと見つめた。

「わたしはきみの特別の秘密を知っている。さっき出たジャン・ヴァルジャンの名前も知っていたし、きみの名前だって知っている」

「わたくしの名前を？」

「そうだ」

「そりゃ難しくもなんともないことで、男爵さま。手紙にも書きましたし、口でも申しあげましたから。テナール」

「ディエ」

「えっ？」

「テナルディエだ」

「それはだれのことです？」

危なくなると、豪猪《やまあらし》は毛を逆立て、黄金虫は死んだふりをし、親衛隊は方陣を組む。だが、この男は笑いだした。それから、上着の袖の埃を指で弾いて払った。マリユスはつづけた。

「さらに、きみは労働者のジョンドレット、俳優のファバントゥー、詩人のジャンフロ、スペイン人ドン・アルバレス、バリザールの妻だ」

「なんの妻ですって？」

「それから、モンフェルメイユで安料理屋をやっていたこともある」

「安料理屋！　めっそうもない」

「それに加えて、きみはテナルディエだと言っているんだ」

「まさか」

「そしてきみはならず者だ。そら」

マリユスはそう言いざま、ポケットから紙幣を一枚取りだして、相手の顔に投げつけた。

「ありがとうございます！　どうもすみません！　五百フラン！　男爵さま！」

そして男は動転し、挨拶しながら紙幣をつかみ、じっとながめた。

「五百フラン！」と、たまげた彼はまた言った。それから小声になり、口ごもりながら、「本物のお札だ！」と言ってから、いきなりこう切りだした。

「さあ、これでよし。気楽にやりましょうや」

それから、やにわに猿のような敏捷さで髪をうしろに搔きあげ、眼鏡をもぎとり、さきほど述べた、また本書の別のところ〔4〕でも出てきた、あの二本の羽軸を鼻からさっと抜きとり、まるで帽子を脱ぐみたいにじぶんの顔を脱いだ。

目がきらりと光った。でこぼこの、あちこちに窪みや瘤があって、上のほうに醜い皺がある顔があらわれた。鼻は嘴みたいに鋭くなり、人食い人種みたいな、残忍で抜目のない横顔がふたたび見えた。

「男爵さまのお目はごまかせねえ」と彼はすこしも鼻にかからない、はっきりとした声で言った。「わたしゃテナルディエですよ」

そして、丸めていた背をしゃんと伸ばした。

テナルディエは――そう、たしかに彼だった――奇妙な具合に驚かされた。これがどぎまぎするような男であれば、きっとどぎまぎしたことだろう。びっくりさせるつもりできたのが、びっくりしてしまったのだ。この屈辱の報酬が五百フランだったが、とどのつまりそれを受けとった。いずれにしろ、彼が腰を抜かしたことに変わりはない。

ポンメルシー男爵に会うのは初めてだったが、変装していたにもかかわらず、このポンメルシー男爵には見抜かれてしまった。しかも、とことん見抜かれてしまったのだ。それにこの男爵はテナルディエのことだけでなく、ジャン・ヴァルジャンのことも知っているらしい。青二才と言ってもいいくらいのこの男は、何者なのか？　馬鹿に冷たく、馬鹿に気前がいい。いろんな人の名前を知っている。名前を全部知っていていて、彼らに財布の口を開く。裁判官みたいにペテン師をやりこめ、まるで騙されたようにそいつらに金をくれる。

読者も覚えておられるだろうが、テナルディエはマリユスの隣の部屋に住んでいたが、一度も彼を見たことがなかった。こういうことは、パリではよくある。いつだったか、同じ建物に住んでいるマリユスというひどく貧乏な青年のことを、娘たちが話しているのをなんとなく耳にしたことがあった。彼は顔も知らないのに、ご存じのように、その青年にあのような手紙を書いたのだった。彼の頭のなかでは、あのマリユスとポンメルシー男爵とはまるで結びつきようがなかった。

ポンメルシーという名前については、読者はつぎのことを覚えておられることだろう。ワーテルローの戦場では、テナルディエにはこの名前の終わりの二音節メルシーしか覚えていなかった。当然のことながら、このような言葉だけの感謝では、テナルディエとしても、ふふんといった気持ちしかもてなかった。

それに彼は、娘のアゼルマに二月十六日のあの新婚夫婦のあとをつけさせたり、じぶんでもいろいろしらべたりして、多くの事柄を突きとめることができた。その結果、暗闇の底にいながら、神秘の糸を何本もつかむことに成功していた。いつかあの大下水道のなかで出くわした男が何者だったかも、いろいろと手をつかって探り当てていた。そう言って語弊があるなら、少なくとも推理をはたらかせて見当をつけていた。人間が分かれば、名前を見つけだすのは容易だった。ポンメルシー男爵夫人がコゼットという名前であることも分かった。だが、これにかんしては、事を慎重に進めるつもりだった。コゼットとはどういう女なのか？　彼自身も正確には知らなかったのである。私生児かなんかだということは察していた。ファンチーヌの話はどうも怪しいとずっと思っていた。だが、そんなことをしゃべってなんになろうか？　口止め料を出させるためか？　それよりももっと値段の高い売物があった。いや、あるつもりだった。それにどう見ても、なんの証拠もなしにポンメルシー男爵のところに出向いて、「奥さまは私生児なんですよ」などとぶちまけても、せいぜい腰に長靴のお見舞いを受けるくらいが関の山だろう。

テナルディエの考えでは、マリユスとの面談はまだはじまっていなかった。彼は退却し、戦術を修正し、陣地を捨て、戦線を変えねばならなかった。だが、肝心なことはなにひとつ損なわれていなかったし、ポケットには五百フランはいっていた。おまけに、まだとっておきの最後の言葉をもっていた。だから、これほど情報に通じ、これほどがっちりと身を固めているこのポンメルシー男爵とも充分に闘えると感じていた。テナルディエのような性質の人間には、対話はすべて闘いになる。これからはじまろうとしている闘いで、彼のほうの状況はどうだったのか？　彼はどんな相手と話しているのか知らなかったが、じぶんがなにを話しているのか分かっていた。彼は心のなかで素早くじぶんの力量を再検討し、「わたしゃテナルディエですよ」と言ってから、ずっと相手の出方を待ちうけていた。

マリユスはじっと考えこんでいた。彼はとうとうテナルディエを捕まえた。あれほどめぐり会いたいと願っていた男がここにいる。これで、ポンメルシー大佐から強く勧められていたことも立派に果たすことができる。彼は、あの英雄がこの悪党にいくらか借りがあることが恥ずかしかった。父が墓の底からマリユスにあてて振りだした為替手形が、今日まで支払いできないようになっていたのが恥ずかしかった。また、テナルディエにたいする複雑な気持ちから、不幸にもこんな下劣な男に助けられた大佐の汚名をすすぐ理由があるとも思われた。それはともかく、彼は嬉しかった。やっと、このろくでもない債権者から大佐の亡霊を解放できるのだ。そして彼は、父の思い出を、恩義という牢獄から救いだそうとしているような気がするのだった。

このほかにも、もうひとつやるべきことがあった。つまり、できればコゼットの財産の出所を明らかにすることである。その機会がきたようだった。どうやらテナルディエはなにかを知っているらしい。この男の心の底を覗いてみれば、なにか役に立つことがあるかもしれない。彼はまずそれからはじめた。

テナルディエは「本物のお札」を内ポケットにしまいこむと、優しいといってもいいほど穏やかな様子でマリユスを見ていた。

マリユスが沈黙を破った。

「テナルディエ、わたしはきみの名前を言い当てた。今度はきみの秘密、きみがわたしに教えようとしにきた秘密を、どうだね、わたしのほうから言ってやろうか？　わたしのほうにだって、いろいろ情報がはいっている。こっちのほうが詳しいということが分かるだろう。ジャン・ヴァルジャンは、きみが言ったように、人殺しで泥棒だ。泥棒だというのはマドレーヌ氏という金持ちの工場主の財産を盗んで破産させてしまったからだ。人殺しだというのは、ジャヴェールという警官を殺したからだ」

「分かりませんな、男爵さま」

「分からせてやろう。まあ、聞きたまえ。パ・ド・カレー県のある郡に、一八二二年ごろ、以前になにか有罪判決を受けた男がいた。その男はマドレーヌさんという名で更正し、世間の信用も回復していた。その男は、ある意味で、正しい人間になっていた。黒ガラス細工製造という産業で、町全体の財産を築いた。じぶん自身の財産もつくりはしたが、それは片手間に、いわば偶然にできたものだ。彼は貧乏人たちの育ての親だった。病院を建て、学校を開き、病人を見舞い、娘たちには持参金をあたえ、未亡人を助け、孤児を引きとった。まるでこの地方の保護者みたいだった。彼は勲章を辞退したが、人びとは彼を市長にした。ある放免徒刑囚が、むかしこの人が受けた刑の秘密を知っていた。彼はこの人を密告して逮捕させ、その逮捕につけこんでパリに出てくると、ラフィット銀行から――このことは出納係から直接きいたのだ――贋のサインをつかって、五十万以上の、マドレーヌ氏の金を引きだしてしまった。マドレーヌ氏の金を盗んだその徒刑囚がジャン・ヴァルジャンなのだ。もうひとつの事実についても、きみから教えてもらうようなことはなにもない。ジャン・ヴァルジャンはジャヴェールという警官を殺した。ピストルで殺したのだ。わたしはその場にいた」

テナルディエは一度マリユスに打ちのめされながらまた勝利に手をかけ、失った全域をたちまち取りかえした男のように、見下すような視線を投げた。だが、すぐまた笑顔にもどった。下の者は上の者にたいして勝利を得ても、媚を送らねばならない。そこでテナルディエはマリユスにただこう言っただけだった。

「男爵さま、筋道が違いますようで」

そして、鎖の飾りの束を意味ありげにくるくる回し、いま言った言葉に力をこめた。

「なに！」とマリユスは言いかえした。「違うというのか？　みんな事実だぞ」

「妄想というやつですよ。男爵さまのご信頼を得たからには、わたしのほうでも申し上げねばなりますまい。なによりも真実と正義です。人が濡れ衣を着るのを見ることは、面白くございません。ジャン・ヴァルジャンはマドレーヌ氏から盗んではいません。ジャン・ヴァルジャンはジャヴェールを殺してなんかいません」

「そんな馬鹿な！　どうしてそんな？」

「ふたつ理由があります」

「どんな理由だ？　話したまえ」

「第一は、マドレーヌ氏というのはジャン・ヴァルジャン自身のことですから、マドレーヌ氏から盗めるわけはありません」

「どうしてそんなことを言うのだ？」

「それから、第二はこうです。ジャヴェールを殺したのはジャヴェール自身ですから、ジャン・ヴァルジャンがジャヴェールを殺せるわけはありません」

「それはどういうわけだ？」

「ジャヴェールは自殺したのです」

「証拠は！　証拠は！」と、マリユスは我を忘れて叫んだ。

テナルディエは昔のアレクサンドラン詩の句格ふうに、言葉をいくつにも分けながら言った。

「警・官・ジャ・ヴェール・は・ポン・ト・シャンジュ・橋の・ある・船・の下で・水死体・となって・発見・された・のです」

「だったら、証拠をみせたまえ！」

テナルディエは脇ポケットから灰色の紙の大きな封筒を取りだしたが、そこには、いろいろな大きさの紙切れが入れてあるようだった。

「記録をもっておりますもので」と彼は落ち着いて言った。

そして、言いそえた。

「男爵さま、わたくしはあなたさまのために、ジャン・ヴァルジャンの身辺を徹底的に洗ってみたのでございます。わたくしは、ジャン・ヴァルジャンとマドレーヌとは同一人物だと申しました。また、ジャヴェールを殺したのはジャヴェール自身だとも申しました。そしてこう申すのは、証拠があってのことでございます。手で書いた証拠ではありません。書いたものは当てになりません。書いたものなど、どうにでもなりますから。ここにあるのは印刷した証拠でして」

こう言いながら、テナルディエは封筒から、黄ばんで色のあせた、ひどく煙草臭い新聞を二部引っぱり出した。ひとつのほうは折目がすっかりすり切れて、四角の紙切れを重ねたみたいになりはて、もうひとつのよりずっと古いものらしかった。

「ふたつの事実に、ふたつの証拠です」と、テナルディエが言った。そしてふたつの新聞を広げてマリユスに差しだした。

このふたつの新聞のことは読者もご存じだ。古いほうは一八二三年七月二十五日付の『白旗』紙であり、これは本書第三巻の一四八頁[5]にあった記事である。もうひとつは一八三二年六月十五日の『モニトゥール』紙で、これはジャヴェールの自殺を確認し、なおつぎのように書きそえてあった。つまり、警視総監にたいするジャヴェールの口頭報告によれば、彼はシャンヴルリー通りのバリケードで捕虜になったのだが、反徒の寛大な処置で命を助けられた。反徒は彼をピストルのまえに立たせておきながら、彼の頭を撃ちぬかずに、空に向けて発砲したのだという。

マリユスは読んだ。明らかな事実と、たしかな日付と、争えない証拠があった。このふたつの新聞は、テナルディエの言うことを裏づけるためにわざわざ印刷されたものではなかった。『モニトゥール』紙に発表された記事は、警視庁から正式に伝えられたものだった。マリユスとしても疑うことはできなかった。銀行の出納係の情報は間違いだったし、彼自身も思い違いをしていたのだ。ジャン・ヴァルジャンがいきなり偉大になって、雲のなかからあらわれてきた。マリユスは喜びの声をあげずにはいられなかった。

「そうだとすれば、あの気の毒な人は、素晴らしい人なんだ！　あの財産はみな、本当にあの人のものだったのだ。あれが一地方全体の保護者マドレーヌさんなのだ！　ジャヴェールを救ったジャン・ヴァルジャンなのだ！　あの人は英雄だ！　聖人だ！」

「聖人じゃありません。英雄でもありません」とテナルディエが言った。「人殺しで泥棒ですよ」

そして彼は、いくらかじぶんに権威を感じはじめたらしい人間の口調で言いそえた。「落ち着きましょう」

マリユスが消えてしまったと信じていた、泥棒と人殺しという言葉がまた飛びだしてきて、氷みたいに冷たいシャワーのように、彼のうえにふりかかってきた。

「またか！」と彼は言った。

「この事実に変わりありません」とテナルディエが言った。「ジャン・ヴァルジャンはマドレーヌから盗みませんでしたが、やはり泥棒です。ジャヴェールを殺しませんでしたが、やはり人殺しです」

「きみが言いたいのは」とマリユスが言った。「四十年まえのあのつまらない盗みのことなんだろう？　あの程度のものはきみのその新聞からも分かることだが、悔悟と自己犠牲と有徳な生活によって償われているのだ」

「わたくしは人殺しと盗みと言っておりますので、男爵さま。それに、くりかえしますが、わたくしが申しているのは現在の事実なんでして。あなたさまにおもらししようとしているのは、まだだれも知らないこと、未発表のことですよ。そしておそらく、ジャン・ヴァルジャンから男爵夫人に巧妙に贈られた財産の出所も、このことからお分かりになるでしょう。巧妙と申しますのは、こうした贈物を立派なご家庭にはいりこませて、そこで安楽な生活に加わり、それと同時にじぶんの罪を隠し、盗みの利益にあずかり、じぶんの名前を埋めてしまい、じぶんのために家庭をひとつつくりだす。これは、まんざら下手くそなやり方じゃないですからね」

「ここで、ちょっと待ってもらいたいところだが」と、マリユスが言った。「まあ、つづけたまえ」

「男爵さま、すっかりお話しいたしましょう。報酬のほうはお志におまかせすることにいたしまして、この秘密は金無垢の値打ちがございます。どうしてジャン・ヴァルジャンに話を持ちこまないのか、とおっしゃるでしょう。理由はいたって簡単です。わたくしは、あいつが金を手放したこと、しかもあなたのおためを計って手放したことを知っています。なかなか巧いやり方だと思いますよ。だから、あいつはもう一スーも持っていません。わたくしが行っても、空の手を広げてみせるでしょう。そして、わたくしはラ・ホヤへ出かける旅費がいくらかかかりますもので、すっからかんになったあいつより、全部持っているあなたさまのほうがよかろうと思案したわけです。ちょっとくたびれましたので、椅子にかけることをお許しください」

マリユスは腰をおろし、相手にもすわるように手ぶりで示した。

テナルディエは詰物のはいった椅子にすわりこむと、例のふたつの新聞を取って、もとの封筒にしまいこんだ。そして、『白旗』紙を爪で弾きながら、つぶやいた。「こいつを手に入れるのに苦労したものでした」それから、いかにもじぶんが言うことに確信をもっている人間らしく、脚を組み、椅子の背にもたれかかって、重々しく、言葉に力をこめながら、いよいよ本題にはいった。

「男爵さま、一八三二年六月六日、つまり一年ほどまえになりますが、あの暴動があった日に、パリの大下水道のなかにひとりの男がいました。大下水道がアンヴァリッド橋とイエナ橋のあいだでセーヌ河に流れこんでいるあたりです」

マリユスはいきなりじぶんの椅子をテナルディエの椅子に近づけた。テナルディエはその動作を目にとめると、雄弁家が相手を引きつけ、こちらの言葉に論敵の胸の鼓動を感じとるときのように、ゆっくりと話をつづけた。

「その男は、政治とは関係のない理由からですが、身を隠す必要にせまられて下水道を住処にし、そこの鍵を持っていました。くりかえし申しますが、六月六日のことです。たぶん夜の八時ごろだったでしょうか、男は下水道のなかで、なにか音がするのを聞きつけました。男はひどく驚き、身を隠して様子をうかがいました。聞こえたのは足音だったのです。だれかが暗闇のなかを歩いていて、こちらのほうにやってくるのです。奇妙なことに、下水道のなかに、ほかにもうひとり人間がいたというわけです。下水道の出口は鉄格子のすぐ近くでした。そこから射しこんでくる光で、その男がだれだか分かりましたし、その男がなにかを背負っていることも分かりました。男は腰をかがめて歩いていました。腰をかがめて歩いていたその男は、元徒刑囚で、担いでいるのは死体だったのです。またと見られないような殺人の現行犯です。盗みのほうは言うまでもありません。一スーの得にもならないのに、人を殺すものじゃありませんから。その徒刑囚は死体を河に捨てにいくところだったのです。ひとつ注意しなければならないことがあります。出口の鉄格子のところまで着くために、遠くから下水のなかをやってきたその徒刑囚は、途中でどうしても恐ろしい水溜に出くわしたはずで、死体はそこに置いてこようとすればできたと思うのです。だが、翌日、下水清掃人たちがその水溜の掃除にかかったとき、殺された男を見つけるかもしれません。それは人殺しには具合の悪いことです。男は、いっそのこと荷物を背負ったまま、水溜をわたったほうがいいと思ったのでしょうが、その苦労たるや並大抵のことではなかったでしょう。これほど命がけの仕事は考えられませんから。あの水溜から、どうやって生きてでられたものか、まったくもって分かりません」

マリユスは椅子をまた近づけた。テナルディエはその間を利用して長い息をついてつづけた。

「男爵さま、下水道はシャン・ド・マルスの練兵場とはわけが違います。下水道にはなんにもありません。身を置くところさえないのです。人間がふたりいれば、出くわさないわけにはいきません。果たして、そうなりました。下水の住人と通行人は、どちらも気が進まないのに、挨拶する羽目になったのです。通行人は下水道の住人に言いました。「おれが背負っているものが分かるだろう。ここから出なくちゃならん。鍵を持っているな。おれによこせ」その元徒刑囚はものすごく力があるやつでした。断るわけにはいきません。だが、鍵を持った男は談判しました。ただ時間をかせぐためです。彼は死体をよく注意して見ました。若くて、いい身なりをしていました。金持ちらしい。顔が一面に血で醜くなった男と言うほか、なにひとつ分かりませんでした。話をしながら、彼は人殺しに気づかれないように、殺された男の上着の端をうしろからうまく引きちぎりました。証拠の品です。お分かりでしょう。事件のあとを探って、犯人に犯罪を証明してみせる手段です。彼はその証拠をポケットにしまいました。それから鉄格子を開け、厄介なものを背負った男を外に出してやり、元どおりに鉄格子を閉めて、逃げだしました。それ以上事件に関わりたくなかったのと、とりわけ、人殺しが死体を投げすてるところに、立ち会いたくなかったからです。もうお分かりでしょう。死体を運んでいたのはジャン・ヴァルジャンです。鍵を持っていたほうの男は、ただいまあなたさまにお話ししている、このわたくしです。そして、上着の切れ端は……」

テナルディエはここまで言うと、どす黒い染みがいっぱいついて、ずたずたになった黒ラシャのぼろ布をポケットから取りだし、両手の親指と人差指でつまんで、目の高さに持ちあげた。

マリユスは真っ青になり、息もつけずに黒ラシャの切れ端にじっと目を注ぎながら立ちあがっていた。そして無言のまま、そのぼろ布から目を離さずに、壁のほうに後ずさりした。それから右手をうしろにのばすと、壁のうえを探って暖炉のそばの戸棚の錠前に差しこんである鍵をさがした。鍵をさがしあてると、戸棚を開け、そちらのほうには目を向けず、うわずった目をテナルディエが広げて持っているぼろ布から放さずに、戸棚のなかに腕を突っこんだ。

一方、テナルディエはしゃべりつづけていた。

「男爵さま、殺された青年はジャン・ヴァルジャンが仕掛けた罠におびき出された金持ちの外国人で、大金を身につけていたと信じられるたしかな理由があるのです」

「その青年がわたしだったんだ。この上着を見ろ！」とマリユスは叫んで、血だらけになった古い黒の上着を床のうえに投げだした。

それから、テナルディエの手から布の切れ端をひったくると、上着のうえにかがみこんで、ちぎり取られた切れ端を、ぎざぎざに破れた裾にあてがった。切れ端はぴったりと合って、上着はちゃんとした形になった。

テナルディエは呆気にとられ、「こりゃたまげたわい」と思っていた。

マリユスは身を震わせ、絶望し、顔を輝かせて立ちあがった。

彼はポケットを探り、興奮しながらテナルディエのほうに歩みよった。

そして五百フランや千フランの紙幣をいっぱいに握った拳を差しだし、まるで相手の顔に突きつけんばかりにした。

「おまえは恥知らずだ！　嘘つきで、中傷屋で、極悪人だ。おまえがあの人に罪を着せようとしてやってきたことが、逆に無罪を証明したのだ。あの人をおとしいれようと思ったのが、かえって名誉をあたえることになってしまったのだ。泥棒はおまえのほうだ！　人殺しはおまえのほうだ！　わたしはおまえを見たことがあるのだ。テナルディエ＝ジョンドレット、ロピタル大通りのあのぼろ屋でだ。おまえのことなら、その気になれば、徒刑場にでも、もっと遠くへでも送ってしまえるだけのことを知っているんだぞ。さあ、千フランくれてやる、ならず者め！」

そう言って彼は、千フランの紙幣をテナルディエに投げつけた。

「ああ！　テナルディエ＝ジョンドレット、汚らわしいやくざ者め！　暗黒の探り屋め、謎の商人め、げす野郎め！　この五百フランの札を持って、ここから出ていけ！　ワーテルローのおかげだぞ」

「ワーテルロー！」とテナルディエは五百フラン札と千フラン札をポケットに突っこみながらつぶやいた。

「そうだ、人殺しめ！　おまえはあそこでひとりの大佐の命を救った……」

「将軍のです」とテナルディエは顔をあげて言った。

「大佐のだ！」とマリユスはかっとなって言った。「将軍のためなら、びた一文もくれてやるものか。それにおまえは、ここに恥ずかしいことをやりにきたんだ！　いいか、おまえはありとあらゆる罪をおかしたんだ。出ていけ！　うせろ！　ただし、幸せになれ、それだけがわたしの望みだ。ああ！　ひとでなしめ！　そら、まだ三千フランある。これも持っていけ。明日にも娘を連れてアメリカに出発しろ！　おまえの女房はもう死んでいるのだろう。いやらしい嘘つきめ！　おまえが発つのを見とどけてやる、悪党め。そのとき二万フランわたしてやろう。よそへ行って、縛り首になれ！」

「男爵さま」と、床に頭が届きそうなお辞儀をして答えた。「ご恩は一生忘れません」

そしてテナルディエは、なんのことか分からないまま、大金の重みに気持ちよく押しつぶされたり、紙幣となって頭のうえで轟きわたる雷鳴のような怒鳴り声を聞いたりして肝をつぶし、有頂天になって出ていった。

この男のことは手短に片づけてしまおう。いま述べたことがあってから二日後、マリユスの世話で彼はアメリカに出発した。偽名をつかって娘のアゼルマを連れ、ポケットにはニューヨーク宛に振りだされた二万フランの手形を持っていた。この失敗した町人テナルディエの精神的な貧困はもはや救いがたいものだった。アメリカへ行っても、ヨーロッパにいたときと同じだった。ただ悪人がふれるだけで、時には善行も腐敗し、そこから悪事が生まれもする。マリユスからもらった金で、彼は奴隷商人になった。

テナルディエが出ていくや、マリユスはコゼットがまだ散歩している庭へ走っていった。

「コゼット！　コゼット！　」と彼は叫んだ。「おいで！　早くおいで！　出かけるんだ。バスク、辻馬車だ！　コゼット！　おいで。なんてことだ！　ぼくの命を助けてくれたのは、あの人だったんだ！　一分も無駄にできないぞ！　ショールをお掛け」

コゼットは彼が気でも狂ったのではないかと思ったが、言われたとおりにした。マリユスは息ができなかった。胸に手をあてて、心臓がドキドキするのを押さえながら、大股で歩きまわった。コゼットにキスをして、「ああ！　コゼット！　ぼくは哀れな男だ」と言った。

マリユスはすっかり取り乱していた。あのジャン・ヴァルジャンのなかに、なにかしら気高く、暗い姿が見えはじめたのだ。いままでに聞いたこともない徳が、崇高で優しく、広大無辺でありながらも慎ましやかな徳が、彼の目のまえにあらわれたのだった。徒刑囚がキリストに変わりかけていた。マリユスはそんな奇跡に目眩を感じていた。見ているものがなんであるのか、はっきりとは分からなかったが、それはとにかく偉大なものだった。

すぐに辻馬車が一台、戸口のまえにとまった。

マリユスはコゼットを乗せ、じぶんも飛び乗った。

「御者」と彼は言った。「ロム・アルメ通り七番地だ」

辻馬車が動きだした。

「まあ、嬉しい！」と、コゼットが言った。「ロム・アルメ通りね。あたし、あたし、あそこの話を切りだせなかったのよ。ジャンさんにお会いするのね」

「お父さんだよ、コゼット。いまこそ、おまえのお父さんなんだよ。ぼくがガヴローシュに持たせてやった手紙を、きみは受けとらなかったと言ったね。あの手紙はあの人が受けとったらしいんだ。コゼット、あの人はぼくを助けるためにバリケードへ行ったんだ。天使になりたいという願いをもっていたから、ついでに他の人たちも救いだしたわけだ。ジャヴェールも助けたんだ。

あの人は、あの深淵のなかからぼくを引きあげ、きみにわたそうとしてくれたんだ。ぼくを背負ってあの恐ろしい下水道のなかを運んでくれたんだ。ああ！　ぼくはとんでもない恩知らずだ。コゼット、あの人はきみの保護者だったが、そのあとでぼくの保護者にもなってくれたんだ。考えてごらん、しょっちゅう溺れそうになる、泥のなかで溺れそうになる恐ろしい水溜があったんだよ、コゼット！　あの人のおかげで、ぼくはそんなところも通りぬけられたんだ。ぼくは気をうしなっていた。なにも見えなかったし、なにも聞こえなかった。じぶんが危ない目にあっていることもなにも分からなかったんだ。これから、あの人を連れもどしにいく。いやと言おうと、なんと言おうと、いっしょにきてもらう。もう二度とぼくらの家から出ていかないようにしてもらおう。家にいていただくだけでいいんだ。会えさえすればいい。ぼくはこれから一生、あの人を敬って暮らすんだ。そうだ、そうしなくちゃ。そうだろう、コゼット？　ガヴローシュがぼくの手紙をわたしたのが、あの人だったんだ。それでなにもかも説明がつく。分かっただろう」

コゼットはひと言も分からなかったが、

「そのとおりだわ」と言った。

辻馬車は走りつづけていた。

第五章　夜の背後に朝の光が

ドアをノックする音を聞くと、ジャン・ヴァルジャンは振りかえり、

「おはいり」と弱々しい声で言った。

ドアが開いた。コゼットとマリユスがあらわれた。

コゼットは部屋に飛びこんだ。

マリユスはドアの框にもたれて、戸口に立っていた。

「コゼット」とジャン・ヴァルジャンが言った。そして、震える両手を広げて、物凄まじく、血の気のない不気味な顔で、目には限りない喜びをたたえて、椅子のうえで身を起こした。

「お父さま」と彼女は言った。

ジャン・ヴァルジャンはひどく驚いて口ごもった。

「コゼット！　あの子だ！　あなた、奥さま！　おまえか！　いや、これはこれは、なんということだ！」

そしてコゼットに抱きしめられて叫んだ。

「おまえか！　来てくれたのか！　では、わたしを許してくれるのだね！」

マリユスは、流れる涙を抑えるために瞼を閉じながら一歩進みでて、嗚咽をこらえようと唇をぴくつかせつつ、つぶやいた。

「お父さん！」

「では、あなたもわたしを許してくださるのですね！」とジャン・ヴァルジャンが言った。

マリユスはなんと答えていいのか分からなかった。すると、ジャン・ヴァルジャンが言いそえた。

「ありがとう」

コゼットはショールをはぎ取り、帽子をベッドのうえに投げだして、

「じゃまくさい」と言った。

そして老人の膝のうえにすわると、とても可愛らしい手つきで白髪を掻き分けて、額に接吻をした。

ジャン・ヴァルジャンは戸惑いながらも、されるがままになっていた。

コゼットはほんのわずかしか事情を呑みこんでいなかったが、まるでマリユスの借りを返そうとするかのように、ますます優しく愛撫した。ジャン・ヴァルジャンはつぶやいた。

「なんと浅はかだったことか！　もうこの子には会えないと思っていた。考えてもみてください、ポンメルシーさん。あなたがはいってこられたとき、わたしは「もうおしまいだ」と思っていたところなのです。ここに、この子の可愛い服がある。わたしは惨めな人間《ミゼラブル》です、もうコゼットには会えないだろう。そんなことを言っていたのは、ちょうどあなた方が階段を昇ってこられたときだったのです。なんと愚かだったのか！　そんな馬鹿なことを言っていたのですよ！　だが、それは神様のことを忘れていたからです。神様はこうおっしゃっていた。「おまえは人に見捨てられたと思っている。愚か者よ！　いや、いや、そんなふうにはさせないぞ。さあ、あそこに哀れな老人がひとりいる。あの男には天使が必要だろう」そうすると、天使がやってきました。そしてもう一度コゼットに会えた。可愛いコゼットにまた会えたのです！　ああ！　わたしはひどく不幸でした！」

彼はちょっと言葉をうしなったが、またつづけた。

「わたしは本当に、すこしでもいいから、ときどきコゼットに会いたかったのです。心は、かじる骨を求めるものです。だがわたしは、じぶんが余計者だということをはっきり感じていました。じぶんにこう言い聞かせていたのです。『みなさんにはおまえなんぞ必要ではないのだ。じぶんの居場所に引っこんでいろ。長居をする権利はないのだぞ』と。ああ！　ありがたいことに、また会えた！　コゼット、おまえの旦那さんはとても美男子だよ、分かるかい？　きれいな刺繍のカラーをしているね。よく似合う。そういう模様はわたしも好きだ。旦那さんが選んでくれたのだろう。それから、おまえにはカシミアのショールがあるといいね。ポンメルシーさん、これにおまえと言うのをお許しください、長いあいだじゃありませんから」

すると、コゼットがまた口を開いた。

「あたしたちをあんなふうにほっておくなんて、ずいぶん意地悪なのね！　いったいどこへ行っていらしたの？　どうしてこんなに長かったの？　以前は旅行されても、せいぜい三日か四日だったのに。ニコレットを寄こしても、いつも『留守です』という返事なんですもの。いつお帰りになったの？　なぜ知らせてくださらなかったの？　とってもお変わりになったこと、じぶんでもお分かりになって？　ああ、いけないお父さま！　ご病気だったのに、あたしたちは知らなかったのね！　まあ、マリユス、お父さまの手にさわってみて。なんて冷たいの！」

「あなたも、こうしてやってきてくださった！　ポンメルシーさん、あなたもわたしを許してくださるのか！」と、ジャン・ヴァルジャンはくりかえした。

ジャン・ヴァルジャンがくりかえしたこの言葉を聞くと、マリユスの胸のなかにふくらんでいたあらゆるものが出口を見つけて、言葉がどっとあふれでてきた。

「コゼット、聞いたかい？　このとおりだ。ぼくに許してくれと言われる。しかも、この方がぼくになにをしてくださったか知っているかい、コゼット？　命を助けてくださったんだよ。そしてぼくを助け、きみをぼくにくださってから、コゼット、じぶん自身をどうなさったと思う？　ごじぶんを犠牲になさったんだよ。これこそ真の人間だ。しかも恩知らずのぼくに、忘れっぽいぼくに、情け知らずのこのぼくに、罪深いこのぼくに、「ありがとう」と言ってくださるんだよ！　ぼくは一生、この方の足元に跪いて暮らしても、とても足りないだろう。あのバリケードや、下水道や、猛火や、下水溜を、ぼくのために、きみのために、すべてを通りぬけてくださったんだ。あらゆる勇気、美徳、雄々しさ、聖徳をこの方はもっておられるのだよ。コゼット、この方は天使なんだ！」

「まあ、まあ」と、ジャン・ヴァルジャンは小声でそっと言った。「どうしてそんなことをおっしゃるのですか？」

「しかし、あなたは！」とマリユスは尊敬の気持ちが混じった怒りをこめて叫んだ。「どうして言ってくださらなかったのですか？　あなたも間違っていますよ。いろんな人びとの命を救っておきながら、それをその人たちに隠しておかれるなんて！　それだけじゃありません。正体を明かすのだと言って、じぶん自身を中傷されるなんて、恐ろしいことですよ」

「わたしは本当のことを言ったまでです」とジャン・ヴァルジャンは答えた。

「いいえ」とマリユスは言った。「本当のことというのは、本当のことのすべてを言うことです。あなたはその全部をお話しにならなかった。あなたがマドレーヌ氏だったのに、どうしてそれをおっしゃらなかったんですか？　ジャヴェールを助けたのに、どうしてそれを言ってくださらなかったんですか？　ぼくの命を救ってくださったのに、どうしてそれを言ってくださらなかったんですか？」

「あなたと同じように考えていたからです。わたしはあなたのお考えをもっともだと思ったのです。わたしは立ち去らねばならなかったのです。あの下水道のことが知れたら、わたしはそばに引き留められたでしょう。だから黙っていたのです。しゃべっていれば、それこそ困ったことになっていたでしょう」

「なにが困るのです！　だれが困るのです！」とマリユスは言った。「あなたは、このままここにいらっしゃるおつもりなのですか！　ぼくたちはあなたをお連れしますよ！　ああ！　まったく！　なにもかも偶然に分かったのかと思うと！　ぼくたちはあなたをお連れします。あなたはぼくたちのうちのひとりです。コゼットのお父さんで、ぼくのお父さんです。こんなひどい家にもう一日たりともおいでになってはいけません。明日はもう、ここにはいらっしゃらないものと思ってください」

「明日は」とジャン・ヴァルジャンは言った。「ここにはいません。だが、お宅にもいないでしょう」

「それはどういうことですか？」とマリユスは言葉を返した。「ねえ、もう旅行なんかやめてくださいよ。ぼくたちから離れてはなりません。あなたはぼくたちのものです。もう放しはしませんよ」

「今度こそずっと」とコゼットが言いそえた。「下に馬車を待たせてあります。もし必要なら、さらってでもいきますから」

彼女はそう言って、笑いながら老人を抱きあげる仕草をした。

「うちでは、お父さまの部屋がずっとあのままになっているんですよ」とコゼットはつづけた。「いまお庭がどんなにきれいか、お見せしたいくらいよ！　ツツジがとってもきれいに咲いていますす。小径には川の砂が混じっています。あたしのイチゴも食べられますよ。あれに水をやるのがあたしなのよ。それから、奥さんだの、ジャンさんなどというのは、もうやめにしましょうね。あたしたちは共和制で、みんなそれぞれ親しい話し方をしましょう。ねえ、マリユス？　やり方が変わったのよね。あのね、お父さま。駒鳥が一羽壁の穴に巣をつくっていたのに、いやな猫が来て食べちゃったのよ。あのかわいそうな、可愛いちいさな駒鳥は、窓から顔をのぞかせてはあたしを見ていたのに！　あの猫を殺してやりたいくらいだったわ！　でもこれからは、もうだれも泣きません。みんな笑って、みんな幸福になるのです、いっしょにきてくださるわよね。おじいさまがどんなにお喜びになるかしら！　お庭にじぶんの畑をもって、なにか作るのもいいじゃないですか。そして、お父さまのイチゴが、あたしのと同じくらいよくできているかどうか、くらべっこしましょうよ。それから、あたし、なんでもお父さまの言うとおりにしますから。だから、お父さまも、あたしの言うことをよく聞いてくださるのよ」

ジャン・ヴァルジャンは耳を傾けていたが、言葉はひと言も耳にはいっていなかった。言葉の意味よりも声の音楽のほうを聞いていたのだ。魂の暗い真珠である涙が一滴、ゆっくりと目のなかにふくらんできていた。彼はつぶやいた。

「神がお恵み深い証拠に、この子がここにいる」

「お父さま!」とコゼットが言った。

ジャン・ヴァルジャンはつづけた。

「いっしょに暮らすのは、たしかに楽しいことだろう。庭の木立には小鳥たちがいっぱいいる。コゼットといっしょに散歩する。おはようと言いあったり、庭で呼びあったりする。生きている人びとのなかにいる。それは楽しいことだろう。朝からみんなが顔を合わせる。めいめいちいさな畑をつくる。この子はじぶんで作ったイチゴを食べさせてくれ、わたしはじぶんが咲かせたバラを摘ませてやる。さぞかし楽しいことだろう。ただ……」

彼は言葉を切った。それから静かに言った。

「残念なことだ」

涙は落ちずに引っこんだ。そしてジャン・ヴァルジャンは、涙の代わりに微笑みを浮かべた。

コゼットは両手で老人の両手を握った。

「まあ!」と彼女は言った。「手がさっきより、もっと冷たくなっている。病気なの? 苦しいの?」

「わたしが? いや」とジャン・ヴァルジャンが答えた。「とても元気だよ。ただ……」

彼は口をつぐんだ。

「ただ、なんなの？」

「もうじき死ぬのだよ」

コゼットとマリユスはぞっとした。

「死ぬ、ですって！」とマリユスが叫んだ。

「そう。だが、なんでもないことだ」とジャン・ヴァルジャンは言った。

彼は息をつき、微笑んで、

「コゼット、おまえは話していたね。つづけておくれ、もっと話しておくれ、おまえの駒鳥は死んだのか。さあ、話しておくれ、おまえの声が聞こえるように！」

マリユスは直立不動の姿勢で老人を見つめていた。

コゼットは悲痛な叫び声をあげた。

「お父さま！　お父さま！　生きていてください。生きられますよ。どうか生きていてください。ねえ！」

ジャン・ヴァルジャンはいとしげに彼女のほうに顔をあげた。

「そうだよ。死なないように、わたしを守っておくれ。だれが知ろう？　きっとおまえの言うとおりになるよ。おまえが来たとき、わたしは死にかかっていた。来てくれたことが、わたしを引き留めたのだ。わたしは生きかえったような気がしたよ」

「あなたは力と生命にあふれておられます」とマリユスが叫んだ。「人ひとり、そんなふうに死ぬと思っておられるのですか？　これまでは悲しい思いばかりされましたが、これからはそんな気持ちにはさせません。お許しを願うのはぼくのほうです。それも跪いて！　大丈夫、生きていられますよ。ぼくらといっしょに生きられますよ。ぼくらがあなたを取りもどします。ぼくらふたりはずっとおそばを離れません。これからあなたの幸福ということしか考えないことにします」

「分かるわよね」とコゼットは涙に暮れながら言った。「死なないって、マリユスも言っています」

ジャン・ヴァルジャンは微笑みつづけていた。

「お宅に取りもどしてくださったからといって、ポンメルシーさん、わたしがわたしでなくなるものでしょうか？　なくなりはしません。神も、わたしやあなたと同じように考えられたのです。そして、その考えを変えてはおられません。わたしが去っていくのはいいことなのです。死というのはいい手筈です。神はわたしたちがなにをしなければならないか、わたしたちよりご存じです。あなたがたが幸福であること、ポンメルシーさんがコゼットを得たこと、青春が朝と結婚すること、わたしの子供であるあなたがたがリラの花やナイチンゲールに取りまかれていること、あなたがたの人生が日当たりのよいきれいな芝生に似ていること、天のあらゆる素晴らしさがあなたがたの魂をみたすこと、それから、なんの役にも立たないこのわたしが死ぬこと。これはみな、間違いなくいいことなのです。いいですか。道理をわきまえましょう。もうどうしようもないことなのです。わたしには、もはや来るところまで来たということがはっきりと分かります。一時間ほどまえ、わたしは気をうしないました。それから、今晩、そこにある水差しの水をすっかり飲んでしまいました。コゼット、おまえの旦那さんはなんといい方なのだ！　わたしといるより、ずっといいだろう」

ドアをノックする音がした。医者がはいってきたのだ。

「こんにちは、先生。これで、おさらばです」と、ジャン・ヴァルジャンが言った。「わたしの可愛い子供たちです」

マリユスは医者に近寄り、ただひと言、「先生？……」と言っただけだったが、その口調には尋ねたいことがすべて含まれていた。

医者は意味深長な目つきで質問に答えた。

「物事がひとつ気に入らないからといって」と、ジャン・ヴァルジャンが言った。「神にたいして間違ったことをしてはなりません」

しばし沈黙が流れた。みんなが胸を締めつけられる思いだった。ジャン・ヴァルジャンはコゼットのほうを向き、その面影をあの世まで持っていきたいとでもいうように、じっとコゼットを見つめた。すっかり深くなった闇に沈みながらも、コゼットさえながめていれば、まだ恍惚とした気持ちになれるのだった。彼女の優しい顔の光をうけて、血の気のない彼の顔も輝いて見えた。墓もそれなりに眩惑されることがあるのだ。

医者は脈をとったが、「ああ、このひとに必要だったのはあなたがただったんですね！」と、コゼットとマリユスを見ながら言った。

そして、マリユスの耳元に身をかがめて、そっと言いそえた。

「手遅れです」

ジャン・ヴァルジャンはコゼットからほとんど目を離さずに、穏やかな眼差しでマリユスと医者をながめたが、はっきりとは口にされないこんな言葉がもれるのが聞こえた。

「死ぬのはなんでもない。恐ろしいのは、生きていないということなのだ」

と、やにわに彼は立ちあがった。こんなふうに力がもどってくるのは、まさしく臨終の徴候そのものである。彼はしっかりとした足取りで壁に歩みより、手を貸そうとするマリユスと医者をしりぞけ、壁に掛かった銅のちいさな十字架をはずして、元気旺盛な人間とまるで変わらない自在な身のこなしでもどってくると、十字架像をテーブルのうえに置きなおしながら大きな声で言った。

「このひとこそ偉大な殉教者なのだ」

それから、胸が落ちくぼみ、まるで死に酔ったように頭がゆらゆら揺れた。そして、膝のうえに置かれた両手がズボンの生地に爪を立てはじめた。

コゼットは彼の両肩を支え、すすり泣きながら話しかけようとしたが、言葉が出てこなかった。やがて、涙とともに出てくる痛ましい唾液とともに、こんな言葉が聞こえた。

「お父さま！　あたしたちを置いていかないでください。お会いできたと思ったら、もうお別れだなんて、そんなことってあるでしょうか？」

断末魔の苦しみは、どうやら蛇行しながら進むものらしい。行ったり来たり、墓のほうに向かったり生のほうにもどったりする。死ぬという行為には、手探りのようなところがあるのだ。

ジャン・ヴァルジャンはこの半仮死状態のあとで、また気力を取りもどした。まるで闇を振りはらおうとするように頭を振り、ほぼ完全に正気を回復した。彼はコゼットの袖口をつかんで接吻した。

「よくなってきた！　先生、よくなってきましたよ！」とマリュスが叫んだ。

「ふたりとも親切だ」とジャン・ヴァルジャンは言った。「わたしが苦にしていたことをひとつ言いましょう。それは、ポンメルシーさん、あなたがあの金に手をつけようとされなかったことです。あの金はたしかにあなたの奥さまのものなのです。説明しましょう。いいですか、あなたたちふたりに会えて嬉しいのは、このためだといっても過言でないのです。黒玉はイギリスからきます。白玉はノルウェーからきます。そのことはすべてこの手紙に書いておきましたから、あとで読んでください。わたしは腕輪をつくるのに、ハンダづけの輪金の代わりに、ただ丸く曲げただけの輪金をつかうことを考えだしたのです。そのほうがきれいで、上等で、安上がりだったのです。これでどれほど儲かるものかお分かりでしょう。ですから、コゼットの財産は本当にコゼットのものなのです。あなたが安心されるように、このような細かいことまでお話ししたわけです」

門番のおかみさんが上がってきて、細めに開けたドアの隙間からのぞいていた。医者は追いかえそうとしたが、彼女が姿を消すまえに、死にかけている老人に大きな声でこう話しかけるのをとめられなかった。

「司祭さんをお呼びしましょうか?」

「司祭さんならおられる」とジャン・ヴァルジャンは答えた。

そして、そこにだれかの姿が見えるかのように、頭上の一点を指さすような仕草をした。

もしかすると、あの司教が本当にこの臨終に立ち会っていたのかもしれない。

コゼットは彼の腰のしたにそっと枕を差しこんだ。ジャン・ヴァルジャンは言葉をついだ。

「ポンメルシーさん、どうかご心配なく。あの六十万フランは本当にコゼットのものです。あれをつかってくださらないことには、わたしの一生は無駄だったことになります! わたしたちはじつにうまいことあのガラス玉をつくれるようになったのです。いわゆるベルリン・アクセサリーとも競争したものです。たとえば、ドイツの黒ガラスにはかなわないのが普通なのですが、とても素晴らしい出来の玉を千二百個もつかったわたしたちの品物は、一グロスたったの三フランの費用ですんだわけですよ」

大切な存在が死のうとするとき、ひとはすがりつくような、引きとめたいと願うような眼差しでその存在を見つめるものだ。コゼットはマリユスに手をあたえていたが、ふたりとも不安のあまり口がきけず、死にたいしてなんと言ったらいいのかも知らず、ただただ絶望し、戦きながら、彼のまえに立っていた。

ジャン・ヴァルジャンは刻一刻と弱り、衰え、暗い地平に近づいていった。呼吸は間遠になり、か細い死の喘ぎによってさえぎられるだけだった。前腕を動かすことさえ困難で、脚はまったく動かなかった。そして、しだいに手足の力が抜け、からだの衰弱が増すにつれ、魂の荘厳さがそっくり立ちのぼってきて、額のうえに広がっていた。すでにして未知の世界の光がその瞳のなかに見られた。

顔は蒼白になってはいたが、それでも微笑みを浮かべていた。そこにはもはや生命はなく、ほかのものが宿っていた。呼吸は衰え、瞳は大きく開いていった。それは翼が生えていると感じられるような屍だった。

ジャン・ヴァルジャンはコゼットに、それからマリユスにそばにくるように合図した。明らかに臨終の最後の瞬間だった。そして彼は、遠くから聞こえてくるのかと思えるほど、いまやふたりと彼とのあいだに壁ができたと思えるほどに弱々しい声でまた話しはじめた。

「そばにおいで。ふたりともそばにおいで。わたしはふたりが大好きだ。ああ！　こんなふうに死んでいくのはよいことだ！　コゼット、おまえもわたしを愛してくれているね。おまえがいつもこんなおじいさんに愛情をもっていてくれたのは、よく分かっていた。腰のしたに枕を敷いてくれるなんぞ、本当に優しい心根だね！　わたしが死んでいくことをすこしは悲しんでくれるのだろうね？　でも、泣きすぎてはいけないよ。おまえには本当の悲しみなんぞ知ってほしくないのだ。おまえたちふたりには、うんと楽しんでもらわなくては困る。言うのを忘れていた、あの留金なしの腕輪では、ほかのなによりもずいぶん儲けさせてもらったのだよ。なにしろ、一グロスで、つまり十二ダースで、わずか十フランの元手だったのに、六十フランにも売れたのだ。あれはじつにいい商売だった。だから、ポンメルシーさん、あの六十万フランのことで驚かれることはない。心おきなく金持ちでいられるのですよ。コゼット、馬車を持ち、ときどきは芝居の桟敷席を貸し切り、舞踏会用のきれいな衣裳もつくらなくてはならないよ。それから友達にご馳走し、うんと幸せに暮らすのだよ。ついさきほど、コゼットに手紙を書いておいたからね。あとで見つけておくのだよ。わたしは暖炉のうえにある、あのふたつの燭台をコゼットに遺贈する。あれは銀製だが、わたしにとっては金製、ダイヤモンド製なのだ。あれに立てると、ふつうの蠟燭でも教会の大蠟燭になってしまう。あれをわたしにくださったお方が、いま天上からわたしをごらんになって満足されているかどうか、それは分からない。それでも、このわたしはじぶんにできるかぎりのことはやってきたのだ。ねえ、おまえたち、わたしが貧しい人間であることを忘れてはならないよ。どこでもいいから、わたしをどこかの片隅に埋めて、目印の石をおいてもらいたい。これがわたしの遺志だ。その石には名前を刻まなくてもかまわない。もしコゼットが、ほんのたまにでもいいから、ちょっとでもいいから、来てくれればなおさら嬉しい。ポンメルシーさん、あなたも、です。懺悔しなければならないが、わたしはいつもあなたを愛していたわけではなかった。どうか、許してください。でも、いまでは、この子とあなたは、わたしにとってはひとりも同然です。あなたにはたいへん感謝しています。あなたなら、このコゼットをきっと幸せにしてくださる気がします。お分かりでしょうか、ポンメルシーさん、この子の美しいバラ色の頰こそがわたしの喜びだったのです。この子がすこしでも顔色が悪かったりすると、ずいぶん悲しかったものです。簞笥に五百フランの紙幣が一枚あります。手をつけずにおいたのです。あれを貧しい人びとにさしあげてください。コゼット、ほら、ベッドのうえにおまえのちいさな服が見えるだろう！　覚えているかい？　でもあのときから、まだ十年しかたっていないのだよ。

光陰矢のごとし、だねえ！　わたしたちはとても幸福だった。だが、もうおしまいだ。まあ、そんなに泣いてはいけないよ。わたしだってそれほど遠くに行くわけではないのだから。あそこから、おまえを見ていてあげよう。夜になったら、空を見上げるだけでいいんだよ。わたしが微笑んでいるのがきっと見えるから。コゼット、モンフェルメイユのことを覚えているかい？　おまえは森のなかで、とっても怖がっていた。わたしが水桶の取手を持ってあげたときのことを覚えているかい？　あのとき初めておまえの手にさわったのだったね。とっても冷たかったよ！　ああ！　お嬢さん、あのころのあなたの手は赤かったけれど、いまでは真っ白な手をしておられます。それから、あのお人形！　覚えているかい？　おまえはあれにカトリーヌという名前をつけていたね。あれを修道院に持っていけなかったのを、ずいぶん残念がっていたね！　おまえは何度、このわたしを笑わせてくれたことだろう、わたしの優しい天使よ。雨が降ったあとなど、小川に藁屑なんぞをうかべて、流れていくのを見ていたんだったね。いつだったか、わたしはおまえに、柳で編んだラケットと、黄色や青や緑色の羽根とを買ってあげた。おまえはもう忘れているだろう。ちいさいころのおまえは本当にいたずらっ子だった！　よくいたずらをして遊んだものだ。耳にサクランボをぶら下げたこともあったよ。だが、それらはみんな過ぎ去ってしまったことだ。子供のおまえを連れて通った森や、散歩した木立や、身を隠した修道院や、子供のあの目や、あの賑やかな笑い声は、もう過ぎ去った影なのだ。わたしはそれらが全部じぶんのものだと思っていたが、そこがわたしの愚かなところだった。あのテナルディエ夫婦は悪い人たちだった。でも、許してあげなくてはね。コゼット、とうとうおまえのお母さんの名前を言う時がきた。

ファンチーヌという名前だったのだ。ファンチーヌ、この名前をよく覚えておくのだよ。この名前を口にするときには、かならず跪かなくてはならない。お母さんは、それはそれは、たいへんな苦労をされたのだよ。おまえのことをとっても愛しておられた。お母さんは、いまのおまえが幸福なのと同じくらいに不幸だった。これは神があたえられた運命なのだ。神は天上におわし、わたしたちみんなのことを見ておられる。そして、たくさんの星の真ん中で、じぶんがなにをしているのか、ちゃんと承知しておられる。さあ、おまえたち、わたしはもう行くよ。いつまでも深く愛しあいなさい。この世には、「愛しあう」ということのほか、なにもないのだ。ああ！　コゼット、ここで死んだ、この哀れな老人のことをたまには思いだしてもらいたい。ここしばらくおまえに会わなかったが、それはわたしのせいではない。わたしは本当に胸が張り裂けそうだったのだ。じつはおまえの家のある通りの角までかよっていたのだよ。みんなはわたしが通るのを見て変に思ったかもしれない。なにしろ、まるで気が狂ったようだったから。一度など、帽子もかぶらずに出かけてしまったんだよ。ああ、わたしの子供たち、わたしはそろそろ目がはっきり見えなくなってきた。まだいろいろと話したいこともあったのだが、まあいいだろう。すこしはわたしのことも思いだしてほしい。おまえたちふたりは神に祝福された人間なのだよ。おや、これはいったいどうしたことだろう、光が見える。もっとそばに寄っておくれ。わたしは幸せな気分で死んでいく。おまえたちのいとしい頭をこちらに出して、さあ、わたしの手をそのうえに置いておくれ」

コゼットとマリユスは心乱れ、涙にむせび、それぞれジャン・ヴァルジャンにすがりつきながら、崩れるように跪いた。その厳かな両手はもう動かなかった。彼は仰向けにたおれ、ふたつの燭台のほのかな光がその姿を照らしていた。彼の白い頭は天を見上げ、両手はコゼットとマリユスが雨のように接吻するのにまかせていた。彼は死んでいた。

夜は星もなく、底知れぬほどの暗さだった。その暗い闇のなかには、ある巨大な天使が翼を広げて、魂を待ちながら佇んでいたことだろう。

第六章　草は隠し、雨は消す

ペール・ラシェーズ墓地にある共同墓地近くの、ひとつの街のように優雅な地域から遠く——永遠をまえにしながらもさまざまに見苦しい死の様式を並べ立てている、あの意匠をこらした墓から遠く——にひっそりとした一隅がある。そこの古い塀に沿い、はまむぎや苔に混じって昼顔の蔓が這っている一本の櫟《いちい》の木陰に、石がひとつ置いてある。その石も他の墓石のように、やはり時や、黴や、地衣や、鳥の糞といったものを免れない。雨水のために緑色になり、大気のために黒く汚れている。あたりに小径ひとつなく、草が生い茂っているためにすぐ足が濡れてしまうので、だれもそこに行こうとはしない。すこし日が射すと、蜥蜴がやってくる。まわり一面に野生の烏麦がざわめき、春には鶯が櫟の木のうえでさえずる。

この石にはなんの飾りけもない。これはただ墓石につかうことだけを考えて切ったものであり、ちょうど人ひとりをおおえるだけの長さと幅になるようにというほかは、なんの配慮もされなかった。
石のうえにはだれの名前も刻まれていない。
ただ、数年まえのこと、だれかがそのうえに鉛筆で四行の詩句を書きつけたのだったが、それも雨や埃ですこしずつ読みにくくなり、おそらくいまでは消えてしまっていることだろう。

彼は眠る。ひどく数奇な運命だったが、
生きていた。その天使をなくしたときに、
死んだ。万事が到来した、ただ成行きのまま、
昼が去って夜が来るように。

完

訳註

第一篇

第一章

〔1〕古代ギリシャ神話のカリュブディスとスキュラは、メッシーナ海峡にあって、航海の難所となっていた巨岩と暗礁が擬人化された名前。

〔2〕パリの労働者たちが国立作業場の解散に抗議して立ち上がった一八四八年六月暴動のこと。

〔3〕十六世紀スペインの支配に反抗したオランダの新教徒たちは「乞食団《ゴイセン》」と呼ばれた。

〔4〕キリスト教の教父、聖書学者、三四〇頃―四一九年頃。なお「都市ノ澱ハ世界ノ則」のように漢字とカタカナ混じりの語句・文章の原語はラテン語。以下同様。

〔5〕ギリシャ神話の人物。地獄で、山頂に運びあげてもすぐに落ちてくる岩を永遠に運びあげる刑に処された。

〔6〕旧約聖書『ヨブ記』。神の試練にあって全身に腫物ができ、陶器の破片で体を搔いた。

〔7〕海神ポセイドンの子アロアダイはオリュンポス山のうえにこのふたつの山を重ね、天空で神々と闘おうとした。

〔8〕一七八九年はフランス大革命の年。前出をふくむが、以下に列挙されている歴史的出来事はつぎのとおり。九三年は一七九三年のジャコバン独裁・恐怖政治。八月十日は一七九二年の民衆によるチュイルリー宮襲撃、王権停止。熱月九日は一七九四年七月二十七日のテルミドール反動でロベスピエール失脚、処刑。一月二十一日は一七九三年のルイ十六世処刑。霧月十八日は一七九九年十一月九日、ナポレオンがクーデ

ターによって政権掌握。草月は一七九五年五月二〇日、ジャコバン残党と民衆による国民公会襲撃失敗。葡萄月は同年十月四日の王党派による国民公会襲撃失敗。一八三〇年は七月革命、七月王政。一八四八年は二月革命。
〔9〕モーセが神から律法を授けられた神聖な山。『出エジプト記』。
〔10〕恐怖政治時代に流行した過激な革命歌。
〔11〕ここではとくにアルジェリア征服戦争のこと。
〔12〕これはこのとき下院議員として暴徒の説得にあたったユゴーの実体験。
〔13〕フランスのアルジェリア征服は一八三〇年にはじまり、コンスタンチーヌの街が三七年、ザーチャのオアシスが四九年に奪取された。
〔14〕海軍士官、一八〇八―五二年。
〔15〕一八五一年十二月二日のナポレオン三世のクーデター以後政治犯にされた。これはユゴー自身の境遇とまったく同じ。

第二章

〔1〕ラ・フォンテーヌの寓話「野兎と蛙」の一節「ねぐらでは夢を見る以外になにができようか」のもじり。
〔2〕ハルモディオスとアリストゲイトンのふたりは、宿敵ヒッパルコスをアテナイア祭の行列のさい暗殺した。ケレアは暴君カリグラの暗殺者のひとり。ステファヌスは不詳だが、ジャン・マッサン版ユゴー全集の註では、一世紀ギリシャの新ピタゴラス派の哲学者ティアナのアポロニウスだという。シャルロット・コルデー（一七六八―九三）は革命当時、マラーを暗殺した女性。ザント（一七九五―一八二〇）は十九世紀初頭コツェブーをロシアのスパイとみなして、暗殺したドイツの愛国青年。
〔3〕ゾイロスは前四世紀のソフィスト。マエウィウスはウェルギリウスが『牧歌』で揶揄しているへぼ詩人。

ヴィゼは十七世紀の文人。フレロンは十八世紀の文芸批評家、ジャーナリスト。
〔4〕四世紀ローマの歴史家、著書に『概説ローマ史』など。

第四章

〔1〕前五世紀レオニダスがペルシャの大群を迎え撃って敗れた戦争。

第五章

〔1〕ふたりともフランス革命の指導者。前者（一七六七―九四）は「恐怖政治の大天使」と呼ばれたストイックな過激派、後者（一七五五―九四）はプロシア生れだが、革命に参加、「人類の市民」を自称した理想派。

第七章

〔1〕座が低く、背は高く、やや湾曲した王政復古期の肘掛け椅子。
〔2〕『アエネイス』の一節。「敗者にとって唯一の救いとは、いかなる救いも望まないことだ」。
〔3〕十八世紀の同名の砲兵技師の考案した星形の内径検査器。

第九章

〔1〕第一部第二篇第六章でジャン・ヴァルジャンに密猟の経験があったことが判決に不利にはたらいた。

第十二章

〔1〕ファニコは後出。フォンフレードはボルドーのジャーナリストで七月王政の支持者、一七八八―一八四

一年。

〔2〕ルイ十四世の時代の名高い回想録作者と、その甥の息子で十九世紀の社会主義者との混同。なお、これは一八三四年四月の暴動でユゴー自身が経験したことを、詩人で、ユゴーの作品『城主』（一八四三）のパロディーを書いたガルニエの経験に移し替えている。また、ロワイヤル広場は現在のヴォージュ広場で、ユゴーはその六番地に住み、現在、ユゴー記念館になっている。

第十三章

〔1〕軍人、政治家、一七七三―一八五五年。十八―十九世紀の名高い軍人一家のひとりで、一八四八年の六月暴動を武力で抑えこんだことで有名。

〔2〕ナポレン麾下。軍人、元帥、一七七二―一八二六年。一八〇八年から〇九年までフランス軍によるサラゴサ包囲戦を率いた。

第十四章

〔1〕十六世紀の詩人アグリッパ・ドーヴィニーの孫で十七世紀の喜劇詩人の妻、苦労を重ねた末ルイ十四世と秘密結婚するマントノン夫人（一六三七―一七一九）のこと。

〔2〕アリオスト作『狂乱のオルランド』の主人公。

第十五章

〔1〕「喉が渇いたときにそなえ、梨《ポワール》をひとつ取っておく」というフランス語の言い回しにかけた洒落。

〔2〕ナンテール、パレゾーはともにパリ郊外の町。郊外から来た国民兵をからかっている。また「ヴォルテールのせい、ルソーのせい」というリフレインはスイスの詩人ジャン＝フランソワ・シャポニエール作の

一八一七年のシャンソンにもある。
〔3〕ギリシャ神話の巨人。大地にふれるたびに強くなったという。

第十六章
〔1〕当時オラトリオ学院礼拝堂の正面に記されていた『ルカ伝』二・一二の文句。
〔2〕ローマ神話の火と鍛冶の神。よく足が不自由な鍛冶屋として描かれる。
〔3〕ウェルギリウス『農耕詩』一・四六三・四六四。
〔4〕アンリ四世の王妃、一五七五―一六四二年。リュクサンブール宮殿を居城としていた。
〔5〕バター、卵をつかった菓子パン。
〔6〕第三部第六篇第四章参照。
〔7〕「ブルボン家の分家」の意で、オルレアン家のルイ・フィリップの王位のこと。
〔8〕第四部第六篇第二章で、ガヴローシュが実の弟だとも知らずに、この年上の子供に言ったのと同じ文句。前章で死んだガヴローシュの反骨の精神がこの兄に引き継がれることが暗示されている。

第十八章
〔1〕軍人、政治家（一七七九―一八六五）。一八二二年から海軍大臣、戦争大臣などに就任、しばしば若いユゴーを引見した。

第二十章
〔1〕ユゴーと同時代のロマン派の詩人、作家、一八〇八―五五年。
〔2〕ジョン・ブラウン（一八〇〇―五九）はアメリカの奴隷解放論者だったが絞首刑にされる。ユゴーは

『言行録』のなかで果敢なブラウン擁護論を展開している。また、ピサカーネ（一八一八―五七）はイタリアの工兵士官で愛国的革命家だったが、反ナポリ王国遠征のさいに戦死。

〔3〕「よき意図はしばしば無駄な結果におわる」の意。

〔4〕ラ・フォンテーヌの『寓話』にある、老人の頭にとまった蝿を追うために、熊が投げた敷石の話から、「いらぬお節介、ありがた迷惑」のことを言う。

〔5〕第四部第十篇第二章参照。

〔6〕テルモピュライにおけるレオニダスの手勢。

〔7〕前四八〇年、ギリシャ軍がペルシャ軍に惨敗した戦い。

〔8〕ルクレティウス『物の本性』二・七九。

〔9〕淫蕩で知られる古代ギリシャの都市国家。

〔10〕シェイクスピアの史劇『ヘンリー四世』の登場人物で、飲んだくれ、嘘つき、臆病、好色の老騎士。

第二十一章

〔1〕ここで言われている叙事詩はホメロスの『イリアス』のこと。ただ「一万二千」とあるが、じっさいは一万六千行。

〔2〕一五一五年のフランスとスイスの戦い、フランスが勝利した。

〔3〕正しくはメランティオス、作者ユゴーの好みで変えたらしい。

〔4〕『イリアス』六・一二一―三六の自由な要約。

〔5〕モンタルボ編著『エスプランディアンの武勲』（一五一〇）の主人公。

〔6〕コリントスの古名。

〔7〕トロイア遠征軍のギリシャの勇将。

第二十二章

〔1〕一八三四年、反政府闘争をおこなった労働者が殺された。

〔2〕シュシェはフランスの元帥（一七七〇―一八二六）。パラフォクス（一七八〇―一八四七）は一八〇八―一〇年の戦いで、サラゴサを死守しようとしたスペインの英雄。

〔3〕七世紀にビザンツ海軍がつかった火焔放射器。

〔4〕フランスの伝説的猛将、一四七三―一五二四。

第二十三章

〔1〕両者はギリシャ神話中の親友。

第二十四章

〔1〕第二部第五篇第四―第五章参照。

第二篇

第一章

〔1〕coulage（浪費）は動詞 couler（流れる）の派生語。

〔2〕十八世紀の金満家ニコラ・ボージョンの贅を尽くした庭園付き大邸宅。

〔3〕セーヌ下流のサン・クルー橋のしたに張られていた投身者救助用の網。

〔4〕ドイツの化学者、一八〇三―七三年。

〔5〕古代ローマ帝国ではこの表現は勅令などで「帝都ローマと属領に」の意味でつかわれていたが、今日ではローマ教皇が公式の祝福などで「ローマ市と全世界へ」という意味でつかう。
〔6〕テュロスは古代フェニキアの町。つづくニネべは古代アッシリアの町。またリュテシアはパリの古名で、その語源のラテン語 lutum は「泥」の意。

第二章

〔1〕ティグラート・ピレーゼルは紀元前十二―前十三世紀アッシリアの王。つづくライデンのヤン（一五一〇―三六）は十六世紀オランダのミュンスター市で「シオンの王」と自称して君臨したが、のちに死刑にされる。隠者モカナーは、八世紀のペルシャの予言者。ホラーサーンはイラン北東部の州。
〔2〕マイヨタンは、重税に反抗し、槌を手にして蜂起したパリ市民の呼称。ユグノーは十六世紀から十八世紀にかけてフランスのカルヴァン派プロテスタントにたいして用いられた蔑称。モランはメシアを僭称した神秘思想家。足焼き山賊は、犠牲者の足を焼いて金のありかを自白させた。
〔3〕「スリの袋小路」の意。パリ二区に現存。またクープ・ゴルジュ通りは「喉切通り」の意。
〔4〕ボーマルシェの劇作『セビリアの理髪師』で、変幻自在に身分を偽る。
〔5〕モリエールの劇作『スカパンの悪だくみ』に出てくる詐欺師同然の人物。
〔6〕イエス・キリストをローマ総督ピラトに引き渡したエルサレムの大祭司。
〔7〕フランス宗教戦争時代の一五七二年八月二十四日に旧教徒が新教徒を弾圧した象徴的な出来事。
〔8〕トリスタンは十五世紀フランス、憲兵隊総司令官として辣腕をふるい、「隠者のトリスタン」という別名で恐れられた。デュプラは十六世紀の悪辣な大法官。シャルル九世は聖バルテルミー大虐殺時の国王。その母親とは当時の摂政カトリーヌ・ド・メディシス。リシュリューは十七世紀ルイ十三世の宰相として絶対王政の基礎をつくった政治家、枢機卿。ルーヴォワはルイ十四世時代の大臣。ルテリエは国王の告解

師。エベールは大革命時代の極左扇動家。マイヤールは九月虐殺の首謀者のひとり。
〔9〕「ユダヤ小路」の意。これにたいし、ゲットーはユダヤ人居住区の意。
〔10〕一世紀のローマ皇帝クラウディウスの妃で、その陰謀、淫乱ぶりで名高い。

第三章

〔1〕パリ市土木工事監察官、一七五一—一八一九年。
〔2〕『パリの場景』で有名な作家、一七四〇—一八一四年。
〔3〕クレタ島の迷宮をつくったとされるギリシャ神話の建築家。
〔4〕この古典劇作家が住んでいたのは当時マレ・サン・ジェルマン通りといったが、現在ではパリ六区のコンティ通りとなっている。
〔5〕旧約聖書に出てくる陸の怪獣。
〔6〕サント・フォアは不詳だが、クレキ侯爵（一五九六頃—一六七七）は北フランスの貴族。
〔7〕「修道服を着たむっつりお化け」の意。
〔8〕ルイ十五世時代の実力者フルーリーに反抗する陰謀に加担した貴族たち。
〔9〕医師、一六三八—一七一八年。
〔10〕アテナイのアクロポリス裏にあって、罪人が投げこまれた土地の割れ目のこと。
〔11〕ユゴーの思い違い。ドクレ（一七六一—一八二〇）は帝政下の海軍・植民地大臣。また、クレテ（一七四七—一八〇九）が内務大臣になるのは一八〇七年で、〇五年の内務大臣はシャンピニー。

第四章

〔1〕化学者、一七五五—一八〇九年。

〔2〕　フランス・ルネサンス期の建築家、一五一四―七〇年。
〔3〕　ラ・フォンテーヌの寓話「乳搾りの女と乳壺」のなかに、農民のジャンが王さまになるという夢想をする話があるのをふまえている。

第五章

〔1〕　一行十二音のフランス詩の代表的な形式。
〔2〕　モリエールの同名の戯曲に出てくる偽善者。
〔3〕　ギリシャ神話によれば、その牛小屋は三十年間一度も掃除されなかったという。

第六章

〔1〕　以上のユゴーの計算には不正確なところもあるようだが原文のままにしておく。

第三篇

第一章

〔1〕　第二部第五篇「暗闇の追跡に無言の猟犬」にあった逃亡の顚末。
〔2〕　種々の形の小さい板を集めてさまざまな形をつくる遊戯。ジグソーパズルの一種。
〔3〕　旧約聖書『ヨナ書』の主人公ヨナをさす。巨大な魚に呑みこまれ、三日三晩魚の腹のなかで過ごしたという。死と復活の象徴。

第二章

〔1〕一八三〇年の七月革命後、エナメル塗りの革帽子（ブーザンゴ）をかぶって行動した青年共和主義者たちのこと。

〔2〕フランス革命時の急進的な民主集中主義者、いわゆるジャコバン派のこと。

〔3〕ギリシャ語に由来し、「扇動者、扇動政治家」の意。

第三章

〔1〕フランス共和国軍兵士の軍服の色。転じて「共和派」の意。

〔2〕深紅は囚人服の色だが、帝位、枢機卿の位の色でもある。

第四章

〔1〕第四部第十四篇第七章参照。

第五章

〔1〕ノルマンディー地方のマンシュ県の海岸近くにある小島。そこの修道院・旧市街・干潮の差が激しい湾はフランスの代表的世界遺産。

〔2〕イギリスの公爵、一四四九―七八年。兄のエドワード四世への裏切の廉で死刑に処されたが、本文にあるような死を望んだ。

〔3〕十九世紀初頭ナポレオン軍の侵入をうけた、スペインのカタルニアの町。

〔4〕ギリシャ神話の恋人同士。後者は前者のもとへ泳いで通ううちに溺死した。

〔5〕オウィディウス『変身譚』に出てくるバビロニアの恋人同士。ふたりの禁断の恋は桑の木のしたで後者

が自殺することでおわった。

第八章

〔1〕コルネイユ『シンナ』第五幕第一場のシンナの台詞。

第十二章

〔1〕このエピソードについては第四部第八篇第七章参照。
〔2〕ナポレオン軍の敗残兵。第三部第三篇参照。
〔3〕三人とも自由派の代議士。ただ、バンジャマン・コンスタンは一八三〇年に他界している。
〔4〕一七九二年の王党派大虐殺に加わった革命派のこと。
〔5〕当時モンパルナス大通りで開かれていた流行の公開舞踏会。第三部第八篇第一章参照。

第四篇

〔1〕キリストを裁いたユダヤ・サマリアのローマ総督。
〔2〕いずれも宗教的懐疑派。
〔3〕フランス北鉄道の駅名。一八四六年七月に大きな脱線事故があり、衝撃をあたえた。
〔4〕それまでキリスト教徒を迫害していたパウロがダマスコへの途上でイエスの声を聞いて回心したことから、考えが突然変わることを言う。

第五篇

第一章

〔1〕第二部第二篇第二章参照。
〔2〕第三部第八篇第二十―二十一章参照。
〔3〕当時流行していた歌謡「ギュリー大将」に木登りの場面がある。
〔4〕ウェルギリウス『牧歌』の第一の歌に出てくる、ブナの根方で寝ころんでいる羊飼い。

第二章

〔1〕愛の神クピドが箙に入っている黄金の矢で射ると、射られた者は激しい恋心をいだくようになるという伝説があった。ディアナは狩猟の女神。

第三章

〔1〕詩人、一七六二―九四年。大革命時、ジャコバン党独裁に反対して処刑される。

第四章

〔1〕画家、一七二五―一八〇五年。
〔2〕聖職者、一五〇六―八三年。カトリーヌ・ド・メディシスの顧問。
〔3〕キリスト教の聖人で殉教者、別名アレクサンドリアのカタリナ、二九四―三一二年。この聖女に関連して、女子が未婚のまま二十五歳の誕生日を迎えることを「聖女カタリナの髪を結う」と言う。ここで彼は老嬢になったじぶんの娘のことを当てこすっている。

〔4〕人形芝居の登場人物。スカートの下からたくさんの子供を出して見せる。
〔5〕ラテン語。「象牙の塔」の意で、聖母マリア連禱の言葉。
〔6〕ボワローの『諷刺詩』(一〇・一・二)のもじり。
〔7〕ボーマルシェの『フィガロの結婚』に登場する美男の小姓。

第六章

〔1〕カトー(前二三四―前一四九)はローマの政治家、文人。フォキオン(前四〇二―前三一八)はアテナイの政治家。
〔2〕ポイボスは太陽神アポロン、ポイベは月神アルテミス。エポニーナとサビヌスはローマ支配からガリアを解放しようとした夫妻。
〔3〕ドイツの南西部の山地。「黒い森」の意。
〔4〕ロシア西南部地方の古称。当時は世界の最果てと考えられていた。
〔5〕トロイア戦争に加わったうちでもっとも高齢で賢明な武将。
〔6〕キュージャスは法律家、一五二二―九〇年。ここでは結婚の法的手続のこと。カマーチョは『ドン・キホーテ』のなかで、結婚式に大盤振舞いをする田舎者。ここでは美食の象徴。
〔7〕寓話作家、一七五五―九四年。
〔8〕一七三五年初演のラモーのオペラ。
〔9〕十七、十八世紀に流行した、動きが激しく、快活なダンス。
〔10〕政治家、法学者、一七六三―一八四五年。王政復古期の正理論派の代表者。
〔11〕ランスの大聖堂は歴代国王の聖別式が執りおこなわれた場所。つづくシャントルーはパリ北東部セーヌ・エ・マルヌ県の町。現在のディズニーランド・パリのそば。

〔12〕壮麗な結婚を描いた古壁画の主人公。
〔13〕海の女神。つぎの詩中のトリトンは男の人魚。
〔14〕アンヴィル公爵夫人（一七一六―九七）は名門ラ・ロシュフコー家の出で、みずからの趣味に合わせてヴァル・ドワーズ県にラ・ロシェル＝ギュイヨンの城を建て、居住した。ユゴーは若いころこの城を訪れたことがあった。

第六篇

第一章

〔1〕ユゴーはこの結婚式の日をジュリエット・ドルーエが彼の愛人になった日に設定している。
〔2〕男女の愛の歌を集めた旧約聖書中の一書。
〔3〕美声の駅馬車の御者シャプルーが結婚間際に新婦を捨ててオペラ歌手になって浮かれ歩くという、アダン作曲のオペラ（一八三六）の主人公。
〔4〕戯歌にうたわれた十八世紀初頭イギリスの貴族。
〔5〕四旬節《カレーム》開始の前日、謝肉祭《カルナヴァル》の最終日。ただここは作者の記憶違いで、じっさいは土曜日だった。
〔6〕いずれも道化の名前。
〔7〕当時はヴェネチアのカーニヴァルがヨーロッパ随一だった。
〔8〕いずれも道化役。
〔9〕愚鈍を擬人化した道化役。
〔10〕ギリシャ悲劇の創始者とされる人物。

〔11〕詩人、一七二〇—五七年。市場の風俗・言葉遣いを取りいれる、魚屋風の滑稽なシャンソンを開拓。
〔12〕古代ローマの農耕神祭。
〔13〕いずれも多少卑猥な諷刺詩や歌謡に長じた十八世紀の詩人。
〔14〕ロクロールは気の利いた戯言で有名なルイ十四世の廷臣。パイヤスは通俗喜劇の道化役。
〔15〕以下、著者が原註を施した隠語をゴチック斜体で示す。
〔16〕俗語で「操り人形」、隠語で「パリ」の意。

第二章

〔1〕奢侈と放埒な生活を好んだ革命時代の軍人政治家、一七五五—一八二九年。
〔2〕第四部第十二篇第六章参照。
〔3〕ラテン語でフォルトゥナタは「幸福な女」、フォルトゥナトゥスは「幸福な男」の意。
〔4〕原語 tourtereaux には、「若いカップル」の意味もある。
〔5〕両者はフロリアンの小説『エステルとネモラン』の恋人同士。
〔6〕アンリ四世時代の政治家、外交官、一五四六—一六二九年。サンシと呼ばれる由緒あるダイヤモンドの所有者として有名。
〔7〕ブーレはオーベルニュ地方の民族舞踏、カチュチャはアンダルシア地方の民族舞踏のこと。
〔8〕モリエール作『人間嫌い』の気難しい主人公で、あだっぽいセリメーヌに秘かに思いを寄せる。
〔9〕ノアの洪水以前のユダヤの族長で九百六十九歳の長寿者。
〔10〕オウィディウス『変身譚』に歌われている老夫婦。長寿を全うし、菩提樹と樫の木に変身した。
〔11〕二世紀または三世紀のギリシャ作家ロンゴスの同名小説のふたりの恋人。
〔12〕直訳すれば「腹・聖・酔」だが、「畜生」の意。

〔13〕十八世紀の牧歌的なダンス。

〔14〕十九世紀の作家ミュルジュール作の喜劇に登場する善良な老人。内気な恋人同士の仲を取り持つ。

第四章

〔1〕ラテン語、ウェルギリウス『アエネイス』六・五九八。

第七篇

第一章

〔1〕第四部第三篇第八章参照。

第二章

〔1〕身内を殺された者の一族が必ず加害者に復讐しなければならないという風習。メリメの小説『コロンバ』参照。

〔2〕『マルコ伝』八・三三。

第九篇

第一章

〔1〕 銀行家、政治家、一七六七―一八四四年。「銀行家たちの王」とも「王たちの銀行家」とも呼ばれた政財界の大物。

第二章

〔1〕 長いじゃが芋。通常は「ヴィトロット」という。

第四章

〔1〕 化学者、一七七七―一八五七年。一八一〇年からは科学アカデミー会員。
〔2〕 ピットはイギリスの政治家、一七五九―一八〇六年。フランス革命、ナポレオン時代当時のイギリスの首相。カルテルチカーラ（一七六三―一八三二）は本名ファブリチオ・ルッフォ、ロンドンやパリの駐在大使を務めたナポリの政治家。
〔3〕 パグラチオーノ公爵夫人はナポレオン戦争で戦死したロシアの将軍の寡婦。バルザックの小説『あら皮』の登場人物のモデル。ダンブレー子爵（一七八五―一八六八）は王党派貴族。
〔4〕 第四部第六篇第二章参照。
〔5〕 これは原書の初版の頁であり、本訳書では第二部第二篇第一章参照。ただ、この日付は七月二十三日になっていたので記述がやや不統一。

『レ・ミゼラブル』解説

1 作品の成立

ヴィクトール・ユゴー（一八〇二―八五年）は、ナポレオン麾下の将軍の父と、ヴァンデ地方生まれの王党派の母の三男として、一八〇二年にフランス東部ブザンソンの町で生まれた。父親が軍務のために戦地を転々としていたうえ、両親がいたって不仲だったため、主にパリの母親の影響下で育てられた。彼は「ぼくはシャトーブリアンのような人間になりたい。でなければ、何にもなりたくない」といったように早くから文学を志し、十五歳のときにアカデミー・フランセーズ懸賞詩の課題「人生のあらゆる状況において学びがもたらす幸福」に応募して、「奨励賞」に選ばれた。十五歳の作とはとうてい思えないほどの熟達ぶりに審査員一同が驚き、慎重を期して無難な評価をした結果だった。つづいて彼は、トゥルーズの文華アカデミーの詩歌コンクールにオード「アンリ四世像の再建」を提出、ラマルチーヌらの先輩詩人を差し置いて、前世紀のヴォルテールと同じく「金の百合」賞を授与された。さらに二二年、二十歳のときに処女詩集『オード集と雑詠集』を刊行、その詩業が王室にいたく評価されて下賜金や年金があたえられるようになり、異例の若さで、詩人としての華々しい出発をとげた。以後『新オード集』、『東方詩集』などの発表で詩壇に確固とした地位を築き、のちに名高い『懲罰詩集』、『静観詩集』、『諸世紀の伝説』など生涯に二十冊以上の多種多彩な詩集を出版したので、なによりもまず詩人を自任していた。

ただ当時は演劇の全盛期であり、文学の王道は劇作にあった。そこで彼は、二七年に史劇『クロムウェル』とその序文を発表、十七世紀来の洗練された優美の伝統を墨守する古典派に替わる、「崇高とグロテスクの共存と融合」という新世代のロマン派美学を提唱した。そして三〇年、この力強い美学を実践する『エルナニ』を書き、その上演がフランス文学史上名高い「エルナニ合戦」と呼ばれる事件になった。彼はこの歴史的な戦いで古典派にたいして圧倒的な勝利をおさめ、二十八歳にしてロマン派の総帥となり、詩壇のみならず劇壇まで支配するにいたった。その後、三週間もあれば楽々と戯曲一作を（しかも大半は韻文で）書けたので、矢継ぎ早に『ルクレツィア・ボルジア』、『王は愉しむ』、『パドバの独裁者アンジェロ』、『リュイ・ブラース』、『城主』などの史劇を上演していった。

散文芸術である小説は、詩や劇に比して劣等の卑しい文学ジャンルとされていたが、それでもユゴーはすでに十七歳のときに『ビュグ・ジャルガル』を書き、二十一歳のときに『アイスランドのハン』を公刊していた。しかし小説家としての彼の力量を天下に知らしめたのは三一年に発表され、「崇高とグロテスクの共存と融合」という美学を小説にも活かした『パリのノートルダム寺院』だった。これで彼の文壇的地位は不動のものとなった。

ただユゴーは文壇の栄光だけで充足するような人間ではなかった。なによりも利己主義を嫌う作家だったからだ。文学には同時代の社会悪、不正を見過ごさずに告発し、糾弾する義務があると考えていたのである。まず死刑の問題があった。幼いころスペインに滞在し、ゴヤの絵『戦争の惨禍』に見られるような、ナポレオン軍の占領に反逆するスペインのゲリラや農民の残虐な処刑の光景が、父親も弾圧の当事者だっただけによけいに記憶に残っていた。また当時の社会が必要悪として保持していたギロチンによる公開死刑制度は、革命時代の十年間に約二万人、つまり一日平均五回半の実行だったのに比べてさすがに減ってはいたものの、それでも一八二八年には七十五回、すなわち五日に一度はなされていたので、処刑場のグレーヴ広場を通りかかるユゴーもたびたび目撃していた。『レ・ミゼラブル』でも、ミリエル司教が一度死刑囚の最期に立ち会った衝撃のことが鮮烈に書かれている（第一部第一篇第四章）が、ガヴローシュが語っているように、娯楽の少ない当時の民衆に人気のある恰好の見世物になってもいた（第四部第六篇第二章）。

ユゴーはこのような「文明の野蛮への退行」にかねがね強い違和感をもち、そんな不健全で忌まわしい慣行を『アイスランドのハン』で非難したし、また『パリのノートルダム寺院』でも、犠牲の子羊として公開処刑される「ジプシー娘」エスメラルダの残酷な受難を描いている。しかし彼は、そのようなエキゾチック、あるいは歴史的な小説だけでは不充分だと考え、現代の緊切な社会小説として一八二八年、死刑囚の苦悶や悲惨を題材にする『死刑囚最後の日』を、全四十九章のうち一日二章以上という驚くべきペースで一気に仕上げた。ただ公開死刑制度が不可欠視されていた王政復古期において、この小説の主張が著しく社会的タブーにふれるため、検閲と世論の反発を恐れて匿名で発表せざるをえなかった。その三年後、体制が復古王政から七月王政に変わったあとの三二年になって、ようやく本名で公刊し、長い序文を付して、改めて執筆意図を説明することになった。フランスの大半の読者はこれによって初めて『死刑囚最後の日』の社会的メッセージを知ることになったのである。以後、生涯ユゴーは機会があるたびに死刑廃止を訴えつづけることになる。

死刑制度とともに彼が看過しがたいとみなしたのが「貧困」の問題だった。一八三四年六月、彼は四日間で中編社会小説『クロード・グー』を書きあげて発表した。貧しいうえにふたたび失業したクロードは家族のためにパンを盗んで投獄されたが、監獄の主任の度重なる虐待に耐えかね、この主任を斧で打ち倒した。クロードが裁判で真っ当で感動的な弁明をおこなったにもかかわらず、主任にはなんのお咎めもなく、彼ひとりが有罪判決をうけて処刑された。これは当時の新聞記事に題材を得たものだったが、ユゴーはここで「民衆は苦しんでいる。これは事実である。民衆は飢え、凍えている。貧困こそが、犯罪もしくは悪徳に走らせるのだ。民衆に情けをかけよ、彼らの息子が監獄に、娘が娼家に取られるのだ。あなたがたはあまりに多くの徒刑囚、あまりに多くの娼婦をもっておられる」と読者・社会に強く訴えた。

すでに『レ・ミゼラブル』のテーマが取りあげられているわけだが、これは当時の社会状況と密接に関わっていた。ニーチェによれば、ある新しい社会現象の弊害がもっとも顕著に感じられるのはその現象の端緒のときだという。なぜなら、新しい現象が定着するにつれて常識化し、人びとは知らぬ間にその弊害にも慣らされていくからだ。長らく農業国であったフランスで、イギリスに比して著しく遅れていた産業革命による資本主義が勃興し、その弊害すなわち格差と貧困の問題が急速に顕著になって、「危険な階級」（シュヴァリエ）、「ルンペンプロレタリアート」（マルクス）が出現するのは、ようやく一八三〇年代になってからだった。このことを敏感に感知し、その解決に真剣に取り組んだ社会主義者 socialiste という言葉が生まれるのはようやく一八三三年である。当時、パリの住民の十人に一人は浮浪者、掏摸《すり》、盗賊、詐欺師、娼婦など社会不安を掻き立てるこの階層に属していた。プルードンが『貧困の哲学』を著したのは四六年、それに異論を唱えたマルクスが『哲学の貧困』を公刊したのは四七年だった。これに先だって、ユゴーが『レ・ミゼラブル（貧しい人びと、惨めな人びと）』の前身『レ・ミゼール（貧困、悲惨）』を書き出したのは四五年十一月のことで、最初の構想は以下のようなものだった。

ある聖人の物語
ある男の物語
ある女の物語
ある人形の物語

ここで「ある聖人」とはディーニュの司教ミリエル、「ある男」とはジャン・ヴァルジャン、「ある女」とはファンチーヌ、「ある人形」とはクリスマスの日にジャン・ヴァルジャンから人形をもらうコゼットのことだ。彼はすでに司教ミリエルのモデルになったディーニュの司教ミオリス、ジャン・ヴァルジャンが十九年間過ごすトゥーロンの徒刑場、パリの貧民街やビセートルの監獄、コゼットがテナルディエ夫妻に虐待されるパリ北郊の村モンフェルメイユなどについて詳しい事前調査をしていた。そこで小説の執筆は四八年一月まで順調に進んだのだが、翌月の「二月革命」によって君主制の「七月王政」が第二共和政になるという、主に政治的な理由で中断を余儀なくされた。執筆に費やせる時間的・精神的余裕がまったくなくなったのである。

というのも、ユゴーはフランスを代表する詩人・作家であったと同時に、国王ルイ・フィリップに任命されて四五年から四八年まで貴族議員だったのだが、今度は新たに立憲議会の議員として「二月革命」後の「六月暴動」に遭遇したあと、反政府的な議会活動を勢力的におこない、休む間もなく、引きつづき五一年十二月のルイ・ナポレオンのクーデターに反対して国外追放され、十九年間ベルギー、ジャージー島、ガンジー島などで亡命生活を強いられた。以後、ナポレオン三世の第二帝政に真っ向から対決する共和主義者の抵抗と闘いの象徴的な存在になったからである。

彼が十二年ぶりに「私は原稿を入れてあるトランクから『レ・ミゼラブル』を取り出した」と手帳に書いたのは、ようやく一八六〇年四月二十五日のことだった。翌日の手帳には「私は中断していた『レ・ミゼラブル』の予備的な再読を開始した」とある。もともと「貧困の社会的叙事詩」として、一八四五年十一月十七日から四八年二月二十五日まで執筆していた小説『レ・ミゼール』は、やがて『レ・ミゼラブル』と改題され、主人公の名前も最初のジャン・トレジャンからジャン・ヴラジャンに変わり、六一年三月からは最終的にジャン・ヴァルジャンに落ち着いた。

一八四八年の「二月革命」時に中断せざるをえなかった『レ・ミゼール』は、最終稿の『レ・ミゼラブル』のストーリー全体のほぼ五分の四近く、すなわちバリケードのなかで死を覚悟したマリユスがコゼットに宛てた最後の手紙をガヴローシュに託すところまでが書かれていた。あとは五部にあたる部分、つまりガヴローシュの英雄的な死、共和主義の理想に殉じるアンジョルラス、コンブフェールら〈ABCの友の会〉の学生たちの壮烈な死、ジャン・ヴァルジャンによるマリユスの奇跡的な救出、ジャヴェールの自殺、マリユスとコゼットの結婚、生涯唯一の愛情の対象だったコゼットとの訣別という「最後の試練」を乗り越えたジャン・ヴァルジャンの安らかな死、といった話を追加するだけでよかったはずだった。

ところが、最終稿の分量は中断されていた分の倍近くにまで大幅に膨れあがってしまった。ルネ・ジュールネ、ギー・ド・ロベールの画期的な草稿研究、「『レ・ミゼラブル』の自筆原稿」によれば、この再執筆・完成の期間を次の三段階に分けることができる。

第一段階（六〇年四月二十六日〜十二月三十日）『レ・ミゼール』の再読、構想の更新、問題点の整理および最初の加筆。

第二段階（六〇年十二月三十日〜六一年六月三十日）『レ・ミゼラブル』第五部の執筆とそれ以外の論説的部分の大幅な加筆。

第三段階（六一年九月十六日〜六二年五月十九日）最終段階の加筆・校正。

このような長い諸段階を経て、『レ・ミゼラブル』第一部「ファンチーヌ」を六二年の四月三日、第二部「コゼット」と第三部「マリユス」を五月十五日、第四部「プリュメ通りの牧歌とサン・ドニ通りの叙事詩」、第五部「ジャン・ヴァルジャン」を六月三十日にパリとブリュッセルで同時出版し、ただちに「世紀の傑作」としてフランス国内で競って読まれるばかりか、たちまちヨーロッパ各国で翻訳されて「世界の名作」になった。ユゴーは一八四五年十一月から書きはじめたこの長編小説を、なんと十七年後に完成させたことになる。『クロード・グー』以後、小説の発表は二十八年ぶりのことであり、このとき彼は六十歳になっていた。

このように速筆のユゴーにしては珍しく、再執筆から完成まで二年以上もかかり、分量が倍近くに増えたのは、これまでのストーリーを展開するだけでは満足できなかったからだった。その理由は、同じ四五年に書かれたデュマの『モンテ・クリスト伯』のような大衆受けする面白い物語を書くという当初の執筆意図に変化が生じ、これまでのみずからの政治活動の経験、政治思想の変化、亡命中の新たな哲学・宗教的な思索の成果などを反映するような、前代未聞の全体小説を書こうとしたためである。その結果、物語の加筆とともに、各部に多々論説体のエッセーが挿入されたのだった。

2　作品の構成と手法

構成　作品はそれぞれ「ファンチーヌ」、「コゼット」といった表題をもつ五部からなり、第一部、第二部、第三部が八篇、第四部が十五篇、第五部が九篇あり、それぞれの篇には「正しい人」、「転落」などの表題がある。各篇はさらに「ミリエル氏」、「ミリエル氏、ビヤンヴニュ閣下になる」といった内容を要約する章に分けられている。この章の総数は全体で三百六十四、つまり読者が一日一章ずつ読めば、ほぼ一年で全体を通読できることになっているが、まさかそこまで意図的な計算があったわけではないだろう。

時代背景　この小説はジャン・ヴァルジャンがトゥーロンの徒刑場から釈放される一八一五年十月から、コゼットとマリユスに見守られながら安らかな死を迎える三三年の六月までのほぼ十八年間に展開する物語である。これは、エルバ島に追放されたナポレオンの百日天下（一五年三月二十日―六月二十二日）が一五年六月十八日のワーテルローの戦いで終止符を打たれたあと、ブルボン家のルイ十八世の第二次王政復古、このルイ十八世の死に伴う二四年のシャルル十世の即位、三〇年七月革命によるオルレアン家のルイ・フィリップの「七月王政」開始の二年後、ブルジョワ支配に不満な民衆の三二年六月蜂起の翌年までということである。

このような波瀾にみちた歴史の変遷は当然、小説の登場人物たちの行動に影響をあたえる。テナルディエはワーテルローの戦場で掠奪しているときにたまたまポンメルシー大佐を助けたところから、ますます悪の道に突き進むのであり、大佐の息子で一八一〇年生まれのマリユスは（一八〇二年ナポレオン軍の将校の息子として生まれたユゴーと同じく）王党派、民主的ボナパルト主義、共和主義へと思想的に転向するようになる。フランス大革命の息子たちであるアンジョルラスら

〈ABCの友の会〉の革命思想のことは改めて言うまでもない。ただユゴーは「作者の権利」として、王政復古以前のナポレオン帝政、フランス革命、さらには旧体制の時期まで遡り、また四八年の「二月革命」、「六月暴動」、そして小説執筆再開時の六〇―六二年にいたるまで遠慮なく言及するので、時代背景はもっと広くなる。

なお小説の構成と時代背景ということで補足しておけば、じつはジャン・ヴァルジャンはナポレオンと同じ一七六九年生まれの同い年だったとされている。彼は一八一五年十月、トゥーロンの徒刑場から釈放されたあと、カンヌからグラースを経てディーニュまで、「七か月まえに皇帝ナポレオンがカンヌからパリに向かうのが見られた道筋」、つまり現在ナポレオン街道と呼ばれている南アルプスの山道を辿っていく。さらにディーニュの市役所の憲兵は、ドルーオ将軍が「ナポレオンのジュアン湾上陸の布告を読みあげた」石のベンチにすわり、その布告を印刷したという印刷屋の話まで出てくる（第一部第二篇第一章）。このようにナポレオンは冒頭から登場するのだ。そもそもミリエル氏をディーニュの司教に任命したのはナポレオンであり、この司教はナポレオンと同じく一八二一年に死亡し、ジャン・ヴァルジャンが喪に服すといった因縁のことも語られている。また、一七九六年四月二十二日、パリではボナパルトのモンテノッテの勝利の凱歌があげられているのと同じ日に、「ビセートルの刑務所では、大きな列をつくっている徒刑囚たちに鉄鎖がはめられた。ジャン・ヴァルジャンもその列のなかにいた」（第一部第二篇第六章）と明記され、ふたりの対照的な運命が暗示されている。

このようなナポレオンへの言及はこの小説中の百十か所以上でなされ、固有名としてもっとも頻出するばかりか、登場人物のファンチーヌのほぼ五十回、ジャヴェールの約七十回をうわまわっている。このことをどう考えるかが、たぶん作品の解釈に大きく関わってくる。速断は禁物だが、端的に言ってしまえば、これはけっして英雄崇拝・礼賛のためではなく、ナポレオンの国民的・歴史的な意義をそれなりに認めながらも、結局「ワーテルローの勝利者ボナパルト、そんなことは十九世紀の法則ではもはや許されなかったのだ。（……）ナポレオンは無限のなかで告発され、その失墜が決定されていた。彼は神のじゃまをしていたのである」（第二部第一篇第九章）とか、ナポレオンの敗北と退場について、「だが無限にとって、それがなんであろうか？　あの嵐、あの雲、あの戦争、それからあの平和、あの影などは、ただの一瞬もかの広大無辺の目の光を乱すことはなかった。その目のまえでは、草の茎から茎へと飛びうつるアブラ虫も、ノートル・ダム寺院の塔の鐘楼から鐘楼へと飛翔する鷲〔ナポレオンのこと〕も同じなのである」（同第十八章）と断言されているように、ナポレオン的な征服者の精神を根底的に否定し、ジャン・ヴァルジャンのように無限すなわち神を信じ、あくまで内なる無限、つまりおのれの良心を貫きとおすことこそが「十九世紀の法則」だと対比的に示すためだったと考えられる。

異ジャンルの共存　詩や哲学が小説を同居させることができないのに反して、小説の強みは詩も哲学も楽々と導入できることにある。ガヴローシュ（第四部第十一篇第五章他）、エポニーヌ（第三部第八篇第四章他）が登場するときには必ずと言っていいほどその場にふさわしい歌謡が聞かれる。また死をまえにしたファンチーヌの子守歌（第一部第七篇第六章）はいかにも哀切だし、バリケードで歌われるプルヴェールの恋愛詩（第四部第十二篇第六章）もきわめて感動的である。その他、ラ・フォンテーヌやベランジェなどの詩の効果的な引用が多々なされている。

物語の導入、あるいは中断として挿入される哲学・宗教、さらには歴史・政治的な論説体のエッセーは出版当時の編集者から削除を求められたものだった。だがユゴーは「さっと読み流されるようなドラマは十二か月ぐらいで人気が下火になってしまうが、深遠なドラマは十二年間人気を保ちつづけるだろう」と言って断固拒否したのだったが、忙しい現代の読者にはなおさら、この部分はときに読書の興趣をそがれ、鬱陶しく感じられるかもしれない。とくに修道院の歴史と現状が果てしなく語られる「プチ・ピクピュス」（第二部第六篇）、これでもかこれでもかと多岐にわたって詳述される「隠語」（第四部第七篇）、パリの下水道の沿革と現状が延々と述べられる「水の巨獣《リバイアサン》のはらわた」（第五部第二篇）などは、訳者にさえも同じように感じられたものだった。とはいえ、ミシェル・ビュトールのように、この論説体のエッセーをオペラのアリアに喩えて大いに評価する作家もいる。また、クンデラがスターンの小説について述べているように、「小説のポエジーは筋立てのなかではなく、筋の中断のなかにある」という考え方もある。たしかに、第二部第七篇の「余談」は余談どころか、ユゴーの哲学・宗教観の核心を十全に述べるものだし、第二部第一篇の「ワーテルロー」、第四部第一篇の「歴史の数頁」と第十篇「一八三二年六月五日」などは物語の展開を正しく把握し、作者の歴史・政治観を知るのに不可欠なものだろう。

演劇的手法　一般に十九世紀の小説は日常的な「事実」を描くのではなく、より高次の「真実」を求めて虚構に訴えるものだから、現実を凝縮し、昇華する場面を人為的につくりだす。だから、多少不自然に思われる誇張も多いし、偶然の一致をあざとく取り入れることも辞さない。とりわけユゴーは『レ・ミゼラブル』において、この演劇的手法を縦横に駆使している。彼がそれまで十作をこえる手練れの劇作者だったことを忘れてはならない。『レ・ミゼラブル』が度々映画化されたり、ミュージカルになったり、児童文学にされたりするのはもっぱら名場面の宝庫だからである。

この演劇的手法は第四部第十四篇「絶望の偉大さ」に露骨に見られる。ここでは「第一章　旗・第一幕」、「第二章　旗・第二幕」などと意図的に芝居仕立てにされている。またこの小説には、相手がほとんど、ときにはまったく耳を傾けていない四、五頁に及ぶ登場人物の長広舌がしばしば見られる。グランテール（第三部第四篇第四章、第四部第十二篇第二章）、ジルノルマン氏（第五部第五篇第六章他）、イノサント修道院長（第二部第八篇第三章）、さらに平素は寡黙なジャン・ヴァルジャン（第四部第四篇第二章）などの長広舌がそれにあたる。これらは通常の日常生活はもとより小説でもありえず、ただ作者が直接観客に訴える芝居の独白、傍白の長台詞のようなものとしてのみ可能であろう。なかでもグランテールとジルノルマン氏のものなどは秀逸で、独特のユーモアさえあって楽しめる。

ユゴーの演劇的手法が典型的に発揮されるのは第三部第八篇「性悪な貧乏人」だろう。ここで「性悪な貧乏人」とはテナルディエのことであり、彼はジョンドレットと名前を変え、奇しくもかつてジャン・ヴァルジャンが幼いコゼットと一緒に住んだのと同じ「ゴルボー屋敷」に極貧の一家として暮らしている。たまたまこのあばら屋の住人で唯一の隣人は、祖父ジルノルマン氏と対立して家出した貧乏学生のマリユスだった。マリユスはリュクサンブール公園で見かけて一目惚れした娘（コゼット）が半年前に父親のルブラン氏（ジャン・ヴァルジャン）とともに行方をくらましたことに絶望し、なんとかもう一度あの美少女に会いたいと夢想している。それから、死んだ父親の遺言でワーテルローの戦場で命を救ってくれたモンフェルメイユの旅籠兼安料理屋の亭主をなんとしても捜しだして恩返しする義務があるのだが、これも行方が分からないので困っていた。

ところが、ある夕暮、貧しい身なりの姉妹が落としていった、誰彼構わずに同じ筆跡で援助を懇願する複数の手紙を、たまたま路上で拾ったことから、隣人のジョンドレット一家の窮状を知るにいたって心を痛める。翌日、ドアを叩く者がいて、招じいれるとテナルディエの姉娘エポニーヌが同じような嘆願の手紙をもち、大胆にも我が物顔で部屋に入りこみ、惨めな身なりでも字ぐらいは書けると誇示するために、「ポリ公がいる」と書いた紙切れを残していく。これがのちに大きな意味をもってくる。

隣人一家の貧困が他人事とは思えなくなったマリユスが、やがて隣家とじぶんの部屋を隔てている仕切りに隙間があることにふと気づき、これが「天佑の覗き穴」となり、テナルディエが主役となって引き起こす禍々しい出来事を、まるで観客が舞台で劇の展開を追うように目撃することができるようになる。まず、教会でエポニーヌにせがまれたルブラン氏が、やや驚きながらも娘を連れ、義援品を届けにゴルボー屋敷にやってくる。マリユスは思いがけず〈彼女〉の姿を見て興奮するが、黙って覗き見をせざるをえないので、その名前も住所も知ることができない。だが、テナルディエのほうはたちまち、慈善家のルブラン氏がジャン・ヴァルジャンであり、娘がコゼットだと見抜き、なんとかこの金持ちから大金を奪い取ろうと陰険な策略をめぐらし、いったん父娘を返してから、溜まっている部屋代に相当する金額をルブラン氏に同じ場所に届けてもらう約束を取りつける。

以後、舞台はまさしく俳優ファバントゥーを自称する、やや滑稽味のあるモリエール風の悪役テナルディエの独擅場になる。口八丁手八丁のこの男は凶悪な武器を用意し、強盗団パトロン・ミネットを味方に引き入れてルブラン氏を待ちうける。そしてルブラン氏が姿をみせると、さっそくあばら部屋に閉じ込め、状況に応じて、同情を引くような哀れっぽい虚言を弄したり、恨みつらみの罵詈雑言を浴びせたりするばかりか、あの手この手で脅迫するものの相手は一向に動じない。一連の出来事を目撃していたマリユスは父親の恩人が悪党のテナルディエだったことを当人の口から初めて知って愕然とする。ただ彼は、この犯行を事前に警察に通報し、いざというときに発射して、ゴルボー屋敷を取り囲んでいる警察に知らせるという手筈を整え、初対面のジャヴェールとかいう名の警部からあらかじめピストルを手わたされていた。

しかし彼は父親の遺言を実行する義務と、〈彼女〉の父親を救わねばならないという義務のあいだでなかなか決断できない。ぐずぐずしているうちに、状況が煮詰まってきて、いよいよテナルディエがルブラン氏を殺そうとする事態になる。マリユスがもはや、ためらっている余裕がなくなってピストルを鳴らそうとして、ふと見ると、幸いにもエポニーヌが「ポリ公がいる」と書いた紙切れに気づく。それを丸めて漆喰にくるみ、覗き穴からテナルディエのあばら部屋に放り込む。これが「人殺しを赦し、被害者を救う」という難問の唯一の解決策だと思いついたのだ。案の定、テナルディエ夫婦も盗賊の一味も驚愕、狼狽し、我先に窓から逃げだそうとする。そこにジャヴェールが具合よく部下をつれて踏み込み、一味を逮捕し、投獄する。そしてジャヴェールが安心して調書を作成している隙に、いちばんの大物のルブラン氏ことジャン・ヴァルジャンがいつの間にか逃亡してしまい、マリユスは肝心の〈彼女〉の父親の名前も住所も知ることはできない。

このように「ポリ公がいる」と書かれた紙切れ、「天佑の覗き穴」、警察からわたされたピストルといった思いがけない仕掛けや小道具を巧みにつかい、意図的に偶然の一致とどんでん返しを連続させ、読者に息を継がせないように書くのが、ユゴー一流の演劇的な小説作法だと言える。

3　作品の思想基盤

ユゴー作品の思想基盤には三つの鍵概念がある。無限、良心、進歩である。これを『レ・ミゼラブル』のテクストに即して簡単に見ておこう。

無限　まずは、さきにナポレオン批判で神の同義語としてすでに出てきた「無限」という言葉である。第二部第七篇第一章は、「本書は無限を主人公とする劇である。人間は脇役なのだ」と書き出され、第六章には「無限、すなわち神の意志を否定することは、無限を否定するという条件でしかなされえない。（……）無限を否定することは、真っ直ぐにニヒリズムに帰着する。（……）虚無は存在しないし、ゼロも存在しない。すべてがなにかであり、無というものはないのだ。人間はパンで生きる以上に、肯定で生きるのである」というユゴーの究極の信条告白が語られている。彼はこのような揺るぎない信念に基づいて、無神論の安易な形態であるニヒリズム、さらに消極的なニヒリズムにすぎないシニズムといった懐疑主義を「知性の乾いた腐敗」（第三部第四篇第一章）として退けるのである。

だが、ユゴーにおける「無限＝神」は必ずしもキリスト教の神ではない。ジャン・ヴァルジャンがたしかにミリエル司教を崇敬しつづけ、しばしば「十九世紀のキリスト」のように語られるとはいえ、このキリストはカトリック教会の三位一体の教義に従うのではなく、あくまでひとりの偉大な伝説上、もしくは歴史的人物とみなされている。その証拠に、「フランス大革命はキリストの到来以来、もっとも力強い人類の一歩だった」と考えている元の国民公会議員Gに、「無限は存在する。あそこが無限だ。もし無限に自我がないのなら、自我が無限の限界になるだろう。無限は無限でなくなるだろう。言いかえれば、無限は存在しなくなるだろう。ところが無限は存在する。だから無限には自我がある。その無限の自我、それこそ神なのだ」（第一部第一篇第十章）と言わせている。ここで「自我」とは「意志を持つ存在」ということである。のみならず、いやしくもカトリック教会の司教たる者にとってそれが「未知の光明」であり、司教はそのまえに跪き、祝福さえするというのだから、ローマの教皇庁がさっそく百年以上も禁書リストに入れたというのも無理はない。ユゴーがいかに激しく制度・権力としてのキリスト教を退けたかは第二部

第七篇第一章その他の章にまったく遠慮会釈なく十二分に述べられている。死にさいしてジャン・ヴァルジャンが司祭による終油の秘蹟を拒否したように、ユゴーもまた遺言に「私は貧者の柩で墓に運ばれることを望む。あらゆる教会の説教を拒否する。あらゆる魂のための祈りを求める。私は神を信じる」と書くことになるだろう。このようにユゴーは結局、無教会の自然神論者、もしくは特別な神的啓示によらず、個々人の理性の働きに重きを置く理神論者だった。

良心　『レ・ミゼラブル』のストーリーには、ジャン・ヴァルジャンの「この世で腐敗せず、あの世で不滅の、なにか原初の閃き、神的な要素のようなもの」（第一部第二篇第七章）、すなわち良心の覚醒、ふたつの試練、試練の克服に山場がある。彼の良心の覚醒は必ずしも銀の食器を盗んだことについて司教から格別の赦しをあたえられ、おまけに泥棒に追銭のように銀の燭台をもらったからではない。にもかかわらずそのあと、サヴォワの少年からほとんど無意識のうちに四十スー盗んだことが決定的だった。「突然、彼はへなへなとくずおれた、まるで良心の疚しさの重みが目に見えない力となって、いきなり彼を打ちのめしたかのように。彼は疲れはてて大きな石のうえに倒れこみ、両手で髪をつかみ、顔を膝にあてて叫んだ。「おれは惨めな奴だ！」」（第一部第二篇第十三章）。これが彼の良心の最初の覚醒だった。そして「今後、もしおまえが最善の人間にならなかったなら、最悪の人間になってしまうことだろう。今度こそ、いわば司教よりも高く昇るか、徒刑囚よりも低く落ちるか、そのどちらかだ」と思い定め、悔悟と贖罪の気持ちに促されて改心、以後フランス語でマグダラのマリアを意味するマドレーヌと名前を変えて、フランス北部の町、モントルイユ・シュル・メールでひたすら清廉潔白、謹厳実直な生活をするようになる。

数年後、シャンマチュー事件と呼ばれる最初の試練に遭遇する。ジャン・ヴァルジャンはじぶんと間違って裁判にかけられ、徒刑場に送り込まれそうになっている男のことを聞かされる。成り行きに任せてその男にこのまま身代わりになってもらえれば、今まで通り尊敬される市長としての幸福な日々を送れる。だがそれではこの無実の男を犠牲にする利己主義者の卑劣な行為になってしまう。逆にこの男を救おうとすれば、哀れなファンチーヌなど町の不幸な者たちとじぶん自身が犠牲になって、これまでのすべてを失ってしまう。このような二律背反をどう解決すればいいのかとあれこれ自問しているうちに、彼は「じぶんがだれかに見られるかもしれないという気がした。だれかとは、いったいだれのことか？　ああ！　彼が追いはらいたいものがすでにはいってきていて、彼が失明させたいものが、彼を見つめていたのだ。彼の良心である。彼の良心、すなわち彼の神である」（第一部第七篇第三章）。このような良心の試練をなんとか耐え抜いた彼は、さんざん逡巡しながらもアラスの裁判所に赴き、じぶんを告発し、二度目の徒刑場送りになる。

シャンマチュー事件よりもさらに過酷な試練は、彼の人生のすべてであったコゼットとの別れである。これまでの彼が知った最初で最後の唯一の愛の対象がコゼットであり、そのコゼットとマリユスとの幸福な結婚は彼が願った結末になるはずだった。ところが、ふたりは同居を申し出てくれるものの、いつ徒刑囚の過去が発覚してふたりの家庭に取り返しのつかない害と恥をもたらすかもしれない。利己主義の観点からすれば、このまま黙ってふたりの親切な申し出を受けいればよい。だがそのためにはみずからの良心を黙らせねばならない。またしても彼のうちで利己主義と良心が命ずる義務との戦いがはじまり、「彼はベッドのうえで身体をふたつに折り、運命の巨大な力に押されてひれ伏し、おそらくは押しつぶされて、両手をぐっと握りしめ、ああ！十字架から降ろされた人のように、両腕を真横に伸ばしたまま、朝までじっと同じ姿勢でいた」（第五部第六篇第四章）という事態にたちいたる。

彼はこのような激しい懊悩のあと、ついに神の無言の命令に従い、結婚式の祝宴には出席を遠慮し、翌日、マリユスだけにじぶんの素性を打ち明ける。あまりのことに呆然とするマリユスに、ジャン・ヴァルジャンは、「わたしはじぶんの良心に服従する徒刑囚です」「義務を果たすこと、これがわたしの頼りとする友人なのです。そしてわたしは、ただひとつの特赦、すなわち良心の特赦しか必要としないのです」（第五部第七篇第一章）と苦しげだが威厳をもって告げるが、バリケードで瀕死の状態だったマリユスを背負い、地下道をくぐって助け出した彼の命の恩人がじぶんだったことは、あくまで隠し通す高邁さをつらぬく。

このようにジャン・ヴァルジャンの決定的な転機は、いずれも良心の葛藤をめぐるものなのであり、元徒刑囚でさえ良心の過酷な試練を乗り越えうる、まして普通の人間においておや、ということが作品のメッセージとなっている。デカルトは「良識はこの世でもっとも公平に配分されている」と言ったが、『レ・ミゼラブル』は「良心はこの世でもっとも公平に配分されている」、つまり良心が人間性《ユマニテ》の究極の証であることを示す作品だといえる。

進歩　ユゴーは人間を語るときに「良心」を前提としたが、社会・歴史を語るときには必ずフランス大革命が実現した「進歩」の観点に立つ。彼はこの作品の「真の主題は〈進歩〉だ」としつつ、こう言葉を連ねている。「進歩は人間の様態である。人類の全体的な生命は〈進歩〉と呼ばれ、人類の集団的な歩みも〈進歩〉と呼ばれる。進歩は歩を進める。進歩は天上的および神的なものに向かって人間的な、地上の大旅行をおこなう。だが進歩は時に休止し、足の遅い者たちを再結集する。(……)絶望する者は間違っている。進歩は間違いなく覚醒するのであ」る(第五部第一篇第二十章)。

進歩が人間の様態であるとは、進歩が良心と同様に人類《ユマニテ》と不可分だということである。野蛮から文明へと進化できたからこそ人間が存在するようになったのだから、サルトルをもじっていえば、「人間は進歩の刑に処されている」ことになる。しかしこのことは必ずしも、進歩が自動的になされることを意味しない。さまざまな利己主義、あるいは偏見、精神の頽廃などによって進歩がつねに妨害されるからだ。そのため、たえず反動と戦い、過去を退け、未来に目を向けねばならない。だから「各人各様だが、(……)〈進歩〉という、ひとつの宗教があった」アンジョルラスらの革命グループの行動は、「倒れても、そしてとりわけ倒れるからこそ、彼らは尊敬に値する。世界のあらゆる地点で、(……)理想という大業のために闘っている男たち。彼らは進歩のために汚れのない贈与としてみずからの命を捧げ、神意を成就し、ひとつの宗教的な行為をなしているのだ」(第五部第一篇第二十章)として最大限に称えられることになるのである。

ただここで注意が必要なのは、ユゴーの進歩主義が現世にとどまらず、「天上的および神的なもの」、つまり形而上的な精神性をも視野に入れていることである。そのため貧困の撲滅の手段として考えられる社会主義も、二十世紀に実現したが挫折に終わった、無神論・唯物論的な「腹の社会主義」よりもむしろ「精神の社会主義」が強調される。「なにも食べない胃袋と同様、なにも吸収しない精神は哀れむべきである。パンがないために死にかけている肉体よりもさらに痛ましいものがあるとすれば、それは知識の光に飢えて死ぬ魂である」（第四部第七篇第四章）からだ。さらにユゴーの「進歩」の概念の射程を知るにはガヴローシュのことを思いだす必要がある。

悪党のテナルディエ夫妻の息子でありながら両親の愛情をうけず、パリの浮浪児になる彼は、常識的にはグレて悪の道に染まるところだが、独自に情愛深い強靭な人間性を育んで保持し、身寄りのない少女を憐れんだり、貧しい老人を助けようとしたりする。また茶目っ気があって利発なこの浮浪児はあるとき、路頭に迷っているふたりの子供をみかけ、彼なりにできるだけの面倒をみてやる。その後、民衆が蜂起すると、アンジョルラス率いる〈ABCの友の会〉のバリケードに飛び入りし、さながら水を得た魚のように、密偵のジャヴェールをみつけたり、弾薬を調達したり、大人たちも顔負けの活躍をする。そしてその目立った活躍が鎮圧軍の目をひいて狙い撃ちにされ、無残に殺される。

ガヴローシュの無残な死が語られるのは第五部第一篇第十五章だが、これにつづく第十六章「いかにして兄が父になるか」では、舞台がシャンヴルリー通りのバリケードから一変してリュクサンブール公園になって、飢えたふたりの男の子が、食べ物をあさっている姿が描かれる。じつは、このふたりはマニョンという女に貸し出されたテナルディエ夫妻の子供、すなわちガヴローシュの弟たちだったのだが、ガヴローシュはそのことを知らずに面倒を見てやったのである。ふたりはやっとのことで、ブルジョワが泉水盤に捨てた菓子パンを手に入れ、兄がふたつに分けて大きいほうを弟にあたえ、威厳をもって「こいつを腹に詰めこんでやりな」と言う。つまり、兄が父親のような口をきく。じつはこれは過日に、ガヴローシュがこのふたりに三つに分けた大きいほうのパンをあたえて言ったのとまったく同じ台詞（第四部第六篇第二章）なのである。

このようなガヴローシュの死をめぐる象徴的な接続は、だれでも好感をもつガヴローシュの美質が「父になる兄」に引き継がれるだろうという暗示である。つまり、人間の人格は必ずしも遺伝もしくは伝統によって決定されるわけではなく、たとえ親子でも正反対の性格が形成されうるし、また予期せぬかたちで人間的美質、良心の保持、進歩への志向がだれかに継承されうると示唆している。このような歴史の形成のされ方について、フランスの歴史家ポール・ヴェーヌは「後成（épigénèse）」と呼び、「歴史という植物はその根を延長するのではなく、また胚の中であらかじめ形作られていたはずのものを成長させるのでもなく、予期できない数々の段階を通じて、時とともに形成されるものである」と説明している。「無限」への絶対的な信仰に裏打ちされたユゴーの楽観主義的な進歩という期待の原則は、この「後成」の概念につながるものだと言える。

4　作品の今日性

一八六二年一月、ユゴーは『レ・ミゼラブル』の序文で、「今世紀の三つの問題、すなわち無産のせいで男が落ちぶれ、空腹のせいで女が身を誤り、蒙昧のせいで子供がいじけるという問題が解決されないかぎり、あちこちの土地でいまにも社会の閉塞状態が生じかねないかぎり、さらに言い方をかえ、もっと広い見地に立って言うなら、この地上に無知と貧困があるかぎり、本書のような性質の書物も無益ではあるまい」と書いた。

ここで「無産」とある原語は十九世紀後半から二十世紀後半まで世界的な流行語になる「プロレタリア prolétariat」である。それから約一世紀半後の現在、はたして地上から「無知と貧困」が消えただろうか。消えるどころか、グローバル化という名で、人類の未曾有の画一化が進行する趨勢のまま、「一パーセントの富裕層に九九パーセントの貧困層」と言われるような「貧困層の増大＝プロレタリアート化」が地球規模となり、いたるところ大衆の無知といじましく、みみっちい利己主義につけこみ、社会の無責任な分断をあおり立てるイリベラルな各種ポピュリズムが普遍化するなかで、この小説がますます存在理由を明らかにし、『レ・ミゼラブル』はかつてなく今日的な書物になったと言いうるだろう。

なお、優れた『レ・ミゼラブル』論を書いたバルガス・リョサはこれに関して、この小説によってただちに社会が変わるといったことはないとしても、「じぶんたちが生きている世界よりも正しく、理にかない、美しい世界」への郷愁と希求が個々人のなかに植えつけられ、「人間の歴史が前進し、進歩という言葉に意味があり、文明がたんなる修辞的な偽装ではなく、野蛮を後退させる現実になる」という期待の弾みには確実になりうると述べているが、訳者はこの評言に全面的に賛成する。

訳者はかつて「ちくま文庫」から『レ・ミゼラブル』全五巻を上梓したが、この度まことに幸運にも、古今東西の名著を厳選する「平凡社ライブラリー」から「改訂決定版」を刊行する機会が得られ、いくつかの点で旧訳を改稿することができた。底本としたのはプレイヤード版だが、その他クリュブ・デュ・リーヴル版全集、ロベール・ラフォン版全集、ガルニエ版なども適宜参照した。改稿にあたっては、文章の流れをいたずらに阻害する割註を訳註として各巻の巻末にまとめ、数も増やした。ただ、文意を簡単に補足する短い訳註は〔……〕の形で残し、原註は（……）の形で示した。また、読者の目安となるように、巻頭に各篇のみならず、各章の題名も掲げた。さらに旧訳では各巻に「訳者ノート」としてあったものを第五部の最後にまとめ、全面的に書き直した。加えてこの改訂版では、ユゴーの小説の演劇的特性を重視し、小説中の会話の部分をできるだけ生き生きとしたものとすべく語彙、語調を大きく改めたほか、全体にわたってできるだけ通読しやすくなるよう努めた。

この改訂決定版『レ・ミゼラブル』刊行にあたっては、かつて拙著『ルネ・シャールの言葉』や『小説の思考——ミラン・クンデラの賭け』を担当していただいた平凡社編集部の松井純氏に企画、編集、出版のすべてにわたり情熱的に尽力していただいた。ところが松井氏は本書の完成を目前にした二月十一日、五十二歳の若さで急逝された。甚大なショックを受け、いまだ心の整理をつけられないいまま、限りない感謝とともに、謹んで本書を氏の霊前に捧げたい。そんな不幸のなかで、急に代役をつとめられ、無事刊行までこぎつけてくださった湯原公浩氏、さらに最後の仕上げをしてくださった平凡社ライブラリー編集長竹内涼子氏にはお礼の言葉もない。またべテランの優秀な校正陣には、頼もしくかけがえのない援助をしていただけたことに深謝したい。
最後になるが、半世紀以上にわたって、訳者の衣食住の面倒をみるばかりでなく、この度の仕事でも校正に全体的に参加し、貴重なアドヴァイスをしてくれた妻、芙沙子にもこの場を借りて礼を言いたい。

二〇二〇年三月

訳者識

[著者]
ヴィクトール・ユゴー（Victor Hugo 1802-85）
フランス19世紀を代表する詩人・作家。16歳で詩壇にデビュー、1830年劇作『エルナニ』の成功でロマン派の総帥になり、やがて政治活動をおこなうが、51年ナポレオン3世のクーデターに反対、70年まで19年間ガンジー島などに亡命。主要作の詩集『懲罰詩集』『静観詩集』や小説『レ・ミゼラブル』はこの時期に書かれた。帰国後、85年に死去、共和国政府によって国葬が営まれた。

[訳者]
西永良成（にしなが・よしなり）
1944年富山県生まれ。東京外国語大学名誉教授。専門はフランス文学・思想。著書に『激情と神秘――ルネ・シャールの詩と思想』『小説の思考――ミラン・クンデラの賭け』、『『レ・ミゼラブル』の世界』『カミュの言葉――光と愛と反抗と』など、訳書にクンデラ『冗談』、サルトル『フロイト』、編訳書に『ルネ・シャールの言葉』など多数。

平凡社ライブラリー 900

レ・ミゼラブル 第五部《だいごぶ》 ジャン・ヴァルジャン

発行日…………2020年4月10日　初版第1刷

著者……………ヴィクトール・ユゴー
訳者……………西永良成
発行者…………下中美都
発行所…………株式会社平凡社
〒101-0051　東京都千代田区神田神保町3-29
電話　(03)3230-6579[編集]
(03)3230-6573[営業]
振替　00180-0-29639
印刷・製本……株式会社東京印書館
DTP…………平凡社制作
装幀……………中垣信夫

ISBN978-4-582-76900-5
NDC分類番号953.6　B6変型判(16.0cm)　総ページ528

平凡社ホームページ　https://www.heibonsha.co.jp/

落丁・乱丁本のお取り替えは小社読者サービス係まで
直接お送りください（送料、小社負担）。

レ・ミゼラブル 1
ファンチーヌ
ヴィクトール・ユゴー著／西永良成訳

ジャン・ヴァルジャンの来歴、愛娘を残したまま逝くファンチーヌ、主人公を執拗に追うジャヴェール、金目的にコゼットを手放さずこき使うテナルディエ、物語前史、壮大な伏線。

レ・ミゼラブル 2
コゼット
ヴィクトール・ユゴー著／西永良成訳

ワーテルローの戦いをはさみ、ファンチーヌとの約束からジャン・ヴァルジャンは脱獄、守銭奴テナルディエ夫妻からついにコゼットを救出する。

レ・ミゼラブル 3
マリユス
ヴィクトール・ユゴー著／西永良成訳

王党派の祖父に育てられた青年マリユスは、父の真実を知り煩悶のすえ家出、清貧の中で運命の人コゼットと出会う。だが、コゼットにまた新たな危機が……。

レ・ミゼラブル 4
プリュメ通りの牧歌とサン・ドニ通りの叙事詩
ヴィクトール・ユゴー著／西永良成訳

七月革命後の混迷のパリ。コゼットとの愛を育みつつ反政府秘密結社員として活動を続けるマリユス。恋人たちの運命にエポニーヌとガヴローシュが交錯し、物語はいよいよ核心部へ――。

貧困の哲学 上・下
ピエール＝ジョゼフ・プルードン著／斉藤悦則訳

マルクスが嫉妬し、社会主義・無政府主義に決定的影響を与えた伝説の書にして、混迷の21世紀への予言の書。待望の本邦初訳。貧困はいかに生じ、なぜなくならないのか。